钟此一人

锦鲤是个技术活

唐欣恬 著

浙江文艺出版社

图书在版编目(CIP)数据

钟此一人:锦鲤是个技术活/唐欣恬著.—杭州:
浙江文艺出版社,2023.9
　ISBN 978-7-5339-7351-3

Ⅰ.①钟… Ⅱ.①唐… Ⅲ.①长篇小说—中国—当代
Ⅳ.①I247.5

中国国家版本馆CIP数据核字(2023)第159935号

图书策划	柳明晔
责任编辑	徐　旼
营销编辑	宋佳音
封面设计	仙境 WONDERLAND Book design
版式设计	吕翡翠
责任校对	唐　娇
责任印制	张丽敏

钟此一人:锦鲤是个技术活
唐欣恬　著

出版	浙江文艺出版社
地址	杭州市体育场路347号
邮编	310006
电话	0571-85176953(总编办)
	0571-85152727(市场部)
制版	浙江新华图文制作有限公司
印刷	浙江超能印业有限公司
开本	880毫米×1230毫米　1/32
字数	365千字
印张	13.625
插页	2
版次	2023年9月第1版
印次	2023年9月第1次印刷
书号	ISBN 978-7-5339-7351-3
定价	52.80元

版权所有　侵权必究

楔　子　———— /001

第 一 章 ———— 自卑是喜欢的预告 /001

第 二 章 ———— 我还没有女朋友 /021

第 三 章 ———— 恋爱的甜不过如此 /043

第 四 章 ———— 我如果不是锦鲤 /062

第 五 章 ———— 请收下我的膝盖 /083

第 六 章 ———— 想见你，好想见你 /104

第 七 章 ———— 他真为她感到骄傲 /127

第 八 章 ———— 二十四考男友 /148

第 九 章 ———— 西湖的水，我的泪 /171

第 十 章 ———— 太需要一个拥抱了 /193

第十一章	失恋是一颗速效减肥药	/212
第十二章	逃不出霉耗使者的手掌心	/232
第十三章	你找不着更好的了	/255
第十四章	我还能追你吗	/275
第十五章	陪你心宽体胖	/295
第十六章	拉开分离的序幕	/316
第十七章	自己家的小猪崽	/338
第十八章	我请你成熟一点	/360
第十九章	我宣布我们没有冷战	/382
第二十章	再不告白就老了	/402
大结局	全员锦鲤	/422

楔　子

春困一过,夏打盹更是让人防不胜防。

这一天,陈迷人做了个美梦。她梦见图书馆的广播员在喊她的名字:"陈迷人同学请注意,信管系陈迷人同学请注意,钟未在一楼失物招领处等你。"

Bravo(好)！大发！

她和钟未在中北大学共度了九个月,相继迎来了十九岁。

他和她相较于九个月前没什么两样:一个是品学兼优,颜值超能打的(伪)富二代;一个是微胖,人称OK姐的学渣。

那样一块人间瑰宝在等她？还广而告之？还失物招领处？这是在等她把他领回家？

陈迷人真想把这个美梦做到底,真想尝尝牛粪……不,沃土上插一朵鲜花的滋味。

可惜,天不遂人愿,有人一个劲儿推她的肩膀:"老大,老大！"

不情不愿地睁开一只眼,陈迷人只见是许喵喵心急火燎:"我说你装什么睡美人？你也不是那块料啊！倒是离灰姑娘不远了……"

灰姑娘？陈迷人像世纪大觉醒似的把另一只眼也睁开了。

"陈迷人，我再给你半分钟。二十九，二十八，二十七……"

这是钟未的声音！

言辞虽咄咄逼人，语气中却带着一股……祈求？

中北大学的图书馆是一座"口"字形三层建筑，设有大大小小五间自习室。陈迷人所在的这一间中央自习室可供六百人同时发愤图强。此时此刻，肃静中回荡着钟未的低音炮，令之前好好学习的、交头接耳的，还有像陈迷人这种打瞌睡的，纷纷连大气都不敢喘了。

倒计时还在继续："十九，十八，十七……"

下一秒，陈迷人小坦克成精般冲了出去。

不是梦！她以为她梦见的，实际上都在真真切切地发生！

钟未的倒计时停在了"五"。身高一米八三的他顶天立地地站在失物招领处，只见陈迷人这个"重六十公斤的物体"不断向他冲刺，冲刺，便将话筒交还给了对他闪烁着星星眼的广播员。

陈迷人急刹在钟未的面前，一米六七的身高比下有余，却因为D罩杯而习惯性含胸："你找我？"

"跟我来。"钟未拔腿就走。

他健步如飞，她一溜小跑，二人一前一后离开图书馆，也就离开了众人的视线，直奔学子湖畔一处废弃的自行车棚。

另一边，广播员是个大三的学姐，被传去了教务处，理由是滥用职权，这"饭碗"十有八九是保不住了。

没有了第三个人在场，唰——钟未在陈迷人的面前把身穿的黑色夹克给脱……脱了？

耍流氓！陈迷人下意识地倒退了一步，两条小臂交叉捂住了自己的D罩杯，却只见钟未一个向后转："黄进往我脖领子里塞了条虫子，快，快帮我拿出来！"

什么鬼?陈迷人讪讪地放下了两条小臂,这才注意到钟未的脸色是比往常白了些,莫非……莫非是被条虫子吓的?

"快啊!"钟未急不可耐。

事到临头,陈迷人一咬牙,一闭眼,将钟未T恤下摆一掀,近在眼前的便是他赤裸裸的后背了。

说是一闭眼,她还是留了条缝儿的,偷窥着他精瘦的、光滑的、喷香的肉体。即刻,陈迷人头晕目眩地晃了晃。

也是怪没出息的!前两天不是才看了《人间中毒》的高清未删减版?宋承宪明明也不比钟未差多少啊!

第一章

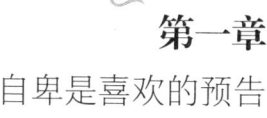

自卑是喜欢的预告

九个月前。

那一年八月的尾巴,中北大学又迎来了热烈欢迎一年级新生的时刻。

长着一张大众脸的陈迷人没享受到"热烈欢迎",但体会到了高效——报到的流程,学长们给排在她前面的小可爱翻来覆去讲了五分钟,到她这儿一口气搞定,next,下一个!

在从综合楼回寝室的途中,她很难不听到前方几个女生的叽叽喳喳,而那是她第一次听到"钟未"的鼎鼎大名。至于那上千只鸭子的领头羊,便是刚才排在她前面的小可爱,也就是盘靓条顺的许喵喵。

许喵喵眉飞色舞地说:"钟未差了两分,就差了两分,和北大失之交臂,又要和我们做校友了。"

她又说:"人有多大胆,地有多大产,我先把flag(目标)立这儿了——谁要和他做校友?要做就做女朋友!"

其余几个女生嗷嗷直叫,兴奋得跟真事儿似的。

陈迷人是自来熟:"钟未?钟未是谁啊?"

许喵喵将陈迷人上下一打量:"你谁啊?"

二人一自报家门，都是信管系一年级18班的，还是同一个寝室的。

就这样，许喵喵冲那几个老同学挥一挥衣袖，和陈迷人"比翼双飞"了。

顶着个蘑菇头的许喵喵从小就长得好看，而且是那种男女通吃的好看。就好比那几个老同学，从五十二中到中北大学，万变不离其宗的就是以许喵喵为中心。至于被她们津津乐道的钟未，不用说，五十二中的风云人物无疑。

陈迷人没太当回事儿：哪个学校还没个风云人物？想当初，光是她们班就有一个冲击跳绳吉尼斯世界纪录的，一个通灵的，一个爸爸被"双规"了的……

话说回来。

一个寝室四个人，按长幼一排，陈迷人是老大。

老二罗思，一米七六的身高，长相是西方人心目中的东方人的那种，可以说乡土，也可以说高级脸。

山寨版石原里美许喵喵排老三。在此之前，她有个梦想：她红花不用绿叶衬，但求和室友们手挽手并称一道风景线。但一看扔人堆儿里找不着的陈迷人，她的心就凉了一半。再一看罗思和赵顾，她这梦想也就成痴心妄想了。

赵顾排老幺，长得那叫个着急。就刚才，还有新生当她是新生家长，管她喊阿姨。她没跟人家一般见识，人家又给她来了一句"阿姨长得真年轻"。真年轻，年轻，轻……

四个人尬聊了一会儿，罗思摸了一把许喵喵的蘑菇头："你这发质可真够干的啊。"

许喵喵翻脸比翻书还快："我丑话说在前头，谁也不许碰我的头发，谁、也、不、许！"

最怕空气突然安静……

赵顾眼睛里揉不得沙子："有病啊？"

许喵喵"供认不讳":"是,我是有病,洁癖!"

说完,许喵喵就去洗头了。

那还是六年前,十二岁的许喵喵在公交车上遇到个暴露狂,她坐着,他站着,把命根子在她面前掏了出来。往事不回首,她也不知道那金针菇到底有没有扎到她的头发。但从那以后,别说摸一把,就算有人在她三米之内打个喷嚏,她也觉得脏,脏死了。

信管系一年级18班的班主任叫邹莲,三十六岁,细皮嫩肉,穿黑色的西装裙,两条小腿都患有静脉曲张。

九月一号,邹莲进行了第一次点名:"张三、李四、陈迷人、许喵喵、罗思、赵顾、钟未……钟未来了吗?"

那一刻,许喵喵在陈迷人的大腿上掐了一把:"我不是在做梦吧?"

陈迷人龇牙咧嘴:"疼疼疼……同名同姓吧?"

许喵喵只差拍案而起:"不会!风在吼,马在叫,我的第六感在咆哮,是他,是他,就是他!"

不多时,许喵喵的探子来报,说钟未去巴厘岛玩了。

三天后,校篮球队和啦啦队纳新,许喵喵和陈迷人去了,黄进也去了。

黄进的父母身高都不到一米六,黄进为了能向苍天再借、再借、再借一毫米,从小就泡在篮球场上,三伏三九,坚持了十三年,终于突破了一米六五。身高不够技术凑,而黄进的技术给他凑到两米都绰绰有余,令篮球队的教练如获至宝。

与此同时,陈迷人折在了啦啦队海选——也不冤,跟那一个个"妖艳贱货"相比,长着一张大众脸的她还是XL码的。

等轮到许喵喵,她的探子又来报,说钟未距离校门口还有一百米、八十米、五十米……六十米,他拐去了"今晚别睡了"。

"今晚别睡了"是中北大学附近唯一一家咖啡厅,适合一个人装相,两个人撒狗粮,五个人开黑,但独独不适合喝咖啡——因为真的是太难喝了。

许喵喵不爱江山爱美人,直奔校门口。

啦啦队的教练惜才如命,连喊带追,没喊住,也没追上。

后来,钟未拿着一杯喝了一半的咖啡姗姗来迟。

夜幕才降临,他穿了一身黑,像个只差蒙面的蒙面人。

许喵喵拽着陈迷人敌明我暗:"帅不帅?我的眼光6不6?"

这……这连亲妈都认不出来吧?但陈迷人还是助兴地点了点头:"666!"

说时迟那时快,杜小越对钟未先下手为强:"你丫可舍得来了!"

杜小越,国际经贸系,论各方面的条件,比陈迷人还一般,但不一般的是,同为新生的他混迹于形形色色的圈子和饭局,好像跟谁都沾亲带故,堪称老油条本条。

再后来,杜小越和钟未勾肩搭背地去了篮球队,许喵喵就又追回了啦啦队。当时,啦啦队的纳新都结束了,教练二话不说又为许喵喵增加了一个名额。陈迷人见状,灵机一动,不费吹灰之力地给许喵喵来了个公主抱,高高一抛,再稳稳接住。她字字铿锵:"教练,不拘一格降人才!"

许喵喵惊魂甫定:陈迷人是个有志者事竟成的主儿啊……

与此同时,黄进在对钟未"百闻不如一见"后,就自知没戏了——他对许喵喵的一见钟情是以卵击石。于是,他偷偷将一双鱼干状的臭袜子塞进了钟未的床板缝里。

幼稚?幼稚怎么了?喘自己的气,让别人无气可喘!

再后来,陈迷人逃课逃到第十节,被班长进行了一次约谈。

班长姓鲍,名家国。这个剃平头、穿马褂的大哥一把折扇从不离手,唰地一打开,里面是五个大字——广告位招商。

中北大学分东西两个校区,东校区有一家便利店,鲍家国买了两瓶营养快线,和陈迷人边走边聊:"说说吧,不上课,都干吗去了?"

陈迷人吞吞吐吐:"没干吗。"

"你这可一下就把天儿聊死了啊。"

"我知错能改还不行吗?"

陈迷人态度好归好,但也是蒙混过关。

她出生在一个小康之家,爸爸是个小生意人,妈妈是白衣天使,父母把她当掌上明珠的同时,也齐心协力地给她洗了脑:十八岁前谈恋爱都叫早恋,而早恋是占小便宜吃大亏!

如此一来,她十八岁前有多静若处子,十八岁后就有多动若脱兔。她逃课,就是流窜于中北大学各院、各系、各班的教室,大海捞针似的寻找她的 Mr. Right(白马王子)去了。

鲍家国语重心长:"陈迷人,你有梦想吗?"

"梦想?"陈迷人呵呵一笑,"你这才是一下就把天儿聊死了呢。"

鲍家国自问自答:"大学四年,归根结底就像十分钟的课间,是趴在桌子上睡一觉,是追跑打闹,还是做些有意义的事,将决定着你下一节课——也就是走上社会后的起跑线。哦,我说的'有意义的事',跟上不上课是两码事,是说有梦想,且为了梦想而奋斗。"

猛地,许喵喵从陈迷人背后扑上来:"老大!"

噗——鲍家国吓得一口奶喷出来,赶紧抹了抹嘴,扬长而去。

妈的,早知道就不喝营养快线了!

总说许喵喵男女通吃,但鲍家国是一个例外。尽管她和他从无过节可言,但大家都看得出,他不待见她。耳聪目明的陈迷人更看得出,鲍家国是对所有长得好看的人都戴着有色眼镜。

的确有这么一小撮人,他们觉得长得好看的人就像开挂似的,而开挂是不对的!

好在,许喵喵也不待见鲍家国:"哼,乳臭未干,还天天把梦想挂在嘴边。对了,你知道他的梦想是什么吗?作家!我的感动中国啊!亏我为了跟他拉近距离,还说我也喜欢看小说,结果,他说我看的那些霸道总裁不提也罢。我去他的拉近距离,赶紧给宝宝哪儿凉快哪儿待着去!"

陈迷人扑哧一笑:"不过,他怎么知道你看霸道总裁文?"

"鬼知道!倒是你,怎么和他凑一块儿了?"

"他奉邹老师之命……"陈迷人一转念,"喵,你逃课逃得也不比我少吧?"

"有人帮我答到啊。"

"'严打'啊,谁还敢一人答两次到?"

"那也有人舍己为我。不过,院里在研发刷脸报到机了,唉,到时候你这大众脸可就比我这花容月貌吃香了。"

陈迷人言归正传:"你找我有事?"

脚对脚睡了小半个月,陈迷人对许喵喵是心中有数的。她人不坏,但虚荣、滑头和利己主义终归是有那么一点点,玩得好的也都个个是"风流人物",也就怪不得罗思和赵顾酸溜溜:"人家红花不要绿叶衬,要的是C位出道。"而以陈迷人、罗思和赵顾的长相,除非是谐星出道。所以,许喵喵既然对陈迷人喊了这一声无事献殷勤的"老大",就不可能没事。

中北大学六十周年校庆庆典将在一个月后举行,谁将成为升旗手,是大家茶余饭后的头等谈资。为了能服众,校方将票选出这一位佼佼者,而钟未……是候选人之一。

许喵喵挽着陈迷人的手臂:"我们务必助钟未一臂之力。"

陈迷人没说话。

钟未……她对他仍仅限于道听途说——听说他的各种好。

往小了说,他连指甲盖儿都泛着珍珠般的光泽;往大了说,他炒个外汇就跟大家打开小红书逛一逛似的。其他诸如他法语信手拈来、用司马懿carry(带飞)全场、资助了留守儿童等等。

可惜小半个月过去了,她逃课逃得无法无天,他一下课便神龙见首不见尾,她对他除了听说,并无眼见为实。

"大家十年修得同窗情嘛!"许喵喵没骨头似的摽住陈迷人。

陈迷人还是没说话。

同窗是不假,但那一个"情"字……从何而来啊?

见状,许喵喵话锋一转:"老大,那你就当帮帮我嘛!他百花丛中过,片叶不沾身,那我只好学小蜜蜂一样嗡嗡嗡地占领制高点了。"

"可是,他那种三头六臂的,还用得着我们助他一臂之力?"

"这事儿说不难吧,也难!国贸系大三的吴波,凭借一对会抖动的胸肌得名吴大波,迷倒了不知道多少肉食动物。此人曝光率极高,哪儿哪儿都有他杠铃般的笑声,势必是钟未的劲敌。可这事儿说难吧,也不难……"

"你就别卖关子了。"

"老大,你不是会画画吗?多功能厅将陈列十二位候选人的易拉宝,你帮钟未手绘一个等身人形立牌好不好?独树一帜,我们就赢在了起跑线上。"

陈迷人连连摆手:"我连他是方是圆都不知道。"

"有我这个'情有独钟'后援会会长在,这还叫事儿?"

"可是……"

"没有可是!"许喵喵一根食指按在陈迷人的嘴上,另一只手摆弄着手机。即刻,陈迷人的手机嘀嘀作响,是许喵喵发来的钟未"套图",远景、特写、三百六十度无死角,只差十八禁了。

同时,许喵喵打蛇打七寸:"大不了,我帮你介绍男朋友啊!"

鬼使神差地,陈迷人点了点头。许喵喵比了个心,风风火火就走了。

许喵喵是个拥有十万粉丝的主播,有事没事就出个彩妆或者穿搭的教程。为此,啦啦队教练又双叒叕对她如获至宝,将采购新队服的重任交给了她。毕竟,去年的红配绿和喇叭裤丑到有队员因此而退队……真的是实力演绎"丑拒"。

许喵喵带着两个男同学去校门口取网购的新队服时,正好看见黄进也在取包裹,又正好看见他包裹上的广告语,顺嘴就读了出来:"从矮人一头到高人一等,so easy(如此简单)!"

"你买的什么?"许喵喵手起刀落,"该不会是内增高鞋垫吧?"

差评!黄进一张脸红到发黑。对于这种无脑商家,能解心头之恨的唯有差评!

雷厉风行,陈迷人一头扎进许喵喵发来的钟未"套图"里。有高二那年,他作为四辩在辩论赛上的意气风发;也有三天前,他在食堂里暴风式吸入一碗刀削面。用许喵喵的话说,这个男孩子就叫"可盐可甜"。

后来,陈迷人看到一张远景,是高三那年,许喵喵从二楼的教室俯拍的。钟未穿着宽大的白T恤和翠绿的校服裤子,蹲在操场边和一只流浪猫大眼瞪小眼。镜头中是夕阳西下,与此时此刻,寝室窗外的夕阳西下如出一辙。陈迷人的心跳漏了一拍,下腹也隐隐一沉……大姨妈造访,比上个月提前了整整十天。

当寝室窗外月朗星稀,许喵喵、罗思和赵顾才陆陆续续回来。

那时,是陈迷人趴在地上画画的第四个小时了。

罗思和赵顾纷纷出谋划策:"肩膀再宽一点会不会更好?试一下女友视角?怀里的猫会不会太喧宾夺主了?"

反倒是许喵喵只卖了个萌:"加油鸭(呀)!"

翌日,许喵喵和钟未坐在微积分的教室里,一前一后,临窗。窗外秋风扫落叶,令人心猿意马。陈迷人扛着钟未的等身人形立牌从窗前经过时,在钟未手指尖旋转的笔掉在了桌子上。啪的一声,他产生了一种……自己看见自己被人掳了去的错觉。

许喵喵看见陈迷人,趁老师不备,回头对钟未俏皮地挤了挤眼睛:"升旗手非你莫属。"

钟未不明就里。

"候选人虽然有十二个,但呼声最高的也就是你和吴大波,氧气少年vs

肌肉野兽,相信我,你稳赢的。"

"她是谁?"

许喵喵一愣:"谁是谁?她?陈迷人啊,人称校内美团兼顺丰,所有止步于校门口的外卖和快递,你请她跑个腿儿,她就会为你送到校内的各个角落。她还帮话剧社跑龙套,带宿管大妈的孙子做幼儿园的手工,就连东门那家烤冷面都请她当托儿。她因为对任何人的请求都一律说OK,OK姐的美名都传遍了,你这个同班同学会不会也太两耳不闻窗外事了?"

这时,陈迷人像是体力不支,站住脚,抹了一把脖子上的汗,在不经意间给了钟未一张端端正正的脸。而就是这一张大众脸,隔着一扇窗,令钟未从椅子上弹了起来。真的是……弹了起来!

上课呢,老师不要面子的?也就怪不得老师要杀鸡儆猴:"那位穿蓝白条的同学,别睡了!"

黄进吸溜了一口嘴角的口水,一看钟未,黑色,再一看自己,蓝白条……真是有苦说不出。什么意思啊?没长开就没人权啊?

而钟未在自顾自神游。

信管系18班共计三十二人,诸如微积分等等混班的大课占了一半,又有多少人来去匆匆,人以群分,道不同不相为谋,更何况他自己一下课便神龙见首不见尾。至今,还有谁不认识谁也不足为奇。奇的是,他认识她。无关同班同学和什么鼎鼎大名的OK姐,而是八年前,他便认识她。

"笑屁啊!"黄进忍无可忍,而钟未这才知道他在笑。

与此同时,陈迷人的下腹像装了个铅球。

她彻夜未眠,趴在楼道里马不停蹄地画了十个小时。

罗思说:"你就作吧你,将来会生不出孩子的!"

她不以为意。相较于生不出孩子,反倒是痛经的报应来势汹汹。

后来,也不知道是手绘人形立牌战胜了易拉宝,还是肌肉野兽不敌氧气少年,总之,钟未当选了中北大学六十周年校庆庆典的升旗手。

那天,他身穿藏蓝色和卡其色交相辉映的制服,如众星捧月。

那天,他还多了个头衔——中北大学机器人社团主席。

据说,中北大学机器人社团的从无到有,他功不可没。又据说,这才是他当选升旗手的重中之重。其余的,还有高考分遥遥领先,篮球队可遇不可求的3号位,绿色任我行的志愿者,诸如此类。换言之,和手绘人形立牌没有……顶多有一毛钱关系。

所谓人生硬核玩家,便是指他了,连吴大波都输得心服口服。但当晚,钟未为向许喵喵致谢,邀请许喵喵……及其室友们吃个便饭。

许喵喵敷着面膜也不忘对陈迷人嘚瑟:"这就是我说的占领制高点,你学着点儿。"

陈迷人忍不住提了一嘴:"你不是说……帮我介绍男朋友?"

许喵喵一拍脑门儿:"瞧我这记性!"

就这样,许喵喵叫上了国际经贸系的老油条本条——杜小越。

借用鲍家国的话,杜小越也是个有"梦想"的人。杜小越的梦想,是构建一个包罗万象的人脉网。他说像他这种泛泛之辈的未来并不是掌握在自己手里的,而是胜也人脉,败也人脉。所以,相亲好啊,多个朋友多条路!

而罗思的小算盘也打得啪啪响:钟未请客……人均怎么也得五百吧?就这样,她把她的青梅竹马方茂也叫上了。

二人从初中就情投意合,人称一个螺丝,一个螺丝帽。中考后,方茂去了更好的高中。在三年的聚少离多后,二人相约中北大学。

高考,罗思稳扎稳打,架不住方茂超水平发挥。

爱你就等于爱自己,罗思笑中带泪地放方茂去了更好的大学,距离自己所在的中北大学三十六公里。

三十六公里,方茂辗转了两个小时,迎接他的却是罗思的支支吾吾:"我也是才知道的,就在……就在食堂吃。"

赔大发了!搞不好连往返的路费都吃不回来。

中北大学西校区的食堂有三个窗口是对外承包的,其中有一家入不敷出,老板兼厨子,人称董大勺。他四十岁出头,左青龙,右白虎,年轻气盛的时候气太盛,追债追出了大半条人命。刑满后,他托了白道和黑道两边的关系,浪子回头金不换。一忘了放盐,他就说"平平淡淡才是真"。

钟未请杜小越牵线搭桥,借董大勺一亩三分地,亲自下厨。

此事一来,杜小越的人脉网叫人佩服,佩服。二来,能享受到钟未亲自下厨的待遇,至少许喵喵觉得千金不换。

钟未一把菜刀用得是出神入化,切个莴笋丝像开了二倍速似的。

许喵喵捧场:"哇,还有什么是你不会的?"

"熟能生巧。"他一笔带过。

"骗谁啊?"她如数家珍,"谁不知道你是在司机和保姆的簇拥下长大的? 就算是熟能生巧,那也是红酒、高尔夫、萨克斯吧? 对了,听说你萨克斯是演奏级的?"

"听说?"钟未轻笑着摇了摇头。

与此同时,杜小越查了陈迷人的户口。结论是,陈迷人高中的副校长,是他干哥哥的女朋友的大伯父,而他小叔的领导的前夫的叔伯弟弟,是陈迷人她妈所在医院的院长——不虚此行!

不多时,钟未做了一道姜汁牛仔骨,巧夺天工的莴笋丝仅仅是用来摆盘的。其余的,便是诸如糖醋肉、麻婆豆腐、蒜蓉西兰花等家常菜了。

钟未又把一卡通掏出来,问谁去买点饮料,陈迷人说她去,但没接钟未的一卡通。不过是买点饮料,三十块钱撑死了。

后来,她一手拎两升,两手拎四升,大气都不带喘的。

一张圆桌围坐七个人。乍一看,人与人之间等分,但细看不难看出许喵喵倾向钟未,陈迷人倾向杜小越,罗思和方茂你侬我侬,赵顾抱着一本严歌苓的《芳华》独当一面。

钟未的姜汁牛仔骨谈不上好吃或不好吃,但高级。

糖醋肉供不应求。

席间,许喵喵滔滔不绝,给大家讲述了钟未的光荣史。

她说钟未高二转学到五十二中,请全班吃了哈根达斯,像她这种隔壁班的孩子怪只能怪自己出身不好。

钟未一本正经地说了五个字:"不是我买的。"

她又道:"是是是,你还能没个跑腿儿的?"

她说有一款椰子鞋多少人有钱都买不到,钟未有三双。

钟未一本正经地说了两个字:"高仿。"

她又道:"是是是,五班贾司文说是高仿,结果呢?他当天就收了两个从莆田发来的快递,真是啪啪打脸。"

她说有人看见钟未出入维也纳国家歌剧院的皇帝包厢。

这回,钟未说了一串排比句:"不是还有人看见我是阿联酋航空的白金卡会员,看见我在金贸中心买什么都像买大白菜,看见我持有飞行执照?"

陈迷人不知道是不是自己多心了,总觉得钟未的语气有点儿……怎么说呢,有点儿讽刺?

许喵喵一根筋:"这也太扯了,有没有点常识的?飞行执照不得年满十八岁?"

"十七。"

"啥?"

钟未就事论事:"飞行执照的报考要求是年满十七岁。"

许喵喵目瞪口呆:"所以你……你真的会开飞机?"

说话间,糖醋肉仅剩最后一块。陈迷人和杜小越同时伸了筷子,各自一顿,又同时往回缩。罗思偷偷给方茂使眼色,志在渔翁得利。方茂忙不迭伸了筷子,但还是慢了钟未半拍。

钟未将筷子戳在盘子上,向陈迷人推了推:"你喜欢猫?"

所有人一愣。这是……哪儿跟哪儿啊?

许喵喵灵机一动:"啊,你是说你抱着猫的手绘人形立牌?那是我的主意啦!是吧,老大?"

陈迷人竖了双手的大拇指:"是许喵喵的主意。"

罗思和赵顾暗自呵呵:从始至终,那一句"加油鸭"就是许喵喵全部的贡献了。

"你不喜欢猫?"钟未不算对陈迷人目不转睛,仅抬眼看了看。

所有人又一愣。这是什么精神?这是打破砂锅问到底的精神!要不怎么说,学霸就是学霸呢。

陈迷人微微一皱眉:"我……中立。"

这时,方茂又一次伸了筷子,也又差了钟未零点零一秒。后者没事儿人似的将最后一块糖醋肉丢进了自己的嘴里,一边嚼,一边掩饰住闷闷不乐。

是的,钟未在闷闷不乐。

陈迷人是真的不记得他了?是,他是和八年前不一样了,从小屁包到人见人爱、花见花开了,可她难道没有不一样吗?难道她没有圆……圆了三圈吗?可他不还是一眼就认出她了?反之,他的等身人形立牌不是出自她之手吗?是没认出他,还是卖关子?

连日来,两个人的交集少之又少,他忙,人称OK姐的她天天助人为乐,比他更忙。他以感谢许喵喵为由,这才得以同她面对面。但人算不如天算,这一顿饭眼看就快吃完了,他看她的时候,她从没看他。他装作没看她的时候,她也从没看他!她倒是看了杜小越一眼又一眼,到底有没有审美的?真是黑人问号脸了!

他问她喜不喜欢猫,那是他的杀手锏了。结果,她还是一脸的"不关我事"或"不关你事"。

所以说,她不是卖关子,是真的……真的不记得他了。

罗思和方茂买了电影票,赵顾在图书馆还占了个座,纷纷撂了筷子就坐不住了。见状，许喵喵撺掇陈迷人和杜小越也去看电影，却不料，两个当事人才含情脉脉地一对视，钟未就不咸不淡地道："晚上是不是踢恒大？"

杜小越一看表："还来得及买趟啤酒和鸭脖子。"

伪球迷！真狗腿！注孤生！

许喵喵对杜小越是一百个看不上，同时，陈迷人也知道了，杜小越没看上她。但没人知道，钟未虽然不是伪球迷，但看球事小，不让陈迷人和杜小越去看电影才事大。为什么？没什么为什么，就不让。

一周后，许喵喵召集了二十人，排练了一段快闪，企图在光天化日之下将钟未拿下。之所以说"企图"，是因为没拿下，结束的时候，她转着圈儿地到了钟未的怀里，在他的手臂上下了个腰。

她说："怎么样？这造型够不够高调？扶我起来，咱俩这事就算成了。"

钟未一皱眉："咱俩什么事儿？"

"王子和公主终于幸福地在一起了啊。"许喵喵仰头仰得直充血，"快，快扶我起来。"

就这样，钟未让许喵喵坐了个屁股蹲儿。接着，他蹲下身，用只有她听得到的声音说道："我有喜欢的人了。"

许喵喵顾不上屁股疼："你……你有女朋友了？"

好险！不偷不抢不做三儿，这可是许喵喵的底线。

"没。"

"单恋？"

"也许。"

"也许？你不会还没表白吧？暗恋？"

钟未没说话，许喵喵顿觉一个晴天霹雳。但现在还不是一了百了的时候，现在，她必须力挽狂澜！

就这样，她仍用只有钟未听得到的声音说道："OK，既然你让我唱独角戏,那你就给我乖乖做观众。"

身为学霸,钟未一点就透。

果然,不出他所料,许喵喵声情并茂:"钟未,我一年前拒绝了你,今天,你拒绝了我,我们就算扯平了。"

敲黑板:是她许喵喵先对钟未说的"不"!

钟未一脸"随便吧"地走了。没错,随许喵喵的便吧。谁让她是陈迷人的室友呢,他不看僧面,也要看陈迷人的佛面。

人前风风光光,人后,许喵喵把鼻涕泡都哭出来了。

陈迷人一张接一张地递纸巾:"他单恋,你就还有机会啊。"

许喵喵不领情:"不是单恋,是暗恋!这一点也不纯情,不伟大,不 old fashion(老派浪漫),这是一边 YY(幻想)对方,一边自己感动自己!他就是我许喵喵感情史上的污点!"

翌日,陈迷人领着金鱼眼的许喵喵去食堂,买了她最爱吃的炸带鱼,挑好了刺,喂进她嘴里,还帮她把下巴合上。

许喵喵魂不守舍,把炸带鱼当口香糖嚼,越嚼越腥气。

放狠话是一回事,交出去的芳心一时半会儿收不收得回来是另一回事。于是,陈迷人致电了罗思和赵顾,打算几个人一块儿去玩玩。她虽然没谈过恋爱,但也知道 KTV 三小时欢唱是失恋的标配。结果,罗思说方茂他妈,也就是她的准婆婆因为甲状腺肿瘤住院了,赵顾更是连电话都没接,反倒是董大勺最仗义,赞助了一盆酸辣汤:"回头找个更好的!"

二人才一出食堂,便偶遇了黄进。

黄进心里住着个小学生,越喜欢谁,就越喜欢跟谁过不去,远远地,便将手里的篮球扔向了许喵喵。他以为他那刚中带柔的力道,许喵喵百分之百能躲开,结果许喵喵没躲,花容月貌被闷了个正着。黄进吓得直折寿,而许喵喵仍像一具行尸走肉。陈迷人越看越觉得不对劲,便揉了一把许喵喵的蘑菇头:"我拉完屎没洗手……"

啪！脆生生的一巴掌，是许喵喵呼在陈迷人的手背上："想剁手了是不是？双十一不想过了？"

陈迷人如释重负。

在许喵喵的天平上，钟未再重，重不过她的洁癖，差远了。

到了下午，一则爆炸性新闻更是让许喵喵又活蹦乱跳了——赵顾有男朋友了。对方是同系一个大三的学长，他爸姓石，他妈姓侯，一投机取巧便给他取名为石侯。赵顾和他在图书馆里摸小手儿，被许喵喵的一个探子看见了。许喵喵闻讯，半信半疑地杀过去，看见了，揉了揉眼睛，没错！

许喵喵明人不做暗事，赵顾和石侯也就不得不从地下转地上了。

陈迷人仰天长啸。在恋爱这件事上，好好学习的赵顾无心插柳柳成荫，她却有心栽花花不开，真是人比人，气死人啊。

"我说这阵子你怎么对我不冷不热的，闹了半天，是重色轻友。"陈迷人打趣赵顾。

但赵顾幽幽道："我不是重色轻友的人。"

陈迷人一愣：那是？

赵顾转身就走，没给陈迷人追问的机会。

再后来，许喵喵这钟未"情有独钟"后援会的会长一撂挑子，后援会也就形同虚设了。但如果谁说一句钟未的不是，她还是会用连珠炮怼得人家跪地喊爸爸。由此，陈迷人倒是越来越get（领悟）到了许喵喵的可爱。

在她许喵喵风调雨顺的世界里，好的是好的，坏的也有好的一面。今天没能得到，未必明天得不到。如果明天也没能得到，那将来会有更好的。因为她许喵喵看世界是可爱的，世界看她也是可爱的。

再后来有一晚，罗思和赵顾双双夜不归宿。

前者是因为准婆婆第二天要做甲状腺肿瘤切除手术，而方茂要协助他的一个导师赶一篇论文，她代替方茂在医院里做牛做马。

后者是因为干柴烈火。

十八岁仿佛一道关卡,从未成年到成年,那本该因人而异的升级往往被人用十八岁一言概之。于是,有了陈迷人对恋爱的迫不及待;有了许喵喵突然觉得饭圈挺没意思的,觉得刷榜、控评、互撕都挺没意思的;有了罗思对准婆婆的步步为营;有了那一晚,赵顾让石侯的手钻进了自己的胸罩。

一如黄进摘下了他戴了三年的耳钉;一如杜小越将脱发防患于未然;一如鲍家国作家的梦想尽人皆知,却没人知道他的笔名是"笼中鸟",没人知道他的稿费不是小数目,更没人知道他致力的就是他曾对许喵喵不屑一顾的那些霸道总裁轻轻爱、快快追、狠狠吻。

只有钟未,像是一如既往。

那一年的最后一天,中北大学篮球队和工大篮球队进行了一场友谊赛。作为大一唯二进入十二人名单的,钟未和黄进都不紧张,紧张的是啦啦队里的陈迷人和许喵喵。

先说许喵喵,训练是三天打鱼两天晒网,又贵人多忘事:"这个侧手翻后面是什么?上一个队形是什么来着?不是,是双飞燕前面那个!"

再说陈迷人,当初,她用一句"不拘一格降人才"打动了教练,跻身啦啦队,凭着一百二十斤的体重和巾帼不让须眉的气势将巴掌脸、A4腰、筷子腿们抛上抛下,不在话下。但今天,她遇上难题了。

由许喵喵千挑万选选中的蓝白金三色相间的队服,即便是XL码,对她来说也还是小了那么一点点。当队友们像出笼的小鸟叽叽喳喳地扑腾出了更衣室,她还没拉上背后的拉链。

吸气,再吸气!也还是差那么一点点!

这时,对讲机在哇啦哇啦地催促着啦啦队就位了,陈迷人不管不顾地冲出了更衣室。

"喂。"走廊里,有人从背后叫住了她。她一个急刹,上半身还在惯性下往前倾了倾。

钟未?

那么好听的嗓音,不急不躁地,像羽毛拂过心头。

是钟未……

尽管她不认为她有注意过他,但既然她长了眼睛和耳朵,便知道他不但长得好看,嗓音还好听。

一时间,陈迷人没有回头。

自知之明和自卑是两码事。在这一秒之前,陈迷人是前者。她知道她无论是相貌、家境,还是头脑、才华和运气,都只是普通,但也知道"普通"是十之八九的大多数。对此,她心里有数,更知足常乐。

但这一秒,她自卑了。她觉得她撑爆了拉链的那一块后背在钟未的目光下痒到发疼,像一块在烤架上的五花肉,滋滋地冒着油。

我去……随着钟未逼近再逼近的脚步声,"文明小标兵"陈迷人人生中的第一句脏话呼之欲出!

她听见他停在她背后一步之遥,紧接着,是欶的一声,那是他帮她拉上拉链的声音。

他一只手拢在拉链两端,另一只手抓住拉链头,向上一提。貌似不费吹灰之力,但她怀疑他会不会连吃奶的劲儿都使出来了?

陈迷人还是没有回头。

即便是拉上了拉链,她也觉得她是一块被打了包的五花肉。

那一刹那,之前十八年的知足常乐更像是不求上进。

后来,可能是过了一秒钟,也可能是过了半分钟,她听见钟未向后转,脚步声渐渐消失在了男更衣室的方向。

上半场,中北大学个顶个地手凉,上个篮屡屡涮筐而出,罚球命中率30%,三分球N投一中,被客场作战的工大篮球队遥遥领先了17分。

中场,啦啦队燃爆全场,陈迷人不遗余力,将许喵喵抛得比谁都高。

许喵喵的小白裙一上下翻飞,黄进的鼻血就汩汩地下来了:"这个OK姐,我饶不了她!"

钟未坐在黄进隔壁的隔壁,垂着头,毛巾往脑后一搭,遮住了大半张脸,声音冷冰冰地传出来:"再被人断球,我先饶不了你。"

黄进打了个寒战:一场友谊赛而已,至于吗?

与此同时,陈迷人将许喵喵稳稳接住:"喵,我想追钟未。"

"啊?"许喵喵只差平地摔了。

下半场,钟未和黄进双双渐入佳境,陈迷人和许喵喵在场边席地而坐。

许喵喵用两只手包裹住陈迷人一只手,苦口婆心道:"钟未?你想追钟未?谢天谢地,这说明你审美没问题。但你过过嘴瘾,做做五光十色的白日梦就给我打住,千万千万别动真格的。否则,你就是审美没问题,但脑子有问题了!"

陈迷人帮走光了的许喵喵把小白裙往下拽了拽:"喵……"

"你看看,这看台上有多少人眼珠子都快掉出来了,又有多少人连勇士和骑士都傻傻分不清楚?她们都不是球迷,是情敌。谁喜欢钟未,她们就是谁的情敌。你觉得你是鹤立鸡群的鹤?曾几何时,我也这么觉得,到头来还不是咯咯嗒?"

"喵……"

"别喵了,汪也没用!"许喵喵倒也是为了陈迷人好,"你再看看,这环肥燕瘦,钟未又把谁放在眼里了?你别忘了,他亲口对我说他有喜欢的人了。"

"喵,"陈迷人一鼓作气,"你为什么不帮我拉拉链?"

"啊?"许喵喵一头雾水。她并不知道陈迷人对钟未的心血来潮关拉拉链什么事,毕竟,连陈迷人自己也并不知道,为什么无忧无虑了十八年的她会在今天,会在钟未的面前,因为拉不上拉链而多愁善感。而恰恰是那一抹多愁善感,令钟未的举手之劳有了拔刀相助的色彩。那嗷的一声,令舒伯特的小夜曲黯然失色。

但陈迷人知道,自卑……是喜欢的预告。觉得他好,便觉得自己处处糟糕。

陈迷人是个不折不扣的好孩子,但脏话也是一回生二回熟,直到球赛落下了帷幕,她一颗心仍怦怦乱跳:钟未太他妈帅了。

许喵喵也仍喋喋不休:"不可能,你这比鸡蛋碰石头更不可能!"

至于球赛的结果,一分之差的落败,也是落败。

倒是在第四节的最后两分钟时,有人给大家送去了欢乐。

钟未被人犯规撞倒在地,黄进对钟未私下眼红归眼红,上阵亲兄弟那是必须拉一把的。但就在他拉钟未一把的时候,自己没站稳,嘴对嘴扑了上去。他的初吻……就这么没了!

黄进气得直耳鸣,过了好一会儿,他才惊觉那不是耳鸣,是他给大家送去的欢乐!

连队友都说:"鞋垫黄,你丫藏得够深的啊!"

至于"鞋垫黄"这个绰号的全称,是"内增高鞋垫黄"。

就这样,中北大学篮球队的落败在一阵风中消散,反倒是黄进"心机受"的人设被传了个沸沸扬扬。黄进欲哭无泪,对众人说明明是钟未贪图他的美色。

众人:呕。

第二章
我还没有女朋友

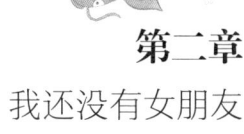

元旦假期后的第一天,也就是陈迷人追钟未的第一天。

女为悦己者容,陈迷人穿了件只有在重要场合才会穿的白毛衣,虽然令一百二十斤的她在视觉上又膨胀了五斤,但领口的蝴蝶结常常赋予她迷之自信。

第一节是数据库基础,她从"今晚别睡了"给钟未买了一杯美式——是咖啡厅的小姐姐给她的情报,说钟未只喝美式。

对此,许喵喵毒舌:"俗不俗啊你?你知道他拒绝了多少爱心便当和手工巧克力?你18元一杯的苦水到头来只能自己咽,你信不信?"

"你一个loser(失败者)没有发言权。"陈迷人不甘示弱。

许喵喵气得太阳穴突突的。

二人进教室的时候,钟未的书包在第三排最右边的座位上,人不在。

陈迷人屁颠屁颠地把咖啡送过去,惹得许喵喵又恨铁不成钢。

一个绰号"手表"的男生最爱管闲事:"许喵喵,你和钟未不都扯平了吗?"

许喵喵赶紧撇清:"不关我的事啊!"

手表一转念:"OK姐,我们美好的一天都是从麦当劳6元早餐开始的,而你美好的一天又是从送外卖开始的?"

想不到,谁也想不到安分守己的陈迷人会想吃天鹅肉!

许喵喵才要坐下,被陈迷人一拽就拽到了第六排最左边的座位上,距离钟未一个对角线。

"干吗?"许喵喵气不顺,"怕他泼你啊?"

陈迷人一本正经:"怕影响他上课。"

"影响他上课?"许喵喵哈的一声,"你也太抬举自己了。"

钟未和老师前后脚进的教室,一看桌子上有杯咖啡,便下意识地看了看四周。还是手表最爱管闲事:"OK姐又做好事不留名了。"

钟未心里咯噔了一下,再一看陈迷人,后者都快把头藏进书包里了。

见状,许喵喵直说风凉话:"值了!被钟未这么看上一眼,你的18元值了。"

而所有人都忽略了一点:手表一提OK姐,钟未就一眼找到了陈迷人。要知道,这教室里可是坐着泱泱百十来号人,他如果流水无情,又怎么会一眼就找到了她?

这一节数据库基础上得像是捅了马蜂窝,貌似是有大新闻,四个班的学生一家亲地交头接耳,一直嗡嗡个没完。一脑门子问号的许喵喵坐不住了,趁老师不备挪了两排,坐到了黄进旁边。黄进受宠若惊,对许喵喵那叫一个知无不言。他说:"江湖流传,陈迷人有小偷小摸的毛病……"

"放屁。"许喵喵不能大嗓门儿,熊熊怒火化作了一颗唾沫星子。

黄进又说:"江湖流传是从三年级传出来的。"

三年级?许喵喵卸磨杀驴,又挪了三列,坐到了罗思旁边。罗思支支吾吾,但该说的说了,不该说的也说了。

果然,不出许喵喵所料,这事儿的源头是赵顾及其男朋友——三年级的学长石侯。许喵喵冷眼看了一圈教室,赵顾没在。而这大概是全勤的赵顾第一次破戒?

事已至此,罗思拉拢许喵喵。她说,最初,赵顾丢了一片姨妈巾,言之凿凿地对她说嫌疑人只有一个,那就是陈迷人。不是什么值钱的东西,也就没斤斤计较。后来,赵顾的洗发水和薯片开始神不知鬼不觉地蒸发。再后来,她的面霜和老干妈也开始神不知鬼不觉地缩水。

这……可就难办了! 尤其是偷老干妈者,太不地道了!

罗思又问许喵喵:"喵,你好好想想,你就没丢过什么?"

下课时间到。佛系的老师共计维持了八次纪律,心力交瘁。

老师前脚一走,许喵喵后脚拍案而起:"明人不说暗话,我们老大绝不会干小偷小摸的事儿! 罗思,你所谓的证据都是你觉得,谁不是觉得钱还没花呢就没了? 我还觉得我爸瞒着我我们家有矿的事儿呢。"

鸦雀无声。

许喵喵声势浩大地回到陈迷人身边:"你们都给我记住了,谁再往我们老大身上泼脏水,我许喵喵就给谁和了泥还回去!"

陈迷人只差哇的一声哭出来。

一来,是冤。二来,许喵喵也太仗义了吧!

但如此一来,罗思面子上挂不住了:"许喵喵,帮理不帮亲啊!"

许喵喵不吐不快:"理? 谁是理? 老大和赵顾,一个是哪里有困难哪里就有她,一个是大家一起刷个剧都会偷偷把电脑往自己那边转上五度,你说老大偷赵顾的姨妈巾,我不信。"

"不信?"这时,赵顾姗姗登场,"不信那就当面对质喽。"

许喵喵不虚:"对就对,谁怕谁啊!"

罗思也求之不得:"好,那就择日不如撞日喽。"

电光石火间,2V2的大局已定。

"我……"被告陈迷人一张脸从红到青,从青到白,从白到红,转了一圈儿,也没说出第二个字来。她排山倒海的一个"冤"字还没喊出来,就被"姨妈巾"三个字狠狠捂住了嘴:不,你不冤……

昔日,她一个人在寝室,帮许喵喵手绘钟未的等身人形立牌。夕阳西下,大姨妈提前了整整十天造访,杀了她一个弹尽粮绝。情急之下,她抽了赵顾一片姨妈巾。事后,是她忘了和赵顾说一声。

如果说了这一声,赵顾多半会说:"哎呀,快别见外了行不行? 大家好姐妹,我的就是你的。"反之,别说见外了,小偷小摸那是要见官的!

"老大?"许喵喵伸手在陈迷人眼前晃了晃,"别怕,我给你做主。"

陈迷人一恍惚,都没看到钟未是怎么走过来的,只看到他近在眼前,手里端着那一杯美式,也不知道喝没喝完。他穿着一件黑色的卫衣,胸前印有 pleasant picnic 的字样,意为愉快的野餐。但此时此刻,他看上去并不愉快。而实际上,钟未比他看上去更不愉快!

课才上到一半时,他便对陈迷人的"斑斑劣迹"有所耳闻了。如果说许喵喵对陈迷人的信任,源自陈迷人对她的真心换真情,那他对陈迷人的信任,更像是不讲道理。如果一定要讲道理,那也要讲到八年前了。

十岁的她,曾经是他的英雄。十八岁的她,只会更好。

偷东西? 你才偷东西,你全家都偷东西!

钟未心里这么想,但嘴上不能这么说,说了,充其量是第二个许喵喵。陈迷人一个好汉三个帮,他和许喵喵一加一等于二也白搭。咖啡厅的小姐姐说他只喝美式,说得对,但陈迷人买给他的这一杯美式和他曾经喝过的每一杯都不一样——甜。喝进嘴里,甜在心上。

他几口就喝完了,想:去你大爷的偷东西,他只想在众目睽睽之下把她救走。于是,他笑着将空了的咖啡杯晃了晃:"你买给我的?"

那一刻,陈迷人面临着一道选择题:请问钟未的笑是哪一种笑?

A.冷笑。B.讥笑。C.耻笑。D.皮笑肉不笑。

她在冷笑和耻笑中间左右为难,但认定了一定不是什么好的笑!

那一刻,自卑蒙蔽了陈迷人的双眼。她也不想想,如果钟未要看她的笑话,让那她凭实力撑爆了啦啦队队服的笑话岂不是更好看?

与此同时,手表茅塞顿开:"不会吧? OK姐要追校草?"

当即,有人窃窃私语:"还OK姐? 这偷东西一实锤,人设也就崩了啊。"

"我实锤你妹啊!"许喵喵孤军奋战。

终于,被告陈迷人字字铿锵:"不是。"

钟未微微一挑眉:"不是什么?"

"咖啡,不是我买给你的!"陈迷人撇清。

随即,她拉上许喵喵一走了之。这样的一走了之在众人看来,无异于畏罪潜逃。但在钟未看来,是他……自作多情了? 他知道她还没把他和八年前的小屁孩对上号,他以为这一杯美式是她谢谢他篮球赛那天帮她解了围。他以为……她和他的关系亲近了那么一点点。结果,误会?

另一边,陈迷人把姨妈巾的始末向许喵喵和盘托出。

许喵喵后怕:"幸亏! 幸亏我没跟她们赌上身家性命。"

陈迷人信誓旦旦,说除了那一片姨妈巾,她真的清清白白。

"废话。"许喵喵一语道破,"她们是疑人偷斧。"

许喵喵一转念:"那你干吗不当着大家和钟未的面把话说清楚?"

"怎么说清楚?"陈迷人摸了一下领口的蝴蝶结,"说我因为钟未,偷了赵顾的姨妈巾? 我是要追他,不是要害他。"

总之,白瞎了这一件白毛衣,什么重要场合,什么迷之自信,通通事与愿违。

当天,陈迷人给赵顾买了一包十六片装的姨妈巾,夜用的。赵顾说了四个字:"下不为例。"

许喵喵陪陈迷人去食堂,董大勺也不知道从哪得到的消息,又赞助了陈迷人一盆酸辣汤:"出出汗,权当哭一场,回头好好学习!"

陈迷人哭笑不得。都是董大勺的一盆酸辣汤,当初,他跟许喵喵说"回头找个更好的",到了她这儿,就剩下好好学习了? 这是看人下菜碟啊?

后来,中北大学的花边新闻出了一波又一波。比如某德高望重的教授涉嫌挪用科研经费,只因一次次抄底A股未果。又比如某大四情侣穷游,游到山穷水尽,仙人跳被识破。

在如此狂轰滥炸之下,陈迷人的小偷小摸翻了篇,她和钟未之间那一杯无人认领的咖啡也被渐渐遗忘了。校草还是校草,OK姐也还是活雷锋。她对他的追求与其说是刹那的烟火,还不如说是一个哑炮。

许喵喵语重心长:"也好,长痛不如短痛,你这个短痛就好像被针扎了一下。"

"我这是伺机而动。"陈迷人捧着《计算机原理》,一心二用道。

许喵喵服气:"针扎一下你还不过瘾?你这是非把你大好的青春逼成个容嬷嬷啊?"

至于陈迷人所说的伺机而动的"机",是指她想等她变得好一点,再好一点。如果说追求钟未是一场考试——是一场她永远不可能通过的考试,她想,她总要先拥有一张准考证。她想拥有追求钟未的权利。

再后来,大一第一学期期末考如约而至。

黄进挂了一科;许喵喵、罗思、鲍家国和手表等人比上不足,比下有余;赵顾在万人之上,一人之下,而那"一人",非钟未莫属。

陈迷人挂了三科。

这哪里是变得好一点?这……这根本是无可救药了啊!

到了寒假,陈迷人的护士长母亲吴秀芝轮班轮到昼伏夜出时,陈迷人就昼出夜伏。她每天天不亮便背上书包,从楼下的33路公交车总站上车,坐在最后一排靠窗的位置,塞上耳机,打开《计算机原理》——那是她挂了的三科中的一科。一首《感谢你曾来过》循环上几十遍,最打动她的一句歌词如下:你才不是一个没人要的女同学。

对,你才不是一个没人要的女同学!太励志了。

除夕的清晨,陈迷人背上书包时,吴秀芝还没回来,父亲陈烈有试着拦一拦她:"大过年的……"

陈迷人不为所动:"我和同学约好了。"

陈烈是个小生意人,精明劲儿都用在了外面,对家人笨嘴拙舌,也就只好请陈迷人早点儿回来。

吴秀芝回来后,陈烈说女儿准是搞对象了。

知女莫若母,吴秀芝的精明劲儿都用在了陈迷人身上。她说女儿不像是搞对象了,又说:"你没看她又胖了吗?我看像是抑郁肥。"

确认过语气,是亲妈。

与此同时,陈迷人在33路公交车上看见了钟未。

公交车停在红灯前时,右侧是一条小巷,巷口是一家餐厅的后门,陈迷人看见钟未蹲在地上,和一只大概是流浪猫的三花面面相觑。

紧接着,红灯变成绿灯,公交车带走了陈迷人。

安全小贴士:十万火急也万万不能抢夺方向盘!

陈迷人在下一站下了车,穿着一件大红色的羽绒服,像一个燃烧的火球,嗖嗖地往回滚了八百米。在那一条小巷的巷口,那一只三花还在,在那一家餐厅的后门吃着一条人类吃剩下的鱼。而钟未不在了。

她心急火燎地连问了两遍:"人呢?他人呢?"

"喵呜。"三花答道。

餐厅的后门从里面锁着,陈迷人推了两下,没推动。

她绕去正门,只见这是一家叫作Forbidden Fruit(禁果)的私房菜餐厅,正门是两扇斑驳的木门,在上午九点半,挂着"休息中"的牌子。

也好,陈迷人在兜里擦了擦手汗。找不到他,也好。

自从被扣上小偷小摸的帽子之后,陈迷人一直和钟未保持着五米以上的距离。而学渣的板上钉钉,让她把这个距离又增加到了八米以上。甚至,当钟未从班级的微信群添加她为好友时,她拉黑了他。拉黑之后,她才知道钟未是把全班同学都添加为了好友。他真是信管系18班之光!多少人受宠若惊,相形之下,她也太小家子气了。

总之,她和他之间的差距每天都在以肉眼可见的速度扩大,再扩大,让她无能为力。

陈迷人再见到钟未,是在两小时后。

还是在 Forbidden Fruit 的后门,那一只三花也还在。

那时,她蹲在后门门口,捧着她的《计算机原理》,整个人都冻僵了,只剩大脑还在缓缓地运转。他从里面推开门,砰的一声,像是对谁的心脏开了一枪。而除了对陈迷人,还能是对谁?

陈迷人吓得一屁股坐在了地上。她仰头,他垂眸,二人四目交接。

刚刚在公交车上,她远远地看他穿着黑衣黑裤,这再一细看,才知道在黑衣黑裤外,他还系着一条黑色的长围裙。而在他的双手里,是两个几乎有半人高的黑色垃圾袋。

下一秒,钟未后退,后门随之砰的一声关上。

三花又喵呜一声:烦不烦啊,聒噪的人类!

陈迷人又再见到钟未,是在三分钟后。

钟未又一次从里面推开门:"你怎么在这儿?"

超凶!毕竟,他不想让陈迷人看到他这副脏兮兮的样子。

"我,你,那……那你怎么在这儿?"陈迷人在情急之下凶了回去,但脸是白的,鼻尖被冻得红通通的,眼眶亮晶晶,堪称奶凶奶凶的。

好问题!钟未哑口无言,只好又超凶地扔下那两个黑色垃圾袋,后退,后门又随之关上。

与此同时,他知道他搞砸了。凶个什么劲儿啊?这进进出出地,又不是在演大变活人。相较于他脏兮兮的样子,他的神经质更会害他扣分吧?这下可好了,总不好第三次推开门了吧?又不是三顾茅庐!

一晃就到了下午两点,陈迷人接到了吴秀芝的电话:"几点回来啊?"

"妈,我要晚一点。"

"晚一点是几点?"

那时,陈迷人还在守株待兔:"我同学被绑架了。"

挂断电话后,吴秀芝对陈烈头头是道:"女儿可能真搞对象了。说什么同学被绑架了,可那语气美滋滋得跟个偷了油的老鼠似的。真是的,心都野了,连个瞎话都懒得好好编一编了。"

陈烈说:"你不是说她抑郁肥吗?"

吴秀芝又说:"那也可能长的是幸福的小肉肉。"

另一边,钟未频频从百忙之中抽出时间,由后门的门缝偷看陈迷人。第一次看,没走;第二次看,没走;第N次看,还没走!他饭都吃了,都没看她喝过一口水。

对此,钟未是左右为难。他不想让她走,但更不想让她绝食啊!直到她接了一通电话……

她说她同学被绑架了?是指他?学渣的脑回路真是不一般啊……

到底还是第三次推开了门,钟未将一罐热腾腾的桂圆红枣茶扔向了陈迷人。陈迷人险险接住:"你没事儿吧?"

钟未双手插进长围裙的口袋里:"不是怀疑我被绑架了?报警啊。"

一点也不凶,语气淡淡的,更像是调侃。

陈迷人对答如流:"怕撕票,也怕你不是被绑架。钟未,你是不是把大家都骗了?你富二代的人设纯属虚构是不是?你一下课溜得比谁都快,是去打工对不对?你家境中等,甚至中等偏下,不去打工就没钱炫富。今天是除夕,你还在杀鸡、宰鱼、刷盘子,拿的是三倍薪水对不对?"

超可爱!钟未把陈迷人的滔滔不绝当成耳边风,只顾将她看了又看。

是,那些网红脸有的她都没有,但两颊的皮肤薄到可以隐隐看到蜿蜒的血管;每眨一下眼,都带着孩子气的决心;额前毛茸茸的碎发似乎永远长不长。

是,她是有一点胖,如果说"好女不过百",那她可能要拉出去枪毙了,但她的一双脚踝塞在雪地靴里还晃晃荡荡,胸又大……

钟未是个君子,但谁说君子不爱大胸?更何况她吧啦吧啦到口干舌燥,飞快地舔了一下嘴巴,一副小熊猫要吃人的样子,真的超可爱。

"被我说中了?"陈迷人迟迟等不到钟未开口。

而钟未是真的把陈迷人的话左耳进右耳出了:"你说什么?"

陈迷人一声叹息,马上又信誓旦旦:"你放心,我帮你保密!再说了,不是富二代也没什么大不了的,勤劳善良的劳动人民最伟大!"

"大过年的……"

"我知道,三倍薪水……"

"我是说大过年的,你一个小姑娘是要卖火柴吗?"钟未以大局为重,"快回家。"

这是下逐客令了啊?陈迷人闷闷地"哦"了一声,便转过了身。

但是……他管她叫"小姑娘"啊?叫人心里怪痒痒的。

那一只不知道何时走掉的三花又回来了。

"对了,"陈迷人郑重其事,"你之前不是问过我喜不喜欢猫吗?我喜欢。"毕竟,她和这个长得像奸臣的喵星人也算共度了一段美好时光。

"我知道。"钟未匆匆撂下这三个字,后厨有人在喊他了。

这里的年夜饭不到中秋节便订满了,十六桌,算下来有两三百道菜,厅前、后厨,人人忙到脚打后脑勺。但当陈迷人龟速前进到小巷的巷口时,钟未还是追了出来。

他从后面抓住她双肩包的背带:"那杯咖啡是不是你买给我的?"

陈迷人穿得像个球一样,转不过身:"我……我忘了。"

"你拉黑我?"

"没有……"

"没有?"

"手滑!"

"那你看着办。"说完,钟未又一溜烟儿跑了回去。

陈迷人吸了一口钟未留下的洗洁精的香味,几乎要醉了。

严冬的黄昏行色匆匆,转瞬间,头顶像一口黑锅扣下来。

零下六摄氏度的气温,她在吴秀芝的夺命连环call(呼叫)中一边归心似箭,一边咯咯地笑。她觉得,钟未真是个好人啊!他在食堂亲自下厨那天,明明要把最后一块糖醋肉让给她的。篮球友谊赛那天,他帮她守住了一个"微胖girl(女孩)"的尊严。她被人说小偷小摸那天,他替她吸引了火力。还有今天,他该灭了她的口的!只因为她说会帮他保密,他就相信了她。她何德何能,他只因为一句空口无凭的话就相信了她?

有机会送他一面锦旗好了——好人一生平安!

当然,这时的钟未并不知道陈迷人的脑回路。好人?一般在被称为好人之后,不就该被甩了吗?那还真不如灭了她的口呢!

寒假的尾声,陈迷人进行了三科的补考。

计算机原理是最后一科。她一边答题,一边还能隐隐闻到Forbidden Fruit后门那残羹剩饭的味道。因为沾了钟未的光,那味道沁人心脾。

补考后,她去了男生寝室。

还有三天才开学,整栋楼也就几个在家里混不下去了的男生在开黑。

陈迷人把帽衫的帽子往头上一扣,说混就混了进去,找到钟未的寝室,轻轻一撞,就撞开了那早就奄奄一息的门锁。

呃,什么味道?刺嗓子!

陈迷人三步并作两步去推开窗,死里逃生。

后来,她爬上钟未的床……床板。钟未的被褥卷成一个卷儿堆在床尾,她用自备的抹布将一条条床板和缝隙擦了个一尘不染。而黄进的那双臭袜子,这才落了网。

那还是小半年前,黄进一厢情愿地陷在他、许喵喵和钟未的三角恋里,将一双鱼干状的臭袜子塞进了钟未的床板缝里。

小半年后的今天,陈迷人又哪里知道那"生化武器"是黄进的?她将它们洗了五遍,让它们焕然一新。甚至,在将它们夹在窗前的晾衣绳上后,她还把鼻子凑上去闻了闻。

三天后,钟未返校。他不是一个人来的,身边还跟了个小姐姐。

消息像长了翅膀,说闹了半天,钟未好姐弟恋这一口啊!

但钟未对黄进等室友介绍说:"白冉,我姐。"

大学毕业半年多了的白冉风情万种:"没血缘的啊。"

白冉帮钟未铺被褥前,摸了摸床板:"哟,你们屋窗户还挺严的啊。"

与此同时,黄进对着他的床板吹了口气,迷眼了。

值得一提的是,黄进是今天第一个到寝室的,迎面是晾衣绳上的一双袜子,才一推开窗,它们就翩翩起舞。眼熟了半天,他终于和他的袜子相认了。那一段有味道的往事历历在目!

销赃,结案。

钟未送白冉走的时候,偶遇了陈迷人一行四人去吃饭。

如果说男生间的友谊是合则聚,不合则散的二选一,女生间的友谊则充满了玄机。

当陈迷人和许喵喵甘苦与共,从脚对脚睡成了头对头,赵顾和罗思的小团体岌岌可危了。早在上学期,她们各带各的男朋友搞了次四人约会。石侯和方茂这个嫌那个抖腿,那个嫌这个吧唧嘴,都觉得对方是硬伤。

一各谈各的恋爱,姐妹情分分钟变淡。久而久之,罗思反倒倾向于找陈迷人和许喵喵抱团取暖了。至少,三个人总有话说,用不着尬聊。

而赵顾是个喜欢打有准备之仗的人。她在上大学前就做过一个调查:女生上了大学后会有什么不同?答案五花八门,有人说会变美,有人说会变懒、变宅,也有人以过来人的姿态说万万别虚度。

最令赵顾有感触的是,有人说连上个厕所都要手拉手结伴而行的女生们在上了大学后，会习惯一个人。一个人穿梭于教室、食堂和寝室之间。总有一天，甚至会习惯一个人吃火锅，或一个人割阑尾。

但凡事都有个过程。从寂寞，到装作不寂寞，再到真的不寂寞。

目前，赵顾处于"装作不寂寞"的阶段。

当陈迷人和许喵喵说要去吃比萨，罗思马上说她有快到期的优惠券不用白不用时，赵顾不是不寂寞的。她若无其事地打开了美团外卖。

"一起啊。"是陈迷人给了赵顾台阶下，"有个四人套餐超值的。"

许喵喵心直口快："那就没法用优惠券了。"

"我请客。"陈迷人还找了个借口，"就当提前庆祝我补考通过！"

罗思啪啪地鼓掌："那是该普天同庆，一起啊！"

下楼时，许喵喵为陈迷人抱不平："以后你也别叫什么OK姐了，就叫陈·以德报怨·迷人。忘了她泼你脏水了？还提前庆祝你补考通过？你让我们没补考的脸往哪放啊？还有赵顾，她一个全班第二寒不寒碜啊？"

好心情的陈迷人脚下像安了弹簧："家和万事兴。"

结果，一行四人没走几步就偶遇了钟未和白冉。

迎面的4V2，谁也没说话，各怀鬼胎装作谁也不认识谁。

等都走过去了，许喵喵绷不住了："那谁啊？一看就是个社会人！"

赵顾就事论事："倒是真挺有女人味儿的。"

罗思忧心忡忡："不知道我们家方茂身边有没有这种狠角色……"

像是轮到陈迷人发言，其余三人不约而同看向了她。

"等下要不要尝尝新出的小龙虾比萨？"陈迷人好一个顾左右而言他。

许喵喵又一个心直口快："不会吧，老大？你还没放下？"

赵顾捅了一下许喵喵的腰眼："看破不说破。"

"看破什么？"罗思这才迟迟开了窍，"不会吧，老大？你……你对钟未来真的？"

与此同时，相较于陈迷人的好心情被蒙上了一层薄薄的雾，钟未才真是怒火中烧。之前,他为了加她好友,也是为掩人耳目,便加了全班好友。却不料,当全班受宠若惊时,她把他拉进了黑名单……

除夕那天,在Forbidden Fruit的后门,她明明满脸都写着"钟未,我想跟你谈恋爱",而他也说了"那你看着办",结果,元宵节都欢度了,他还在她的黑名单里!请问,在黑名单里怎么谈恋爱啊!

这盼啊,盼啊,终于开学了,她又装作不认识他?可恶。

"神游什么呢?"白冉一只小手钻进钟未的臂弯。

白冉是个小个子,也是穿高跟鞋的好手。她有一头浓密的大波浪鬈发,一撩露出小巧的耳垂,再撩露出天鹅颈。就算身无分文,她也必须有一支口红傍身。以上种种统称为女人味儿。

白冉的红色奥迪就停在前面,钟未帮她打开车门:"我们有言在先的,今天是第一次,也是最后一次。学校又不是游乐场,真不知道你来玩什么。"

"和你手挽手在这群毛孩子面前转上一圈,像走红毯一样,可比游乐场刺激多了。"

"白叔把公司交给你这个刁蛮公主,是不是也挺刺激的?"

白冉挺了下腰杆:"喂,我这个人公私分明的!再说了,我就算不为我爸守江山,也要为你好好铺出一条路呢。"

"心领了。"钟未将白冉塞进车门,"慢点开,你的路怒症真得改改。"

白冉又打开车窗:"对了,刁蛮公主买给阿姨的葡萄籽,你让她坚持吃,美白倒还是其次,是真的有抗过敏的功效。她啊,就是被你和叔叔惯得太大大咧咧了。"

后来,英语四级的成绩下来了。

信管系18班一共有六个人报考,过了四个,其中包括钟未和赵顾。

像陈迷人、许喵喵和罗思等人,都还在等着大二大拨儿轰的报考资格。

由此,陈迷人想起了鲍家国的话:"大学四年,归根结底就像十分钟的课间,是趴在桌子上睡一觉,是追跑打闹,还是做些有意义的事,将决定着你下一节课——也就是走上社会后的起跑线。"

但这距离走上社会还有三年半呢,人家的起跑线都和国际接轨了?

是该做些有意义的事了。陈迷人才要拉上许喵喵立个奋起的flag,一看许喵喵在捧着手机抹眼泪,再凑上前去一看,果然,又是霸道总裁惹的祸。

"这么虐?"陈迷人也就是象征性地问问。

许喵喵却打开了话匣子:"是感动!女主是个红到发紫的大明星,追她的男人都快要三百六十行,行行出状元了。但是!有一个神秘人一直在默默守护她。今天这一章写到女主被全世界diss(怼)是花瓶,委屈到不行的时候,收到了神秘人发来的一段视频。原来,她每一个努力的瞬间都被他看在眼里!本宝宝真是感动到要以身相许……"

"这是跟踪狂吧?狗仔转粉了?"

"懂什么啊你!也对,全世界大概也就只有我最懂女主的感受了,我们才不是只有一张脸,我们也有努力好不好?"

"那……神秘人就是男主吧?"

"不像,处处对不上号。"

"那就是男二,男二一般都是暖男吧?"

"也不像。"

陈迷人打了个响指:"那如果是男七男八,就一定是作者的化身,就像幕后大咖没事儿都喜欢在台前客串一下下。"

"你是说,这个叫笼中鸟的大神是个拉拉?"

"也可能是个抠脚大汉?"

许喵喵眼泪都还没干,又笑到停不下来。

后来,陈迷人奋起的flag还没立,春天先来了。

信管系18班第一次集体活动,是班长鲍家国号召的唱K。全班共计三十二人,报名了十五个,去了九个。这……这让班长的脸往哪搁?

许喵喵有个直播，没去。许喵喵不去，黄进也就没去。赵顾和罗思都约了男朋友，没去。去了的都是诸如陈迷人和手表等等的小人物。唱歌，唱得是中规中矩；喝酒，喝得是不温不火。

鲍家国人不可貌相，后来，人送绰号"小李玉刚"。

但凭他一己之力，也挡不住场面在一小时后就越来越尬。

这时，班主任邹莲来了。大家这才知道，鲍家国还请了班主任。

手表对陈迷人窃窃私语："你说鲍家国是不是傻？"

又不是小学生了，动不动怕老师告家长；也不是在试用期热脸贴人家冷屁股的菜鸟，要拍老板的马屁。既不用怕，也不用拍，君子之交淡如水不好吗？

好在，邹莲比鲍家国上道，秀了一首《下一站天后》之后便告辞了。她三七分的黑长直难得被束成一束，陈迷人注意到在她的耳后颈部有一抹青色的胎记。

眼看大家都各玩各的手机了，钟未来了，这也是大家万万没料到的。

手表嘴还是贱："微服私访？"

钟未要来就不会空手来，片刻，侍应生便送了个超豪华的果盘进来，和之前鲍家国点的那个一对比，有一种爷爷和孙子的既视感。钟未爷者无心，鲍家国孙者有意，内心反复上演着记仇、记仇、记仇……

想想也是，鲍家国日更八千字，月入三万元，堪称是一位隐形富豪。今天的集体活动，他早就说了他请客，头一次不隐形了，却赶上钟未砸场子，他气到变形也情有可原。更何况，他对颜值高的人本来就没什么好感。

好在，他有好感的那个人没来……也算是塞翁失马。

钟未往陈迷人身边一坐的时候，陈迷人像是玩跷跷板似的站了个笔直："你唱什么？我去帮你点。"

"抖音神曲有没有？"钟未停顿了一下，"路见不平一声吼，我还没有女朋友。"

闻言之人无不一愣！这和钟未的气质会不会有点儿不搭啊？

陈迷人干笑："可能……没有吧。"

"不是可能，是真没有女朋友。"

"我是说，可能没有抖音神曲吧。"

钟未泄愤地一拍身边的空位，手掌还能感受到陈迷人留下的淡淡的余温："总之，路见不平一声吼，我还没有女朋友。"

那旋律太朗朗上口了，钟未差一点就唱出来了。

也幸亏是差一点，不然，他高大上的人设可真是接了地气了。

紧接着，没有偶像包袱的手表唱了出来："两个黄鹂鸣翠柳，我还没有女朋友。"

猝不及防，在场的单身狗大合唱道："雌雄双兔傍地走，我还没有女(男)朋友。"

与此同时，走廊里的侍应生欣慰地点点头：对嘛，又不是中国好声音，唱K就是要鬼扯着唱才对嘛。

钟未一共坐了一刻钟也就告辞了，陈迷人不疑有他。那超豪华的果盘售价人民币八百八十八元，他这一打肿脸充胖子，又该马不停蹄地去某一家后厨洗刷刷了。哎，这不是死要面子活受罪吗？

而其他人都在议论纷纷：钟未是真的没有女朋友吧？那个白富美也是一厢情愿吧？所以，他这是在对流言蜚语发出怒吼吧？咦……好怕怕。

那一晚，刮着四五级的西北风。钟未在从KTV回机器人社团的路上，能闻到雾霾渐渐散去的味道、街边占了上风的烤红薯的味道，和自己头上洗发水的味道。

是的，为了陈迷人，他还先回寝室洗了头。

下个月在哈尔滨有一场大学生机器人格斗大赛，才起步的中北大学一鸣惊人是不可能的，但求小组赛出线。钟未身为主席，带领着八个或悍将或初学者夜以继日地赶工。一小时前，他们结束了一场演习，检修和充电大概要两个小时,第一操作手被榨干到"葛优躺",无意间提到他们班一个女生托陈迷人给钟未送一条亲手织的围巾,结果被陈迷人教育了。

据说,陈迷人对那女生说:"钟未有女朋友了,请你离他远一点。"

OK姐破天荒地没说OK,说了No(不)?

第一操作手发自肺腑:"这三观也太正了吧!"

就这样,钟未回寝室洗了头,直奔KTV。

别人离他是远一点还是远两点,他都随他们的便。但他不接受陈迷人误会他和白冉,不接受他和陈迷人的距离还能比黑名单更远一点。她以为她是谁啊?继助攻许喵喵之后,又站队白冉?他爸妈都没急着抱孙子,她却急吼吼地要把他和随便哪个女的送入洞房?呵,他真是谢谢她了!

问君能有几多愁,我还没有女朋友!

至于机器人社团上下,都以为……都误以为钟未是去给大家买夜宵去了。等钟未甩着手回来了,大家纷纷心里犯嘀咕:钟未,这个顶着富二代头衔的主席,能力没的说,待人接物也没的说,但好像从没大出血地请过客啊?就有一次,他请大家喝奶茶,为了享受两次满一百减三十的优惠,他还把八杯拆了两单……头可断,血可流,奶茶不能不喝,他们也就没顾得上追究一个富二代该不该这么会过。

等到第二天,钟未花八百八十八块钱买果盘的事迹就被口口相传了。数额虽然算不上巨大,但用来买果盘那就是人傻钱多。如此一来,他仍是富二代无疑了。

而实际上,钟未就一个想法,他就是想给陈迷人吃点儿好的啊。

这想法没毛病。

后来,最令人欣慰的是,果盘没白买。

"我还没有女朋友"的话一带到,陈迷人又蠢蠢欲动了。

她还是她,那个其貌不扬的学渣,但对钟未的寝室是一回生,二回熟。每每侦察到人去楼空,她便女扮男装地入无人之境。在家连个碗都不洗的她，到了钟未那儿，把人家瘸腿儿的桌子都修好了。

就这样，钟未和室友们常常是出门的时候都没个下脚的地方，回来的时候就要"小心地滑"。

"这田螺姑娘是何许人也？"黄进问钟未。

鉴于他那双臭袜子是从钟未的床板缝里获得新生的，他有十足的把握，人家姑娘是冲着钟未来的。

但钟未不知道啊。在陈迷人的无视下，别说十足的把握了，钟未都快怀疑他这个校草是不是虚有其名了。是脸蛋儿不管用了，还是才华和金钱不好使了？说好的人见人爱，花见花开，怎么就被拉黑了啊？

"去宿管查一下楼道的监控，或者换个锁吧。"钟未事不关己。

其余两名室友一致反对："别别别，让田螺姑娘无所遁形乃至走投无路，那不是人干的事儿！"毕竟，谁还不是个讲卫生的人咋的？

直到陈迷人第五次女扮男装。那天，钟未的寝室还是像被打砸抢了似的惨不忍睹，陈迷人也还是任劳任怨，唯一一点有变的是，楼道里好端端的，突然炸开了锅——校领导临检。

所谓"扫黄打非"，扎金花的是其一，男女生鬼混的是其二。

情急之下，陈迷人从窗户爬了出去。

此后，当校领导走进钟未的寝室，被那窗明几净晃得睁不开眼时，男生寝室楼下的来往者纷纷惊叹于陈迷人的飞檐走壁。

"陈迷人？"有人眼尖，"那不是信管系18班的陈迷人吗？人称OK姐的那个！"

指名道姓，一字不差！

三楼的高度，陈迷人不是不怕。

又有人眼尖："钟未，那不是你们屋吗？"

如此一来，陈迷人不敢也不用往下看，也知道钟未就在楼下了！

我去……陈迷人这辈子屈指可数的几句脏话，字字和钟未脱不了干系。她是冲着钟未是个好人,才希望他好人有好报的。之所以做好事不留名,一来怕他谢绝,二来更怕大张旗鼓会害他被人指指点点。结果,还是怕什么来什么了!

与此同时,钟未也默默地骂了句脏话:还真他妈是陈迷人!

但此处的"他妈",表达的是一种高兴的心情,类似于"真他妈高兴"。

他仰视着她,看她穿了一身灰色的连帽运动衫,混迹于寝室楼灰扑扑的墙皮中,仿佛变色龙成了精。他又看她连帽运动衫的帽子被风一吹,马尾辫在风中张牙舞爪。等等,张牙舞爪?哪来这么大风啊……

钟未这才脚下狠狠一蹬地,冲上前去。

光顾着高兴了!他差点儿忘了她是不要命地扒在三楼的窗外。

有不大熟的人说了风凉话:"这是金屋藏娇吗?"

当即,有人厉声厉色:"造谣转发500次是要判刑的!"

在信管系18班乃至整个信管系,钟未和陈迷人算得上两号人物。一个是金玉其外,又不败絮其中,另一个每天都在学雷锋,堪称"中国好同学"。路见不平做不到拔刀相助,至少也要路见不平一声吼。

"陈迷人,"钟未冲到了陈迷人脚下,"你……你抓牢啊。"

陈迷人仍不敢也不用往下看,也知道钟未一定黑着脸。

她真的是好心办坏事了。相较于背上男女生鬼混的罪名,他一定宁愿睡在垃圾堆里。

这时,黄进来得早不如来得巧:"哟哟哟,田螺姑娘姓陈啊!"

有了!陈迷人灵机一动:"黄进!"

好大的嗓门!众人纷纷静候着下文。

"黄进……"鬼使神差地,陈迷人蹦出了一句粤语,"我好中意你啊!"

一只乌鸦从黄进的头顶飞过,点、点、点……顿时,黄进觉得整个世界都是彩色的,只有他,只有他!只有他是黑白的。

上课的时候老师杀鸡儆猴,他是鸡。

钟未夺走了他的初吻,他是"心机受"。

这陈迷人明明是冲着钟未来的,一捅了娄子,就中意他了?我中意你二大爷啊。

"老大?"许喵喵闻讯,心急火燎地赶来,"老大,你要是有个好歹,我也不活了啊!钟……不对,黄进!你倒是让老大下来啊!不不不,可不能下来,你倒是让她打哪儿来回哪儿去啊!"

黄进欲哭无泪:"我……我有那本事?"

仍有人起哄:"她不是中意你吗?"

那一刹那,黄进热血沸腾。他差点儿就仰天长啸了:可是许喵喵,我中意的人是你啊!

终究是差点儿。他垫了两双内增高鞋垫,架不住许喵喵踩着一双松糕底的鞋,仍高他半头,他一下子就萎靡了。

陈迷人在声声唏嘘中又钻回了窗户。临检的校领导两耳不闻窗外事,早就拍拍屁股走了。陈迷人有始有终,走的时候还不忘把满满两袋垃圾带上。不少人也是看热闹不嫌事儿大的,都在夹道欢送她,却独独不见钟未的踪影。

许喵喵将她一把抱住:"也得亏那管道禁得住你!"

黄进破罐破摔,报复性地对她窃窃私语:"钟未床板缝里的袜子是你洗的对不对?那袜子是我的,是我的!哈哈哈,我三生有幸你中意我啊!"

与此同时,钟未在去做家教的途中了。

陈迷人只知道他在 Forbidden Fruit 刷盘子,却不知道他还做家教和兼职摄影师。遥记得才入学那会儿,他到第四天才来报到,许喵喵的探子说他去巴厘岛玩了。巴厘岛是不假,但是,他是以摄影师的身份去给一对新人拍婚纱照了。

今年小升初的小姑娘耳聪目明:"哥,有心事啊?"

钟未清了清喉咙:"从一个大正方体上挖去若干小正方体,计算余下的表面积,第一步要考虑的是被挖去的小正方体是否相通……"

小姑娘不死心:"哥,我帮你出出主意啊?"

"像这道题,既然不相通,第二步再考虑每个小正方体都有五个面……"

"哥,只有我们仙女才最懂仙女的心啦。"

钟未啪地将练习册一合:"那我问你,一个重60公斤的物体从三楼掉下来,假设每层楼高2.9米,重力加速度取9.8,不计空气阻力,求重力。"

小姑娘脑浆子都疼了:"哥,我们还是说回上一题吧。"

但不多时,她又绕了回来:"一个重60公斤的物体,你说的是人吧?有人要为你跳楼?你算这个重力是干吗的?看会不会砸死你?60公斤,哇,这小姐姐真是重量级!"

钟未无奈地揉了揉眉心。这孩子心思到底能不能用对地方啊?

翌日,"田螺姑娘"到底是传到了校领导的耳朵里。邹莲是老师,更是护犊子的班主任,但陈迷人赶上了整顿校风的风口,还是被全校通报批评了。黄进哑巴吃黄连,跟着被人指指点点。

没辙,谁让对方是陈迷人啊,是帮他混过多少次晨跑,在图书馆和食堂给他占过多少次座位,替他取过多少次外卖和快递,甚至为他洗过袜子的陈迷人啊!人心都是肉长的,这倒霉他认也得认,不认也得认。

第三章
恋爱的甜不过如此

春困一过,夏打盹更是让人防不胜防。

这一天,陈迷人做了个美梦。她梦见图书馆的广播员在喊她的名字:"陈迷人同学请注意,信管系陈迷人同学请注意,钟未在一楼失物招领处等你。"

Bravo! 大发!

她和钟未在中北大学共度了九个月,相继迎来了十九岁。

他和她相较于九个月前没什么两样:一个是品学兼优,颜值超能打的(伪)富二代;一个是微胖,人称OK姐的学渣。

那样一块人间瑰宝在等她?还广而告之?还失物招领处?这是在等她把他领回家?

陈迷人真想把这个美梦做到底,真想尝尝牛粪……不,沃土上插一朵鲜花的滋味。

可惜,天不遂人愿,有人一个劲儿推她的肩膀:"老大,老大!"

不情不愿地睁开一只眼,陈迷人只见是许喵喵心急火燎:"我说你装什么睡美人?你也不是那块料啊!倒是离灰姑娘不远了……"

灰姑娘？陈迷人像世纪大觉醒似的把另一只眼也睁开了。

"陈迷人,我再给你半分钟。二十九,二十八,二十七……"

这是钟未的声音!

言辞虽咄咄逼人,语气中却带着一股……祈求?

中北大学的图书馆是一座"口"字形三层建筑,设有大大小小五间自习室。陈迷人所在的这一间中央自习室可供六百人同时发愤图强。此时此刻,肃静中回荡着钟未的低音炮,令之前好好学习的、交头接耳的,还有像陈迷人这种打瞌睡的,纷纷连大气都不敢喘了。

倒计时还在继续:"十九,十八,十七……"

下一秒,陈迷人小坦克成精般冲了出去。

不是梦!她以为她梦见的,实际上都在真真切切地发生!

钟未的倒计时停在了"五"。身高一米八三的他顶天立地地站在失物招领处,只见陈迷人这个"重六十公斤的物体"不断向他冲刺,冲刺,便将话筒交还给了对他闪烁着星星眼的广播员。

陈迷人急刹在钟未的面前,一米六七的身高比下有余,却因为D罩杯而习惯性含胸:"你找我?"

"跟我来。"钟未拔腿就走。

他健步如飞,她一溜小跑,二人一前一后离开图书馆,也就离开了众人的视线,直奔学子湖畔一处废弃的自行车棚。

另一边,广播员是个大三的学姐,被传去了教务处,理由是滥用职权,这"饭碗"十有八九是保不住了。

没有了第三个人在场,唰——钟未在陈迷人的面前把身穿的黑色夹克给脱……脱了?

耍流氓!陈迷人下意识地倒退了一步,两条小臂交叉捂住了自己的D罩杯,却只见钟未一个向后转:"黄进往我脖领子里塞了条虫子,快,快帮我拿出来!"

什么鬼？陈迷人讪讪地放下了两条小臂，这才注意到钟未的脸色是比往常白了些，莫非……莫非是被条虫子吓的？

"快啊！"钟未急不可耐。

事到临头，陈迷人一咬牙，一闭眼，将钟未T恤下摆一掀，近在眼前的便是他赤裸裸的后背了。

说是一闭眼，她还是留了条缝儿的，偷窥着他精瘦的、光滑的、喷香的肉体。即刻，陈迷人头晕目眩地晃了晃。

也是怪没出息的！前两天不是才看了《人间中毒》的高清未删减版？宋承宪明明也不比钟未差多少啊！

六月的天，钟未才脱了黑色夹克，还是一身的鸡皮疙瘩。他迟迟等不到陈迷人伸出援手，催道："看够了没？看够了快帮我拿出来。"

陈迷人如梦初醒，将钟未T恤下摆又往上推了推。

啊，还真有一条绿油油的虫子！只见它一身细毛，死皮赖脸地贴在钟未的后背上，但是……是假的？

不过是那种恶搞的玩具。陈迷人用两根手指一拈，便救了钟未。她再细细一看，那玩具的卖相堪称栩栩如生，手感也逼真。

就这样，她一时脑热，在钟未一转身时，猛地，又将那玩具举到了他的眼前。

二人不约而同地"啊"了一声，她是吓他，他是被她吓的……只见他整个人向后仰去，一屁股跌坐在一辆自行车的后座上，将将稳住了重心。

一时的脑热让陈迷人肠子都悔青了："对对……对不起！"

钟未心有余悸，将黑色夹克攥在手上，没急着走，叉着两条大长腿坐在那一辆生了锈的自行车后座上，像是还有话要说，却又迟迟不开口。

"没事了的话，我就先走了。"无所适从的陈迷人一边说，一边踮着脚前移。却不料，钟未一伸脚，摆明了此路是我开，要打此路过，留下买路财。

陈迷人马上做信誓旦旦状："你放心，我帮你保密！"

钟未暗暗感慨：还真是一字不差。那天，她在Forbidden Fruit的后门也曾这样对他说："你放心，我帮你保密！"

而这也是陈迷人能推测出的唯一一个他"钦点"她的理由了。

他是人间瑰宝，从头到脚都是闪光点，未来有无限可能，怎么能让刷盘子或一条虫子毁了他一世英名？而她人称OK姐，说好听了是有求必应，说不好听了，离人善被人欺也不远了。替他保守个小小的秘密，那还不是应当应分？只不过，他找她就找她，怎么还广播上了？搞得像拍偶像剧似的，怪叫人难为情的……

"你手机呢？"钟未啪的一声捅破了陈迷人心里粉红色的泡泡。

陈迷人上下一摸兜："落自习室了。"

"你知道我给你打了多少电话？"

"自习室要静音啊。"

"眼睛呢？"

"睡着了……"

"哎，"钟未一声叹息，"补考好玩是不是？"

学渣陈迷人低下了高贵的头。怪她吗？怪也要怪《运筹学》催得一手好眠，明明都是中国字，搁一块儿就像鬼画符似的。

但这也就说得通了：广播，是钟未没办法的办法。

"你说你帮我保密？"钟未把脚收回来，顺势一站，和陈迷人隔着半步的距离面对面。

陈迷人对着钟未白色T恤下的胸肌，在嘴巴上做了个拉拉链的动作。

这事儿就算烂在她肚子里了！

哪承想，钟未还不依不饶："那也就是说，你也觉得我怕虫子这事儿挺可笑的？"

陈迷人呃了一声，没有了下文。

钟未可笑？钟未不可笑？这题超纲了啊！

见陈迷人默不作声,钟未拔腿就走。

她不得不追:"不可笑,一点儿也不可笑,还很反差萌!"

"真的?"

"真的!"

钟未的脸以肉眼可见的速度变红,他假装一咳嗽,用半握的拳头挡了挡:"所以说,你看到我刷盘子,觉得我是勤劳善良的劳动人民最伟大,看到我怕虫子,觉得我很反差萌?"

陈迷人点头如捣蒜。

笑意在钟未的唇角渐渐蔓延。她不记得九年前的事了又怎样?本来嘛,她曾经智勇双全,而他不过是个默默无闻的小屁包,她在他最弱小可怜又无助的时候对他伸出了援手,对他的大恩大德不过是她的日行一善。

总之,他记得她就行了。至于那一杯美式咖啡,随便她承不承认。反正,他有了黄进的供词就绰绰有余了。

就在大约半小时前,黄进到底是咽不下那口气,对他摊了牌:"钟未,跟OK姐鬼混这事儿老子是帮你顶的罪!证据?老子那证据是铁证!上学期开学我把一双臭袜子塞在你床板缝里,到了这学期开学是OK姐给我洗得比口罩还香,可她那不是冲老子,是冲你!"

当时,钟未那叫一个满心欢喜,但还是对黄进横眉冷对:"你再给我说一遍鬼混试试,信不信我把袜子塞你嘴里?"

他一边说,一边就要脱鞋——也是得意忘形了。之后,换来了黄进把那恶搞的玩具塞进了他的脖领子。他真的要吓死了好吗?

而此时此刻,钟未的满心欢喜,陈迷人是看不到的。退一步说,就算陈迷人看到了,她也会发出一连串哈哈哈的傻笑声。

有了"好女不过百"的标杆,说一百二十斤的她属于微胖都是客气的。更何况她家境平平,大众脸,还是个不折不扣的学渣,又才被全校通报批评,真的是每况愈下……人间瑰宝翻了她的牌子?总不能是为了苦其心志吧?

学子湖畔风正劲,陈迷人没扎马尾辫,一头黑缎子扑了满脸,印有大力水手图案的T恤被吹得紧紧裹在身上,两只手忙着一会儿抱头,一会儿环胸。

钟未将手上的黑色夹克一递:"要披一下吗?"

砰!像是有一个二踢脚在陈迷人的脑袋里炸开。

对她而言,这是一道送分题——要!那可是带着钟未的余温和细胞组织的啊,谁不要谁是脑子进水了吗?

但是对钟未而言,这是一道送命题啊!刚刚的广播本来就让他和她的关系扑朔迷离了,如果她再穿着他的(山寨)范思哲招摇过市,那他真是跳进黄河也洗不清了。男同学会怎么说他?恭喜钟总喜提大胸妹。女同学会怎么说他?好白菜都让猪拱了。老师又会怎么说他?近墨者黑……

陈迷人是OK姐不假,但不傻。不但不傻,她的情商堪称真人不露相,露相不真人。她喜欢钟未,便更希望他天天向上,不允许他让猪拱或近墨者黑。否则,田螺姑娘又何必做好事不留名?

"又要我倒计时吗?"钟未故技重施。

"等等!"陈迷人大喝一声,紧接着吞了一口口水,"钟未,你是要跟我好吗?"

她自有她的下文:如果不是,我拜托你撤退好不好?你个蔡文姬小可爱干不过我程咬金的!如果是……

钟未打断了她:"好啊。"

"好……好什么好啊?"

"跟你好。"

继二踢脚之后,陈迷人的脑袋里绽放了绚烂的烟花。

老天啊,这样的考验对她来说会不会太艰巨了些?

理智告诉她,她心里不能没点儿数。但钟未告诉她,他要跟她好!

良久，陈迷人还是发出了傻笑声："哈哈哈，我差点儿就上当了，你这是在玩真心话大冒险对不对？"

"那我选的也是真心话。"钟未说着看了看时间。

"你又要去打工？"

"迟到五分钟，白干两小时。"

陈迷人轻推了钟未一把："那还不快走？"

钟未不由分说将黑色夹克塞进了陈迷人的怀里："那你帮我洗一下。"

"我又没穿，干吗要我洗……"

"那你就穿了再洗。"

钟未走了两步又停下，回头回一半："穿了，你就是我女朋友了。"

当时，陈迷人的第一反应是：好一记侧颜杀！第二反应才是：不管这是钟未的大冒险，还是真心话，这就是她的初恋了。

还有两句后话。

其一，那是钟未唯一一次让陈迷人帮他洗衣服，是出于他对她给黄进洗了那一双臭袜子的耿耿于怀。

其二，钟未那一件被陈迷人按在搓衣板上搓得快秃噜皮了的衣服，是如假包换的范思哲，才不是什么山寨版。

那天，消息很快就传开了，说钟未和陈迷人从"小树林儿"里出来，钟未的衣服在陈迷人的手上。还说钟未是捂着脸跑走的，像是哭……哭了？

陈迷人很快就被许喵喵等人包围了："老大，说，你是不是把钟未给糟蹋了？"

"我就是看了一眼，"陈迷人比窦娥还怨，"不算糟蹋吧？"

许喵喵一拍脑门儿："那他不会是去报警了吧？"

罗思未雨绸缪，一把抢过陈迷人怀里的钟未的衣服："快，销毁证物也许还来得及！"

陈迷人云里雾里，却也一把把心肝宝贝，也就是钟未的衣服抢了回来。

姜还是(长得)老的辣,赵顾有理有据:"你们忘了是谁广播找谁了?钟未就算是被老大糟蹋了,那他也是自己送上门来被老大糟蹋。所以结论是,老大中了仙人跳了。"

相较之下,还是男生们看得更开,他们觉得这不就是萝卜青菜各有所爱吗?至于黄进,是最有发言权的一个。他觉得闹了半天,钟未是喜欢贤妻良母啊!可怜那乌泱乌泱的美少女都没把劲儿使对地方,叫OK姐钻了空子。

当晚,陈迷人和钟未终于成了微信好友,钟未差点儿喜极而泣:这难度系数快要比他和她成为男女朋友更大了。

但当晚,两个人谁也没给谁发个只言片语。打字都没少打,最后又全删了;语音也一次次半途而废,无非是怕对方打了退堂鼓。全校把他和她的Day 1(第一天)传出了N个版本,但没有一个版本是"两情相悦",害得两个当事人都真假难辨,怀疑这会不会真的是个强扭的瓜。

到了第二天早上,钟未骑着自行车等在陈迷人寝室楼下。许喵喵第一个趴窗户:"老大,不用给我带鸡蛋灌饼了,狗粮我就吃饱了。"

陈迷人推开窗户:"等我五分钟!"

钟未对陈迷人比了个OK的手势。他拇指和食指圈作一个小小的圆,却像是孙悟空用金箍棒在她脚下画下一个圆,让她再也逃不掉。

关窗户的时候,陈迷人忙中出错,夹了手指。她低低地啊了一声,仍喜上眉梢——恋爱的甜,不过如此。

"忘了你的鸡蛋灌饼吧。"赵顾来扎许喵喵的心,"从今以后,老大只会为钟未洗手做羹汤了。"

说话间,石侯也来接赵顾了。许喵喵再一扭脸,只见罗思和方茂在视频通话,不由得更戚戚然:"有没有搞错,在脱单的道路上,是我拖了大家的后腿?"

没错,许喵喵虽然长着一张男女通吃的脸,但大家都把她当朋友。女生觉得她赏心悦目,而且,不是说两个人在一起久了会越长越像吗?那就赚大了。男生觉得和这么好看的人在一起,是要等一首《绿光》送给自己吗?再说了,她一不傻,二不妖艳,光好看又不能当饭吃……总之,许喵喵更像是一个观赏品,而谁会没事儿把一个观赏品据为己有?

从寝室楼到教学楼,有一段慢坡。

钟未载着陈迷人,最初骑猛了,后半段便渐渐吃不消。

陈迷人如坐针毡:"那个……我还是下来走吧。"

"你别动,"钟未面子上也挂不住,"这是车胎没气了,不是我虚。"

"我走过去也没多远。"

"你别动!"

陈迷人还是跳了下来:"那换我带你。"

即刻,钟未被陈迷人生拉硬拽拽到了后座上。她撅着屁股一下接一下地踩着脚蹬子,他两条无处安放的大长腿便在地面上好一阵倒腾。亏她还得意扬扬:"你虚不虚我不知道,但我不虚!"

钟未死的心都有了。

教学楼前。

陈迷人的额前出了一层薄汗,钟未才要给她抹一把,她向后一闪。

闪都闪了,她才喃喃道:"我那个……经验不足,还不太习惯。"

他轻推了一下她的头:"嗯,这是我第一次觉得经验不足是件好事。"

后来,陈迷人追着钟未的步伐:"那你是身经百战吧?"

他有一说一:"但最久的……也没超过一个月。"

的确,他也不是没有过喜欢的女孩子。她们有的漂亮,也有的聪明,其中还有一个讲着一口地道的天津话,总能把他逗笑。但相处下来,总逃不过吸引后又渐行渐远的轨迹,觉得漂亮的不够聪明,聪明的不够漂亮。

都是吹毛求疵,却也只因为不是对的那个人吧?

"怪不得!"陈迷人恍然大悟,"怪不得他们都赌我们坚持不到十天。对了,你知道一个月的赔率是多少吗?八倍!"

钟未轻笑。

"我下了一百块。"陈迷人说道。

"嗯?"

"我说,我下了一百块,赌我们能坚持到一个月。万一赚了,我请你吃大餐。"

他动了一下嘴,最后,却只是笑笑。所谓的海枯石烂,他也不是没有对喜欢的女孩子说过。但类似的信誓旦旦,谁认真,谁就输了。他不想有一天他和陈迷人走到走不下去了时,陈迷人会说:"你这个骗子!说好的'山无棱,天地合,才敢与君绝'是被狗吃了吗?"

是,他和她的缘分岂是那些女孩子能相提并论的?但缘分从来不是免死金牌。不想做个骗子,这是他目前力所能及的。

第一节课是组织行为学。钟未找了座位坐下后,一扭脸,没看见陈迷人,再一找,只见陈迷人坐去了许喵喵旁边。

他在众目睽睽之下走过去:"过来跟我坐。"

她却摆摆手:"我还是陪许喵喵吧。"

许喵喵一个头两个大:"老大,你拿我当挡箭牌?"

钟未一个头四个大:"你说谁是箭?"

斜后方的黄进默默呐喊:女神,我是箭!我最贱了行不行!

这时,鲍家国没事儿人似的往许喵喵另一边一坐。

许喵喵吓了一跳,不知道向来和她谁也瞧不上谁的鲍家国今天是上赶着来找什么不痛快。鲍家国斜眼:"有人?"

"没。"许喵喵阴阳怪气。

手表找了黄进旁边的座位坐下:"你这脚臭得鞋都挡不住了。"

许喵喵回头:"就是的,你下次买内增高鞋垫能不能挑个防臭的?"

黄进生无可恋。

终于,陈迷人还是被钟未三求四请地请走了。也因此,钟未对陈迷人的依赖,被众人定义为被害者对加害者的依赖,也就是人质情结,或斯德哥尔摩综合征。

老师全程画重点。学渣陈迷人屁股底下长刺,小动作一个接一个。学霸钟未忍无可忍,用笔敲了陈迷人的桌面。陈迷人正襟危坐,直到钟未的手在桌子下悄悄覆盖住了她的手。

紧张刺激!但紧张刺激之余,拥有一双白皙、修长的手的学渣陈迷人恃宠而骄,分分钟拉学霸钟未下水:"组织行为学,你说学这个有什么用啊?"

"也许没用,但你开小差更没用。"

尽管如此,陈迷人扭脸又开小差地数了数钟未的技多不压身:学习就不用说了,辩论、篮球、法语、王者荣耀、机器人……

说到机器人,她差点儿忘了,初生牛犊的中北大学机器人社团远赴哈尔滨,在大学生机器人格斗大赛中闯入了十六强,但在八分之一决赛中,基地机器人被痛扁到自燃,据说,损失高达八万元。

又据说,社团的经费一直不足。

又有小道消息说,是钟未一直自掏腰包。

对此,陈迷人半信半疑。她信的是钟未身为社团的主席,带头作用是一定要发挥的,自掏腰包也在所难免。但人云亦云的钟未不差钱,她不能不疑——谁不差钱会在除夕当天去刷盘子?

说来,钟未富二代的人设还真不是他炫富炫出来的。就在前两天,会计系还有一个局长之女和一个董事长之子拼爹闹得沸沸扬扬,但钟爹爹是何方神圣?江湖流传的三个版本没一个出自钟未之口。

只是人人都说钟未是个富二代。他花钱的时候,那就是不差钱;他不花钱的时候,那就是低调。连低调都是另一种美。

"钟未。"陈迷人没完没了。

钟未无可奈何:"又怎么了?"

"听说你们那个机器人要八万块钱?"

"差不多。"

"听说……是你出的钱?"

"嗯。"

陈迷人有腹稿:"那你们社团还招不招人?我报名。"

"你?你也对机器人感兴趣?可除了我,他们都是机械、电气、自动化系的高才生,或者,你之前有没有接触过哪怕是WeDo或者EV3的课程?"钟未一转念,"不对,陈迷人,你不是对机器人感兴趣,你是要有钱的捧个钱场吧?"

答对了!

紧接着,二人同时要开口,却被老师打断了。

"陈迷人,我就差点明这道题必考了!"老师对陈迷人也是恨铁不成钢。

钟未挺身而出:"Sorry(抱歉)。"

那可是钟未的面子啊,老师随手卖一个。

至于陈迷人和钟未的初吻,也就是陈迷人的初吻,水到渠成地发生在一个月黑风高的夜晚。

那晚,钟未结束家教都九点了。他随便填了肚子,回到中北大学都快十一点了。在距离寝室楼还有四五百米的地方,道路两边的建筑在拆迁,围了挡板,仿佛罪恶的温床。

只见挡板后一道黑影闪过,钟未飞速行驶的自行车车头一拧,轱辘压在半块砖头上,失去了重心,连人带车一歪。

惊魂甫定,钟未只见陈迷人站在不远处,在憋笑。

他的样子有没有这么好笑?她憋笑憋到脸又大了一圈好吗?

不能输!钟未腿一撑,仍跨坐在自行车上,耍帅地对陈迷人勾了勾手指。

陈迷人嗒嗒地跑过去:"没事吧?"

"你在这儿干吗?"

"还能干吗,接你啊。"

他脱口而出:"我又不怕黑。"

"谁说你怕黑了?想接你,就来接你了啊。"她话锋一转,"钟未,你的胆小除了怕虫子、怕黑,还有什么?"

"我还……"他悬崖勒马,"我说我不怕黑!"

在此,有一句后话不得不提。

纸是包不住火的。没多久,陈迷人就发现钟未怕的东西未免也……也太多了吧?恐怖片免谈?不会游泳?连去个野生动物园都怕被吃掉?

好在,钟未发现他的胆小虽然有一点点有损他在陈迷人心目中的伟岸形象,但一次次承包了她的笑点。哎,也算有失有得吧!

再说回到那晚。

其实,那晚月黑风不高。

其实,钟未满心欢喜陈迷人来接他。她说她想接他,那不就约等于想他吗?又约等于一日不见,不,六小时不见,如隔三秋。

钟未一手推着自行车,一手牵着陈迷人的手,四五百米的距离,恨不得走一步退两步,到了寝室楼下了还要再坐一坐。

天井处倒是没人,但蚊子成群结队。陈迷人的铁砂掌一下下捆在自己的脖子上、胳膊上、腿上,还有一下差点儿扇钟未一个嘴巴。

她的多动症令他眼花缭乱,于是,他吻了她。

一开始,他只是一扭头,在她嘴角轻轻地一啄。

她一愣:"啊,喵喵说得没错,该来的总会来……"

他一脸黑线:什么鬼?服刑吗?

管不了那么多了。大家都是成年人,又你情我愿,钟未一捏陈迷人的下巴,让她面对他,结结实实地吻了下去。

这不是钟未第一次吻一个女孩子了,情不自禁的同时,也讲究方式方法。至于陈迷人,实战虽是第一次,但在许喵喵的辅导下,拥有丰富的理论知识。但很可惜,理论知识和实战往往是两码事。

陈迷人很快就找不着北了，眼睛睁开的时候两眼一抹黑，一闭上反倒能映出钟未的盛世美颜。一自乱阵脚，她发出了一声嘤咛。那一声"嗯"拂过钟未的耳膜，令钟未也很快就做不到讲究方式方法了。心动不如行动，行动不如冲动！他一只手揽在她背后，另一只手抚上了她的……胸。

这是什么神仙手感啊？钟未这才意识到他失礼了！但为时已晚。

猛地，陈迷人睁开眼睛，喃喃道："罗思说得也没错，你果然喜欢大胸。"

钟未又一脸黑线："不是……"

此外，钟未也是服气了：这群长得挺正经的女同学关起门来都聊些什么不正经的话题啊！

而就在钟未要收回他的咸猪手时，陈迷人又一把给他按了回去："喜欢一个人不就是喜欢对方的某一个闪光点吗？颜狗、音饭、手控，哪怕就是喜欢他有钱，他脾气好，他玩乐器666，这些不都是闪光点吗？说是喜欢一个人的全部，那也要由点到面啊。所以……所以我不介意从大胸开始！"

有理啊。听了陈迷人这一席话，钟未的咸猪手要是再收回去，那还算个男人吗？趁热打铁，他便又对着她吻了下去。紧接着，陈迷人的本意是与人方便，与己方便，便一转身，跨坐在了钟未的大腿上。

本意是好的，但是这姿势一摆出来，也太……太羞耻了啊！

钟未全身的血液都往脑门儿冲，也就不吐不快了："陈迷人，我们不用从……从你说的那个开始，你真不记得九年前的南池子公园了？"

南池子公园？陈迷人一愣。那是什么鬼地方？

九年前，她十岁，早就不是吃嘛嘛香，撂爪就忘的熊孩子了，但在她的记忆中，的的确确没有南池子公园这一说。而钟未在这么干柴烈火的节骨眼儿上提到那里，这意味着什么？这意味着在那里发生的某一件事，与他和她的今天有着密不可分的关联。问题是她去都没去过那里，那无论发生过什么事，都不关她的事啊……这问题可就大了！她和他的今天如果是建立在一个误会上，那还不如建立在她的大胸上啊！

"还要我再提醒你一下吗？"钟未的眼睛里有星星，"九年前，我身高还不到一米三，又瘦，话不多，没什么朋友，除了乌云。"

陈迷人听得仔细，企图从中找到哪怕一丝丝生机。

他见她听得仔细，还以为她是往事历历在目，便循循善诱："你还记得乌云最后的样子吗？我是永远都忘不掉了，有时候做梦还会梦到，上一秒它还趾高气扬，下一秒肠子就被掏出来了。陈迷人啊，我也永远都忘不掉你把那几个比你还高一头的混蛋揍得叫姑奶奶饶命的样子，还有你帮我埋了乌云，双手满是血污的样子。后来，你说你妈喊你回家吃饭，头都没回就走了。再后来，我一直在找你。"

陈迷人只觉得一股寒气从脚底噌噌地贯穿全身，直达天灵盖。

没跑儿了！既然钟未的这番话对她而言堪比《运筹学》更令人费解，那么，这是一个误会没跑儿了。

他将她错认成了九年前某个有过一面之缘的她，一厢情愿地给她披上了红艳艳的超人披风。他不但将她错认成她，还以身相许！

"陈迷人？"钟未轻轻唤了声。

"乌云……"陈迷人无异于在赌场上all-in（全押）了一把，"那只猫。"

陈迷人的大脑高速运转。

在许喵喵的镜头下，钟未曾在高三那年蹲在操场边和一只流浪猫大眼瞪小眼。在Forbidden Fruit的后门，那一只长得像奸臣的三花大概也是他的朋友。他更三番两次地问她喜不喜欢猫，如今再回头想想，他那时就在提醒她了。

综上所述，陈迷人有七成的把握，那个被"她"埋了的家伙，是只猫。

"是啊，那只黑猫。"钟未说。

押对了！走一步算一步的陈迷人如释重负，长舒一口气，却忘了她自己也是个一百二十斤的"重负"，更忘了此时此刻她还跨坐在钟未的大腿上，整个人稍稍一泄力，便令钟未闷哼了一声。

也是寸劲儿,钟未才一调整受力点,腹股沟就拉伤了!这在球场上常见的伤病,不常见地发生在了两性之间。

没错,翌日一大早,钟未才在校医院就诊,中北大学便传开了,把此事定性为"啪啪有风险,姿势需谨慎"。而陈迷人的"吨位"也进而被夸大到了一百四十斤。

许喵喵从微博上学了一个词,便现学现卖:"老大,'海螺人'说的就是你啊!外表老实巴交,但只要一靠近,就能听见浪的声音。赵顾、罗思,你们也快来听听。"

眼看离期末越来越近,赵顾志在一等奖学金,抱着书连头都没抬:"不用靠近,我在这儿也听见了,哗哗的。"

相较之下,罗思最有良心,从抽屉里掏了个什么塞给陈迷人:"还是要安全第一。"

陈迷人不看不知道,一看吓一跳:冈本,超薄。

许喵喵在包快递之余哈哈大笑:"不是说钟未要烤电三个礼拜?那怎么也得三个礼拜以后才用得上了吧?"

许喵喵的粉丝数破了二十万,时不时安利个好用不贵的面膜,貌似是在粉丝的呼声和盛情难却下走上了代购的道路,但其实,还不都是在计划之中?杜小越觉得多个朋友多条路,她是觉得多个财路才是真的多条路。她倒也不求大富大贵,但求被种草个包包或者口红时,自己买得起。身为主播的她受够了满脑子都是收收收……收礼物,她觉得自己买得起才是硬道理。

陈迷人对着三个室友呵呵笑,但其实,悲愤交加啊!

那一刻,钟未拉伤的是腹股沟,而她崩塌的可是诚信为本的"诚信"。

就在前两天,一则冒名顶替上大学的新闻才上了热搜。那她这冒名顶替谈恋爱的事一旦曝光,还不也得分分钟转发过万?

三个礼拜一晃就过去。

第一个礼拜结束后,钟未恢复了家教。

第二个礼拜结束后,钟未恢复了杀鸡、宰鱼、刷盘子。

第三个礼拜结束后,钟未恢复了篮球队的训练。

除了腰包受了点儿损,他和三个礼拜之前没什么变化。

有变化的是陈迷人,她瘦了足足五斤。

钟未是个直男,没看出陈迷人瘦了。但他不知道是不是自己多心,总觉得自从那晚以后,陈迷人就对他若即若离的。

是咸猪手惹的祸吗?是吗?是吧……哎,如果能再来一次,他发誓他会发乎情,止乎礼。

此外,许喵喵、罗思和赵顾也没看出陈迷人瘦了。唯独鲍家国,有一天在食堂排队排在了许喵喵后面:"OK姐没事儿吧?"

"什么事儿?"许喵喵在拿着手机追更新,连头都没抬。

"脸色不大好看啊。"鲍家国瞄了一眼许喵喵的手机。

很好,是他那本《总裁宠上天》。

"有些人就是爱瞎操心,说别人脸色不好看,怎么不说是别人没给他好脸色看呢?哦,你别多心,我不是说你啊。"许喵喵追完了更新不忘打个赏,"话说,你对我们老大有意思啊?"

"到你了。"鲍家国用胳膊肘把许喵喵往前轻轻一拱。

许喵喵要了个西红柿炒鸡蛋,盛菜的大娘一勺上来,红通通一片。

许喵喵不满:"阿姨,您这是让我从鸡蛋里挑骨头啊?"

鲍家国紧跟着也要了一份:"我不爱吃鸡蛋,给她,给她再来点儿。"

"不爱吃鸡蛋你要什么西红柿炒鸡蛋?"许喵喵把餐盘伸了回去,但嘴上不饶人。

鲍家国话里有话:"我对西红柿有意思,不行吗?"

显然,鲍家国是在说:我是对你许喵喵有意思!

观察是一个(总裁文)作家的基本功,所以,鲍家国看出陈迷人不对劲,根本是小菜一碟。她不过是他芸芸观察对象中的一个,仅此而已。

但许喵喵是个特例。

有一次,他路过一家甜品店,看见许喵喵坐在里面直播,笑得比马卡龙还甜。他对此习以为常,摇摇头就要走时,却看见大概是到了中场休息,她一下镜头,两行眼泪唰地就下来了。后来,她用半分钟补妆,中场休息一过,一上镜头,又笑开了花,偌大的甜品店都被她映得闪闪发亮。再后来,他知道她姥姥那天过世了。

还有一次,他组织全班去KTV,也就是钟未去献唱了一首《我还没有女朋友》的那天。组织之前,他没觉得他希望许喵喵去,等许喵喵说不去了,他才觉得失望。是谁说的没有希望就没有失望来着?

后来,他回到学校时,看见许喵喵一个人在夜色中跑圈儿。他不知道她之前跑了多少圈儿,但光是他看见的就足有八圈,那就是足有3200米。再后来,他去看了一眼她当晚的直播回放,就因为有粉丝说她胖了。

还有最近的一次,许喵喵参加了"冬奥会进校园"主持人的选拔。选是选上了,但背后多少人说她"不就是靠着一张漂亮脸蛋吗"。他急了。毕竟,他不止一次看见她起早贪黑地练仪态、练普通话、练临场,并且搜集了大量的冬奥会相关资讯倒背如流。这叫只靠着一张漂亮脸蛋?瞎吗?

总之,鲍家国不难看出许喵喵的努力。他也一度觉得长得好看的人就像开挂似的,而开挂是不对的。但如今,他觉得许喵喵太可怜了。凭什么她的努力活该在大家的主观臆断下化为泡影?

而男人一旦觉得女人可怜……那真是分分钟由怜生爱。

再说回今天。显然,许喵喵没把鲍家国的话里有话当回事儿,"满载"着鸡蛋扬长而去。

距离期末考试也没两天了,钟未给陈迷人画了各科的重点,自己虽然还是神龙见首不见尾,但规定陈迷人每天在图书馆至少待两个小时。许喵喵在图书馆找到陈迷人时,陈迷人正把"呆"字演绎得淋漓尽致。

"干吗呢?"她伸手在她眼前一晃,"你学马概,还是马概学你啊?"

陈迷人如梦初醒："喵，你说过谎吗？"

"说谎？"许喵喵张嘴就来，"那还不是家常便饭啊？寒窗苦读十余载，谁还没个谎报成绩的时候？长大了谁见了谁客气几句，不也都是满嘴跑火车？每次谈恋爱都说这一次我是认真的，也不想想前任还没凉透呢！"

陈迷人一听，这都哪儿跟哪儿啊……

"老大，"许喵喵一本正经，"好多事儿你甭管真假，时间一长，只要你自己信了，别人也就都信了。"

许喵喵不知道陈迷人遇到什么难处了，但有了鲍家国的点拨，她至少知道陈迷人遇到难处了。她是看着陈迷人长大……不，至少是看着陈迷人情窦初开的。就冲这交情，她可以用她的头发为陈迷人的人品打包票。既然人品没话说，那还有什么不能自己放过自己的？

只见陈迷人半信半疑，许喵喵又八卦了："要不你跟我说说怎么回事儿，我也好具体情况具体分析。"

陈迷人张不开嘴，便话锋一转："具体情况就是这个马概的复习重点，钟未说只要死记硬背下来也保过，你要不要去复印一份？"

第四章
我如果不是锦鲤

日月如梭，比期末考试更抢先一步的，是钟未和陈迷人恋情的"满月"。私设下赌局的大四学长言而有信，当初收了陈迷人一百元，今天还了她八百元。当然，庄家是没有赔本这一说的。当初有的是人押陈迷人昙花一现不过十天半月，花钱打水漂的一抓一大把。

陈迷人一样言而有信，攥着八张毛爷爷请钟未去吃大餐。

两个人点了个烤肉的三人套餐，坐下的时候，钟未很自然地坐到陈迷人的旁边，而陈迷人很不自然地从钟未的旁边绕到了他的对面。

直男又不等于植物人，钟未不能不问："是我做错什么了？"

"没，你没错！"陈迷人画蛇添足，"你怎么可能有错？"

钟未整个人都不好了。

在他看来，陈迷人这是要套路他？虽然他也算不上身经百战，但好歹知道当女朋友说"你不用过来陪我"时，那就是在说"马上给我滚过来"；当女朋友说"肚子疼"时，你要是敢说"喝热水"，她就敢让你下油锅；而当女朋友说"你没错"的时候，那就是连下油锅都不解恨了……

肉一端上来,陈迷人便抢过了烤肉夹:"火火这么可怕,我来!"

这是陈迷人才从许喵喵那儿学来的:恰当运用叠字,谁还不是个小可爱咋的?

但这一招难就难在"恰当"二字上,陈迷人此言一出,钟未那叫个心寒。

她这明摆着是在讽刺他的胆小啊……什么反差萌!她才萌了他一个月就萌不动了?

但又不像。她的目光一对上他的,她一张小脸……不,一张并不小的小脸还是会变成红苹果。她右手烤肉夹,左手剪刀,叮叮咣咣直打架,时不时用手背擦一下汗,一看就是爸妈的小公主,却能为了他十项全能。她把第一块肉夹给他,还操心地说了声"小心烫"。

"复习得怎么样了?"钟未把第一块肉包进菜里,送到陈迷人嘴边。陈迷人左闪右躲躲不开,一口塞进去,话说得含含糊糊的:"名师出高徒。"

"暑假有什么安排?"钟未的吃相堪称艺术。

"大概就是每天睡到自然醒,一天五顿加夜宵,开着弹幕刷刷剧……"

话说到一半,陈迷人惊觉她的这一面会不会太展露无遗了,赶紧反问:"你有什么安排?"

钟未就说了一条:"我们去海边吧。"

定!当即,陈迷人像被人点了穴。

海边?虽说有阳光、沙滩、比基尼,还有钟未的八块腹肌,可她陈迷人要是套上游泳圈,就约等于有两个游泳圈……那也豁出去了!但是,自从知道了自己是个冒牌货,她陈迷人再没有抬头挺胸过啊。她把中北大学当作了一个壳,就连今天出来吃一顿大餐,她都觉得路人甲乙丙在对她指指点点,更别提海边了,她觉得她会被整条海岸线通缉也说不定吧。

一铁盘的五花肉滋滋地变黑了,陈迷人匆匆翻面:"呵呵,再说吧。"

钟未愣是被一口泡菜噎住了。

不是他的错觉,是真的。陈迷人是真的在对他若即若离。但是,这又根本不像他认识的陈迷人。他认识的那个陈迷人小时候撸了袖子就是干，长大了也爱憎分明，对他没兴趣的时候都不带拿正眼瞧瞧他的，喜欢上他了也不掂掇自己几斤几两就勇往直前。她做事没有三十六计，只有落落大方的智慧。她自信、宽容，是个刚柔并济的战士，从不玩若即若离的小把戏。

就这样，钟未翻旧账了。当然，他以为他翻旧账等于叙旧："那天你为什么会去南池子公园？又为什么在那天之后再也没去过？"

但对陈迷人而言，这就是哪壶不开提哪壶！她手一抖，烤肉夹掉在了铁盘上，再去捡，便烫了手指头。

钟未吓得不轻："对不起啊。"

"是我自己不小心。"

"陈迷人，我忘了给你准备一个月纪念日的礼物了，对不起啊。"

这是学霸钟未得出的结论。

一定是因为这个，陈迷人才会这么魂不守舍。之前，他曾有过一个女朋友，就是因为他忘了他们的十天纪念日，一怒之下剪去了及腰的长发。怪他，没吃一堑长一智。更何况，一个月远远比十天更值得纪念。

陈迷人咯咯一笑："那幸好我有给你准备礼物。"

说着，她从书包里掏出一个方方正正的小盒子。

钟未几乎是屏息拆开那小小的蝴蝶结，打开盒子，只见里面是一块乳白色香皂，乍一看是小熊造型，但细一看……是个"遍体鳞伤"的小熊造型。

他忍住笑："你做的？"

陈迷人献宝："嗯，给你洗手用的。我加了双倍乳木果油，可以和洗洁精带给你的伤害稍稍抗衡一下！还有，这个香型叫'深海'，第一感觉是遥远，但只要闭上眼睛用心闻一闻，就觉得你在包围着我。"

一百分。钟未给了陈迷人一百分——九十分给她的心意，九分给她的解说，一分……给实物。

心意最重要,而那实物……是真的有点儿惨不忍睹。

"不过,这种东西不都是拉男朋友一起做的吗?"钟未没吃过猪肉也见过猪跑。他见过室友之一三天两头(被逼迫着)陪女朋友去DIY香皂、水杯、戒指……还有一次,室友搬回来一个手工的板凳,那真是越来越能靠手艺养家糊口了。

陈迷人一笔带过:"你忙嘛。"

钟未脱口而出:"下次我们一起。"

这时,白冉致电钟未。陈迷人听出了白冉的声音,那百灵鸟般的啾啾细语盖过了烤肉的滋滋作响。同时,她也听见白冉说要来找钟未。钟未说在和女朋友吃饭,下午也有事,摆明了是拒绝。但白冉也摆明了不接受拒绝,陈迷人眼看钟未不耐烦地皱了皱眉头,忙道:"请她过来吧。"

陈迷人是想,一来,帮钟未解解围,二来,有白冉在,钟未也就不会再揪着南池子公园不放了。哪承想,是她天真了!

白冉拍马赶到,一屁股坐在了钟未旁边,钟未说去洗手间,留下了陈迷人和白冉二人面面相觑。

白冉的开场白如下:"就是你啊?"

"你好,"陈迷人笑盈盈地一抬手,"我叫陈迷人。"

白冉身穿高领、无袖的紧身针织衫,裸色的,把一百分的身材勾勒到一百二十分,一头大波浪鬈发那叫一个蓬松,大热天的也不说晕晕妆。反观陈迷人,身穿中北大学建校六十周年的T恤,绑着个马尾辫,那脖子也早就黏糊糊的了,早上擦的那点儿口红在两个小时前就下肚了。

但钟未没看错陈迷人的一点是,她的确自信、宽容,她丁点儿没觉得她被白冉比了下去,她知道钟未不是以貌取人的人。再说了,赵顾说大学四年会从各方面改变一个女孩子,比如独立,比如知识体系虽然渐渐走上下坡路,但情商会越来越高,比如相较于儿时的梦想,此后的梦想会更像是目标。但最重要的一点是,大学四年会让一个女孩子变美。

在陈迷人的心目中,赵顾是仅次于钟未的二号学霸,学霸的话不会有错。所以,谁敢说三年后的她比不上今天的白冉?知不知道什么叫先胖不算胖,后胖压塌炕?

直到白冉又补充了一下她的开场白:"钟未找了九年的人,就是你啊?"

陈迷人顿时矮了半截!搞什么?她把白冉当救兵,白冉却伙同钟未哪壶不开提哪壶?

白冉继续道:"他都跟你说了吧?从你们那一面之缘的第二天开始,他就天天往南池子公园跑。后来,他说守株待兔也不是办法,就满大街地贴寻人启事。他那时也才十岁,小小年纪就跟城管打游击。这还不算完,他还逃课去周围的小学蹲点儿。钟叔……哦,也就是他爸知道以后,倒是不管他逃课,反正他考试从来都是第一名。钟叔找人查了当天南池子公园一带的监控,可惜也没查到什么。哎,最后还是被我说中了,既然踏破铁鞋无觅处,那迟早得来全不费功夫。绕了这么大一圈,你和他做了同班同学。"

陈迷人听得一愣一愣的。

关于钟未和白冉的关系,钟未是这么对陈迷人说的:"我们两家很熟。"

既然如此,白冉知道钟未小时候的事,陈迷人并不意外。她意外的是,钟未并没有和她说过他那些年是如何"踏破铁鞋"的。大概是因为他觉得他终于对她得来全不费功夫了,那些年的"踏破铁鞋"也就都不值一提了?他真的如获至宝。

陈迷人顿时又矮了半截。她不是没想过坦白从宽的,但更想过将错就错……可听了白冉这一席话,她知道她再也没有坦白从宽的机会了。她冒充的不仅仅是那个"她",还是钟未漫漫九年的执着。

"咳咳,"白冉一撩大波浪,"话说,钟未有没有和你提过我?"

陈迷人强颜欢笑:"你们是发小儿嘛。"

白冉一声叹息:"哎,这也就是现在不流行门当户对了。"

门当户对?陈迷人又一愣:大家不都是小老百姓吗?这词儿用得会不

会太大了?

钟未从洗手间回来,一边是白冉,一边是陈迷人,当然是坐到了陈迷人的旁边。陈迷人条件反射似的就要站起来,站到一半,被钟未一把搂了回去。他也不再拿筷子,手臂就牢牢圈在她的腰间:"聊什么了?"

白冉抢答:"她跟你说的还真差不多。我爸挂在嘴边的那首歌是怎么唱的来着?对,套马的汉子,威武雄壮!"

陈迷人欲哭无泪地问钟未:"这是你说的?"

钟未还一副理所当然的神情:"没有,我说你是女生版的雷神。"

雷神……就算是女生版的,手里那也是大锤啊!

白冉开怀大笑:"你看,是不是差不多?"

总之,这一顿三人餐烤肉歪打正着地在三人"其乐融融"的气氛中结束了。虽然说好了是陈迷人请客,但最后,白冉抢着买了单。她甚至连账单都没看一看,举手投足间是满满的"不差钱"。

钟未下午没课,但要去打工。陈迷人没多言,反倒是白冉明人不说暗话:"马上期末考试了,你一个学生还不以学业为重?别掉钱眼儿里拔不出来啊。"

嗷……陈迷人暗暗号了一嗓子。果然,钟未累死累活打工的事不是她和他两个人的秘密,这发小儿姐姐知道的还真多!

钟未像是识破了陈迷人,一俯身,当着白冉的面亲了陈迷人一口。陈迷人的脸腾一下就红了,而白冉也唰地就翻了个白眼。钟未这才跨上自行车嗖嗖地远去了。

"哪天分手了,记得第一个通知我。"白冉目送钟未,但话是对陈迷人说的。

"啊?"

"啊什么啊?"

陈迷人字斟句酌:"姐,你喜欢钟未?"

"不喜欢他,难道喜欢你?"白冉理直气壮。

"那你不拦着他找女生版的雷神,也……也就是我?"

"我为什么要拦着? 如果一辈子找不到你,那你一辈子就是他心目中的无可取代。只有找到了,又交往看看了,他才会发现现实和理想的差距,发现你也就是个套马的汉子而已,最后,发现我的好。"

一语惊醒梦中人! 白冉的出言不逊,为重重迷雾中的陈迷人照亮了方向——是啊,冒牌货就是一颗定时炸弹,不炸是不炸,一旦炸了,自己第一个死无全尸。更何况许喵喵也说了,谎言这东西,首先要自己信了,久而久之别人才能信。如果连自己都不信,那别人又怎么入戏?

大恩不言谢,陈迷人一把抱住了白冉,但她不能把话说出口:姐,你没能陪钟未找到的人,我陈迷人挖地三尺也要把她挖出来! 这谎言由我立,也将由我破。我陈迷人才不是那套马的汉子,我……就是我。

然而最迫在眉睫的,还是期末考试。

数据库应用采用上机考试。

当初,陈迷人要把钟未总结的重点借给许喵喵临阵磨枪,许喵喵谢绝了。陈迷人还以为许喵喵是肚子里有点儿墨水,却不料,她是有点儿坏水。她和班里一个绰号"程序猿"的串通了作弊。

人家程序猿是想,这么可爱的女孩子,能帮则帮,许喵喵则没想到赶上严打。她和程序猿窃窃私语了几回后,就在监考老师的气场下SOS了,但满打满算,这分数还及不了格,那就不能不铤而走险啊。

而人,抱有侥幸心理时,一般都会怕什么来什么。监考老师过来的时候手里没提着刀,但许喵喵和程序猿双双认定脑袋离搬家不远了。这时,大多数人还不知道发生了什么事,但少数人比如陈迷人,反正会做的都做了,不会做的也都靠撞大运了,无所事事中也就发现了异样。

再比如黄进,反正他平均三分钟就看许喵喵一眼,除了发现了异样,更知道大事不好。

再比如鲍家国,他就坐在程序猿旁边。

这时,啪一声,鲍家国从不离手的那一把折扇掉在了地上,或者说,是掉在了监考老师的脚面上。

谁都知道他折扇上写着"广告位招商"五个大字,但今天,他折扇的另一面藏着密密麻麻的小抄。

后来,监考老师把鲍家国带走了。虽然是严打,但抓一个意思意思也行了。许喵喵和程序猿大难不死。

再后来,大多数人都说鲍家国这心理素质是不是也太不过硬了,这是不打自招啊。但少数人比如陈迷人开了个脑洞:鲍家国这搞不好是英雄救美啊!再比如许喵喵,她给鲍家国发了一条微信:对不起,谢谢,加油!

如果你是为了我:那对不起,谢谢!

如果你不是为了我:那加油!

就这样,许喵喵过了自己良心上那一关,欢欢喜喜地迎来了暑假。但一天过去了,三天过去了,大半个月过去了,鲍家国一直没有回复许喵喵,这令许喵喵越来越百爪挠心:这厮搞什么搞啊?被区区一顶作弊的帽子就压垮了还是生她的气了?可哪有说英雄救美人,还生美人气的啊?

至于陈迷人,她在暑假的第一天就去了南池子公园。

这是她第一次来这里。在此之前,她对这个地方是既想来,又不想来。想是因为好奇心,不想是因为自尊心。但既然她陈·福尔摩斯·迷人立志要为钟未找到那个"她",那就不能不暂时让自尊心屈居好奇心之下。

时隔九年,这案发的第一现场当然没有了腥风血雨,有的就一个字:热。两个字:热闹。

赶上荷花节,烈日炎炎,人头攒动,陈迷人既然漫无目的,也就无所谓被人潮带向何方,随波逐流地流到了一处舞台前,那里在举行有奖抢答。

大热天的,主持人居然弄了个海绵宝宝的造型:"接天莲叶无穷碧的下一句是……"

"映日荷花别样红!"陈迷人脱口而出。真·学渣扬眉吐气!

但当全场的目光都集中在了她的身上时,陈迷人觉得好像有哪里不对,觉得他们这不像是在瞻仰一个学霸。

"我再再……再重申一遍,本场有奖抢答仅限十岁以下的宝贝踊跃参加!"主持人脸上笑嘻嘻,心里……

将防晒帽的帽檐往下一压,陈迷人逃之夭夭。

南池子公园一共设有三个独立又相通的小湖,小湖中心堆小岛,小岛之间架小桥。东面有座山,山上有个池风亭,也有郁郁葱葱的曲径通幽。西面是个新建的儿童乐园,但说是儿童乐园,在旋转木马上摆拍的和在海盗船上咆哮的叔叔阿姨们也不在少数。

一无所获,是陈迷人必然的结局。

本来嘛,要是她分分钟找到蛛丝马迹,那钟·柯南·未的脸往哪搁啊?

但说是一无所获,也不尽然。本届荷花节的冠名商之一叫作"鑫设计",貌似是一家室内设计与改建的公司。最初,陈迷人对这个冠名商是左耳进,右耳出。毕竟,"鑫"这个字在商场上是一块香饽饽,满大街都是。

但后来,当陈迷人嘬着根冰棍儿路过一众冠名商的展台时,被一个小姐姐抓住了,非让她关注一个公众号。她定睛一看:鑫设计。她再一看,其余的展台和鑫设计其余的工作人员都早就被这似火骄阳和路人的漠然击垮了,就只剩下这一个汗流浃背的小姐姐还在不屈不挠。

当即,陈迷人掏出了手机。除了关注公众号,陈迷人还二话不说给了小姐姐一个拥抱。小姐姐先是吓了一跳,后来才觉得:妈呀,热死人了啊!再后来,她又觉得:咦?这女孩子的怀抱神奇地让她产生了充电般的错觉?

"加油。"陈迷人又握了握拳就要走。

小姐姐一脑门子问号:"等等!你……你对我做了什么?"

"啊,看来是真的。"

"什么?什么是真的?"

真·学渣陈迷人又一次扬眉吐气:"据说国外有一种新兴职业,叫拥抱师。"

小姐姐云里雾里:"啊?"

陈迷人回忆着她读过的那一则报道:"随着生存、生活压力的增加,焦虑、孤独和心理失衡在成年人中越来越普遍,而一个拥抱却往往能神奇地给人安全感,消除人与人之间的隔阂,降低消极的态度,甚至维持血压和心率的正常。"

"哦……"小姐姐似乎领悟了一点点什么。

陈迷人总结陈词:"总之,加油!"

那一天,这小小的插曲随着冰棍儿进了陈迷人的肚子,也就消化了。在陈迷人看来,她只不过是给了那孤军奋战的小姐姐举手之劳的加油打气。后来,她虽然没有取消对鑫设计公众号的关注,但也没看过一眼。所以,要直到后来的后来,她才知道她的点拨令那小姐姐受益匪浅,也才知道鑫设计和她的心头肉——也就是钟未之间的关系。

话说回来。

那好歹是陈迷人和钟未的热恋期,去海边的事,钟未前后提过那么三四回,都被陈迷人以各种理由否定了。而那"各种理由"主要是他忙,以及他赚钱不容易。钟未嘴皮子都快磨破了,说他再忙也忙得过来,以及他赚钱容不容易他自己心里最有数。所以,这摆明了是陈迷人的借口。

至于钟未的坚持,源自他的吃一堑长一智。

要知道,他有一个前女友就是因为他没有陪她去海边过生日,一怒之下找了个备胎去了越南芽庄。在那前一天,他是订好了去北戴河的两天一夜的,但他有一位"良师益友"拦住了他,说:"北戴河?那还不如不去。"后来,钟未查了一下,越南芽庄的价格倒也OK。

如今,他不想对陈迷人犯下同样的错误,他甚至想要不要带陈迷人直接去一趟大溪地一步到位……哪承想,陈迷人说什么也不去。

最近一次,她又说她家教严,她爸妈不会同意她去旅游的。钟未仰天长啸:她家教严,他也不是从石头缝儿里蹦出来的啊,至少和爸妈好商好量一下再说同不同意啊!

好在,海边遥不可及,但看个电影不在话下。爱情喜剧是首选,钟未把握开场前的几分钟:"就说你和室友去,不行吗?"

陈迷人连连摇头:"姜永远是老的辣,我们那些小把戏能不能得逞,全凭他们想不想拆穿。"

"那就实话实说,说你有男朋友了,不行吗?"

"还不是时候……"

钟未委屈巴巴:"你是嫌我拿不出手?"

不是!当然不是!陈迷人的真我在咆哮:钟未,你再价值连城,我也不能天天捧着你一个"赃物"招摇过市啊。本来秀恩爱就死得快,我一个小偷再秀恩爱,那是要人财两空的啊!

真我在咆哮,但陈迷人的皮囊却笑了笑,用两根吸管当筷子夹了一颗爆米花慢慢放进嘴里:"你还不知道吧,我是中北大学最火的表情包。"

"什么表情包?"

"锦鲤啊!大家都说转发这个陈迷人,你身边的校草也会瞎了眼。大家都开玩笑说你是瞎了眼才会喜欢我。那你说,我一个锦鲤有没有可能嫌校草拿不出手?"

电影一开场,钟未就往下一出溜,把头枕在了陈迷人的肩膀上:"你不生气?"

"生什么气?"

"他们说我瞎了眼。"

陈迷人喂了钟未一颗爆米花:"你不生气,我就不生气。"

"我生气。"钟未咬了一下那两根吸管,"陈迷人,你要是锦鲤,我就不是什么校草,是水草。"

换言之,他乐意包围着她,他乐意。

而这时,钟未认出了坐在斜前方的一个后脑勺:"董大勺?"

没错,就是把中北大学东西两个校区都算上做饭也最难吃的那个董大勺。

又赶上坐在董大勺后面的人也不知道掉了什么,打开手机的手电筒去找,光一扫过,陈迷人认出了坐在董大勺旁边的另一个后脑勺:"邹老师?"

没错! 就是中北大学信管系18班的班主任邹莲。

陈迷人曾在鲍家国组织的那一场KTV局上见过一次难得把长发束成一束的邹莲,也就见过一次她耳后颈部的青色胎记,不会有错。

"邹老师和董大勺?"钟未嘬了一大口汽水,"兄妹?"

什么是秒打脸? 就是下一秒,董大勺旁若无人地扑向邹莲好一通啃,不是……是好一通亲。

"妈呀!"陈迷人低低地叫了一声,没眼看。

钟未则咕咚咽了一口口水。别说是啃了,如今,他连啄一口陈迷人都得趁其不备。不说若即若离吧,她是千真万确地在和他发乎情,止乎礼。就在刚刚,她和他用了同一根吸管喝汽水,他几乎热泪盈眶。

真是快救救孩子吧! 他不是性急的人,但也不能接受女朋友好端端走了个"性冷淡风"啊。亏他还现学了一招,说是女朋友喂爆米花的时候,就势轻轻咬住她的指尖……结果,陈迷人用两根吸管当筷子? 真是excuse me(打扰了),害他连现学现卖的机会都没有。

而再下一秒,邹莲给了董大勺一巴掌,拂袖而去。钟未和陈迷人不做贼,心也虚,双双在邹莲途经时恨不得找个地缝钻进去。但相较于钟未只是用手挡了挡脸,陈迷人则整个人趴在了钟未的……双腿间。钟未头嗡的一声,左邻右舍看过来,咦,那才是真的没眼看。

钟未一只手鬼使神差地落在了陈迷人的后脑勺上。天性告诉他:压住她! 但理智告诉他:停! 于是,他一拎她的马尾辫,让她坐直了身子。

一失足成千古恨的陈迷人速速转移话题:"哎呀,董大勺怎么也不追啊?"

"换了你生我的气,我追。"

"可……可我不会生你的气啊。"

"这可是你说的啊。"说着,钟未一侧身,呼吸带着冰镇可乐的甜味清清凉凉地洒在陈迷人的耳畔。

陈迷人的意思当然不是"你亲我我不会生气",而钟未的意思也当然是"我要亲你了"。箭在弦上,她一把捂住他的嘴:不,你不想,你不想。同时,她必须要问一问了:"钟未,我如果不是锦鲤,你如果不是瞎了眼,那你究竟喜欢我什么呀?"

钟未一愣。他虽然不用下半身思考,但在这个节骨眼儿上,也思考不出什么连珠妙语来。所以,他说了句大白话:"你这个人,让人舒服。"

"让人舒服?"陈迷人哭笑不得,"你当我是抓头皮神器啊?"

但至少,他没再提九年前的一面之缘,这足以让她缓缓放下了手。

机不可失,他向前一凑,便吻住了她。

让人舒服。是的,他不觉得情人眼里出西施,不觉得她艳压群芳。相反,他觉得她就是个相貌平平的姑娘。

但就是这姑娘,曾在九年前对他拔刀相助,更曾在不久前扛着他的等身人形立牌,像一个威风凛凛的大盗,在他在食堂亲自下厨那天,帮他一手两升,两手四升地拎了饮料来,不搞叽叽歪歪那一套,女友力爆棚。

不仅限于对他,她对谁都能帮则帮,不是人善被人欺,是从不与人斤斤计较。她曾看不见他的好,也曾被他看见大海捞针似的捞她的 Mr. Right。

所以说,她是想恋爱的。

他也曾看见她因为拉不上拉链,挺大的人了手足无措,像是大风大浪都闯过来了,差点儿在阴沟里翻船。

那一刻,他不由自主地走向了她。

既然她想恋爱,那就恋爱吧。

她曾拉他进了黑名单,也曾为他做田螺姑娘,但殊途同归的是,只为了他好。

她问他究竟喜欢她什么。在一起之前,没什么,大概就是以上这些吧。在一起之后,更加没什么,他只是喜欢时间仿佛过得很快,心情的起起落落也很是新鲜,还有一切的辛苦都变得没那么辛苦。

仅此而已。

至于此时坐在电影院里的钟未和陈迷人的左邻右舍,不禁唏嘘连连:情到浓时不要脸,年轻真好,年轻真好啊……

再开学,信管系18班就是大二的中流砥柱了。

钟未和陈迷人是盼着开学的,毕竟是一日不见,如隔三秋。

许喵喵也是盼着开学的,或者说,她是盼着见到鲍家国。

继那一条"对不起,谢谢,加油!"的微信后,她在开学前两天又给他发了一条:班长大大,下学期课表出来了吗?

六小时后,鲍家国就回了一个字:没。

摔!

但越是受了这奇耻大辱,许喵喵越是盼着见到鲍家国。毕竟,当时的她还不知道,这是鲍家国——也就是总裁文大神笼中鸟纸上谈兵过八百遍,但第一次学以致用的欲擒故纵。

赵顾过了个暑假,脸还是那张像三四十岁的脸,但剪了个郭采洁在《小时代》里的发型。照样有新生管她叫阿姨。去年,人家是说"阿姨真年轻"。今年,人家是说"阿姨真年轻,又fashion(时髦)"。

而更fashion的是,她雷厉风行地换了个男朋友。

学长石侯下了线,一个同样常被人喊叔叔的研究生上了岗。

后来有一晚,石侯喝多了,跑到女生寝室楼下大闹了一场,说赵顾没心。赵顾无动于衷。而陈迷人、许喵喵和罗思三人再后来才知道,要是说赵顾没心,那就没人"有心"了。

罗思是唯一一个不盼着开学的。

她大姨妈迟到一个礼拜了,验孕棒倒是只有一条线,但还是惴惴不安。

她没把陈迷人、许喵喵和赵顾当外人,有什么说什么,惹得赵顾恨恨地戳了一下她的头:"你赞助老大冈本的时候,不是说安全第一?"

"那我也是才知道安全期不一定安全啊。"

"哎,你让我说你什么好?人家都是精虫上脑,你啊,是被精虫上脑!"

许喵喵一捂耳朵:"哎呀,你们在说什么呢?宝宝听不懂!"

紧接着,她拱了陈迷人一下:"老大,冈本好不好用?"

陈迷人临危一乱:"我还没用呢。"

罗思大惊小怪:"不会吧?你和钟未柏拉图?"

许喵喵也来劲了:"有小道消息说,钟未也曾和二三四五个女生短暂交往或互有好感,但每次都停在那临门一脚。"

罗思一捂嘴:"你是说……钟未不举?"

才开学,赵顾就要去泡图书馆,出门前把陈迷人拉到门口:"老大,你是对的,我抛开洁身自好不谈,慎重也是对的,你坚持住。"

另一边,许喵喵还在皇帝不急太监急:"但话说回来,如果短暂交往或互有好感就拽过来啪啪啪,那不渣吗?哎,做人难,做男人更难!不是泰迪精,就是不举。"

陈迷人言归正传,安慰地拍了拍罗思:"一定是虚惊一场。"

五分钟后,才出门的赵顾又脸红脖子粗地折回来了:"老大,我说什么来着?你慎重是对的!"

陈迷人、许喵喵和罗思三脸蒙。

下一秒,赵顾将手机举到那三人面前:"钟未被人起底了。"

"起底?"许喵喵还抖机灵,"起什么底?我还千斤顶呢!"

而陈迷人的视线由清晰到涣散,再由涣散到清晰。只见赵顾手机上是一张钟未的照片,背景别人不认识,她认识。那是 Forbidden Fruit 的后门,钟未身穿黑色的长围裙,在一边打电话,一边吃着一个三明治。

照片是被人从身后偷拍的,也不知道钟未是有意还是无意地一回头,定格。

他的侧颜杀是没话说的,但身体被人 PS(修图)了,不着……寸缕,连两瓣屁股蛋儿都没放过。

赵顾尽职尽责:"我才一下楼就听说了,钟未就是个骗子,什么政商强强联手的后代,什么海外的巨额财产,什么艺术家之家,没一样是真的!"

"什么帖子?"相较于许喵喵和罗思眼珠子都快掉出来了,陈迷人一颗心还在肚子里。

"校内网。当然了,这会儿早就传遍各班的微信群了,也就只有咱们班还没捅破那一层窗户纸。只有咱们四个是最后听说的。"

"帖子里还说什么了?"

赵顾耸耸肩:"也没什么了,无非是说他除了洗盘子,还做家教什么的,偶尔也当个枪手,帮人写写论文。"

"也就是说学习好是真的喽?"许喵喵说。

"人品不好,学习好有什么用?"罗思说。

赵顾总结陈词:"好在,老大的冈本还没用。"

与此同时,陈迷人收到了钟未的微信:我马上到。

今天是开学第一天,钟未去面试一份新的家教,便让陈迷人先回学校了,说他完事儿就到。这回可好了,这不是完事儿,是完蛋了!

即刻,陈迷人冲出了寝室。

许喵喵、罗思和赵顾三人还以为陈迷人怒火中烧,便紧随其后。

罗思说:"哎呀,忘了抄家伙了!"

赵顾说:"没事儿,我们人多。"

许喵喵说:"哎呀,我才洗的头!"

然后,她们便在寝室楼下目睹了以下一幕:陈迷人一头撞进钟未的……怀里?后面三张黑人问号脸。

罗思说:"老大这是要和他同归于尽?那……那身上也得绑炸药啊。"

许喵喵说:"要我说,爱情是盲目的。"

赵顾说:"这种程度不能叫盲目,得叫瞎。"

此时的钟未还不知道发生了什么,还以为陈迷人这是情不自禁,便单臂一圈将她抱了抱紧:"干吗?搞得我好像才从战场上回来似的。"

陈迷人从钟未的胸前一仰脸:"不,你是即将上战场。"

随着陈迷人将帖子内容逐字逐句地向钟未转述,钟未的眉心打了个结。

"真的不是我!"陈迷人信誓旦旦。

钟未一愣:"什么?"

"我说,泄密的真的不是我。"

"废话。"

"这个时候,我保证我不会离开你。"

"这个时候是什么时候?"

陈迷人字斟句酌:"你知道的,我才不在乎你是不是富二代。"

钟未渐渐舒展了眉心的结:"我先回一趟寝室,等下带你去个地方。"

而二人才走到男生寝室楼下,便有一片香蕉皮从天而降,啪的一声掉在钟未的脚前。钟未一抬头,看二楼一个窗口,一个脸熟但叫不上名字的男生拿着一根吃了一半的香蕉,嬉皮笑脸道:"Sorry。"

钟未并未发作,但就在他才把香蕉皮捡起扔进垃圾桶后,第二片香蕉皮从天而降,这一次掉在了陈迷人的脚前。钟未再一抬头,看还是那男生:"Sorry,again(再次对不起)!"

这可就不能忍了。钟未弯腰,捡起第二片香蕉皮,后退了两步,作势要把它从哪里来就送回哪里去。

那男生骂了一句,赶紧缩回头,但还贱兮兮地扒着窗沿以为敌明我暗,以为钟未不过是虚张声势,便回头对室友嘚瑟:"我谅他也不敢!哈哈哈……"哈音未落,香蕉皮爆头,室友笑得停不下来。

楼下,陈迷人是钟未的头号粉丝,轻轻鼓了掌:"哇,这么准?"

被自己喜欢的人夸,钟未不能不膨胀,嘴角一扬。

陈迷人话锋一转:"不过,还是以和为贵啊,特别是我不在你身边的时候。"

"你在又怎样?你保护我?"

"对,我保护你。"

钟未顿时百依百顺:"好,那就以和为贵,特别是你在我身边的时候。"

二人你侬我侬,也就都没有注意到暗处有一双小人得志的眼睛在紧紧锁定着他们……

钟未上楼去放行李,陈迷人等在楼下,才掏出手机打算去校内网看一看,再捎带着回个帖,许喵喵一行三人就追过来了,你一言我一语:

"老大,他怎么说?"

"老大,共患难可不是这么个共法!"

"老大,谁这一辈子还没遇上过几个人渣啊,你这一辈子还长着呢……"

"我早就知道。"陈迷人安抚地拍拍这个,看看那个。

"早就知道他是个人渣?"罗思说。

陈迷人正色:"早就知道他不是富二代。"

赵顾说:"这不是重点,重点是他装!"

陈迷人再次正色:"他没有。他一没有说过他是富二代,二没有花钱如流水。不是说眼见为实,耳听为虚吗?至少我眼见的是他天天吭哧吭哧地骑着辆自行车,换季才会去血拼,是食堂的常客,而那些豪宅、豪车什么的,不都是大家耳听来的吗?"

许喵喵若有所思:"叫你这么一说……还真是。"

赵顾身为学霸,终究是严谨那么一点点:"就算是谣传,他也默认了。"

"不但默认,还乐在其中!"罗思补了一脚。

许喵喵是真为陈迷人好:"老大,不如你先给他办个'停薪留职',观察观察再说。"

陈迷人持续正色:"对了,你们之前不是要喊他大姐夫,我没同意吗?现在我同意了。从现在开始,你们谁不喊他大姐夫,就也别叫我老大了。"

就这样,许喵喵一行三人团灭。

这时,一团火红色的身影来势汹汹,正是白冉那一盏不省油的灯。

她直奔陈迷人:"姓陈的,你给我站住!"

"我也没走啊。"陈迷人哭笑不得。

"好啊你,长得跟个软柿子似的,玩阴的是不是?"白冉将手机往陈迷人面前一举,也正是钟未那一张被人 PS 了的照片,"知道钟未在 Forbidden Fruit 打工的人就只有你和我,不是我,就是你!他好歹也把你捧到过天上,你这么踩他,下不下得去脚啊?"

许喵喵眼尖:"硫酸!"

随着许喵喵的目光,赵顾和罗思也注意到了在白冉的另一只手里,一只玻璃瓶上赫赫然贴着"硫酸"二字。

"我为什么要踩他?"陈迷人一边说,一边对许喵喵一行三人使眼色:撤退,撤退!

白冉是脑补了一场大戏的:钟未对陈迷人是九年的距离产生美,如今这距离一没,十有八九美也就跟着没了。更何况,陈迷人这个人充其量也就是"人挺好的",可符合这个评价的人比比皆是。

一定是钟未把陈迷人甩了,陈迷人因爱生恨。一定是。

结果,陈迷人说:"我俩好着呢。"

许喵喵一行三人异口同声道:"对,他俩好着呢!"

"那这缺德事儿是谁干的？"白冉不耻下问。

许喵喵抢答："世上就没有不透风的墙！你以为天知地知，你知老大知，那只是你以为。"

白冉想想也觉得有理："那你有什么怀疑的人吗？就算不是你，你身为钟未的女朋友，也不能事不关己！"

"不是我事不关己。这件事如果钟未想查，那难不倒他；如果钟未不想查，我不会多管闲事。"

"你说得好听！"

此情此景，陈迷人也急了："不是我说得好听，是这才多大点事儿啊！而且我是钟未的女朋友，不是他，更不是他妈！我能做的就是他硬刚，我陪他硬刚；他大事化小，我就陪他小事化了！钟未叫你一声姐，我才跟着叫你一声姐。但这不是谁行谁上的事，你不是他，所以，你不行也不行，行也得行，行不行都别唧啵。"

白冉被陈迷人吼得一愣一愣的，便拧开了手里的那一瓶硫酸。

"快跑！"陈迷人大喝一声。许喵喵、赵顾和罗思瞬间作鸟兽散。

陈迷人不是不怕的，她一张脸虽然不是花容月貌，但也是有血有肉。但她不能跑。她撒丫子一跑，白冉撒丫子一追，那一瓶硫酸泼出去，谁知道会不会伤及无辜？

没办法的办法，陈迷人以攻代守。二人明摆着不是一个重量级的，但45公斤级的白冉愣是占了60公斤级的陈迷人的上风。许喵喵一行三人一回头，只见陈迷人没跑，又见陈迷人落了下风……

"救驾！"许喵喵大喝一声。

为时已晚。在场所有人都看到白冉耗尽了陈迷人最后一丝力气，将那一瓶硫酸送到了……自己的嘴边？喝了？喝了！

"干吗！"白冉理直气壮，"我跟你浪费那么多唾沫星子，喝口水不行啊？"

水？瓶子上写个硫酸吓唬谁啊？啊？啊？！

钟未不过是上楼去放趟行李,再下来,看以陈迷人为中心围了里三层外三层的人。他冲进去,又看白冉同陈迷人勾肩搭背:"我再信你这一回,但还是那句话,分手了记得第一个通知我。"

"放心吧姐。"陈迷人笑眯眯的。

钟未长臂一伸,把陈迷人往自己身后一拽:"嗯,放心吧姐,没那天。"

白冉一逮着钟未,又跳脚:"钟未,这件事不能就这么算了!谁啊,要不要这么丑化你?退一万步说,你的屁股哪有那么下垂啊?"

噗。围观人群中有人喷了一口奶茶,还捎带着一颗珍珠。

"既然说到这儿了……真没有那么下垂。"钟未对陈迷人窃窃私语。

陈迷人难得小女人家家:"她看过?"

"三岁之前看过。"为此,钟未还道了个歉,"Sorry。"

陈迷人一声令下:"都散了吧!"

钟未交代了白冉一句"路上小心",便拉着陈迷人劈开了层层人群。陈迷人往后一拖:"等等。"她回头,对许喵喵等人使眼色。

许喵喵第一个心领神会,便对赵顾和罗思悄悄道:"一、二、三。"

三人虽然各有各的心不甘情不愿,但还是异口同声道:"大姐夫慢走!"

没辙,老大的面子不能不卖,老大的场不能不捧!

钟未既尴尬,又有派,暗暗与陈迷人十指交握。

陈迷人对钟未郑重其事:"白冉姐说她再信我这一回,是让我陪你共渡难关。我不同意'难关'这两个字,但同意共渡。钟未,你不光有我,还有我的三个好姐妹。"

嗯,人多力量大。

只可惜,陈迷人的"运筹帷幄"在半小时后就站不住脚了……

第五章
请收下我的膝盖

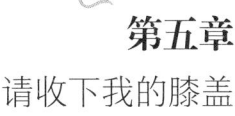

半小时后,钟未和陈迷人坐在一家银行的VIP室里,面对着钟未的理财经理。

"你说要带我来个地方,就是这儿?"陈迷人摸不着头脑。

有了网上银行和手机APP(应用程序),陈迷人这个小老百姓来银行的次数屈指可数,VIP室更是头一回。钟未却熟门熟路,进来就往沙发上一坐,掏出了手机,然后打开……王者荣耀?

他说有个朋友就差一局上王者,约好了这个时间开黑。

他又说:"曹经理,您先给她看一下账户。"

相应地,那理财经理也摸不着头脑。如今,多的是夫妻双方谁也不知道谁的家底,说好听了叫经济独立,说不好听,那就是防人之心不可无。反观钟未和这貌不惊人的微胖girl,充其量也就是个男女朋友,这就掏心掏肺了? 也不知道是他傻,还是她傻。

"哪个账户?"曹经理就是上文提到过的钟未的那一位"良师益友"。

对,没让钟未带前女友去北戴河的那一位。

眼下他多此一举地问一问,也是让钟未再稳一稳,别冲动。

但钟未开了局,连头都没抬:"还有哪个账户?我不就一个账户吗?对了,明细什么的给她扫一眼就行,主要给她看一下账户余额。"

就这样,陈迷人被动地把脸凑到屏幕前,明明是可以考飞行员的视力,在面对那一串代表了钟未账户余额的数字时,竟然直重影。

她数了一遍,没数对。数了第二遍,没数对。数了第三遍……闹了半天,前两遍都数对了:个、十、百、千……三百多万元?

陈迷人生长在一个小康之家,她知道三百多万元是什么概念——要买黄金地段的房子就买不了大户型,要买大户型就不能买在黄金地段。

对于一个十九岁的大学生而言,这笔钱不是个小数目。

一时间,陈迷人脑子有点儿乱:"钟未,你们家你管账?"

"我们家在资产这方面有明确的分工……"

"资产?讲人话。"

钟未失笑:"好,我们家在钱这方面有明确的分工,我爸负责赚,我妈负责花,我负责……存?"

"存?"陈迷人的音调高了八度,又生生压回来,"你是说你勒紧裤腰带存下来三百多万元?"

钟未在百忙之中回应了一下陈迷人的目光:"你也觉得我爸给我的零花钱太多了吧?"

"这不是重点吧?重点是你爸给你七位数的零花钱,你还去开源节流。"情急之下,陈迷人把矛头指向了曹经理,"曹经理,你也觉得奇怪吧?你也觉得奇怪的人是他吧?"

言多必失,曹经理尿遁。

钟未那一局王者荣耀打了二十八分钟,逆风局,又活活给扳回来了。落落起起间,他对陈迷人始终有问必答。

简单来说,他今天带她来,就是来"炫富"的,网上银行和手机APP都有可能真亦假来假亦真,所以,曹经理这人证想当也得当,不想当也得当。

详细来说,钟未的父亲钟昌国的新邦集团位居中国民营企业500强中的前50强。只不过新邦集团致力于清洁能源,不如京东、海底捞、红星美凯龙那么家喻户晓。而且钟昌国是个宅男,能不露面就决不露面。

总之,钟家有钱是真的,一般人不知道钟家有钱也是真的。

在钟未十八岁以前,钟昌国给他的零花钱就是他要多少,钟昌国就给他后头再加个零。等到十八岁生日时,钟昌国直接送了辆车给他,也不算很贵,就二百来万元吧……

的确,这种含着金汤匙长大的孩子还开源节流是有点儿不合理,但不合理不等于不存在,这一切还要从钟未的母亲卞雨露的梦想说起。

那是一个人美歌甜的女人,当年大学毕业后直接嫁给了钟昌国,从以父母为天无缝对接到以丈夫为天。而无论是她的父母,还是她的丈夫,都不计一切代价地反对她的歌手梦。

钟未十二岁那年,卞雨露在钟家的别墅里开了她的第一场演唱会,底下没一个观众。

无疑,她的精神状况出现了"一点点"问题。钟昌国为爱妻提供了最好的医疗,但千万别跟他说什么心病还得心药医,免谈。

就这样,钟未有了一个梦想,那就是让卞雨露的梦想成真。他要开源节流,有朝一日,要让卞雨露在全世界的面前引吭高歌。他要找回那个既善解人意,又才华横溢的母亲,那么他的梦想也就成真了。

积少成多,这不就三百多万元了吗?

对了,钟未的这个梦想,白冉是略知一二的。

白家是钟昌国的新邦集团的一个生意伙伴,白冉说"门当户对"虽然有一点点高攀,但也还说得过去。关键是,白冉从小就没了妈,再一喜欢上钟未,那也就把卞雨露当妈了。她觉得她支持钟未为卞雨露的梦想开源节流,也就约等于奠定了她和卞雨露的婆媳关系……

而之所以说她是"略知一二",因为她并不知道卞雨露真正的精神状况。在外人面前,卞雨露也只是表现得有点大大咧咧地不着调而已。

另外值得一提的是,钟未在高二那年借口转学到五十二中。他对钟昌国用了什么借口不重要,重要的是他之前就读的私立学校光是人人攀比的大环境就太不利于他积少成多了。

转学就转学吧,钟家的别墅在郊区,钟昌国给钟未在五十二中附近租了公寓,还请了保姆和司机。钟未将在外,君命有所不受,把无论是公寓,还是保姆和司机,通通折了现。

许喵喵曾说过,钟未才一转学到五十二中就请全班吃了哈根达斯。当时钟未说不是他买的,许喵喵又说:"是是是,你不得有个跑腿儿的?"

但实际上,真不是钟未买的,是高一一个女生为了向钟未示好,自己把自己当贤内助了。

许喵喵还曾说过有一款椰子鞋多少人有钱买不到,钟未有三双。当时钟未说是高仿,许喵喵不信。

但实际上,她不信也得信。钟未买的就是假一赔三的高仿。那卖家也真言而有信,说赔就赔。

不止许喵喵,有人看见钟未出入维也纳国家歌剧院的皇帝包厢,有人看见他是阿联酋航空的白金卡会员,还有人看见他持有飞行执照。这倒都不假。但还有人说他在金贸中心买什么都像买大白菜?这可就是胡说八道了。是,他是金贸中心的常客,可每次也就是帮卞雨露拎拎包而已。

赵顾说钟未默认了他是富二代的谣传。然而钟未属于不得不默认,因为那不是谣传。

这一次爆料人说他"为钱卖命",他也说不出半个"不"字来。

在那一篇图文并茂的帖子中,图上的人,是他。文中指出的诸如刷盘子等等的"丑事",也都是他干出来的好事。除此之外,他还曾帮人顶班过滴滴专车,也还曾做过手模……没都给他扒出来就算便宜他了吧?

在从银行回中北大学的途中,陈迷人心乱如麻:"那你说,这件事我要不要告诉许喵喵她们? 告诉吧,我怕一传十、十传百,不知道又要传出多少乱七八糟的版本。不告诉吧,又好像把她们当外人了。"

"随便你,"钟未除了为钱卖命,更为爱发光,"我都可以。"

大二就在这一枚重磅炸弹下拉开了序幕。

钟未和陈迷人成了段子手们的灵感之源,还有人组队到Forbidden Fruit一餐游。不过,也就个把月,便又有人对钟未虎视眈眈了,更多人也还是亲切地叫陈迷人一声OK姐。现在的大学生,真没人太把"出身"当回事儿,反倒多的是外貌协会,更不乏有人觉得便宜不占白不占。

其间,钟未没查爆料人是谁。不是没查出来,是没查。

另一边,许喵喵和大一一样逃课逃得无拘无束,但不一样的是,她不让人帮她答到了。有一次,有人热心肠帮她,她还跑老师那儿自首去了,搞得老师都无所适从,心说多大点儿事儿啊? 就这样,她终于等来了这一天。

这一天,班长鲍家国找她谈话了。欧耶!

许喵喵穿了件卡其色的风衣,光腿,蹬上一双黑色的踝靴,被罗思一眼识破:"有约会啊?"

对了,罗思的大姨妈在迟到了一个礼拜零两天后,好歹是到了,真的是虚惊一场。

地方是鲍家国选的,就在中北大学图书馆一楼的水吧。许喵喵到了地方一眼没找着鲍家国,第二眼才锁定一个背影,一绕前,还真是他。

这是鲍家国第一次没穿马褂,穿了个牛仔夹克。许喵喵眼前一亮:"哟,这是鲍家国的孪生弟弟,鲍家省吧?"

鲍家国坐着,将站着的许喵喵上下一打量:"等会儿有约会啊?"

许喵喵脸腾就红了,心说:直男,钢铁大直男!

可她也不想想,哪个钢铁大直男能有这么敏锐的直觉? 真正的钢铁大直男那是会把豆沙色口红的豆沙色和绿豆沙画等号的。反观鲍家国,他太懂怎么吊许喵喵的胃口了,也太懂什么时候该耍个帅了。

许喵喵才一坐下,服务生就送来了两杯白桃乌龙,那是许喵喵的最爱。

鲍家国还装模作样:"我随便点的,你就随便喝吧。"

"你不是爱喝奶吗?"许喵喵脱口而出。

这话倒是没毛病。鲍家国是各种酸奶、养乐多、营养快线的拥护者。但当着许喵喵的面,他连喝都羞于喝,更何况是被她指出来,以至于鲍家国跷着的二郎腿像膝跳反应似的一弹。

"再忙,"他稳住阵脚,"学分也是不能丢的。"

"哦。"

"哦?哦就完了?"

许喵喵到底还是问了:"那个……上学期期末的数据库应用,你是不是替我挡的枪?"

鲍家国没说是,也没说不是:"反正我也是真带了小抄进去,不冤。"

真是暖哭了!许喵喵太喜欢这种对你好又不说的feel(感觉)了!

所谓情人眼里出西施,许喵喵也逃不掉:"你真想当个作家?"

这会儿她觉得鲍家国说得对啊,人就是该有梦想啊!她觉得梦想当个作家多好啊!遥记得小时候,谁还不想当个宇航员、科学家什么的?长大了还不忘初心的能有几个?都改向钱看了。鲍家国这就是不忘初心啊!

"那你呢?"鲍家国反问,"你将来想做什么?"

许喵喵想了一下:"秘密。"

鲍家国也舍不得走,但为了不因小失大,舍不得也得舍:"那就先这样,你自己心里有数就行了。"

许喵喵对穿着牛仔夹克的鲍家国意犹未尽:"你赶着投胎啊?"

"我在自习室扫码占了座,就二十分钟,过点儿人就把我东西扔一边儿去了。"

"正好！正好我也要去自习室。"

鲍家国反应贼快："你这点儿去那儿还能有座？这样吧，第二自习室进门右手边第三排，靠窗。你回头帮我把我占座的那本《数据结构》带着，明天上课的时候给我。"

挥一挥衣袖，鲍家国没带走一片云彩。

许喵喵喜忧参半，忧的还是那一份恋恋不舍，喜的是有鲍家国的《数据结构》在手，来日方长！

至于鲍家国，他也想和许喵喵共度一段美好时光。他也想！但今天还有八千字的更新在等着他，他一时半会儿又不便把笼中鸟的身份暴露给许喵喵，也就只好做逃兵了。不过，他和许喵喵想到一块儿去了，她有他的《数据结构》在手，那就是星星之火能燎原啊……

当晚，陈迷人在自习室"沉迷于"英语四级时，微博收到了一条私信。

是一个才注册的号，说钟未和一个贵妇举止亲密地进了正安路的希尔顿酒店。

一个贵妇？陈迷人心说，那就对了啊，钟未之前就跟她说今晚要陪他妈出去一趟。既然钟未是富二代，那他妈明摆着是一个贵妇啊。

但这一条私信也明摆着没安好心，那字里行间无非是在说：钟未不但为钱卖命，还为钱卖身。

陈迷人截了个屏，给钟未发了条微信：有尾巴。

也就三五秒，钟未致电陈迷人："三分钟不摸手机就皮痒是不是？"

钟未对陈迷人是了如指掌，说是"沉迷于"学习，还不是五分钟刷个微博，十分钟逛个朋友圈，时不时还得登录个游戏领个体力值，否则，她哪能在第一时间收到来自陌生人的私信？

陈迷人赔笑："嘿嘿，我这是为了你的安危，把自己给暴露了。"

钟未也是拿陈迷人没辙："我的安危你放一百个心，倒是你别忘了，我们说好了，明年六月份四级考不过的话，你要陪我去海边。"

"拜拜！"陈迷人电话一挂，只差在脑门儿上绑个红布条，写上"雄起"两个字。

与此同时，或者说早在两个小时前，钟未就发现了有人跟踪他，也早在半个小时前，就发现了那尾巴是何许人也。

自从个把月前有人爆了他的料，他之所以连查都没查，是因为在他看来对方至少没有无中生有，就算有恶意，也不足以让他有仇必报。

但今晚，他要陪卜雨露出去一趟，也就史无前例地穿了白衬衫、黑风衣，还戴了一块积家的腕表。

说来，白衬衫这行头真不是谁都能驾驭的，表面上亲民，但十个里能有九个半穿得像房产中介。钟未没跑儿地是凤毛麟角，就算跨上自行车，照样让多少女孩子觉得：什么叫混搭？这才叫混搭！

在一束束爱慕的目光中，有个人不怀好意，让钟未不能不有所察觉。

跟踪？这就欺人太甚了……一通电话打出去，钟未调了个自己人来，来了个螳螂捕蝉，黄雀在后。

讲真！钟未没想到是杜小越，毕竟，他没什么地方对不起杜小越。但一转念，钟未又觉得他早就该想到是杜小越。

他没什么地方对不起任何人，但论抱他的大腿，杜小越是头一号。

那假设他是个伪富二代，杜小越气急败坏也是情有可原，直到陈迷人发了个截屏给他。他可以原谅杜小越给他P了两瓣下垂的屁股蛋儿，甚至也可以原谅他对他今晚的跟踪，但挑拨他和陈迷人？这就是逼他掏出他的五十米大刀啊……

晚上十点半，陈迷人在学校的传达室等来了晚归的钟未。

自从知道了钟未怕黑，陈迷人没事儿的时候一定接他一趟。

就在前两天还有一次，陈迷人跟着戏剧社出去跑龙套。钟未晚归，路过学校的传达室时明知道陈迷人不在，还是习惯性地看了一眼。真是不看不知道，一看吓一跳。只见许喵喵、罗思和赵顾齐刷刷地坐在传达室的门口,当然是在等他这个"大姐夫",也当然是奉大姐大陈迷人之命。

那晚,他一个大老爷们儿由三个弱女子护送到寝室楼下,也不知道这脸上是有光还是没光。

说回到今晚,钟未一手推着自行车,一手搭上陈迷人的肩:"approximate(近似)怎么拼?"

陈迷人脑袋嗡的一声:"a什么？什么mate?"

钟未哭笑不得:"马冬梅!"

恋爱便是如此。两个人谁都为了对方好,希望对方身体健康、学业有成,这是一定的。但一旦有个风吹草动,比方说其中一个问:"吃夜宵吗?"另一个一定说:"你吃吗？你吃我就陪你吃。"去他的身体健康。

又比方说钟未给陈迷人留了背单词的作业,陈迷人这一蒙混,也就过关了。他也只是象征性地下一下最后通牒:"我再给你三天的时间,三天后,抽查范围是从A到G。"

陈迷人低下了高贵的头。

三天？从A到G？学渣的世界,学霸永远不懂,就像白天不懂夜的黑。

"阿姨那边怎么样?"陈迷人换了个话题。

今晚钟未陪卞雨露去正安路的希尔顿酒店,是约了一个音乐圈的制作人,也算是迈出了圆卞雨露歌手梦的第一步。

好歹是经人牵线搭桥,钟未对对方本是抱着求教的态度,却不料,对方狮子大开口说三十万元一首单曲……更不料,卞雨露直接说再加十万元,她要精益求精。

是时候展现真正的口算了！陈迷人道:"四十万元圆一个梦,也还好。"

钟未无奈地摇摇头:"这离圆梦还早着呢,如果四十万元才出一首单曲,那她的世界巡回演唱会恐怕要止步于本市了。"

"如果只开一场的话,但愿我能抢到票。"陈迷人摩拳擦掌。

而这也正是陈迷人的过人之处。她知道什么时候该忠言逆耳,又什么时候该推波助澜。她知道钱多钱少那是钟未的事,更知道钟未爱怎么花就怎么花,哪怕,只是打个水漂听听响。再者说了,钟未对卞雨露好,那是天经地义,那是他妈。一个人要是连妈都不心疼,你还指望他心疼谁?

当晚,钟未坚持把陈迷人送到女生寝室楼下,而非她把他送到男生寝室楼下。她飞快地抱了他一下就要走,却被他一把拉住:"你把他拉黑了吗?"

"谁啊?"

"微博上,给你发私信,打我小报告的。"

陈迷人摸不着头脑:"他是冲你去的,我拉不拉黑他不重要吧?"

"重要。我和他无冤无仇,他犯不着对我赶尽杀绝。我思前想后,只想到一种可能,那就是你才是他的目标。他可能……可能喜欢你,所以要拆散我们。"

"噗……哈哈哈!"

钟未被陈迷人笑得发毛:"我没跟你开玩笑。"

陈迷人两手一捧钟未的脸:"钟未,我虽然不是根草,但除了我爸妈,也就只有你把我当块宝了。"

一转念,陈迷人眼前一亮:"你说他和你无冤无仇,也就是说,你知道他是谁了?"

翌日,第一节课是数据结构,许喵喵难得前五名就到教室了,挑了个后排的角落坐下,对着美颜相机拨弄自己的刘海。

陈迷人后脚到了,坐到许喵喵旁边:"出门的时候叫你等会儿我,你没听见?"

"没,没听见啊。"许喵喵往陈迷人身后找,"我们校草大人呢?"

"他说有点事,办完再过来。"

"我早上吃煎饼放葱了。"

陈迷人连课本都掏出来了："好吃吗？"

"好吃，"许喵喵对着陈迷人哈了一口气，"但不好闻啊！"

陈迷人一躲，虽然不知道为什么，但也知道许喵喵这是在对她下逐客令，便悻悻地往旁边挪了一个座位。却不料许喵喵穷追猛打，又哈了一口气，这回得有五级风。陈迷人一脑门子问号，又往前挪了三排。

这一天，鲍家国比平日来得要晚一些。

那时，许喵喵都等急了，晃出教室要去楼道里迎一迎，差点儿跟鲍家国撞了个满怀。鲍家国假装淡定："又要逃课啊？"

许喵喵假装不了淡定："那个……我上厕所。"

"我的书？"

"哦！"许喵喵扭脸又回了教室，人前给鲍家国带路，人后偷偷抿嘴笑。

那家伙今天也没穿马褂，穿了件蓝绿色的格子衬衫。也不知道是不是他起点太低了的缘故，连这种理工男style(风格)，许喵喵都给了他八十分。

正所谓起点低的都是潜力股嘛！

鲍家国拿了书就要走，随着他的脚步声，许喵喵一颗心那是咕咚咕咚往下沉啊。

"这儿有人吗？"猛地，鲍家国一回头，指的是许喵喵旁边的座位。

许喵喵窃喜："没，没人！"

就这样，鲍家国坐在了许喵喵旁边。

而在五分钟之前，黄进坐在了陈迷人旁边。以他男人的直觉，他终于可以肯定装模作样的鲍家国对许喵喵有意思了，便自言自语："哼，舔狗舔狗，舔到最后，一无所有！"

与此同时，陈迷人以她女生的直觉，也终于可以肯定许喵喵对鲍家国更有意思了，便没对黄进手下留情："就算是舔狗，也比缩头乌龟强。"

轰。黄进只觉得天都塌了。是啊，尿就一个字，他演绎了无数次啊……

后来，陈迷人时不时就回头瞪一眼许喵喵。

呵呵！就冲她和鲍家国说个话都快咬耳朵了，别说煎饼放葱了，她今天的早起一杯水怕是早起一杯漱口水吧？

下课前十分钟钟未才来，为了不打扰陈迷人听讲，他一进后门就找了个门口的座位坐下。结果他屁股还没坐热，就看陈迷人回头往后门张望，一看就是在等他。他拿她没办法，心头却又美滋滋，板着脸给了她一个眼神让她体会——好好听讲！

与此同时，杜小越在一百米开外的另一间教室里拍案而起。

赶巧了，那一节计量经济学的老师和高数老师常年"争宠"，但求让学生们在自己的学科上多下下功夫。今天也不例外，计量经济学的老师截屏了个微博热搜——计量经济学才是大boss（大佬）。

第一条热评就是：拜托别再说高数难了，那是因为你没学过计量经济学！

六千多点赞让那老师扬眉吐气："群众的眼睛还是雪亮的啊！"

有同学窃窃私语："买这么个热搜得多少钱啊？"

那老师耳朵尖："谁？谁在下面嘀嘀咕咕的？有本事站起来说。"

站起来就站起来……杜小越好死不死在这个节骨眼儿上拍案而起。

他当然不是热衷于计量经济学和高数的大boss之争，他是在玩手机的时候收到了一连串来自校内网的评论通知。

搞什么？他之前爆料钟未"真面目"的那一篇帖子早就沉了啊，难道谁又刨坟了？

也是不看不知道，一看吓一跳！一篇新鲜出炉的帖子跃然屏幕上，标题更夺人眼球，叫作《你爸爸永远是你爸爸》，发帖人是他在校内网的小号"你叔"。

明摆着，他这是被盗号了啊！再点进帖子一看就更不得了了。

昔日，"你叔"是个响当当的打假先锋，为了民众的知情权，那叫一个刚。而今天，"你叔"还是为了民众的知情权，又一次爆料钟未是一家叫作鑫设计的公司的董事长兼CEO。目前,全球鼎鼎有名的霍达集团为了进军中国市场,先后在香港、北京和上海等多地成立了办公室,且有意以两千万元的价格收购鑫设计。最后,"你叔"总结陈词:你爸爸永远是你爸爸!还配了一张给大佬下跪的表情包,分分钟收到一连串评论通知,内容更像是一家人就要整整齐齐:钟爸爸请收下我的膝盖!

杜小越只觉得天旋地转,紧接着,真相只有一个——钟未,这一篇帖子百分之百出自钟未之手!除了钟未,没有第二个人有必要借自己之口。而既然帖子出自钟未之手,那么一来,其中提到的诸如鑫设计、董事长兼CEO、两千万元等关键词十有八九是真的假不了;二来,钟未也百分之百知道"你叔"就是自己了!

想到此处,杜小越哪还坐得住啊?此时此刻,被他当作命根子的人脉网无异于一个笑话。

昔日,钟未在他的网上跟谁都沾不上边,他只当他是一轮高高在上的红日。直到他的网越织越大,他发现了钟未在马不停蹄地做三份家教,进而发现了钟未在Forbidden Fruit刷盘子等等"真面目"。

去他的红日!他是抬头抬久了,忘了往脚底下看看了!亏他抱了他那么久的大腿,这本质上跟骗婚是一样一样的嘛!

而今天,这个栽了的局面他想认也得认,不想认也得认。两千万元?这就算打个八折,也是妥妥的富一代了,比富二代更"可歌可泣"好吗?所以说,无论他的网再怎么越织越大,他区区一只蜘蛛也网不住钟未这天高任飞的鸟……偏偏钟未不跟他来硬的,盗号?这不等于把狙击枪的小红点对准他的脑门儿,但迟迟不扣下扳机吗?吓都要吓死了好吗?

另一边,信管系的数据结构一下课,教室里也炸开了锅:身价两千万元的CEO?要不要玩这么大啊?

钟未面对雪片般的感叹,微微一笑:"陈迷人,走了。"

慢半拍的陈迷人还在对着许喵喵转发来的帖子一目十行,内心也是:

Are you kidding（你在开玩笑吗）？

鑫设计？这名字倒是耳熟，但绝不是钟未和她提的。

对了！南池子公园，荷花节，还有那个锲而不舍的小姐姐。当时，她还给了那小姐姐一个加油打气的拥抱。是那天，她关注了鑫设计的公众号，也是从那天之后，她看都没看过一眼。

到头来，鑫设计是钟未的？他的势力范围要不要这么广？她对他的身价还停留在他开源节流，从牙缝里抠出来的那三百多万元上，这冷不丁又来个CEO？同样是大学生，她连区分个CEO、董事长和总裁都得靠百度，他却是CEO本O了？人与人的差距怎么这么大……

钟未站在后门口："陈迷人？"

"来了！"陈迷人把书本一股脑儿抱在怀里，屁颠屁颠地跑了过去。

在众人看来，那再也不是一扇稀松平常的教室的后门，那……根本是财富之门啊！

许喵喵、罗思和赵顾从四面八方拥向教室的中央，碰了个头儿。

赵顾说："当时钟未被爆料在餐厅刷盘子，老大是怎么说的你们还记得吗？她说她早就知道了。"

罗思说："你是说，老大早就知道钟未是隐形富豪？"

许喵喵说："惊闻隐形富豪在餐厅刷盘子，真相竟是……"

三人异口同声："那餐厅就是他的！"

而事实上，Forbidden Fruit当然不是钟未的。事实上，他除了负责学习和让鑫设计蒸蒸日上，是真的还有大把的时间。他"视财如命"也是真的，做家教是一边赚钱一边温故而知新，刷盘子是一边赚钱一边让大脑放空。他觉得相较于"葛优躺"，四肢的忙碌更有利于让大脑放空，进而再事半功倍。此外，后厨动不动杀鸡宰鱼，他也捎带着练练胆儿。只是……没什么用，胆小大概是他这辈子永远的痛了。

第二节钟未没课，陈迷人有一节选修课。但这跟中了五百万元的彩票似的，别说是选修课了，专业课也哪儿凉快哪儿待着去了好吗？陈迷人把"逃课"两个字写在脸上，却被钟未推着往教室的方向走。他好言好语："不光是为了学分，把Photoshop学会了也是一技之长，乖。"

陈迷人不情不愿："我还有一肚子问题呢！"

"'你叔'这个号是杜小越的，但今天的帖子是我盗了他的号发的。是，帖子里写的是真的，但霍达集团有意以两千万元的价格收购鑫设计，和我身价两千万元是两个概念。杜小越一而再再而三地泼我脏水，我不想扯出我爸，但凭我自己也能给他点儿颜色看看了。还有最重要的一点，我早就不想让你脸上无光了。除了这些，你还有什么问题吗？"

"没……没了。"

钟未帮陈迷人把书包的背带整理好："那可以去好好上课了吗？"

陈迷人像被施了魔法似的点点头，但走了两步，又回头："钟未，和你在一起，我永远不会脸上无光，我是回光返照还差不多！"

钟未一脸黑线："不会用成语就别用。"

杜小越和钟未的下一次直接接触，是在半个月后了。

而在这半个月里，杜小越度日如年。做噩梦就不用说了，那一个个被追杀的情景既是家常便饭，又花样百出。

这觉一睡不好，白天的精神也就越来越恍惚，有一天，他直接被人推下八级台阶，一回头，身后没……没人啊！活见鬼。

纵使幻觉千百种，现实只有一桩也够够的了。

这一天，杜小越去听一场"名额有限，报名从速"的讲座。他明明秒杀了一个名额，结果，入场的时候系统里查不到他这个人。听讲座事小，失去了和主讲人攀关系的机会，这损失可不是一般大。

第二天，杜小越被上了大半个学期的选修课除名了。连学生办都一头雾水，说怪了，系统里查不到他这个人。

第三天，杜小越给一个才攀上关系的记者小姐姐发微信，倒也没什么事儿，就是巩固巩固关系，不发不知道，一发吓一跳，人家……把他拉黑了。

至此，他不得不面对现实——有人在拆他的人脉网，甚至不是从他身上拆网，而是从网身上拆他！

长此以往，他杜小越不是孤家寡人是什么？太狠了，这是冲要害来啊！

是钟未。一定是钟未！

于是，这一天，杜小越去了钟未的寝室。他去的时候，钟未不在，钟未的室友们让他自便。反正，男生寝室的流窜率一直是居高不下的。

后来，钟未的几个室友走了来，来了走，直到钟未回来时，寝室里刚刚好只剩下他一个人在。杜小越心里一慌，一头扎进了厕所，可下一秒，他就后悔了：在客场的厕所里，他能干吗？这裤子脱也不是，不脱更不是。

再下一秒，钟未推开了厕所的门，皮带……解到了一半。

二人四目相对，坦白说，都吓得不轻。

杜小越是理亏、心虚、怯场三连。钟未是就两个字：胆小。

紧接着，杜小越的视线往下移，停在了钟未的手上。

皮带？顿时，他脑补出了钟未将皮带一抽，啪啪打在他身上的画面……停！什么鬼！就说看片儿也不能看那么重口味的嘛！太耳濡目染了！

还是钟未先开口："找我？"

杜小越还慌着呢，先往小便池一看，又往蹲坑一看："啊，是，是找你。"

"往哪儿找呢？"钟未这一怒，像特效似的，身形噌噌地扩大。

杜小越不由自主地一作揖："爸爸，我错了！"

钟未的人有三急也不急了，又把皮带系上了："哪儿错了？"

杜小越也是有备而来："我不该怀疑你的身价，不该用下三滥的手段黑你，不该打小报告。以上三不该统称千不该万不该，还请爸爸大人不记小人过！"

"没说到关键点上。"

"不能吧?这句句都是关键点了。"

钟未一张脸越来越黑:"比如,不该向谁打小报告?"

杜小越绞尽脑汁:"你是说……OK姐?"

钟未一把揪住杜小越的脖领子:"我警告你,别再打陈迷人的主意。是,许喵喵是曾经给你和她牵线搭桥,你当时没把握住机会你能赖谁?不过,也不能赖你,没有机会的机会你把握个屁啊?总之,我和陈迷人是锁死了,你给我死了这条心,再搞小动作,过街老鼠见过没?没见过?那你照照镜子就行了。"

钟未说完,扬长而去。杜小越却半天才缓过神来:这是哪儿跟哪儿?等一下!钟未该不会是误会自己对陈迷人有想法吧?是,陈迷人是不丑,人也既随和,又热心肠,但自己又不是被爸妈天天催婚要抱孙子的大龄剩男,怎么会对一个及格线上的人选有想法?顶多是请她帮忙取个快递好不好?大家不都这样吗?怎么就自己一个人罪不可赦了?

再等一下!钟未要真是这么误会,那倒好办了!

只见杜小越三步并作两步冲到窗口,对下了楼的钟未大喊大叫:"钟未,我祝你和OK姐白头偕老!真心的,真心的!"

钟未没回头,但大人大量地比了一个OK的手势。

杜小越如释重负,一边抹汗,一边感慨:活久见,真是活久见啊,堂堂钟未,不但和相貌平平的陈迷人配成了双,还连点儿安全感都没有?没有安全感,也就等于没自信啊。堂堂钟未没自信,莫非……莫非有隐疾?

杜小越赶紧摇了摇头。这种以卵击石的念头,可不能再有第二次了!

钟未只当是把一个情敌扼杀在了摇篮里,心情堪比欢欢喜喜过大年,于是,空前地向Forbidden Fruit请了假,拿出了下午第二节课后的每一分每一秒,和陈迷人约了个会。

出发前,陈迷人在寝室里换了好几套衣服。罗思看不下去了:"又不是第一次约会,至于吗?"

"可我就是把每一次都当作第一次啊。"陈迷人穿了脱,脱了穿,静电噼里啪啦的。

"累不累啊你?"

"谈恋爱不就是这样吗?谁也保证不了一个圆满的未来,但能不能留下一个美好的回忆,这个主动权是掌握在自己手上的。可美好的回忆又不是天上掉馅饼,那都是创造出来的啊。"

罗思受益匪浅,便在寝室四个人的微信群里发了一条语音:"号外,号外,今天是老大和钟未第N次的第一次约会,急需集体的智慧,听到请回答,不,听到请速回大本营。"

几乎是立刻,许喵喵回话:有事。老大,你把我柜子打开,能穿上哪件就穿哪件。

稍后,赵顾回话:有事+1。老大,加油。

"这两个靠不住的!"罗思只好凭一己之力,"老大,还是我来教你一招吧。方茂忙,钟未更忙,但男人所谓的忙,没时间,都是借口。只要他想陪你,想有时间,挤挤总会有的!你啊,是大方有余,女人味不足。你得有自己的需求和欲望,再学会用撒娇满足自己的需求和欲望。"

"撒娇?"陈迷人抓住重点。

罗思做了个示范:"老公,人家要你陪,一个人会怕怕,会无聊,会想你想到胡思乱想。"

陈迷人打了个冷战。

罗思自己也搓了搓鸡皮疙瘩:"男人都吃这一套。"

后来,陈迷人穿了一件藕荷色的,扣子是珍珠的,袖口有蕾丝花边的毛衣开衫出发了。衣服当然是陈迷人自己的。许喵喵的话是出自真心,但陈迷人也是真心穿不下许喵喵的任何一件衣服。至于这一件毛衣开衫,是过年的时候,陈迷人的爸爸给她挑的,至少代表了男性的审美。

果然!钟未似乎眼前一亮。

大型综合商场,四季如春是最大的优势。

钟未和陈迷人谁也不是奔着血拼来的,便漫无目的地走到哪算哪,该吃的冰淇淋吃了,不该抓的娃娃也抓了。之所以说不该抓,是因为陈迷人对某一只斗鸡眼的大猩猩投去了一眼,钟未便一百块钱打了水漂。

当然了,以钟未的"视财如命",不可能像二愣子似的一个币接一个币地往里投。在第一次失败后,他就百度了抓娃娃技巧,先后学习了五个教程。可惜,失败始终是成功的妈妈……

最后,陈迷人拉住了钟未:"其实它真的越看越丑!"

她指的是那一只斗鸡眼的大猩猩,换言之,她不要了!

钟未却杀红了眼:"越看越觉得它在嘲笑我。我堂堂一个机器人社团的主席,输给区区一个机械臂?这AI时代的到来会不会也太快了?"

陈迷人扑哧一笑。他和她真想到一块儿去了。

她也在想,他一个中北大学机器人社团的主席,手底下的铁家伙们上了格斗场个个身怀绝技,怎么连一个小儿科的机械臂都搞不定?

但想是一码事,说是另一码事。一来,就算她为了钟未看了几十场机器人格斗大赛,她也还是外行看热闹的那个"外行"。二来,她要照顾钟未的面子。不仅限于钟未是她的男朋友,换了任何一个朋友的面子,她都会照顾,着实没必要在对方不行的时候,还吧啦吧啦说着"你怎么不行"。

钟未被陈迷人拖着走,对着抓娃娃机一步三回头,又一个急刹:"陈迷人,你不会是在帮我省钱吧?"

"节约是中华民族的传统美德,没毛病。"

"有,你有毛病,你以为我省钱会省到你头上?"

陈迷人继续拖着钟未走:"我以为今天都是你请客。快快快,我要吃那家网红串串!"

等位,前面还有十四桌。商家给等位的客人提供免费的棉花糖,还是少女心爆棚的粉红色。

作为谈恋爱的前辈,罗思的谆谆教诲还在陈迷人的耳边——撒娇,男人都吃撒娇这一套!

既然实践是检验真理的唯一标准,陈迷人当即一指:"我想吃那个。"

咦?什么叫思想的巨人,行动的矮子?就是陈迷人思想上娇滴滴,一张嘴却像一个没有感情的杀手。果然,钟未无动于衷:"都是色素。"

这一次,陈迷人先闭了闭眼。没吃过猪肉,总见过猪跑……不是说罗思是猪,是说总见过罗思的示范,从形似到神似,关键还是神似:"不嘛,人家就要吃!你还没到拿着保温杯泡枸杞的时候,怎么就时时刻刻把食品安全记心间了?人家可还是少女,甜才是第一位,人家就要吃!"

是,陈迷人是有点儿学渣,但有志者事竟成。

只见钟未的视线从手机上移到陈迷人的脸上,她的笑意僵硬到崩溃的边缘,但他的笑意百分之百发自肺腑。

只见他轻轻一声叹息:"那仅此一次。"

只见他心甘情愿地走去排队了。

就在几秒前,他还觉得这些人上赶着吃色素,有病吗?但眼下,他觉得……啊,这都是一颗颗的少女心啊!

与此同时,陈迷人旁边两个也在等位的女孩子在用眼神交流。

甲:天哪!你看到了吗?听到了吗?

乙:看到了!听到了!这么假(音)大(胸)空(洞)的女生能找到这种神仙男朋友大概全靠大吧?

甲:真是没天理,脱单的都是什么货色啊?

乙:是啊,凭什么剩下的是优秀的我们……

陈迷人当然懂那二人的眼神交流,但这个时候,懂也得装不懂,总不能说"Sorry,给你们带来了困扰"吧?那也太嘚瑟了吧?

网红串串的味道中规中矩，钟未眼大肚饱，剩下了不少，但本着不浪费的原则，还在有一搭没一搭地吃着。

就事论事，在谈恋爱这件事上，他也是粗枝大叶，跟陈迷人"搭伙"多少回了，这才迟迟得出个结论："你饭量好小。"

陈迷人含着一颗薄荷糖，一侧的腮帮子鼓鼓的："就前两天，微博上还有人吐槽女孩子在闺蜜和在男朋友面前吃饭的不同。说是跟男朋友吃个汉堡要拆开三层用刀叉，只要肚子不咕咕叫那就叫吃饱了。什么？饿？饿到睡不着觉？不存在的！闺蜜在老地方点了羊肉串牛板筋鸡胗鸡心变态辣的鸡翅膀共计六十串恭候多时了，还有一份老样子。"

"什么是老样子？"

"烤韭菜和烤大腰子。"

钟未惊到高低眉："这是男扮女装，壮阳？"

陈迷人翻了个白眼，把薄荷糖换到另一侧的腮帮子："什么男扮女装，谁说我们女孩子就不能重口味？"

"我以为和男朋友吃个汉堡就算重口味了，不是还有很多女生只吃草？"

"嗯，所以那一条微博很多女生点赞评论，都说'就是我本人'了。"

钟未恍然大悟："所以你？"

陈迷人连连摆手："不，不是我本人。我饭量是真的不大，也是真的喝凉水都长肉。哎，我这体质生在困难时期妥妥是最后的赢家，但偏偏生在了好女不过百的今天。"

"你这一套一套的我是不敢苟同，不过，女孩子少喝凉水。"

"噗……哈哈哈，好。"

恋爱便是如此，坐在一起聊得热火朝天，但等事后再去想，总想不起都说了什么，好像都是废话，都是傻话。

第六章
想见你，好想见你

钟未接了一通来自公司的视频电话。

本来没什么大事儿的，却赶上陈迷人去端了盘水果，晃晃悠悠地入了镜。视频电话那一端的女孩子眼前一亮："咦？是她！"

那女孩子在鑫设计人称Linda（琳达），从外貌到能力都不算出类拔萃，但难得百折不挠。而她恰恰就是陈迷人在暑假的第一天，在南池子公园用一个拥抱给她加油打气过的那个小姐姐。当时，陈迷人无意中提及人与人之间与日俱增的戒备感，催生了一个新的职业——拥抱师，而又恰恰是拥抱师的概念，激发了Linda的灵感。

从那一天起，她收集了大量的资料，做出了她入职鑫设计后的第一个提案——在华北重点五市中选取"老大难"的民宿打造连锁的以拥抱为主题的咖啡工作室，一来是在拥抱师的市场中先下手为强，二来更是给鑫设计的民宿设计和改建提供了崭新的思路。

钟未给了Linda的提案八十五分，算是相当之高了。

Linda也提到过她的"灵感女神"，但连Linda都不知道那是谁，钟未就更不知道了。直到这一刻。

钟未结束视频电话后,隔着桌子握住陈迷人的手:"你常去南池子公园?"

陈迷人讪笑,并默默呐喊:不,我就去过那么一次!从头到尾,我就去过那么一次!如果有的选,我一次都不想去,不想!

"不忙的时候,我也常去。"钟未许了个诺,"下次我们一起去。"

他觉得,怪他了。

本来嘛,那里对他和她来说多有纪念意义啊,早就该两个人手拉手故地重游了。怪他太忙了。

陈迷人自然避之唯恐不及,觉得果然是哪壶不开总有人提哪壶,防不胜防。她觉得要是没有那一段往事就好了,要是能和钟未永远说着废话、傻话就好了。可是……要是没有那一段往事,她陈迷人和他钟未大概永远只能说说客套话吧?

眼看这一次在大型综合商场进行的约会即将以两个人四手空空而归告终,钟未却在距离大门口十米的橱窗前,对模特身上的一条红格子裙表现出了浓浓的兴趣:"陈迷人!"

陈迷人距离大门口只有五米了,一回头:"嗯?"

"好看吗?"

陈迷人挪回到钟未的旁边:"好看。"

下一秒,钟未大步流星地走进了那家店。顿时,陈迷人的汗唰地就下来了:"喂……"

钟未不可能是去说"你家那条裙子真好看,加油"的,那么,他只能是去消费的!而他更不可能带着女朋友为另一个异性消费,那么,那条裙子只能是买给她陈迷人的!

但问题是,那羊毛的质地,那红格子的图案,那说长不长说短不短的设计,那腰间的皮带,那口袋处blingbling(闪闪发光)的水钻,搁在人模特身上是米兰时装周的潮流,但搁在她陈迷人身上,就是五短身材的村姑!没跑儿地是一场灾难。所以说，相较于她身上这一件藕荷色的开衫毛衣，钟未的审美真是比她爸更胜一筹啊。

果不其然，钟未对店员一指陈迷人："那件，她穿。"

要不是对钟未的人品有百分之百的把握，陈迷人真怀疑他是不是在整她！

店员甲将烫手山芋丢给了店员乙："你去查一下还有没有XL码。"

店员乙查了半分钟的电脑。而在这半分钟里，店内的女性都在对钟未不看白不看，只有陈迷人默念了一百遍"没有"。到了第一百零一遍时，店员乙喜忧参半地道："有！"

她喜的是万一卖了呢？忧的是这位客人穿不上XL码还好，万一穿上了，效果会不会劝退……而且是实力劝退店里的其余五位客人？那就得不偿失了！

"不用试了，"陈迷人当机立断，"直接帮我包起来。"

钟未还懵懵懂懂："大小……"

"合适！我一比就知道合适。款式一百分，你的眼光我信得过。等下次，下次我们再约会的时候，我就穿着它。"陈迷人只能过一天算一天了。

这一通逛吃逛吃下来，钟未花了小两千块钱，陈迷人没抢着买单。一来，小到冰淇淋，大到那一条红格子裙，钟未每次买单就像他的人设一样，只要他争第一，那第一就非他莫属。二来，虽然陈迷人在父母面前仍汪汪地自称单身狗，但父母的呵呵也是笑里藏刀。

前不久，陈母吴秀芝还在对陈父陈烈打包票："大冷天的刮腋毛，你说她刮给谁看？"

"你是说都发展到那……那一步了？"

"说不好，关键是也管不了了。"

"你说，我们这爹妈当得够不够民主？既没偷看过她的手机，也没跟踪过她的约会，规定了最晚十点回家，她一通电话打回来说续……续什么摊？

我说了句'安全第一',痛痛快快地给她宽限到了十二点。"陈烈说着说着就寒了心,"哎,可她还是防火防盗防爹妈。"

还是吴秀芝知女莫若母:"也许,她是对那个男孩子吃不准。"

就这样,前不久,陈烈没头没脑地问了陈迷人一句:"零花钱够不够用?"

陈迷人一愣:"还……略有结余。"

"如果……"陈烈郑重其事,"我是说如果,你将来交往了一个吃不准的男孩子,那绝对绝对不可以让人家请客,二十元以上就要坚持AA制。虽然说感情的深浅没办法放在天平上称一称,但拿人手短、吃人嘴软是不变的真理。"

陈迷人铭记在心。接着,她追问:"那如果是我特别特别满意的男孩子呢?"

"那就不用太斤斤计较了,但你来我往也要基本持平。"陈父总结陈词,"从这个月开始,你的零花钱再涨五百元。"

钟未和陈迷人坐地铁回学校。

这是一座不知疲倦的城市,晚上九点的地铁上仍满载着刚刚下班,或再出发的男女。陈迷人和钟未面对面站在车厢的角落,隔着半臂的距离。关于约会,她也有做过功课:"下次我们去玩VR吧?"

"好啊,去我家。上个月我爸才送了我第三套。据我所知,还没有哪一家VR体验馆更新换代的脚步能比我爸快。"

"呃,去你家……会不会太快了? 不然,我们去滑雪啊? 我自认为我还算憨态可掬。"

"好啊,那就找个周末,两天一夜。"

"呃,两天还好说,一夜就……不然!"

钟未打断陈迷人:"别不然了,下次我们去海洋馆吧,你请客。"

陈迷人是真的做过功课:"口碑最好的VR体验馆双人豪华套票,1388元,可以玩七个游戏。人气最旺的滑雪场周末的门票、雪具、教练林林总总算下来,1500元左右。海洋馆的学生票才80元一张!钟未,你都说了我请客,那就是知道我在算账。我爸说了,拿人手短、吃人嘴软,就算我……我再喜欢你,也要基本持平。"

"叔叔说得对。不过,我是不是也该带叔叔去一趟银行?"

"又要炫富?"

钟未若有所思:"或者,我有必要和你讲一下我的消费观?那就是我不愿意花的钱,刀架在我脖子上也是要钱没有,要命一条。但我妈是例外,你也是例外,我愿意给你们花钱。再有,两千块钱你就跟我算账,传出去会不会太有辱我'富二代'的身份了?"

紧接着,钟未话锋一转:"你和我滑雪,还要请教练?"

说着,他稍稍向前挪了一步,消灭了他和陈迷人之间那半臂的距离。

陈迷人倚在一根扶栏上,眼看着钟未双手一抬,撑在了她的两侧,四舍五入算是环住了她的腰。

这……这是改良版的壁咚吗?陈迷人满脑子是现实和理想的差距,理想是女主角腰围一尺七,但现实是她鼻翼出油了!

"不……不用请教练吗?"陈迷人大脑一片空白。

钟未的呼吸中带着薄荷糖的味道:"那要取决于你是约会,还是备战冬奥会。"

"你后退,有话好好说。"

"后面人挤我。"

赤裸裸的睁眼说瞎话!陈迷人眼看着站在钟未后面的一个大姐没沾着钟未一根汗毛,却稳稳地背了个锅。

没办法,谁让钟未也做了功课呢——在一段长达八分钟的高分校园爱情电影cut(剪辑)中,集合了八次抱抱、十一次亲亲和高达十六次的壁咚,壁咚之好使可想而知!

可惜,钟未又话锋一转:"说真的,就算是冬奥会你也先放一放,给我好好备战期末和四级才是当务之急。停！我知道,我知道学习不能代表一切,可你在看不起它之前,是不是该证明它真的是小菜一碟？你不是不怕困难吗？你能从啦啦队的编外混到非你不可,能在熊大熊二的眼皮子底下一次次蹿到男生寝室去帮我打扫,能在杜小越泼我脏水的时候说服许喵喵、罗思、赵顾无条件支持我,能让几百号人叫你一声OK姐,用他们的话说,还能……能喜提男神,怎么就搞不定学习了？"

小贴士:"熊大熊二"是男生寝室的管理员阿姨,一对亲姐妹。

陈迷人像是被一盆冷水浇下来:"我哪有看不起学习？"她越说越小声,"是真的不是那块料好不好……"

气氛一瞬间拔凉拔凉。

钟未怎一个"悔"字了得:哎,他好端端地提什么学习啊？白瞎了壁咚！他抬手,揉了揉陈迷人的头顶:"有我呢。"

这可就不关高分校园爱情电影的事了,是他的心里话。而一般来说,"揉头杀"只适用于偶像剧,换了你我她谁高兴好端端地变个鸡窝头？可陈迷人不一样。陈迷人的发质是神仙发质,早上又才洗了头,在钟未的蹂躏下不但滑不留手,还香喷喷的。二人一对视,甜得能拔出丝来,以至于那一个背锅的大姐忍无可忍:"咳咳,你们是杉菜和花泽类看多了吧？"

"杉菜是谁？"

"花泽类是谁？"

陈迷人和钟未一头雾水,大姐悲从中来:这代沟也太伤人了吧？

陈迷人满载而归时,是晚上十点了。除了那一条烫手的红格子裙,她还带回了一袋鸭脖和三块瑞士卷,说是钟未请大家吃的……实则？实则当然是她有心。好在许喵喵、罗思和赵顾也精不到哪儿去,纷纷当了真,说:"算他识相。"

赵顾看许喵喵吃得比谁都欢,便问道:"你不是说马无夜草不肥吗？"

"太瘦了也不好看。"许喵喵啃完了第三根鸭脖,还嘬了嘬手指头。

罗思抢答:"我知道!准是有人说你胖点儿更好看。"

"谁?"陈迷人和赵顾异口同声。

许喵喵打马虎眼:"哎呀,没有的事儿。"

罗思到底是谈了半辈子恋爱的:"这还用问?首先,爹妈可以排除。就像有一种冷叫爹妈觉得你冷,还有一种瘦叫爹妈觉得你瘦,都可以忽略不计。其次,闺蜜永远是减肥路上的头号绊脚石,你前脚说减肥,她后脚就给你珍珠奶茶方便面,吃吧吃吧别客气。"

陈迷人看了一眼鸭脖和瑞士卷:"呵呵,别客气!"

罗思说到了重点:"排除了爹妈和闺蜜,那不就只剩下男人了吗?"

赵顾一撇嘴:"这还用你说?"

"那我说点儿你们不知道的?"罗思清了清嗓子,"喵,我能说吗?"

许喵喵一愣。今天下午,她在图书馆,鲍家国也在,俩人隔着三张桌子,她看见了他,他也看见了她,但没坐到一块儿。到了吃晚饭的时候,鲍家国路过她,问了她一句"吃饭去吗",她便收拾收拾跟他一块儿去了食堂。

一顿饭吃了十五分钟,鲍家国从"一带一路"聊到明星八卦,没有一秒钟冷场。其间,鲍家国也的确如罗思所说,对许喵喵说了一句"多吃点儿,你胖点儿更好看"。

吃完饭,鲍家国说走就走,又回了图书馆。许喵喵没着没落,也又回了图书馆。不过吃饭前,鲍家国把两本书留在了座位上,她却没多这个心眼儿。她转了一圈,看没座位了,又看鲍家国专心致志地打字,理都没再理她,便闷闷不乐地去创意菜社团逛了一圈才回了寝室。赶上创意菜社团今天研发的是电饭煲墨鱼饭,更让她觉得黑暗,单身狗狗生黑暗!

总之,罗思的话让许喵喵一愣:总不能是她和鲍家国暴露了吧?可鲍家国还没向她表白啊,这层窗户纸要是由她捅破,接下来会不会被动啊?

尽管如此,许喵喵还是激了罗思一下子:"你倒是说来听听!"

哼,看她能说出什么花来。

果然,罗思一语惊人:"要不是亲眼所见,我还真没想到我们喵的 Mr. Right 是小身材大智慧的⋯⋯黄进!"

Excuse me?许喵喵在啃的第四根鸭脖掉到了地上:"呵呵,别说你了,我也真没想到。"

对此,陈迷人半信半疑。毕竟,她是知道黄进对许喵喵的心思的,也曾对黄进把丑话说在前头——缩头乌龟连舔狗都不如!结果,黄进这是啪啪地打了她的脸了?

赵顾看热闹不嫌事儿大:"继续。"

罗思双手合十作陶醉状:"我刚趴窗户亲眼所见,是黄进送喵回来的。两个人还搞得像地下党似的,一前一后。不过,到了楼下那块绿地,不是在修路吗?坑坑洼洼也没个路灯,黄进默默把手机掏出来从后头给喵一照亮,真是暖死个人了!"

当事人许喵喵是最瞠目结舌的一个,捡了掉在地上的鸭脖,吹了一口接着啃。

假如罗思所言属实⋯⋯关键是,罗思没道理所言不属实啊!适才,她走到楼下那块在修路的绿地,深一脚浅一脚的时候,的确有感觉到一束光从身后照过来,可她的第一感觉是,那是鲍家国啊!

怪她!怪她小鹿乱撞了一会儿才回头,身后就空空如也了。

她也曾怀疑那是不是她自作多情的错觉,但目击证人罗思说了,那不是错觉。但那人不是鲍家国,是黄进?

赵顾一举杯:"哇,敬小身材大智慧,这算不算年度黑马?"

"快拉倒吧!"许喵喵讪笑,"本仙女从小要是哪天放学的时候没个小尾巴,那才是太阳打西边出来呢。你们快别往鞋垫黄的脸上贴金了,来来来,敬我风韵犹存!"

陈迷人随大流儿地一举杯,三缺一缺了罗思一个。适才还滔滔不绝的罗思这会儿在埋头于朋友圈,以一秒钟一次的频率刷新。

陈迷人唤了一声:"罗思?"

"嗯?"罗思如梦初醒。

"出什么事儿了吗?"

"没,没事儿。"

此乃日常生活中的第二大瞎话,仅次于"你不高兴了?""没,没不高兴。"

实际上,罗思是看到朋友圈里有方茂的更新,点进去,却一无所获。之后,她再一遍遍地刷新,也是做无用功。她的第六感告诉她,真相只有一个:方茂那一条稍纵即逝的朋友圈是不能被她看到的。所以,他要么是删除了,要么更甚的是删除后又重新发了一条对某些人不可见的,或者说,对她不可见。

秘密这东西很奇怪。没有的时候谁都会说我可以有,你也可以有,我爱你,但我仍是我,你也仍是你。但一旦有了,就不是那么回事儿了。

罗思彻夜未眠,虽然黑不掉方茂的微信和QQ,但把他的淘宝、滴滴和美团查了个底朝天。

疑心这东西也很奇怪。一旦我对你生了疑心,你就即刻被定罪。我查了,查到了,那就是板上钉钉。我查了,没查到,那也是一时半会儿没查到,你的狐狸尾巴迟早会露出来,我迟早会查到。

信管系18班至今唯一一次集体活动,还是一年前鲍家国组织的那次唱K。而第二次,来得有点儿猝不及防。

当时,春天在气温的大幅度回升下说来就来,陈迷人的四级单词也终于背到了RST。

前一天,信管系18班一个叫孙芍的女生举报了商英系一个叫李金山的男生。二人同为特困生,孙芍的家里是实打实的特困,但李金山人如其名,一手领着特困生的补助,另一手攥着最新款的iPhone(苹果手机)。对此,十个人里有九个事不关己高高挂起,剩下个孙芍偏偏要"多管闲事"。

李金山在被校方约谈后,找孙芍算账:"你丫是不是穷疯了?以为这钱不给我,能给你双份儿还是怎么着?"

孙芍有原则:"这钱该给有需要的人。"

"有需要的人?"李金山不说人话了,"哪他妈那么多像你这样的穷鬼!"

错,确实是李金山的错。但手,确实是信管系18班先动的。

尽管孙芍在班里一直是个小透明,但哪个男生能眼睁睁由着同班同学被人指着鼻子骂?集体荣誉感在那一刹那高于一切。就这样,李金山被揍了个乌眼青。

说来,李金山平日也是个有人缘的人,有一台哈雷,基本上谁会骑都能借走骑两圈,情人节还给班里的女生一人送了一枝花。听说这么招人喜欢的李金山被别的班的人揍了?那必须群情激愤。又听说是李金山占特困生的便宜在先?那又如何?我们家的家务事还轮不到你们插手!

不可避免地,两个班针尖对麦芒了。

大家都是成年人了,打群架太跌份儿了。鲍家国提议:"明天就是周末了,我查了天气预报,晴,风力二三级,最高气温十六摄氏度。我们来一场集体骑行赛,如果你们输了,李金山就必须向孙芍道歉。"

"那如果你们输了呢?"

"如果我们输了,我代表信管系18班就暴力向李金山道歉。"

"集体骑行赛……是怎么个比法?"

"积分制。除了名次,所有参赛者和完成比赛者均可积分。毕竟,既然是两个班的对决,当然是重在人人参与,以及互帮互助,让尽可能多的人完成比赛。"

对方的女班长也是个性情中人:"好,一言为定!"

待大局已定,信管系18班又炸了锅了:

"不说跟我们商量商量?太不民主了吧?"

"就是,我们就这么被代表了?"

"明天我们家祭祖,我要是不去,明年的今日你们就等着祭我吧。"

"要我说,是鲍家国自己计划了去骑行吧?"

"就是就是,连天气预报都查了,明目张胆地假公济私!"

"哎,还不如拔河,分分钟教他们做人。"

鲍家国不聋,大喝一声:"明天去不去,全凭自愿!"

翌日。

双岭山线是与中北大学相邻的一条骑行线,全程二十公里,道路无岔口,坡度由缓至急,沿途有景点。而鲍家国提议用"骑行"一决雌雄其实是合情合理的,毕竟,骑行是中北大学的传统项目,有着十五年的历史了。

平日,学校提供山地车和公路车的租借,关键时刻,比如今天的"友谊赛",学校还能调派后勤保障车辆。

陈迷人一行四人是最早向集合点出发的。当然,是在陈迷人的带头作用下。她说,上小学那会儿最盼望的就是春游,会提前买好一书包零食,如果能和喜欢的男生分到同一组,那前一晚就亢奋得不用睡了。长大后,就再也没有这样盼望过什么了,今天的集体骑行赛又唤醒了她那根沉睡了很久的神经。

许喵喵反应快:"你上小学就有喜欢的男生了? 我要去告诉钟未!"

闲话之余,许喵喵当然是要去的。不看僧面看佛面,她不看陈迷人的面,也要看鲍家国的面。

近来,她又发现了几次有人暗中送她回寝室。有了既定的目标后,她又发现那都是黄进,没有一次是鲍家国。如此一来,既然她不是三心二意的人,那有些话就必须要和鲍家国说清楚。等她和鲍家国说清楚了,也就等于和黄进说清楚了。而今天,就是那个择日不如撞日的"撞日"。

赵顾是第三个说要去的。赵顾不是本地人,周末本来只有约会和泡图书馆两件事,而往往,她的约会等于和男朋友携手泡图书馆。表面上,她说闲着也是闲着,那就去放个风喽。但其实,她是被陈迷人的一席话打动了。

想当初,她上小学那会儿也有个喜欢的男生。有一次春游,她和那个男生在大巴车上坐邻座,感觉别提多好了。时隔多年,那个男生早就不知道散落到何方了,那感觉也早就被她抛到脑后了,直到陈迷人这么一抛砖引玉,她真想找回那纯纯的心动啊。

至于罗思,其实是最早要去双岭山的一个,甚至早于鲍家国提议的集体骑行赛。

三天前,她查了方茂的百度记录,其中有一条是"双岭山游玩攻略"。她等了三天,方茂对她只字未提"双岭山"。她试探性地约方茂周末去看个电影,方茂连她的眼睛都没看,或者说没敢看,就说他有一个创新型城市评价体系的科研项目要开会,走不开。

连看个电影的时间都没有?罗思心中有数了:这游玩攻略怕是两天一夜的吧……

总之,骑行赛当日,陈迷人一行四人浩浩荡荡地向集合点出发了。几乎和她们同时的是单枪匹马的鲍家国,紧随她们之后的是孙芍寝室的。那是住在陈迷人她们对门的四个女生,总体上虽然没有陈迷人她们风头劲,但因为四个都是单身,三点一线更形影不离。

见状,男生寝室在三分钟之内人去楼空,被窝都还是暖臭暖臭的——还是那句话,大家都是成年人了,热血不再有,但保护妇孺是男人的底线!

一小时后,信管系18班二十六名同学蓄势待发。

对方来了十八人,但其中三人是中北大学骑行队的队员,说一个顶仨那都是客气的。一看人家改了双盘的"坐骑",陈迷人就悄悄捅了鲍家国一下:"那是半专业水平了吧?"

再看那李金山开了辆越野车来,给己方一一发放着脉动和尖叫,鲍家国能发放的也就只有鸡汤了:"奇迹,就是用来创造的!"

什么鬼?这不是摆明了说信管系18班能赢才怪吗?也怪不得李金山

带头大笑。

开弓没有回头箭,两队人马陆陆续续出发了。有的壮志在胸,也有的被赶鸭子上架,但更多的和陈迷人不谋而合——这大概真的……真的是人生中最后一次春游了吧?那一刻,长大不重要了,甚至连孙芍和李金山的恩怨情仇也不重要了,迎着朝阳,冲鸭!

双岭山线在三公里后便是一个缓坡,且是一个风口。

如果矬子里拔将军的话,手表便是那个将军,和咬着牙的鲍家国骑在己方的前两名。但如果把对方也算上的话……大概就是第七八九十名了。

更大事不好的是,对方三员猛将并没有个人主义,而是做了己方第一梯队的破风手。

手表连脏话都飙出来了:"我去,破风?"

鲍家国纯粹是靠蛮力:"是啊,这破风怎么这么大啊?不是说二三级吗?"

对牛弹琴。手表只好自言自语了:"妈的,当自己是彭于晏啊?"

相较之下,第二梯队就相亲相爱多了。女生们还有自拍的闲情逸致,谢谢美颜相机,就让我们永远活在滤镜里。男生们谈笑风生,以掩饰骑不动并非是骑不动,而是志不在此。

陈迷人气喘吁吁地接到了钟未的电话:"绷住(Bonjour,你好)!"

中北大学和法国中央理工大学每年都会举行两次交流学习,钟未作为学霸,且还是一个会法语的学霸,名列交流团名单理所当然。更何况,这一次交流学习的主题还是机器人。

中北大学的机器人社团是个不满两周岁的宝宝,而法国中央理工大学是机器人的生力军。这一次,对方说是带着先进理念和技术来切磋的,中北大学却防人之心不可无。校领导让钟未做了交流团的团长,并下了军令:可以输,但不可以输得太难看——对!就算是宝宝也不可以输得太难看!

钟未分身乏术,也就缺席了今天的集体骑行赛。他对陈迷人失笑:

"是,你是得绷住,骑了有一半了吗?"

"三分之一,呼。"

"陈迷人,万一你……我是说万一你得了第一名,我让你奖励随便挑好不好?"

"第一名?呼,臣妾真的做不到啊。许喵喵总说我就没有想办办不到的事儿,呼,那是因为我想办的事儿都在科学的范畴之内。但我今天要是得了第一名,那我以后也不敢看鬼片了,呼……"

"不敢看鬼片怎么了?世界之大,美景、美食、美人、美事、美物数不胜数,要我给你说出一百种娱乐方式吗?或者一百种挑战自我的做法,一百种提升肾上腺素的途径?"

陈迷人开怀大笑:"我亲爱的胆小鬼男友,我不用一百种啊,你就是我的三合一啊!你就是我最快乐的娱乐方式,最极限的挑战自我,你往我面前一站,我的肾上腺素就嗖嗖爆表啊。"

一旁的许喵喵目瞪口呆:"好洋气的土味情话!"

陈迷人向罗思挤了挤眼睛。毕竟,这也要归功于罗思的谆谆教诲:撒娇是王道。但此时的罗思心不在焉。

另一边,钟未心满意足:"嘴巴这么甜,那还是奖励随便你挑。"

陈迷人单腿一撑,停在了路边。天边是橘红色的,风里带着枝头新芽的味道,露水的蒸腾让整个世界都变得湿润。

想见你。陈迷人几乎脱口而出:我最想要的奖励,就是见到你。和法国中央理工大学的交流为期七天,今天是最后一天。你太忙了,我有七天没有见到你了。而在这七天之中,我见到了另一个人。或者说,是另一个人的照片。

自从知道自己是冒牌货后,陈迷人只去了一次南池子公园,但没有一天停止过寻找……停止过帮钟未寻找九年前的那个女孩儿。许喵喵所言不假,她陈迷人是个有志者事竟成的主儿。屡屡碰壁后,她以南池子公园为中心,以五公里为半径,找到了九年前在经营的六家跆拳道儿童培训机构。因为在钟未对那个女孩儿的描述中,那1V3的战斗力不像野路子。

在那六家跆拳道儿童培训机构中,至今,有四家关门大吉了,只剩下两家,其一惨淡经营,其一蒸蒸日上。而正是那一家还在惨淡经营的,保留了建馆以来每一名获奖学员的照片。

陈迷人有至少八成的把握,她找到了九年前的那个"她"——曹佳儿。别说,和她陈迷人的今天真的有八成形似。

又几经辗转,陈迷人拿到了曹佳儿当年的监护人,也就是曹父的电话。

关于那一段往事,曹父一笑置之。他说:"佳儿啊,从小就有个女侠梦。"也是据曹父说,目前曹佳儿在韩国读书。

经曹父牵线搭桥,陈迷人终于和曹佳儿直接接上了头。不过,看头像……这曹佳儿在韩国除了读书,也顺道整了整容?再看她的朋友圈,她的女侠梦更像是女神梦?而女神可能比男神还忙吧?

陈迷人说了中英韩三语的你好,该报的家门报了,该表的来意也表了,就差负荆请罪了,曹佳儿吭都没吭一声。

置身于双岭山的山腰,这里虽然和名山大川相去甚远,但陈迷人还是多愁善感了。钟未对她越好,她这个冒牌货就越无地自容。她觉得最好的结局是她使出浑身解数地找,还是找不到那个女孩儿;她觉得那样一来,就不是她不努力了,而是努力也无济于事;她觉得那才是天意。只可惜天意往往不遂人愿。

想见你,好想见你。

陈迷人几乎脱口而出:钟未,我们见一面就少一面了吧?

呸!太不吉利了。

与此同时,许喵喵的身边一没有了陈迷人,黄进一加速就填补了空白。

这大概是他离许喵喵最近的一次了。为什么?因为骑在车上他不比谁矮,甚至还高了许喵喵一个头皮,自信心猛增。

恋爱小白许喵喵自从知道了黄进这护花使者的种种小动作,就不能装不知道:"黄进!"

黄进一紧张:"干……"

许喵喵也一紧张:"你说脏话!"

"不是,我是说干吗?"

"哦。"

继陈迷人之后,许喵喵也单腿一撑,郑重其事地停在了路边:"我有话要对你说。"

许喵喵话都到嘴边了:我有喜欢的人了。

没错,虽然她没怎么被人追求过,也巴不得被人追求,但让对方白白做无用功? 她于心不忍。她不是那种吃着碗里还看着锅里的人。

真的,她话都到嘴边了,黄进却又一加速,背影瞬间由大到小,由小到没了……为什么? 因为黄进不能停。为了骑在车上不比谁矮,他把车座调到了最高,一停,他的腿够不着地,那就又糗大了啊。

罗思是第二梯队的领头羊,而且越骑越快,不断缩短和第一梯队的差距。

赵顾本来自顾自陶醉在对情窦初开的追忆中,眼看罗思干劲十足得有点儿不太对劲,又眼看陈迷人和许喵喵相继掉队,只好一个人咬牙追了上去。

缓坡过后就是一段陡坡了,至此,对方那三员猛将也就只剩下三个字:带不动。便各自飞了。

手表甩了鲍家国等人,稳居第四名。

被越来越多人赶超的鲍家国悔不当初:真的,还不如拔河呢,可怜他今天八千字的更新还没着落呢!

而第一第二个赶超鲍家国的女生便是罗思和赵顾。双岭山线虽然全程无岔口,但沿途有景点。比如,赵顾眼看罗思车把一拐,拐进了文昌殿。

咦,是去拜拜吗? 但文昌殿不是学霸们的最爱吗? 像罗思这种贤妻良母的好苗苗不是该去拜拜月老和送子观音吗?

到了中午,在今天这一场集体骑行赛的终点,也就是在写有"双岭山"的牌楼下,聚集了双方共计二十五人。据后勤保障车辆发来的消息,还有一个小部队将在半小时之内抵达。

陈迷人是那小部队中的一员。她是真的骑不动了,从三公里前便开始骑一段,推一段,直到有人推着她车座的后缘助了她一臂之力。

"谢……"她话音未落,一回头,只见是钟未。

才刚是初春,钟未只穿了一件白T恤,一脸的薄汗,代表着他火力全开,用了九十分钟追了上来。

陈迷人满脸写着惊喜:"钟未?你不是……"

"昨晚的总决赛不是赢了吗?"钟未不问自答,"我和唐副校长有约定在先,如果赢了,今天我就不用站好最后一班岗了。"

钟未所说的"总决赛",当然是这一次中法交流学习的压轴大戏。中北大学的机器人社团在三局两胜的赛制中,先是效仿了田忌赛马,在前两局中和对方战成一比一平,后又在决胜局中,派出了弹射类机器人迎战对方的竖转型机器人。鉴于竖转型机器人一直是弹射类机器人的克星,对方在所难免地轻了敌。身为操作手的钟未没有给对方知错能改的机会,在开局不到半分钟时,趁对方追他追到场地的边缘,一个绕后,将对方掀翻在地。3,2,1,KO(结束)!

校领导笑开了花。是,我们是礼仪之邦,但胜利更千金不换。

带队的唐副校长批准钟未今天只需将法国中央理工大学代表团送上大巴车,机场……就不用去了!

陈迷人也笑开了花:"所以说,你这是给我一个惊喜吗?"

"所以说,这算是个惊喜了?"

"当然!除了我累成狗的样子有点儿煞风景,优秀!"

"我倒是觉得,如果我刚才在电话里问你要什么奖励,你说要我马上出现,而我真的马上出现了,那才是优秀。结果,你发明了个什么'单词大抽查错一赠一优惠券',我也是服了你了。"钟未将自己的山地车换给陈迷人,"还有二十分钟,要不要冲刺一下?"

陈迷人这才注意到钟未骑来的山地车并不是从学校租借的。从传动系统到车架,她估了个价:"这改装下来,得要几万块钱吧?"

"你又忘了我是富二代。"钟未跨上陈迷人的车,先出发了。

陈迷人不难听出钟未语气中的别扭,也就不难听出他的心结。他的父亲钟昌国虽然没有中了那句"男人有钱就变坏"的魔咒,但对他的母亲下雨露那出了"一点点"问题的精神状况难辞其咎。有时候他难免会想,如果他不是所谓的富二代,如果钟昌国没有事业有成,如果在钟家人人都有发言权就好了。

但陈迷人难免会想,事业有成和在钟家只手遮天,这是两码事好不好?

哎,除了胆小和抠门儿,男朋友还是个认死理的boy(男孩)。

跨上钟未的"良驹",陈迷人跟着出发了——嚯,要不怎么说一分钱一分货呢!

双岭山线的最后两公里几乎没有海拔上的变化了,即便累成狗,咬咬牙,一撅屁股,也能营造出冲刺的气氛。耐力本来就不是陈迷人的强项,如果没有钟未这从天而降的一针强心剂,她恐怕真的坚持不到最后。

最后,在完成了比赛的所有人中,陈迷人是倒数第二个。

倒数第一个是钟未,女士优先嘛。再说了,钟未本来就是志在陈迷人,顺路骑一骑这个集体赛,别说名次了,他连规则都不知道。等冲过了终点线,他才知道因为完成了比赛,他还给信管系18班积了一分。

经过了这一上午的游山玩水……不,经过了这一上午令人窒息的角逐,两个班的干戈也基本上化为玉帛了,但为了不虎头蛇尾,该统计的成绩还是得统计一下。

要么说人多力量大呢,信管系18班的总成绩愣是比对方高出了一分。

对方的班长环顾了一圈:"等等,李金山呢?"

大家这才注意到这一场集体骑行赛的"始作俑者"不见了。

陈迷人找到许喵喵:"罗思和赵顾呢?"

"她们不是跟你在一起吗?"许喵喵左眼看鲍家国,右眼看黄进。

而就在这时,赵顾致电了陈迷人,嗷嗷地破了音:"老大,快来文昌殿,出大事了!"

连站在半米开外的许喵喵都一捂耳朵:"妈呀,赵阿姨稳重的人设还要不要了?"

另一边,对方的班级群也被李金山扔下了一枚重磅炸弹。

SOS! 他发来了这三个令人触目惊心的字母。

紧接着,他又发来了一个位置——双岭山文昌殿。

事情是这样的。罗思去文昌殿,是去捉奸捉双的。

双岭山占地面积十八平方公里,大小景点不下二十个。但以罗思对方茂的了解,如果让方茂二十选二,方茂一定会选药王殿,求他妈长命百岁,再选文昌殿,保自己前程似锦。

这都无可厚非。人嘛,百善孝为先。男人嘛,不以前程似锦为目的的学习和办假证有什么区别?

这一天不是初一、十五,罗思跨进文昌殿的时候,殿内外的游客两只手就数得过来,一眼扫过去,连长得像方茂的都没有。而尾随她的赵顾既然来都来了,一跨进殿内便扑通一声跪了下去。

罗思吓了一跳:"赵顾? 你……你怎么在这儿?"

赵顾双手合十,两眼紧闭,喃喃自语了一大串。

凡事都得分个轻重缓急嘛! 她也要前程似锦。

之后,她才起身:"那你呢? 你怎么在这儿?"

罗思话未说,泪先掉。方茂是她的初恋,她的唯一,她的未来。她关于爱情和幸福的一切经验都是方茂给她的。自从发现了方茂有鬼,她更发现这种事儿没人能和她分担,真的快要憋死她了。

见状,赵顾先一把把罗思拉到了殿外。照罗思这一把鼻涕一把泪的,别人再以为是这文昌殿不灵可就罪过了。

坐在殿外一块怪石上,罗思对赵顾不吐不快,但也是对牛弹琴。

半天,赵顾才说了一句:"会不会是你想多了?"

罗思气得鼻涕泡都吹出来了。也对!瞧瞧和她同寝室的这信货。老大陈迷人那是一条锦鲤自然不用说,怎么游,怎么有。老三许喵喵堪称史上最花容月貌的单身狗,可那也是单身狗啊!老幺赵顾的男朋友换到了第二届,数量是全寝室之最了,可她那恋爱谈得,食堂的紫菜蛋花汤淡不淡?都比她那恋爱有滋味。

至于李金山,纯属是脉动和尖叫喝多了,尿急。他偏巧不巧拐进了文昌殿,远远地看见两辆从学校租借的山地车,总要去一探究竟。结果,他才一露面,就看见信管系18班的两个女生从一块怪石上弹起来,四只眼睛瞪得像铜铃。

这是要吃……吃人啊?糟糕!是不是圈套?李金山心说:这集体骑行赛是假,他们是要让我做这双岭山的孤魂野鬼……识时务者为俊杰,李金山转身就跑:"饶命!我再也不装特困生了还不行……行……行吗?"

这一转身,李金山发现他身后站着一男一女,继而发现信管系18班那两个女生的怒火好像……好像是冲他们来的啊?

说时迟那时快,啪!罗思冲上来,不由分说扇了方茂一巴掌。

自然,那一男一女中的"男"就是方茂了。

在此之前,罗思设计了一百种捉奸的场面:比如在漠然地擦肩而过后让方茂陷入无尽的惴惴不安,比如在金句连连的讽刺后让方茂流下羞愧的泪水,比如在伤心欲绝后让方茂浪子回头。总之,不能只顾眼前痛快!

只可惜,现实还是脱离了哪怕一百种的设计。现实就是,罗思一看方茂和一个女生身穿情侣款冲锋衣,再一看那女生的背包还在方茂的肩上,马上就脑补了一出滚床单的大戏。

而这也怪不得她。她在把自己的第一次交给方茂的第二天,也不知道是不是心理上作祟,她的身子那叫一个虚,那是唯一一次方茂帮她背包,也就怪不得她把背包和滚床单画等号了。

所以,盘他就对了!

赵顾冲上来打圆场:"方茂,你倒是说话啊,不介绍介绍?"

"姚微晶。"方茂也是一根筋,让介绍还真介绍。

这时的罗思把学识、教养和计策通通抛到脑后了,就只顾眼前痛快了,口不择言道:"味精?我看你是鸡精吧?别,你们别误会啊,我可没说她是太太乐美极鲜,我说她是个鸡成了精!"

姚微晶,女,二十岁,与方茂同校不同院,就读于医学院的中医学科。二人的相识和相熟还要追溯到方茂的母亲做甲状腺瘤的切除手术时。当时,罗思自认为是给"准婆婆"做牛做马,却不料,方母将重心转移到了主治医师的女儿——和方茂同校,且同是高才生的姚微晶身上。

对方母而言,罗思不差,但是姚微晶更好。对方茂而言,罗思好归好,但是姚微晶也不差。更何况,两个人在学校里抬头不见低头见的,人家姚微晶作为一个女生都大大方方的,他如果拒人家于千里之外,那是不是也太小家子气了?一来二去,方茂和姚微晶的关系也就比朋友更近了那么一点点,但也还绝对没到劈腿和小三的份儿上。

所以,罗思扇方茂的那一巴掌,姚微晶干看着了。但罗思对她出言不逊,方茂也干看着了,她不能不为自己代言。她推了罗思一把:"光长个傻大个儿,你妈忘了教你怎么做人了?"

罗思倒退了几步,有赵顾一扶,才险险没坐个屁股蹲儿。

姚微晶的目光一扫过赵顾,哆嗦了一下:"哟,你妈在这儿呢。"

你妈……最怕空气突然安静。

姚微晶是觉得撕归撕,长辈还是要尊重的啊。但赵顾觉得,她这么风华正茂一人,成天被人阿姨阿姨地叫着,忍无可忍,无须再忍啊!新仇旧恨都算在姚微晶一人身上也算一箭双雕,顺便也就帮罗思出了这一口恶气。她不由分说揪住了姚微晶的头发:"我是你爸!"

后来,方茂到底还是站在了姚微晶一边。他是觉得,他连姚微晶的手都没拉过,对罗思说的每一个谎言也都是善意的谎言。包括他之前发的一条朋友圈,是和姚微晶等几个同学聚餐,合影的时候和姚微晶坐得稍微近了一点点,他删除,重新发了一条对罗思不可见的。

对罗思不可见,还不是怕罗思庸人自扰?也包括今天,双岭山是清静之地,他对罗思只字不提,还不是怕罗思不清静?结果,真如他所料,罗思这和泼妇有什么区别?

再后来,两个道士将扭打成一团的罗思、赵顾、姚微晶和插不进去手的方茂、李金山"请"到了殿外。

风景独好,三个不让须眉的巾帼才纷纷要大展拳脚,李金山一指不远处:"有埋伏!"

罗思和赵顾一看,十几个男女蜂拥而来。再一看穿着,咦,方茂和姚微晶的同款冲锋衣?

那么,一来,他们是方茂和姚微晶一伙的无疑了;二来,方茂和姚微晶的"情侣装"不攻自破。顿时,局势一边倒,十四比三。

方茂冷冰冰地说这不过是他们诗歌社的一次采风。他也还在气头上,觉得罗思给他丢了脸,看都没看罗思一眼。但罗思觉得,采风怎么了?采风也不能掩盖你一而再再而三骗我的罪行!更何况,你和姚微晶不跟着大部队算怎么回事?你给她背包又算怎么回事?还有最关键的一点,十四比三算怎么回事?你方茂凭什么不无条件地站在我这边?

此后的三分钟,罗思越不依不饶,方茂越和她划清界限,罗思越不依不饶……整个儿一个恶性循环。

诗歌社是一个什么样的存在?总要眼睛里揉不得沙子才能对命运发

出喃喃细语或怒吼吧？罗思那一盆脏水泼过来，谁不得沾上点儿？群起而攻之就对了！

所以，三分钟后，赵顾致电陈迷人："老大，快来文昌殿，出大事了！"

李金山也在班级群里扔下了一枚SOS的重磅炸弹。

管他是信管系还是商英系，那都是中北大学的一家人！

第七章
他真为她感到骄傲

时间来到了几小时后,在双岭山山顶一家叫作"张姐铁锅鸡"的饭馆里,每上一道菜,就上演一幕狼多肉少。

没办法,中北大学几十张嘴先是为班级荣誉而战,后是为学校荣誉而战,头没断,血没流,但是真的快要饿死了。

罗思是唯一一个没胃口的,两只丹凤眼哭得只剩两条缝。

适才是陈迷人带着许喵喵和赵顾,一左一右,再加一个断后,活生生把她架回来的。当时,她都前言不搭后语了,上一句还在连方茂的祖宗十八代都不放过,下一句就又 I'm sorry,I'm so sorry(我很抱歉,我真的很抱歉)了。她对陈迷人说:"老大,我总得收场啊!"

但陈迷人没客气:"你收不了场了。"

只剩下说什么错什么,做什么错什么了。说多错多,做多错多。

当时,中北大学连人带车声势浩大,但对方的怒火也不是说开就开,说关就关的。再加上姚微晶说哭就哭了,那"集体荣誉感"这东西也不是只有中北大学有,人家也有啊。人家也是一家人啊,人家脸红脖子粗地说这事儿不道歉就没完!

又是道歉？下一秒，李金山也不知道怎么就开了窍，凑到孙芍旁边："那个……对不起啊，那天是我吃屎了，嘴才那么臭。"

这真是个好的表率！见状，那天对李金山动手的人也纷纷飞给李金山一个眼神：对不住了啊，兄弟。

但是跟姚微晶道歉？没门儿。

这事儿一来错在方茂满嘴跑火车，二来错在方茂临危大乱，三来错在方茂无论是身为男朋友、男同学、男人，都对不起那一个"男"字。

总之，头号罪人非方茂莫属。就算姚微晶有冤，那冤有头债有主也算不到罗思头上——真的是僵持不下。

终于，还是陈迷人灵机一动："钟未，你帮我个忙。"

从始至终，钟未一直在陈迷人旁边。他最初没掺和，是因为这种事并非他所长。他最后也没掺和，是因为对陈迷人心服口服。

全场只有陈迷人一个人在努力为这一场闹剧画下句号，也就是在努力帮罗思留住最后的尊严。因为有了最后的尊严，才有最后的希望。

那么多人都站在罗思这边，但只有陈迷人一个人带了脑子。那一刻，钟未真为陈迷人感到骄傲……直到陈迷人让他帮个忙，他还一愣："嗯？"

趁众人不备，陈迷人对他讨好地搓了搓手："借你使一出美男计用用，掩护我们。"

"美男计？"

"先说好了啊，只准看，不准摸。"说完，陈迷人一把将钟未推向了对方几个堪称主力军的女生，"钟未啊，那个……你不是早就对现代诗感兴趣了吗？赶紧的，过了这个村可就没这个店了啊。"

等钟未如梦初醒，一看自己已经在"狼窝"里了，再一看陈迷人、许喵喵和赵顾已经架着罗思一溜烟儿跑了……这是亲女友啊！

至于己方其他人，一看连陈迷人都不管钟未了，那他们也没必要再多管闲事了啊！走！

钟未欲哭无泪：这也是亲同学啊。

"咳，那个……现代诗的代表人物吴有心新发表了一首《一个正确的错误》，不知各位怎么看啊？"钟未委屈归委屈，但亲女友的话还是要听的。

对方几个女生中了计："那元芳你怎么看啊？"

方茂气不过："他有女朋友的啊！"

众女生充耳不闻。

方茂不死心："刚才那个带头的陈迷人就是他女朋友！"

"喊……"众女生不屑一顾。

编瞎话也要编得像样一点嘛，那俩人一点也不般配嘛！

后来，有人在推推搡搡间碰到了钟未的手，钟未像触电般一缩。

陈迷人有言在先的：只准看，不准摸！

还是那句话，天塌下来，亲女友的话也还是要听的。

再说回"张姐铁锅鸡"。

值得一提的是，今天的这家饭馆是被信管系18班的班主任邹莲包下来的。全班的熊孩子们为班级荣誉而战，班主任不可能不知道，更不可能作壁上观。邹莲在第一时间联系了张姐，请她备好至少四十人份的食材。

备好食材不难，张姐难在了店里就她一个厨子。闻言，邹莲想都没想就说："那我再带个厨子过去。"而那人当然是董大勺。

邹莲和董大勺的故事是另一个故事了。

当年，她和他一个小家碧玉，一个英雄主义。她想过平凡的生活，他却想赚钱让她过比平凡的生活更好的生活，结果，钱没赚到，还被判了个十年。有句俗话说得好：人生能有几个十年？

说等吧，邹莲在那十年里没去看过董大勺一次；说没等吧，邹莲虽然没去看过董大勺一次，但也再没有接受过第二个男人。她如今都是奔四的人了，已经习惯了一个人，再见董大勺，虽然耳根子还是会发烫，但也没有了冒险再去试一试的勇气，似乎更没有这个必要。更何况，她年过七十的父母已经不再以死相逼地逼她找个人嫁了,这时候她如果找个长得就不像好人的人嫁了,那岂不是要反过来逼死父母?

至于董大勺,再见邹莲,虽然一追就追到了中北大学,但也仅此而已了。她不答应就不答应吧,不嫁就不嫁吧,好歹他约她十次,她能赴约一次,就算他亲了她她会跟他动手,但亲了就值了。

今天,是邹莲第一次约董大勺。别说是帮厨了,就算是让董大勺当食材,他也会洗得白白净净地躺在砧板上。

当然,董大勺也动了歪脑筋:春天了啊,山上啊,莲莲,那今晚……就别走了啊!

只见董大勺给罗思端了一盆酸辣汤来:"来,先开开胃!没有什么是一顿大盘鸡解决不了的,如果有,那就两顿!"

陈迷人记忆犹新。当初,许喵喵被钟未拒绝时,董大勺给许喵喵送过一盆酸辣汤,说"回头找个更好的"。她被人当小偷,自己把自己否定了时,董大勺也给她送过一盆酸辣汤,说"好好学习"。到了罗思这儿,就成"开开胃"了?要不怎么说董大勺还是有心呢!谁能靠脸,谁只能靠才华,谁还有长肉的余地,他一目了然。

但张姐不乐意了:"我们这是铁锅鸡,不是大盘鸡,吃都吃不明白?"

趁着董大勺吵吵嚷嚷的工夫,陈迷人溜了,因为钟未……还没有回来。这还了得?

陈迷人站在饭馆的门口,踮着脚尖往来时路看了又看,连个人影都没有。她给钟未发了四条微信,分别是"撤退""我是不是低估现代诗的魅力了""要不要我去救你",以及一个楚楚可怜的表情包。别说微信没回了,她给钟未打了两通电话,钟未也没接。

要完。虽然说舍不得孩子套不着狼,但谁真舍得孩子啊!

就在这时,陈迷人收到了钟未的微信,短短三个字:想我没?

本来急得转磨磨的陈迷人双脚停在了一个内八字上,愣了一下,然后笑意在唇角慢慢荡漾开。

她回复他:还不回来?

他还不依不饶:我问你想我没?

她背对着太阳,影子被投射在身前。身后那人的脚步声虽然被鸟语和虫鸣掩盖了,但渐渐步入她视线的影子暴露了一切。她知道那人是他。

幼不幼稚啊?从天而降的把戏一天要玩两次?

她憋住笑,又回复:没,有本事你来打我啊。

紧接着,她一转身,蹿到了他的身上。

对,就是那种她双手搂住他的脖子,双腿盘住他的腰的姿势。

理论上来说,这姿势是没毛病的。陈迷人是60公斤级的选手怎么了?钟未的肱二头肌又不是假的。再说了,这姿势两个人也实战过不少回了,实战的成功率也高达百分之百。

但是!姿势没毛病,人不对啊!

陈迷人在两脚蹬地的时候就觉得不对劲了,但是,拉不住闸了。

就这样,她蹿到了张姐的身上。没错,就是"张姐铁锅鸡"的张姐。

这还不算什么,更要命的是,她再一抬眼,只见钟未跨坐在山地车上,仅距离她五米远;只见他的脸还是那张叫人神魂颠倒的脸,腿也还是那双无处安放的大长腿;只见他一抬手……撑住了额头,整个人因为憋笑而微微颤抖。

陈迷人再一低头,对上了张姐一双慌张的眼,那双眼分明在说:是,我张姐一个人打理"张姐铁锅鸡"整整两年了,是有把子力气,但也受不住这样的投怀送抱啊!我就是忙活完了最后一道菜,出来歇口气,这是招谁惹谁了?姑娘,我接住你完全是出于下意识!姑娘,你这分量可赶上我们家十口铁锅了啊!姑娘,你还不下来啊?

陈迷人这才如梦初醒,赶紧从张姐身上跳下来,一个九十度角的鞠躬:"对不起!我……我一切解释都是多余的!"

张姐一边揉着肩膀,一边回了店里,喃喃道:"哎哟,我那膏药是不是都用完了啊?"还是店里好,外面的世界太危险了……

陈迷人一张脸红到发紫,看钟未对她勾勾手指,也只好低着头挪步过去。

钟未笑出八颗白牙,长臂往陈迷人的肩膀上一搭:"你刚才说什么?"

陈迷人跟蚊子哼哼似的:"我没说话啊。"

钟未用另一只手掏出手机,打开微信的界面:"不对,你刚才说没想我,还说让我有本事来打你。"

陈迷人捂住脸:"打人不打脸!"

当即,钟未一记栗暴轻敲在陈迷人的额头:"我看你也是讨打。其一,让我用美男计,还只准看,不准摸?以我的玉树临风,你让她们只准看,不准摸?陈迷人,你对她们太狠了,该打。其二,当着我的面和别人搂搂抱抱?张姐?张姐怎么了?张姐也是'别人',该打。其三,没想我?嗯?"

好一声"嗯",尾音拐着弯儿地往陈迷人心里钻。

陈迷人缴械:"没想你才怪。"

"张姐铁锅鸡"的门面是两扇玻璃门,外加还没来得及撤下的棉门帘。此时,玻璃门外是钟未和陈迷人的如糖似蜜,棉门帘内却天下大乱了——有人不小心把半盘子熘肥肠扣在了许喵喵的头上。

做了这么久的同学,谁都知道许喵喵的洁癖。她一天至少洗两次头,谁摸她的头发,她指定跟谁急。她坐公交车或地铁必须戴帽子,有一次她临时找不到帽子,甚至戴了个一次性浴帽。

眼看着半盘子熘肥肠从许喵喵的头顶往下流,众人连大气都不敢喘了,那个不小心的"罪魁祸首"更是两眼一抹黑。

寂静,死一般的寂静后,许喵喵嗷地号了一嗓子。

洁癖是种病,犯了是真的会要命。许喵喵在摸了一把头上黏糊糊的肥肠后,一翻白眼,从椅子上歪了下去。

在这个意外发生之前,许喵喵的目光一直追随着鲍家国。她看他一直在拿着手机飞快地输入着什么,看他一脸笑意藏都藏不住,这肯定是和女孩子在聊骚啊!她又看了一眼自己的手机……那个女孩子不是她。再一抬眼,她便找不到鲍家国了。

在这个意外发生之后,许喵喵倒进了黄进的怀抱。

是的,黄进一个箭步冲了上来:"许喵喵,挺住。"他掐了一下她的人中,她还真从晕厥的边缘跨了回来。

这是黄进第一次顾不上身高,架着许喵喵就往厕所走:"我爷爷奶奶都瘫了好几年了,都是我给他们洗头。"

许喵喵心乱如麻:"你这是希望我也瘫了?"

"我是说我洗头的手艺可好了!"黄进一声吼。

纯爷们儿!顿时,许喵喵没了气势:"我洗发水在包里……"

"我有。"

"你有?你随身带着洗发水干吗?"

干吗?你说干吗?还不是为了给你救急?

可惜,这句话黄进是在心里说的。

厕所的条件不提也罢,好在,人性化地装了热水器。

许喵喵撅在水池前,用余光看见黄进从裤兜里掏出一包便携装的洗发水,是她惯用的牌子。接着,他的十指穿过她的头发,一下下按在她的头皮上。手艺还真不是盖的!

后来,许喵喵又看见黄进掏出了一包护发素。

好家伙,比她自己带的都全啊……

再后来,许喵喵又看见了鲍家国。当时,她还撅在水池前,也就只能看见鲍家国腰以下的部分。她知道鲍家国是跑过来的,在不远处站了一会儿便走了。而她不知道的是,鲍家国和黄进四目相对了三秒钟,从此,二人也就是有你没我,有我没你的情敌了。

许喵喵更不知道的是,之前,鲍家国一直拿着手机并不是在和谁聊天,只因为他是要日更八千字且没有存稿的笼中鸟!他当时之所以一脸笑意,也只因为如果作者连自己都打动不了,又如何打动读者!

张姐给许喵喵拿来了毛巾和换洗的衣物,脸上笑呵呵,但心说这真是最难带的一届客人了……

当晚,两个班的学生稀稀落落地下山时,夕阳美得不像话。

最后一段路,陈迷人对三个室友提议说走一走,便将车子交还给了后勤保障车辆。

四人像拍MV似的,各自侧平举,再手拉手拦住了整条路。

反正,后面没人了。反正,十九岁也是可以犯二的。

许喵喵穿着张姐的一件花衬衫,更是整条街上最靓的仔。

赵顾轻声问了她一句:"你和黄进是怎么回事儿?"

许喵喵一甩头,还能闻到洗发水和护发素的味道。她若有所思:"你们说……我是不是太缺爱了?谁对我好,我这心里都扑通扑通的。"

赵顾不懂:"大家不都对你挺好的吗?"

许喵喵也不懂:"可就是没人追我啊!"

罗思一直没等到方茂的音信,陈迷人轻声问了一句:"你打算怎么办?"

罗思哭都哭不动了:"他关机了。"

"什么!"许喵喵和赵顾异口同声,"不是和你说了先别找他吗?"

罗思连珠炮似的:"你们懂什么!你们满脑子的谁主动谁就输了,都是纸上谈兵!感情比一根拉面强不了多少,谁都不主动真的会越拉越远,会断啊!"

陈迷人用力攥了一下罗思的手:"我们让你主动,也让你输,但不准你同样的错误犯两次。不调整好情绪,你是要再对他打一巴掌给个甜枣吗?翻来覆去,会把你们两个人的耐性都磨光的!"

罗思又哇的一声哭出来："七年了啊,你们叫我怎么调整好情绪!"

赵顾是学霸："你先从听力练起,直到对方茂两个字无感。"

许喵喵从中得到了启发："等听力过了关,你就天天盯着他的照片,直到对着他的脸面无表情。你什么时候能做到面无表情,我们就什么时候把你送到他面前。老大说得对,你要是继续歇斯底里,那七年就是毁在你自己手里。"

"好,我听你们的。"罗思说来就来,"方茂,方茂,方茂……"

才到第三遍,就泣不成声。

赵顾摇摇头：哎,连听力关都不好过啊。

同时,赵顾注意到陈迷人也是心事重重,而那是因为……陈迷人终于收到了曹佳儿的回复。

那个远在韩国的曹佳儿,那个被钟未心心念念了小十年的曹佳儿,那个令陈迷人做了冒牌货的曹佳儿,在无视了陈迷人的问候和自报家门长达半个月后,终于回复了陈迷人。她说："我六月回国。"

而在此之前,陈迷人对她提出的请求是"他想见见你"。

这个"他",指的自然是钟未。

那么,像是一转眼,钟未和曹佳儿的会面就被提上了日程。

陈迷人不知道那将是怎样一场会面。他们会抱头痛哭吧？男神和女神的抱头痛哭,画面一定很美吧？届时,她这个冒牌货又该何去何从？

赵顾将陈迷人、许喵喵和罗思看了个遍,又摇了摇头：问世间情为何物？废物！至少远远没有前途更值得人生死相许。

钟未在山脚下等着陈迷人。

夜色中,他从那四个身影中一眼便找到了她。

是从什么时候开始的呢？他总是能从人群中一眼便找到她。是,她是没有一张百里挑一的脸,但她的落落大方和细致入微都是发光的。

他再自然不过地握住她的手："累了吧？"

"你不会要背我吧?"陈迷人将心事暂且放一放。

"你想多了。"

"呵呵……"

钟未从兜里掏出一根棒棒糖:"给。"

陈迷人接下来,看是熊本熊造型的黑糖口味,又看封口处扎着一个小小的红色蝴蝶结,便没敢拆:"是哪个女生送你的礼物?"

钟未供认不讳:"我美男计都用了,两手空空地回来岂不让人笑话?"

陈迷人将棒棒糖塞回给钟未:"这就是你的不对了,你可以不接受人家的心意,但不可以把人家的心意转手送人。"

"但实不相瞒,这是人家对你的心意。"

"对我?"

"嗯。在我这个'美男'和她们讨论完吴有心和《一个正确的错误》后,有一个女生问我认不认识那个主持大局的女生,也就是你。罗思的男朋友叫方什么的那个……"

"方茂。"

"对,方茂又跳出来说那个女生是我如假包换的女朋友。"

"然后,她就给了你这根棒棒糖,让你转交给我吗?这算是她对我下的战书吗?"

钟未将糖纸拆开,把酸酸甜甜的熊本熊送到陈迷人嘴边:"前面都猜对了,不过,她不是对你下战书,是让我转达对你的欣赏。"

陈迷人被动地开吃了:"欣赏?"

"嗯,她说她看人很准的,说你是什么……宝藏女孩儿?这又是什么流行语?汉语词典都不够你们一展文采了是不是?"

"宝藏女孩儿?钟未,这都是你哄我的吧?"

钟未闷闷不乐地将陈迷人帽衫的帽子往她头上一扣:"我担心还来不及呢,还有心思哄你?"

陈迷人一仰头，帽衫的帽子就又滑了下去："你担心什么？"

"这次是女生，但谁知道什么时候就是男生来横刀夺爱了。"

"哇，你这是在说我是金子总会发光的，是吗？"

钟未默默地踢了一块小石子，陈迷人笑嘻嘻地捅了一下他的腰侧："咳咳，我是金子没错啦，不过，你把心放在肚子里，我会对你负责的。"

"到底吗？"

"嗯？"

"负责到底吗？"钟未在过去从没觉得自己一谈起恋爱来会是个叽叽歪歪的黏人精，但连日来，陈迷人和他在一起的时候常常欲言又止，这让他不得不产生了怀疑。

不会吧？她不会这么快就对他厌倦了吧？

也不是没有这种可能。相较于她是一块宝藏，他大概就是一个显山露水的肤浅校草？即便是校草，肤浅也足以毁灭一切吧？

而陈迷人当然是有苦说不出。她这个冒牌货没有在第一时间坦白，也就失去了坦白从宽的机会。这终于找到了曹佳儿，她才算将功补过。等一切真相大白，钟未只要能做到君子动口不动手，她就谢天谢地了。还要她负责任？千万别是负刑事责任……

就在陈迷人点头不是，摇头也不是时，她的手指尖突然碰到钟未外套的口袋里一团圆圆的东西。而钟未突然一捂，堪称不打自招。

陈迷人坏笑："是什么？"

"没什么！"

"没什么是什么？"

"没什么就是没什么！"

陈迷人是会察言观色的，不该越的界不越，但该抓的小辫子还是要抓的。她一双无影手把钟未胳肢了个生无可恋，也就掏进了他外套的口袋。然后，她掏出了一个……茶叶蛋？即刻，陈迷人的脑海进入了倒放模式。

"张姐铁锅鸡"到底是没接过这么多人的团体餐,鸡虽然美味,但两个大电饭锅焖米饭也赶不上趟儿,众人也就吃了个五分饱。下山前,众人偶遇了一个卖茶叶蛋的小贩,号称是散养的土鸡蛋,售价十八元一个。数儿倒是挺吉利,可也是真黑啊。一时间,谁也没轻举妄动。

想吃吧,又不好就自己买一个,让别人都干看着,可请客也请不起啊;不想吃吧,又真挺想吃的!

直到有人蔫儿坏损:"钟未,是时候展现真正的技术了!"

换言之,上次你八百八十八元的果盘我们没沾着光,这次十八元一个的茶叶蛋还请雨露均沾!

哪承想,钟未不仅不给小贩钱,而且连面子都不给:"听你这口音,像是城里人啊,十八元能从超市买三十个鸡蛋了吧?"

小贩理直气壮:"那我背上山,还不能赚点辛苦钱了?"

"辛苦钱当然能赚,但冒充散养的土鸡蛋,就是你的不对了。"

钟未说完,带头走了……众人见状,也只好跟着悻悻而去。

此时,陈迷人握着那带有钟未体温的茶叶蛋:"十八?"

而更令她大开眼界的还在后面——钟未从另一侧的口袋里掏出了又一个茶叶蛋:"三十六……"

个中原因一目了然。钟未有钱是不假,但省吃俭用更是不假。

是,他是曾经买过八百八十八元的果盘,但那是为了陈迷人。今时不同往日,今时,他只要甩开众人,只要花三十六元给陈迷人买两个茶叶蛋就够了。只要陈迷人吃饱喝足就够了,谁管你们是不是路有冻死骨啊?

只是,在钟未杀了个回马枪买了这两个茶叶蛋后,陈迷人就一直和三个室友形影不离,他也就只好一边一个地在口袋里揣了一路。这会儿被陈迷人掏出来,他还隐隐觉得怪不好意思的。别再馊了吧?这玩意儿和他的气质也不搭吧?陈迷人别再笑话他抠门儿吧?

而这当然是他多虑了,陈迷人鼻子一酸:"钟未,你对我真好。"

夜色中，钟未脸都红了："打住，以后等我给你花三十六万元的时候，你再抒情。"

陈迷人连脚步都欢快了起来："这和钱多钱少没关系。你知道什么是中央空调吗？就是说有的男生在所有女孩子面前都是有爱的小太阳，有一个温暖一个。但钟未，你是我的暖水袋男友，你只温暖我一个。"

"暖水袋男友？"钟未微微一皱眉，"暖水袋这东西不是早就被市场淘汰了吗？"

哎，他真是……一点安全感都没有啊！

陈迷人是真的把心事通通抛到脑后了，棒棒糖都快吃完了才想起钟未来："你要尝尝吗？味道好极了。"

"好啊。"钟未一把将陈迷人揽进怀里，送上了自己的嘴。那姿势明摆着不是要棒棒糖。

陈迷人笑着推开钟未的脸："你想多了！"但下一秒，她还是一跳脚亲了他。没办法，那样好看的两片薄唇，还带着好看的笑，谁能坐怀不乱啊？就算她终有一天会被他唾弃，她也要人生得意须尽欢。

钟未抿了一下嘴："嗯，味道好极了。"

等二人都回到了学校，陈迷人后知后觉："对了，下山的时候不是邹老师殿后吗？怎么殿着殿着就没人了？不会出事儿吧？"

钟未笃定道："有董大勺在，不出事儿才怪。"

呵呵，还是男人最了解男人。

双岭山过后，学生生活当然还是要以学习为主。

在钟未的小皮鞭下，陈迷人进入了备战四级的倒计时。

佼佼者赵顾在备战六级了，整个人的状态可以归纳为"动力大于压力"。这让陈迷人由小看大，看到了什么叫先苦后甜。

未来也会如此吧？只有不虚度今天，明天才会跑在更前面，看到更多的风景,拥有更多的选择。

许喵喵放下了鲍家国。

说真的,她也不知道她喜欢谁。但她认了,她就是谁喜欢她,她就喜欢谁,怎么了?犯法吗?相较于黄进在双岭山救了她一命,鲍家国曾经对她的种种好更像是鸡毛蒜皮。相较于一命,成吨的鸡毛蒜皮也不值一提。

罗思还是会以泪洗面,但从未停下练习的脚步。她甚至买了个监测心率的手环。最初,一有人跟她提方茂,她的心跳噌噌地就到一百三。练习得多了,稍稍有进步。

到了春末夏初,中北大学的开放日如期而至。

这个时间的开放日旨在欢迎更多有识之士报考中北大学,但也不会将在校生的父母拒之门外。比如,陈迷人的父母。

吴秀芝和陈烈也是赶巧了,这一天都有时间,又掐指一算,有日子没去女儿学习生活的地方看看了,再加上陈迷人说要背单词,这周末不回家了,那女儿这么上进,他们做父母的也不能掉链子。就这样,吴秀芝煲了一锅莲子猪心汤,说是补脑的,帮女儿多背几个单词。

到了校门口,陈烈给陈迷人打了好几个电话,陈迷人一直没接。

而当时,陈迷人在听钟未的演讲。

既然是开放日,中北大学无论如何要将最好的一面拿出来。比如,校容是最美的,公开课是最顶尖的,社团是最文武双全的,负责面对面答疑解惑的教职工是最亲切的,学术更是最专业的。同理,负责演讲的学生代表,那一定是最好的钟未。

站在主席台上,钟未背诵着"宝剑锋从磨砺出,梅花香自苦寒来"。

之所以说是背诵着,是因为这并非发自他的肺腑。

当初,他在高考时只用了七成力。报考中北大学,是因为他觉得与其在清华或北大竭尽全力,不如在下一梯队的中北大学"混日子"。如此一来,他才有更多的时间和精力投入到自己的事上,比如……赚钱。

他觉得这是性价比最高的选择,但他不能这么说啊,他不能说"欢迎大家来这里混日子"啊。

陈迷人站在人群里,仰望着钟未。

大家都是第一次做人,他怎么……怎么能这么出类拔萃啊?

都说距离产生美,但那距离才不是具象的距离。而是有时候,你优秀得像繁星点点中最闪亮的一颗;是有时候,你抛下一切静静为我洗手做羹汤。是那变幻莫测的距离才最让人欲罢不能。

但陈迷人倒也不至于因为听钟未的演讲连手机的铃声都充耳不闻,她是把手机落在寝室了。

就这样,吴秀芝和陈烈"突袭"了。

他们也是随大流地来到了操场,第一眼看到了主席台上的小伙子:嚯,这小伙子真是一表人才啊!陈烈更是暗暗感慨:有我当年的风采!

第二眼,他们在黑压压的人头中看到了陈迷人。血浓于水嘛!

"眼光不错嘛……"吴秀芝的认可从陈迷人的斜后方传来。

陈迷人吓了一跳,脖子一缩,像是脑袋直接长在了肩膀上。

陈烈妇唱夫随:"口水快擦一擦。"

陈迷人下意识地抹了一下嘴角……上当了!她和钟未都好了快一年了,口水早就流干了好不好?

吴秀芝仍对着钟未目不转睛:"眼光是不错,但还是要量力而行。"

陈迷人这才慢慢把脖子又伸了出来。

对啊!吴秀芝和陈烈还不知道她谈恋爱了啊,就算他们怀疑过,她没招过供,那怀疑也就仅供参考。所以,这不是"抓奸"现场,顶多是被他们看到了她犯花痴的一面……

与此同时,钟未也看到了吴秀芝和陈烈。这一看……就是他女朋友的父母啊,长得还挺像的嘛!

而钟未当然也不觉得这是"抓奸"现场,他觉得,这是"见家长"无疑。

真是的,陈迷人怎么也不提前和他说一声啊?不过好在,他今天这一身白色衬衫和黑色西装裤都是一分钱一分货的私人高级定制,别说是见家长了,就算是见领导也不算失礼。

就这样,钟未对着吴秀芝和陈烈阳光灿烂地一笑……

吴秀芝一把攥住陈烈的手:"老公,他……他对我笑了?"

"你四十五岁了,稳重一点。"陈烈一盆冷水泼下来。

吴秀芝深深惋惜:"哎,真是岁月不饶人。"

见状,陈迷人一手一个拐上吴秀芝和陈烈,就要三十六计走为上。

钟未用二倍速背诵完了演讲稿的最后一句,一鞠躬,掌声雷动,而他像下凡一样跳下主席台,一个字:追。

一个是一拖二的寸步难行,另一个是女婿见丈母娘的急吼吼,追上那是必然的。

"陈迷人。"钟未直接来了个绕前。

吴秀芝和陈烈都看傻了:这小伙子近看……更好看啊!

陈迷人和钟未则进行了好一番无声的交流。

陈迷人:快走。

钟未:我为什么要走?

陈迷人:快走!

钟未:就不走。

陈迷人:他们还不知道我有男朋友。

钟未:所以说,你为什么要瞒着他们?

陈迷人:就……就没机会说嘛!

钟未:你到底是不是嫌我拿不出手?

陈迷人:拜托!你才从主席台上下来,有点儿自信好不好!

钟未:那你现在说。

陈迷人:现在?!

钟未:对,就现在!

陈迷人:这也太仓促了吧……

这时,吴秀芝打破了这一出哑剧:"你们是同学啊?"

即刻,钟未站了个玉树临风:"叔叔、阿姨,我叫钟未,是陈迷人的同班同学。我连续两年拿的是校级特等奖学金,是篮球队的主力3号位,还是机器人社团的主席。哦,今天一共有三个学生代表演讲,是从全校学生中选的哦。对了,我还有一家设计公司,但绝不是不务正业,我知道学生的正业还是要打好各方面的基础,我也只是为了将来少走些弯路而小试牛刀。"

哎,他终究是不敢忤逆陈迷人啊!不过,他自我介绍一下总可以吧?但好像……这自我介绍太高调了?怎么未来的岳父岳母都石化了啊?

陈迷人扶额:"啊……是,是我同班同学。"

吴秀芝总算缓过神来,问陈迷人:"你作业没交吗?"

"啊?"

"那人家不是来收作业的吗?"

陈迷人气结:"妈!又不是小学生了,哪还有收作业的啊?"

吴秀芝转而问钟未:"那你是?"

是时候展现真正的临场反应了!钟未面不改色:"叔叔、阿姨,是这样的。我们信管系18班的班训最强调'团结'二字,要把别人的困难当成自己的困难,把别人的荣誉当成自己的荣誉。同理,也要把别人的父母当成自己的父母——那个……中午我请您二位吃个便饭吧!"

嗡!陈迷人脑子里好一阵撞钟。看样子……要大事不好啊?

十五分钟后,吴秀芝和陈烈在陈迷人的寝室里看哪儿哪儿乱。

二人也是纳了闷了,这一个个大闺女白天走出去也都挺光鲜亮丽的,怎么晚上就能睡在猪圈里啊?而他们更不知道的是,自己的掌上明珠倒是曾把某一间男生寝室打扫得比她自己的脸更光鲜亮丽。

陈迷人拉着许喵喵、罗思和赵顾在厕所里召开了紧急会议。

她双手合十:"钟未要请我爸妈吃饭,快,快帮我拿个主意!"

许喵喵在敷面膜:"拿什么主意？穿什么,还是吃什么？"

鉴于十个主播七个搞代购,许喵喵的面膜生意也是越来越不好做。她才又打通了一条货源,成本下来了百分之四十,售价也随之下来了百分之十。刻不容缓,她今天就要给这好用不贵的新产品录一期测评,说穿了也就是打一波轰轰烈烈的硬广。但其实,吃穿用度都算上,哪来那么多好用不贵？其实跟维生素一样,吃不坏人,用不坏人就是了。

陈迷人持续心急如焚:"都不是,关键是说什么啊？"

"见你的家长,说什么那是钟未的事。"罗思在这种事上有发言权,"首先,以钟未的综合实力,怎么也……也稍稍在老大你的综合实力之上吧？那么,他说什么都对。其次,这种时候你大可不必帮他来通过你父母的考察。我们的父母阅人无数不是白阅的,他们看上的人我们可以不选择,但反之,没有通过他们的考察,他们没看上的人,我们最好也先打一个问号。"

罗思和方茂还在冷战中,罗思也有日子没回家了,怕被父母的火眼金睛识破,怕父母跟着她愁云惨雾。

陈迷人从门缝偷窥了一眼吴秀芝和陈烈。果然,吴秀芝秒变小时工,陈烈也不得不化身小时工助理。

真是可怜天下父母心,也可怜天下所有的孩子不怕乱中有序,怕只怕父母化腐朽为神奇后,他们反倒什么都找不到。

陈迷人又轻轻把门关严了:"问题是……还不到见家长的时候啊。"

才要去图书馆的赵顾到底是学霸,一语中的:"看来,像是钟未硬要一个名分啊？"

许喵喵嘴张了个O形,面膜摇摇欲坠:"我天！老大,你锦鲤也要有锦鲤的三观啊！你捡了钟未这么一个大大……大便宜,就算不滴水之恩当涌泉相报,能不能好歹礼尚往来啊？你连名分都不给他,他还得'硬要'？我们的男神不要面子的啊？"

罗思点头如捣蒜,就连赵顾也跟着点了点头。

"老天爷,"陈迷人有口难言,"快收了我这个罪人吧!"

又十五分钟后,中北大学校内唯一一家餐厅坐了一桌七人。

最摸不着头脑的非吴秀芝和陈烈莫属。一来,他们不知道为什么钟未非要请他们吃饭,甚至做了会不会是鸿门宴的假设。二来,他们更不知道为什么陈迷人要叫上她的三个室友,总不能是为了人多势众吧?

这是一家还算有小情小调的日式串烧店。一张长桌,东面一侧坐了吴秀芝、陈迷人和陈烈一家三口,西面一侧坐了罗思、许喵喵和赵顾电灯泡三人组,最后,多余出一个钟未,被安排坐在了赵顾的旁边——是的,怎么看怎么多余。

钟未给陈迷人使了个眼色:你搞什么搞?

陈迷人赔笑:我请。

钟未一个头两个大:这是谁请的问题吗?

在和陈迷人鸡同鸭讲后,钟未借口去拿个菜单,绕到了陈迷人一家三口的后方,又开始给电灯泡三人组使眼色。

钟未:谁让你们来的?

电灯泡三人组:老大喽。

钟未:走开!

许喵喵:哈哈哈,你也有今天!

钟未:走开!

罗思:我们是挺你的。

钟未:走开!

赵顾:那期末你让我第一名?

吴秀芝被对面一排的挤眉弄眼惊呆了:"眼睛……眼睛不舒服吗?"

陈烈附和道:"都是手机惹的祸!"

钟未只好悻悻地回了座位。

吴秀芝和陈烈都不点菜,钟未便责无旁贷。虽然他一个人吃饭的时候总是肉夹馍啊酸辣粉,但好歹也是出身大户人家,光是一边翻菜单,一边轻描淡写地指指点点,就让人仿佛置身于米其林了。

最后,他点了一壶清酒:"叔叔、阿姨,我陪你们喝一点?"

他又将菜单交给旁边的赵顾:"不知道你们的口味,你们看看再加些什么,别客气。"

赵顾下意识地就要将菜单交给陈迷人:"那老大,你先……"

钟未打断赵顾:"她的口味我还是知道的。"

最怕空气突然安静。陈迷人才喝了一口水,在众目睽睽之下,咕咚一声咽了下去。

吴秀芝知道不对劲,但不知道哪里不对劲:"钟先生……"

钟先生?钟未差点儿没跪下!是他装得太过了吗?他只是要往自己的脸上贴贴金而已啊,但要是脱离了人民群众,那就得不偿失了啊!

"阿姨,您叫我钟未就行。"钟未再一看那电灯泡三人组,憋笑快要憋炸了。

吴秀芝清了清喉咙:"哦,好。小钟啊,你和我们迷人是……是结对子的关系吧?"

"结对子?"钟未一愣。

这又是个新词儿吧?不过,从字面意思上看,应该就是搞对象吧?

而钟未刚要羞答答地一点头,就被陈迷人抢了先:"妈!真是什么都瞒不过您。对对对,我和小钟同学就是结对子的关系!他学习好,就相当于是先富起来的那批人,再带领我这种落后分子慢慢地共同富起来。"

吴秀芝一巴掌呼在陈迷人背后:"哎哟,你个落后分子还挺自豪是不?"

钟未又一次败下阵去。

餐厅虽小,上菜上得倒挺快。刺身有大海的味道,小菜相当之开胃,作为主角的串烧从猪牛鸡到鱼虾,再到招牌的玉子烧,堪称色香味俱全。

酒杯上了四个,除了钟未要陪吴秀芝和陈烈小酌,罗思看样子也是要借酒浇愁愁更愁。

陈烈的酒量约等于没有,三杯下肚就畅所欲言了。话是对电灯泡三人组说的:"你们偷偷告诉叔叔,我们迷人……是不是交男朋友了啊?"

"爸!"陈迷人欲哭无泪,"你这算哪门子'偷偷'啊?"

吴秀芝虽然也对陈烈的酒量怒其不争,但他这问题还算问到点子上了,她也就选择静观其变。

陈烈继续道:"我和我老婆的赌注都加到五千块钱了,这要是再不开奖,我……我那小金库都不够输了啊!"

电灯泡三人组齐刷刷看向陈迷人。没办法,老大以德服人啊!

陈迷人使眼色,道:"你们看我干吗?"

她的言外之意是:快说没有啊,快说陈迷人没有男朋友啊!

却不料电灯泡三人组又齐刷刷看向了钟未。

没办法,这是事实,事实胜于雄辩啊!

钟未心花怒放:有赏,通通有赏!

架不住陈迷人又力挽狂澜:"你们又看他干吗!爸、妈,我没有男朋友,没有,就是没有!"

没有人知道陈迷人的心事。她这个冒牌货在钟未给她的甜和自责带来的苦中来来回回浸泡了太久,一厢情愿地把曹佳儿的归期当作唯一一颗解药。仿佛是我偷了你的时光,但我还了你一个解铃还须系铃人,两不相欠。这是一条能看到尽头的路,她能看到他和她分道扬镳,也能看到她自食恶果,那么,又何必节外生枝?

是,父母是她最亲的人。但什么叫越长大越孤单?大概就是再不能在父母的面前跌倒,再不能让他们疼自己所疼。

孤单,大概就是成长中最帅的转身和最痛的痛。

第八章
二十四孝男友

　　在陈迷人"再三"声明了没有男朋友后,吴秀芝和陈烈倒是无所谓的,反正那五千块钱谁输给谁都是肉烂在锅里,反正女儿还小,他们也还舍不得她去经历撕心裂肺。但钟未再没动过一下筷子,只剩下强颜欢笑。

　　罗思第一个看不下去,在寝室的微信群里声讨了陈迷人:老大,你过分了啊!

　　赵顾最有逻辑性:二十岁了,不能算早恋了吧?叔叔阿姨看样子也不反对你交男朋友吧?钟未也还算拿得出手吧?

　　许喵喵脑洞大开:老大,你和钟未是不是领证了?那还真不是男朋友了!老公!老公!

　　赵顾像看白痴一样看了许喵喵一眼:有一个词叫"法定结婚年龄"。

　　陈迷人以一敌三:吃都堵不上你们的嘴!

　　陈烈越喝越老气横秋:"我就说,是手机害人不浅!有多少低头族过个马路命就没了,又有多少人年纪轻轻眼就瞎了……"

　　电灯泡三人组默默放下了手机,而陈迷人把握最后的机会给钟未发了一条微信:小钟同学,我最喜欢你了。

　　钟未摆在手边的手机在那一刻点亮,他看了一眼,没有去回复,因为不知道要去回复什么。陈迷人这不是典型的渣男……不,渣女吗?前脚向全世界否定了他,后脚又用甜言蜜语把他拴得牢牢的。最可恨的是,偏偏就有人没骨气地助长渣风渣气。比如他……她说一句她最喜欢他了,他便拿她没办法。

　　一行七人走出餐厅时,吴秀芝和陈烈是心满意足的。吃好了是一方面,另一方面,他们觉得中北大学以钟未为代表的莘莘学子真的是可造之材,觉得女儿和三个室友相亲相爱,觉得女儿学习生活的地方还是可圈可点的。

　　陈烈走了个蛇形,吴秀芝和陈迷人自然不离不弃。

　　电灯泡三人组走在第二排,要先把两位长辈送走,才好去各忙各的。

　　钟未一个人落在后面,被蒙上了一层"弱小可怜又无助"的色彩。

　　陈迷人灵机一动,假装系了个鞋带,便从第一排掉队掉到了钟未的旁边。她二话不说握住了他的手,继而十指交握。当然,不可能光明正大,便拉着他的手藏到了自己的身后。

　　他没说话,满脑子都是:渣渣渣,渣无止境,我看你能有多渣!

　　而她对他柔声道:"算我求你了,再给我一点时间。"

　　这时,吴秀芝感觉自己扶着陈烈一个劲儿跑偏,这才发现陈迷人不在陈烈的另一边了,便一回头。电灯泡三人组心有灵犀,当即一个手挽手,像屏障一样挡住了吴秀芝的视线,保护了陈迷人和钟未的"地下情"。陈迷人大恩不言谢。

　　后来,陈迷人在放开钟未的手之前,又"顶风作案"地在他的手背上重重地亲了一口。那啵的一声,电灯泡三人组听得真真的,不约而同地翻了个白眼。钟未更是破罐破摔了:她渣就渣吧,恋爱无非是一个愿打,一个愿挨。他堂堂万里挑三的学生代表又如何?到了她面前,能引以为傲的唯一一件事,便是被她喜欢着。

后来,等陈迷人的四级单词背到了XYZ的时候,她去了钟未的公司。

那也是她第一次去钟未的公司。

那一晚,钟未要加班搞定以拥抱为主题的连锁咖啡工作室的最后方案,预感会通宵也说不定,便让陈迷人来公司陪他。

陈迷人一开始是拒绝的。

一来,她并不希望踏入钟未的那个圈。毕竟,她知道她的父母至今情真意切,要归功于他们各有各的互不相干的事业。在这件事上,不去了解不代表不关心,而是太了解了会有希望,会有了希望就有失望,会在失望中去多嘴,去插手,以上种种会统称为侵略。

二来,钟未说"陪"他,那是怎么个陪法啊?这夜深人静的,她端个茶倒个水,再给他揉揉肩膀捶捶腿,那还不得干柴烈火啊?虽然是在公司,但在公司也别有一番情趣不是吗?

但陈迷人还是去了。不去的理由有千千万,去的原因就一点:想他呀。就像他想见她,她也想见他呀。

鑫设计选址在一个不算太高档的别墅区,独门独栋。

陈迷人按响门铃的那一刹那,有一种羊入虎口的错觉。但等那一扇古铜色的大门从里面被打开后,她就知道她想多了。门外是暗藏着情欲和罪恶的夜色,门内是十几号人在灯火通明中干劲十足。

陈迷人一想:对啊,哪有让老板一个人加班的道理啊?

陈迷人又一想:所以,她脑补的比如她给钟未端个茶,钟未喝一口就嘴对嘴喂她,然后她给钟未揉揉肩膀,钟未就把她扑倒在地毯上的画面,都是她想多了。都怪许喵喵,又用总裁文给她打预防针!

钟未出现在二楼的栏杆处,没有居高临下,而是下了楼,自然而然地拉住陈迷人的手,将她带上了二楼。中途,他对众人介绍了一句:"陈迷人,我女朋友。"语气有多轻描淡写,就有多理所当然。

陈迷人睨了钟未一眼。她太了解他了,她知道他这是在寒碜她:虽然你对你爸妈声称单身,但我还是会把你介绍给全世界,我做人就是这么坦坦荡荡。对比之下,难道你不会感到哪怕一丝丝羞愧吗?

与此同时,有两个女性员工不免窃窃私语。

甲:"这还真挺让人意外的啊。"

乙:"是啊,这忙得四脚朝天的,带老板娘来帮忙还是帮倒忙啊?"

甲:"装,你就装吧!你知道我指什么。"

乙:"呵呵,先是入职的时候没想到老板才成年,如今更没想到老板娘这么……这么一言难尽。"

鑫设计的员工以二十至三十岁的年龄段为主,其中一个叫耿世安的今年三十五岁,就被众人叫作"老耿"了。这"老"字一出,久而久之,他还真一张嘴就倚老卖老了。只见他挤到甲和乙的中间,幽幽道:"世人总觉得有些人什么都好,就是眼光差,但其实不然!其实,那些什么都好的人往往眼光也最毒辣,他们恰是因为能看到我们看不到的闪光之处,才会站得比我们都高。"甲和乙一琢磨:颇有道理!

钟未的办公室位于二楼,装潢约等于没有装潢,桦木色的地板和办公桌、书架、茶几,黑色的真皮沙发和办公椅,除此之外,只剩下几个相框和两盆仙人掌,与一楼大厅的富丽堂皇相比,像是两个世界。

这就是钟未,只把钱花在该花的地方。

钟未把陈迷人按在属于他的那一张办公椅上。

陈迷人到底是嫩了点儿,在经历了刚刚钟未牵着她的手上楼后,整个人都轻飘飘的。她觉得她这"年度最佳灰姑娘"是不是没悬念了啊?觉得飞上枝头变凤凰也不过如此了吧?觉得她除了以身相许,也没第二条路可走了吧?就这样,她才一坐下,便伸手去抱了钟未的腰。

她都想好了,她要把脸埋在他的胸前蹭一蹭,大概类似钻木取火。却不料,钟未一转身,她抱了个空,还差点儿从办公椅上一头栽下来。而等钟未再一转身,他的手上多了几张纸:"不算听力,给你一个半小时。"

陈迷人一定睛,很好,英语四级真题。

很好!过不了英语四级还没资格飞上枝头变凤凰了是不是?

钟未又怎么会看不穿陈迷人,但还是要逗逗她:"你这一脸的失望是怎么回事?"

陈迷人用两根手指拈着那真题甩了甩:"我才要问你,你不按剧本演是怎么回事?"

"哦?剧本是什么?"

"这种时候你掏出来的纸那能是一般的纸吗?是支票才对,再配上一句'拿去,随便花'!"

钟未若有所思:"不对吧?你还少了'女人'两个字。"

陈迷人两眼直放光:"哦?你还挺上道的啊,快,给我演一个看看。"

钟未像是在回忆什么,先是用五指将头发向上抓了抓,露出了凌厉的眉和坚毅的额头,后是将白色衬衫的扣子又解开了一颗,让"脱衣有肉"的胸肌触手可得。

至此,陈迷人啪的一声,用双手捂住了自己滚滚发烫的两颊。

而当然,这还不算完。万事俱备后,钟未一手插进裤兜,另一手撑在了办公椅的椅背上,微微一俯身,便给陈迷人画地为牢了。他的喉结上下一滚动:"女人,我买下你的今天和从今往后的每一天,拿去,随便花。"

啊!三秒钟后,陈迷人发出了迷妹的尖叫。然后,她双手勾住了钟未的脖子:"说,你从哪学来的这一套?"

"这个嘛……"钟未又是若有所思,"秘密。"

而实际上,他刚刚回忆的"台词",是不久前他无意中在鲍家国的手机上看到的。那天是在第三教学楼,他才一进厕所,就听见从一个隔间里传出一声"哎哟喂"。紧接着,一个手机从门下的缝隙摔了出来。

蹲坑的时候玩手机,这太常见了。手滑,也是难免的事儿。

再紧接着,一只手从门下的缝隙伸出来左右摸索。

不过是举手之劳,钟未便捡了那手机交还给了那一只手。

就那片刻,他看到了屏幕上的文字。什么解扣子啊,什么女人啊,什么邪魅一笑啊,诸如此类。虽然是无意中,但他有过目不忘的本事他也没办法……一个男生蹲坑的时候看这些?这可不太常见。

这时,对方开了口:"谢了啊哥们儿!"

像是鲍家国的声音?就在钟未拿不准时,他又听见唰的一声——折扇?那就是鲍家国无疑了。

钟未不知道这算不算鲍家国的秘密,但也多一事不如少一事了。

一通内线电话打进来,声声催促着钟未,楼下的会议不能群龙无首。钟未在陈迷人的头顶亲了一口,又点了点那真题,无非是在说:谈情说爱诚可贵,但学习价更高!陈迷人知道钟未是为了她好,当即假惺惺地进入了审题模式。钟未又一拖再拖,搞得两个人像生离死别似的。

陈迷人推他:"你就是下楼开个会!"

他前脚一走,她后脚又追上去,他又用她的话来堵她的嘴:"我就是下楼开个会。"

她一抬手,系上了他刚刚解开的扣子。嗯,不是所有好东西都能与人分享的!

后来,鑫设计的全体员工发现,老板娘大驾光临的好处就是能让本来就高效率的老板变得更高效率。本来预计要到十二点才能散的会议提前四十分钟就散了。老板又是个不看表面看本质的人,一散会,有事的人该干吗干吗,没事的人回家睡大觉,皆大欢喜。

钟未回到二楼的办公室时,发现陈迷人果然趴在真题上睡着了。她不是个早睡的人,但一沾学习,别说早睡了,他甚至怀疑她有冬眠的本事!

轻手轻脚地走上前,钟未见陈迷人睡得并不安稳,脸色泛着白,眉心更是拧了一个结。

而当然,陈迷人是在做梦。梦这个东西,虽然不一定能预示将来,但一定能预示对将来的最坏打算。比如此时此刻,陈迷人梦见她和钟未正在举办盛大的婚礼,曹佳儿突然狗血地从人群中冒出来,说:"我反对!我反对他们结为夫妻!"

这个梦不代表陈迷人有机会和钟未结为夫妻,它只代表曹佳儿的失联让陈迷人做出的最坏打算。

没错,曹佳儿继说了"我六月回国"后就失联了。她再没有回复过陈迷人,甚至再没有更新过朋友圈。陈迷人也不便一而再再而三地寻求曹父的帮助,也就除了等,只有等了。

可这都已经六月了啊!这都已经六月十日了……功亏一篑吗?

她陈迷人不是个自私的人,但这次是真的自私了一把。她千方百计地为钟未找到曹佳儿,才不是为了他们郎才女貌。她只要拔除她心中的那根刺,只要将功补过,只要自己不再战战兢兢地走在钢丝上。

那叫曹佳儿的制高点真的要逼疯她了!她挖地三尺把曹佳儿挖出来,她充其量也就是个热心市民。相反,曹佳儿随时随地冒出来,她灰飞烟灭。

钟未叫到第三声,才叫醒了陈迷人。他不是"严师",只是不能眼睁睁让陈迷人的眉头越锁越紧。她到底做了怎样的噩梦,自己挣都挣不脱吗?如果是这一份真题惹的祸,那他的罪过可就大了……

陈迷人在半睡半醒间一扯钟未,就让他坐在了自己的腿上。

呃……钟未扶额:这姿势如果他们两个对调一下会不会合理一点啊?

"梦见什么了?"他摸了一下她的额头,细细的碎发都被汗湿了。

她心有余悸:"梦见我们结婚了。"

钟未不知道该哭该笑:"然后你吓成这样?"

陈迷人这才算彻彻底底地醒了,赶紧编:"不是!结婚嘛,不是要穿婚纱吗,我梦见我的拉链又拉不上了,然后扔个花球把校长给砸了,然后敬酒的时候他们非让我表演胸口碎大石,然后英语老师给我们随的份子是十年的真题……要我说,英语老师对我才是真爱吧?"

"编,接着编。"钟未不怒自威。

陈迷人瘪瘪嘴,噤了声。

钟未从陈迷人腿上站直身,就势将她打横一抱,走向了沙发,自己坐下来,再将她抱在自己的腿上:"放心。"

"放心什么?"

"你害怕的都不会发生。"

室内只剩下两个人的心跳声,扑通,扑通。

等一下!再这么抱下去,他们这恐怕就不是一辆开往幼儿园的车了!

陈迷人一动不敢动。是,她是"不要脸"地穿了成套的内衣裤来,但如果要动真格的,在露出腰间的小肉肉之前,她会戳瞎钟未的双目也说不定啊!

同样地,钟未也一动不敢动。他倒是求之不得露出他的腹肌,同时对他和陈迷人的未来也是信心满满……但被陈迷人这么压着,他的身体已经起反应了好吗? 是,这是代表他是个健康的二十岁男性,但猴急也不是什么优点……

这时,陈迷人的手机在不远处的办公桌上嗡嗡一震,收到了一条微信。

陈迷人像被大赦了似的一下子从钟未的怀里跳出来。十一点多了,这个时间打扰她且还没有被她设置为"免打扰"的,十有八九就是她那三个室友了。却不料,这一次偏偏中了那十之一二……

钟未怀里一空,若无其事地从旁边抓了个靠垫,盖在了两腿之间。

良久,钟未看陈迷人的背影像被定格了似的,便唤了她一声:"出什么事了吗?"

陈迷人转过身,却不动声色地将手机藏在了背后:"没,没事。"

"那我判一下你的卷子?"钟未没多问,不疾不徐走到了办公桌后。

又是良久,陈迷人像是没头没脑地问道:"钟未,我如果不小心犯了错,你会原谅我吗?"

钟未埋头于陈迷人那份做了七成的真题:"如果你说的犯错是指做卷子的时候睡着了,还流了口水,那我原谅你。"毕竟,照这七成的正确率来看,她还是有九成的可能一次性通过英语四级。

但钟未无法忽略掉陈迷人在收到那一条微信后的魂不守舍,也就无法忽略掉慢慢爬上心头的不安。

是啊,他这个人称"人生硬核玩家"的佼佼者,也有了不安的时候。

至于陈迷人收到的那一条微信,来自曹佳儿。就像没有失联这回事儿似的,曹佳儿对陈迷人说:我15号的航班,记得到机场接我啊。

紧接着,她发了一个卖萌的表情来。又紧接着,她发了航班号来。

当晚,陈迷人睡在了钟未的办公室里。

鑫设计好歹也是民宿设计和改建的领军企业,自己的大本营随便装一装那也是别有洞天。一扇看似是衣柜柜门的门由上至下一拉,便是钟未偶尔在这里养精蓄锐的床了,虽然只有一米二的宽度,但棕纤维的床垫和真丝的床品都是精品。

陈迷人和衣钻进被子里,能闻到只属于钟未的味道,也就是早在他和她一个月纪念日时,她送给他的那一块香皂的味道。据说,那是一种叫作"深海"的香型。转眼间快要一年了,他现在在用的那一块是她为他做的第七块了。造型千变万化,但香型始终如一。

灯一关,满室唯一一抹光亮便是钟未的电脑屏幕了。陈迷人把被子拉到眼睛下,在黑暗中大肆盯着钟未看了又看。

这座城市的空气并不好,食堂的油也比地沟油强不了多少,就业的压力从大四传到大三,眼看从大三传到大二,他更是比谁都"日理万机",但他偏偏就连一颗青春痘都不长,也没有黑眼圈。不像杜小越,皮带都系到啤酒肚下面了。也不像那个绰号手表的,满脸褶子都有了雏形。他钟未明明也没时间撸铁,但人鱼线就是对他不离不弃。

"要不要离近点儿看?"钟未冷不丁开口。

陈迷人吓了一跳:"你能看到我啊?"她还以为敌明我暗呢。

"看不到,但我都被你看毛了。"钟未的视线在电脑屏幕上,一心二用道。

陈迷人索性盘腿一坐:"钟未,我突然觉得你有点不真实。"

"不真实?"钟未将并不常戴的一副金边眼镜摘下来,揉了揉眉心,看向黑暗中的陈迷人。

陈迷人又索性光着脚嗒嗒地跑了过去,与钟未隔着一张办公桌面对面:"我从来没看过你比如挖鼻屎、打嗝、放屁之类的。"

陈迷人越说越小声,也是因为越说越觉得自己说的这都是什么啊……她思绪万千,但万千思绪殊途同归的是,她只能看到她死期将近。

还有五天,曹佳儿就会真真切切地站在她的面前。尽管钟未再厌恶她这个冒牌货也不能一枪毙了她,但舍不得他,那便是她最生不如死的死期。如果看过他挖鼻屎的样子,又会不会好一点……

钟未一愣,半天才呼出憋在胸口的那半口气,飞快地抿了一下薄唇:"陈迷人,你这是在梦游吗?"

陈迷人双手往办公桌的桌沿一撑,上半身向钟未倾去:"我是认真的!大家都是凡夫俗子,谁还没有个丢脸的时候?可你好像连鼻涕都不流的。那有没有过闹肚子找不到厕所的时候?"

钟未一抬手,用拇指和食指一捏陈迷人的脸:"你这是夸我还是损我?我微信卡包里有几十上百张优惠券,你不觉得可笑?我被一条虫子吓得半死的时候,你不觉得可笑?我小家子气地至今仍怀疑杜小越对你贼心不死,你也不觉得可笑?这哪一点不比……不比挖鼻屎更没得救?"

陈迷人被捏到嘴微微嘟起来:"我都觉得好可爱。"她拨开他的手,语气中有淡淡的忧伤,"你完美得就像一个充气娃娃。"

钟未目瞪口呆。这是什么比喻?陈迷人的小学语文是生理卫生老师教的吗?

不出大招不行了,她再这么不着调下去,他倒是不介意陪着她喋喋不休,但如果他今晚搞不定"全世界欠你一个拥抱"最终的方案,他这个老板会被说成色字头上一把刀吧?陈迷人这个老板娘也会被说成红颜祸水吧?

就这样,他站直身,绕过办公桌,越过她,直接走向了……床?

他直接躺在了床上:"这样会不会更像?"

"像什么?"陈迷人自己被自己绕了进去。

"充气娃娃啊。"钟未说话间又开始解扣子,"那接下来你请便。"

陈迷人一张脸红得快滴下血来,一个瞬移,下盘再一个弓步,双臂一个前平举,将钟未推下了床:"我困了,我要睡了!你快去忙啦!不要满脑子少儿不宜,你还在长身体的时候!"

后来,陈迷人的大脑像是耗尽了电力,倒头就睡了。

再后来,她睁开眼睛的时候,看钟未还在办公桌前,再一看百叶窗外的天都泛了白。她翻了个身,下意识地攥了一下右手,那渐渐散去的温热像是有人握住后良久才放开。

是钟未吗?那一定是钟未啊……

五天转瞬即逝。

收到曹佳儿的微信时,陈迷人只觉得:啊,只剩五天了啊。她根本没觉得那和她的英语四级考试是同一天。

当天早上,钟未陪陈迷人吃早点的时候,一边给她剥鸡蛋,一边还在给她背诵着作文的范文,也知道她临阵磨枪磨不动了,但就算能洗洗脑也是好的。陈迷人发自肺腑:"这感觉太像我爸妈送我参加高考的时候了。"

钟未一揉陈迷人的头顶:"Good girl(好姑娘)。"

后来,陈迷人被豆浆烫了一口,钟未马上把碗接过来吹了吹。

"你这吹的要是仙气就好了……"这一句陈迷人更是发自肺腑。

"就是仙气,"钟未打包票,"只要你别考一半睡着了,我保证你425分手到擒来。"

"钟未,如果我两年后学业有成,顺利就业,我一定让我爸妈带着厚礼登门去谢谢你。"

"为什么是他们,不是你来谢谢我?"

"也对哦……"

"陈迷人,你学业有成和顺利就业不是为了你爸妈,更不是屈服于我的'淫威',而是为了你自己。"钟未将豆浆交还给陈迷人,"以后,你未必会把事业有成当作最大的目标,但只有有能力,才有选择权,才会从容不迫。"

陈迷人为之一振。所谓良师益友,非钟未莫属!

钟未的英语六级考试在下午,便寸步不离地将陈迷人送到了考场:"等下我再来接你。"

路过的女同学们很难不眼红,路过的男同学们也很难不瑟瑟发抖:连校草都做了二十四孝男友,也难怪他们的女朋友对他们越来越挑剔。这榜样真是害人不浅!

陈迷人却还身在福中不享福:"别,千万别! 你中午就好好备战嘛。"

"你觉得我还用得着备战吗?"

"轻敌可是大忌!"

"你确定?"

"确定。我完事儿就回家了,你考完打给我。"

钟未在陈迷人要进考场时又一把拉住她:"喂。"

"又怎么啦?"

"那个……"

"哪个? 你又想到哪个必考了?"

"不是,我是突然想到就算你每学期都挂科,四级永远考不过,一毕业就失业,那我养着你就是了。"

就这样,陈迷人迎来了最猝不及防的一次热泪盈眶。

"钟未,你这是要把我感动死吗?我才二十岁,就要英年早逝了吗?天哪,我现在心跳得好快!"她几乎语无伦次,"不过你现在说这些会不会太不吉利了?我才不会永远考不过……"

三小时后,钟未说到做到,倒是没去接陈迷人。但他给她打了两通电话,她都没接。在去食堂吃饭的路上,他碰上了许喵喵,那就不能不问一句:"她回家了?"

"不知道。"许喵喵和陈迷人不是同一个考场,"据说她提前交卷……"

"什么?"

"你等我把话说完!据说她想提前交卷,老师没让,后来等考试一结束,老师一收卷,她撒丫子就跑了。"

钟未脸一黑,许喵喵后知后觉:坏了,是不是说错话了?但也不能怪我啊,我又没谈过恋爱,哪知道天天撒狗粮的两个人之间也有不能说的秘密。

其实陈迷人是在赶往机场的途中。

五天前,曹佳儿让她去接机时,她想都没想就答应了。后来,等她意识到这接机的时间和她的英语四级考试时间过于无缝衔接了时,她有去和曹佳儿好商好量。但曹佳儿说:"如果你可以出尔反尔,我是不是也可以呢?"

不可以!绝对不可以!

曹佳儿对于和钟未见面——也就是和一个十年前有过一面之缘的陌生人见面根本没兴趣,甚至觉得没有这个必要。是陈迷人晓之以理,动之以情,才说服曹佳儿拨冗见一见钟未这个迷弟。那不是陈迷人的愿望,那是钟未的愿望啊,钟未的愿望高于一切。

站在接机的人群中,陈迷人是最醒目的一个,或者说她高举过头顶的牌子是最醒目的一个。她会画画,上下两行美术字分别是"欢迎曹佳儿"和"英雄归来",旁边还有一个寥寥几笔的简笔画,是她照着曹佳儿的照片创作的,三分形似,七分神似。对比之下,其他人手里那一张张打印了个名字的A4纸会不会也太没诚意了?

到港的人潮从稀落到拥挤,又从拥挤到稀落,陈迷人也没等到曹佳儿。她这才掏出手机,一看,两通来自钟未的未接来电,还有一条"回电话给我"的微信,再一看,手机的电量仅剩百分之四。

凡事都要分个轻重缓急!陈迷人给曹佳儿发了一条微信:你在哪儿?

这时,陈迷人只见曹佳儿身穿一条白色绷带裙,戴着个黑超姗姗登场。最引人注目的当数那两条肥瘦相宜的大长腿和一张烈焰红唇。

就这样,身边的路人甲乙有了如下对话:

"这是哪个明星吧?"

"不像,明星的机场造型一般都没这么高调……"

陈迷人又见曹佳儿背着香奈儿2.55,推着一只大红色的登机箱,一眼就看见了她高举过头顶的牌子,将黑超往下一挪,定睛看了看她,才又将黑超架了回去。但陈迷人才向曹佳儿一招手,曹佳儿就走向了……嗯?走向了陈迷人的斜后方?陈迷人这才注意到,她的斜后方有一个抱着花的男孩。

曹佳儿接过男孩怀里的花,半嗔半喜:"你不是去香港了吗?"

"昨晚赶回来的。"男孩接过曹佳儿的登机箱。

二人手挽手有说有笑地走出去了五米,曹佳儿才又呀了一声,折回到被晾凉了的陈迷人面前:"陈迷人?"

"是我!"陈迷人大概是被曹佳儿怀里的花呛了一下,打了个喷嚏。

曹佳儿将口鼻一掩:"你是说……那个胆小鬼把你认成我了?"

"呵呵,我看过你小时候的照片,那时候我们是真的有一点点像!只是你女大十八变,越变越好看了,至于我嘛,我还在酝酿。"陈迷人又赔笑道,

"还有啊,他叫钟未,你好歹记一下他的名字嘛。"

"佳儿。"那男孩点了点腕表,无非是在说一寸光阴一寸金。

"来了!"曹佳儿对陈迷人收尾,"今天不好意思了,让你白跑一趟。"

陈迷人识时务:"那我们再联系啊!"

曹佳儿一努嘴,算是勉强答应了。

后来,陈迷人目送曹佳儿和那男孩像连体婴似的渐行渐远,却完全想不起那男孩的相貌了。完蛋,这是除了钟未,她再也不把谁放在眼里了吧?看都看不进去,又何谈想起。

再后来,陈迷人的手机关机了。

再再后来,钟未在进行英语六级考试了。

就这样,直到下午五点半,二人才重新取得了联系。最初,她打给他,他也打给她,还占线了半分钟。最后,还是他打给了她:"你没事吧?"

"好着呢好着呢,"陈迷人忙不迭道,"害你担心了吧?"

"我感觉我学生生涯中的第一个污点要诞生了。"

"没考好吗?"

"这次就全凭运气了吧。"

"我的错……"

呼吸着略显燥热的空气,钟未忽然被一种莫名的焦虑团团包围:"当然是你的错,陈迷人,你有事瞒我对不对?"

太不公平了。他把一切都摆在她的面前,他的好不计其数,他的弱点也数不胜数,他的胆小、抠门儿、记仇,他那一对在天平两端早早失衡了的父母,甚至有关他的前女友他都有问必答,真的是该说的不该说的都知无不言了。连他的理财经理都看不下去:小钟,你才二十岁!换言之,你在一棵树上吊死得会不会太早了?反观陈迷人,他最近越看她越像扮猪吃老虎!这不,还玩起失踪来了?

与此同时,陈迷人在家里的床上一个鲤鱼打挺:"钟未,我介绍个朋友给你认识,下周一晚上你有时间吗?"

"陈迷人,你这是转移话题……"

"不是转移话题,是用实际行动回答你的问题。拜托了,把下周一晚上空出两个小时,哪怕一个小时也行。"

翌日,周日的晚上。

这一次的寝室全体会议是由许喵喵主持召开的。

四人围坐一圈,中间摆着陈迷人、许喵喵和罗思各自从家里带来的酱牛肉、卤鸡翅、茴香馅包子、凉皮和辣白菜等等,统称为"妈妈的味道"。

赵顾家不在本地,买了半个西瓜来。

"以后你们要对我放尊重一点了。"许喵喵没头没脑地来了这么一句。

六只眼睛化作六个问号。

许喵喵清了清喉咙:"我很有可能要成为你们的班长夫人了。"

陈迷人对此多多少少有预感,赵顾是脑子转得快,二人都比罗思先接收到了这一则新闻,只有罗思大惊小怪:"什么? 你……你和鲍家国?"

事情是这样的。自从双岭山的集体骑行赛之后,也就是自从黄进给许喵喵亲手洗了次头之后,许喵喵就疏远了鲍家国。而在此之前,鲍家国对许喵喵喜欢归喜欢,但没想太早表白。毕竟,他作为总裁文大神,太知道表白前的暧昧最让读者抓心挠肝了。他本想再暧昧一阵子,哪承想半路杀出个黄进? 那就没法再等了。

就在昨天结束了英语四级考试后,鲍家国给许喵喵发了个二十万字的文档。那是《总裁宠上天》未更新的二十万字啊,那是从来没有过存稿的鲍家国熬了多少个通宵熬出来的二十万字啊。许喵喵看得那叫一个过瘾,有笑有泪的。之后,许喵喵致电了鲍家国:"你认识笼中鸟啊?"

"认识。"

"那你帮我转告他,他这部女主的人设前后越来越不像同一个人了,有点儿跑偏。"

鲍家国豁出去了:"好,我转告我自己。那你也帮我转告你自己,因为我写女主的时候,越来越会代入我喜欢的一个女生了。"

许喵喵终于等来了这明人不说暗话的一刻:"鲍家国,你就是笼中鸟啊?你喜欢我啊?"

"嗯。"鲍家国这一个字足矣。

但最后,许喵喵对鲍家国说她要想一想才能答复他。

陈迷人是个明眼人:"喵,你也是喜欢鲍家国的吧?"

赵顾补充道:"再加上他就是你最喜欢的作者,你这也算追星追到最高境界了吧?"

许喵喵一声叹息:"哎,就因为鲍家国等于笼中鸟,笼中鸟等于鲍家国,我反倒不知道他那些套路有几分真心了。"

罗思出谋划策:"那你就再忍一忍,套路千万条,欲擒故纵是第一条。"

这时,赵顾冷笑一声:"呵,说别人的时候一套一套的,轮到你自己就被方茂两句话哄得服服帖帖的了。"

陈迷人和许喵喵一愣:冷战结束了?

赵顾对罗思恨铁不成钢:"今天是方茂送她回来的,她说方茂都给她解释清楚了。一、方茂和那个姚微晶就是同学关系;二、方茂说不愉快的事就让它过去吧。老大、喵喵,你们听听,这就是她所谓的'解释清楚'!"

当即,罗思对赵顾以攻代守:"你看不惯别看,我还看不惯你呢!老大、喵喵,你们知道今天方茂送我回来的时候,我在楼下看见什么了吗?我看见她——也就是我们的赵大学霸的研究生男友在质问她,是不是只把他当成一个考研的前辈,不然为什么连约会都三句话不离考研的注意事项。"

赵顾面不改色地啃着一个卤鸡翅:"你管我把他当成什么。"

罗思也学着冷笑一声:"呵,他说他是前辈都太抬举自己了,他根本就是你考研的一块踏板。"

眼看着剑拔弩张,陈迷人转移了话题:"喵喵,你刚才说什么,要我们对你放尊重一点?"

"有问题吗?只要我点点头,我就是你们的班长夫人了。"

"有问题,毕竟我们对班长都不是很尊重。"

罗思和赵顾再不情不愿,也都憋不住笑了。

事后,许喵喵私下跟陈迷人感慨:"罗思和赵顾真是两个极端,一个把男朋友当山顶,另一个把男朋友当通往山顶的台阶。怎么样,我这比喻是不是绝了?"

"绝了。"陈迷人只说了这两个字。其余的,她也无权做过多评论。她也不过才二十岁,且谈着一段岌岌可危的恋爱。感情中的对错之所以难辨,是因为根本没有对错可言吧?如果有的话,她才是错得最无可救药的那一个吧?至于罗思和赵顾,她们至少都有着坚定的方向。还有许喵喵,她的举棋不定恰恰意味着她的责任感。只有她……只有她陈迷人被鬼迷了心窍,越来越无法自圆其说。好在明天,明天终于能快刀斩乱麻了。

周一下午最后一节是选修课。陈迷人和钟未的教室一个在东校区,一个在西校区,课后一个有啦啦队的训练,一个要去接受校报的采访,二人便约好了六点在校门口集合。

差五分六点,陈迷人才在校门口一站定便听见嘀嘀两声,循声一找,是一辆黑色福特野马,驾驶位坐着钟未。她小跑过去,从副驾驶位的车窗看进去:"不是说那边不好停车?"

"上车。"钟未从里面为陈迷人打开了副驾驶位一侧的车门。

"这谁的车啊?"

"我的。"

"你的不是奔驰S什么的吗?"

"那个一般是公务用。"

陈迷人一反常态地话多:"那会不会还分早中晚三用,春夏秋冬四用,心情好和心情不好两用？算下来,你有一个车队吗？"

钟未帮陈迷人系上安全带:"那恐怕要让你失望了,我只有这两辆。"

陈迷人一吸鼻子:"你喷香水了？"

她再一看,他穿了一件黑色衬衫,且戴了一只只有在考虑到门面的时候才会戴的腕表,头发是打理过的,下巴上的青色也是新鲜出炉的。

而她一反常态地话多自然是因为对接下来要发生的事惴惴不安:"这么重视我这位朋友？"

"我重视你这位朋友,代表我重视你,这逻辑有什么不对吗？"钟未面无表情地踩下油门。

看似面无表情,实则闷闷不乐。她说要介绍一个朋友给他,他便为了她拾掇一番,有什么不对吗？香水和腕表都是其次,关键是他开了车。是,那边是不方便停车,但有钱就没什么不方便的,四十元一小时的停车场他大大方方开进去就是了！结果她一张嘴句句带刺,是在扮演玫瑰花吗？

他也问过她要给他介绍何方神圣,还这么大张旗鼓。她像是故弄玄虚,也像是有口难言,总说见了面就知道了。很好,那他就等见了面。他的直觉告诉他,她对他一次次的欲言又止都和这个神秘人有关。很好,他距离这个令他不安的答案只有区区八公里了。

那个神秘人自然是曹佳儿,而这个地点是曹佳儿选的,一家网红西餐厅。当时,她对陈迷人说:"我顺便去拔个草。"

嗯,对她来说,钟未事小,拔草网红西餐厅事大。

四十元一小时的停车场车位已满,钟未不得不将他的黑色福特野马停在了路边,罚单是吃定了的,提前和两百元说一声拜拜。

钟未一路握着陈迷人的手,只觉得她出了汗,滑到握不住。

"你紧张什么？"他问她。

她睁眼说瞎话:"没啊,我没紧张啊！"

钟未:"你该不会是要介绍你的新男友给我吧？"

陈迷人："哈哈哈，一点儿也不好笑。"

钟未："我脸上没沾到什么吧？"

陈迷人："没啊。"

钟未："那为什么大家都看我？"

陈迷人："呃……因为你长得好看行不行？"

钟未："那我应该不会输给他吧？"

陈迷人："谁？"

钟未："你的新男友。"

陈迷人："哈哈哈，真好笑。"

陈迷人提前订了七点的三人位，直到七点半，曹佳儿都还没到。除了钟未在时不时地用手机处理鑫设计的公务，以及她给曹佳儿打了两通电话、发了三条微信均无果之外，侍应生也第三次问他们要不要点菜了。

什么叫网红？等位的人排到一百来号了，他们占着茅坑不拉屎是会引起公愤的。

钟未当机立断地接过菜单："这个，这个，还有这个，牛排五分熟，甜品做好了直接上。"

半分钟搞定。

陈迷人内心是热锅上的蚂蚁，脸上还得笑盈盈："那等上菜了我们先不要动，快了，她应该快了。"

钟未的脸色不怎么好看了："我倒是不饿，但你的肚子早就在叫了。"

陈迷人一捂肚子："这只能说明我的肠胃在蠕动。"

从夏威夷沙拉到墨西哥蛋卷，再从来自帕尔玛的鸡到来自普罗旺斯的牛，最后是一块红丝绒芝士蛋糕，钟未都尊重了陈迷人——别说吃了，看都没多看一眼。毕竟，他知道"尊重"是喜欢的重要组成部分。直到陈迷人身不由己地咽了第三口口水，他刀叉一拿，牛排一切，往她嘴边一送。

"张嘴。"他命令道。

是,尊重是喜欢的重要组成部分,但胃更是人体的重要组成部分!

钟未以为万事开头难,以为陈迷人在吃下这第一口后,再吃第二三四五口就不难了,进一步以为他们就算被她那位神秘的朋友放了鸽子,那这一顿二人世界的晚餐也算是因祸得福。毕竟,这网红西餐厅的情调还是可圈可点的。却不料,陈迷人嘴都张了,又悬崖勒马:"我都说了先别动!"

好大声……周围的人纷纷投来了看热闹不嫌事儿大的目光。

钟未一怔,却也没放在心上。他觉得她就是饿了导致低血糖,低血糖导致性情大变。

陈迷人也一怔。她刚刚做了什么?她吼了钟未?她一条锦鲤恩将仇报地吼了校草钟未?但此时此刻,她的内心只有一成对钟未的抱歉,其余九成通通在崩溃的边缘试探……

是的,她真的到了崩溃的边缘。她觉得她所追求的真相大白就是活脱脱的一场马拉松,她眼看跑到了终点,眼看要摘掉"冒牌货"的帽子,眼看要杀要剐都随他的便了,那终点线却随着一分一秒的流逝又慢慢变得遥远、混沌。

该死的曹佳儿!这一刻,她脑海中突然冒出了网红雪姨的名台词:你有本事抢男人,怎么没本事开门啊?开门!你有本事开门啊!

没错。曹佳儿,你十年前有本事拔刀相助,十年后怎么没本事出现啊?出现!你有本事出现啊!

钟未仍是个局外人,将陈迷人拒绝了的那一块牛排放进了自己嘴里,又将墨西哥蛋卷向她推了推:"我不喂你了,你自己吃,我们边吃边等,等她来了,我们再点新的。"

多么像春天般温暖,又多么有理有据。

无奈,陈迷人开弓没有回头箭:"我不吃。"

钟未看了下时间,八点四十了。他不是说他的时间比别人的更宝贵,只是,他比别人更无法接受白白地浪费时间。何况他是比别人"日理万机"

的，更何况，他今天晚些时候还约了人。那是一家专门做短租的网站，和鑫设计的合作是互惠互利的。他本该以公事为重，就因为陈迷人说要介绍个朋友给他，他就把和对方的饭局从六点推到了十点。

好在对方也是二十岁出头的年纪，说："好啊，宵夜好啊。"

他最多等到九点十分。总不能再把宵夜改了早茶吧？

"真的不能先剧透一下？"钟未仍好言好语，"你这朋友到底是什么人？"

陈迷人默不作声。耳畔的轻音乐不知道什么时候换成了弗拉门戈舞曲，令她心烦意乱。有那么一刹那，她几乎怀疑她是不是得了妄想症。她对钟未越喜欢，便越无法接受他对她的钟情是个原原本本的误会，所以，是她妄想找到了曹佳儿吗？是她妄想将功补过吗？而她现在在等一个根本等不到的人，是这样吗？

她又看了下时间，快九点了。

"她叫曹佳儿。"终于，陈迷人打响了第一枪。

钟未心平气和："好，然后呢？"

"然后，我是个骗子。"

"你是说……你骗了那个叫曹佳儿的？"

陈迷人一点就着："你能不能等我把话说完？你知道我找了多久，等了多久吗？你知道我费了多少力气、心思和口舌吗？你要不要才等了两个小时就把脸拉这么长？再说我是个骗子，你又是什么？钟未，你就是个瞎子！"

隔着一张餐桌，钟未一伸手，端了一下陈迷人的下巴，害她上下牙一碰，啊的一声闭了嘴。接着，他自作聪明了："你锦鲤的热度又回来了？是不是又有人说我这个校草是个瞎子才会看上你？曹佳儿说的？我不管她是谁，她下次再这么说，你就说我身家千万但连个茶叶蛋都舍不得请大家吃；说我小心眼，岂止是杜小越，连黄进那一双臭袜子我还在耿耿于怀；说我胆子比心眼还小，有一次去野生动物园被一群马来熊包围了，差点儿尿了裤子。你不用给我留面子，你就跟她说是你瞎了眼才会看上我。"

陈迷人如痴如醉。对她而言,钟未的自作聪明就是一篇范文啊!她愿意全文背诵。她愿意!

九点一刻了,钟未一锤定音:"真的来不及送你回学校了,你索性再踏踏实实吃一点,等下我帮你叫车。"

就这样,陈迷人突然就豁然开朗了,她突然就觉得这个好吃,那个也好吃,这家网红西餐厅名不虚传,钟未点的菜都点到她心坎儿里了,今天不是3·15,冒牌货也没什么大不了啊……

直到九点二十,也就是钟未走后的五分钟,曹佳儿露面了。但她是在陈迷人的朋友圈里露面了,一张自拍是标配,小脸,大眼睛,配文是"一场说走就走的旅行",定位是……青海湖?

陈迷人一口红丝绒芝士蛋糕噎在嗓子眼儿里上不去下不来。如果这一切不是她的妄想症,那她真要管不住她的暴脾气了!她见过自由散漫的,却没见过这么自由散漫的!你一场说走就走的旅行撒丫子走出去两千公里,我却在这两个小时里甚至怕你是不是发生了意外!

慢走。不送!

"这边!"陈迷人一抬手,"帮我再打包三块红丝绒,谢谢。"

气归气,陈迷人没忘了寝室里三个"嗷嗷待哺"的姐妹。而她每一次打包,都会打着钟未的旗号。几次三番下来,许喵喵、罗思和赵顾纷纷对钟未的"大方"赞不绝口。

第九章
西湖的水，我的泪

赶在暑假前，许喵喵还真把她和鲍家国的事给定下来了。当天，按照不成规矩的规矩，班长和新上任的班长夫人请陈迷人、罗思和赵顾吃了个饭。气氛本来那叫个其乐融融，直到赵顾多了一句嘴："信管系18班富豪榜前两名，都被我们寝室拿下了。"

许喵喵有口无心："哎，退而求其次也是我没办法的办法。"

当即，鲍家国嘴角一抽。不怪他，换了谁谁也不乐意被定义为"其次"。

陈迷人在桌子底下踢了许喵喵一脚，许喵喵这才后知后觉，捧了鲍家国一句："但是论套路，你是No.1。"

呃，也不知道这算不算捧？

罗思一直没说话，时不时就打开手机看一眼。见状，陈迷人只当她在等方茂的消息。殊不知，她等的是方茂他妈，也就是她认定的准婆婆。

出于第六感，罗思觉得方母在有意地疏远她。证据？方母已经连续五条朋友圈没有给她点过赞了就是证据！换了以前，方母那可是会在她每一条朋友圈下面留言的人啊！所以，三个小时前，罗思还有针对性地转载了一篇名为《如果你的孝心不只是说说而已，那就带你妈去这些地方吧》的文章,并配文"妈妈们,我们走起"。

但三个小时过去了,方母仍连个赞都没有给她点。是有意,还是无心?罗思不敢去做最坏的打算,不敢失去准婆婆这个强有力的后盾……

与此同时,鲍家国也还在闷闷不乐。他也懂"人比人,气死人"的道理,但懂也没用。都怪钟未和陈迷人这一对太深入人心了,他都快忘了许喵喵也曾倾心于钟未。而钟未的财貌双全,堪称他总裁文的男一原型,而他充其量是个逆袭的男三?

这一比,鲍家国反倒忽略了另一个人——他24K金的敌人,黄进。

在他向许喵喵表白后,许喵喵想了十天才答复他。而在这十天里,许喵喵除了想,还问了黄进:"鲍家国让我做他女朋友,你怎么想?"

当时,黄进是这么说的:"哈哈,我怎么想?我能怎么想?他比我高半头,挺好,挺好的!"

就这样,许喵喵才答复了鲍家国:"你是我第一个男朋友,你可得好好表现!"

许喵喵问黄进的时候,没考虑此举会不会在她和鲍家国的前路中埋下一颗雷。而答案当然是Yes(会)。

Yes,不怕一万,就怕万一,万一她和黄进这一番小小的对话传进鲍家国的耳朵里,鲍家国当然会炸,不轰的一声才怪。

暑假又一次如期而至。有了学霸钟未的鞭策,陈迷人再也不是年年挣扎在及格线上的那个学渣了,真是应了一句广告语:有了步步高点读机,妈妈再也不用担心我的学习!

然后有一天,命运的车轮又会在看你舒舒服服了太久后,无情地碾轧过来。

曹佳儿在结束了那一场说走就走的旅行后,又说回来就回来了。那天一大早,她致电陈迷人:"对不起对不起,那天害你们久等了吧?"

陈迷人恍如隔世:"那天?你还记得是哪天吗?我都快产生穿越感了

好不好……"

"米亚内(对不起)！都怪我那几个朋友,疯起来不管不顾的,三天就干到青海湖去了,害我回都回不来。"曹佳儿有一种会让人无条件原谅她的魅力,"我们再约啊,我请客!"

陈迷人一声叹息:哎,或许是漂亮女孩儿都有一种会让人无条件原谅她的魅力?

不行！快清醒一下！这一次,主动权不能丢。这一次,陈迷人当机立断:再约就约在南池子公园好了,是骡子是马,拉回故地遛一遛!

而暑假这种存在,对钟未来说就是不存在的存在。尤其又赶上鑫设计一手铺开了三地五家以拥抱为主题的咖啡工作室,另一手合作了那一家专门做短租的网站。更重要的是,卞雨露终于在"秘密"录制她的第一首单曲了。

说是"秘密",却也只是瞒着她的老公,也就是钟未的父亲钟昌国一个人而已。至于钟家的保姆牛姨和卞雨露的司机老熊,都是在钟家做了五六年的老人儿了,他们先是把卞雨露的楚楚可怜看在眼里,后又有钟未晓之以理,动之以情,也就都做了那母子二人的自己人。

有老熊接送卞雨露,又有牛姨在钟家打掩护,钟未不用对卞雨露寸步不离,但在做听众这件事上,必须亲力亲为。此外,钟未不止一次请陈迷人做卞雨露的第二个听众。毕竟,让这两个对他来说最重要的女人相亲相爱,他求之不得。但结果,他用脚指头猜也猜得到。

既然陈迷人连海边都不和他去,又既然陈迷人和她爸妈说他和她只是"结对子"的关系,她又怎么会乖乖跟着他见家长？真正的学霸百思不得其解！她究竟……究竟为什么总和他留一手？

而钟未更不知道的是,陈迷人不跟着他见家长,不代表她置身事外。

就好比今晚,他站在录音棚里看卞雨露声情并茂,陈迷人就蹲在录音棚外玩着消消乐。

这也不是陈迷人第一次偷偷来了。这不是她第一次看老熊尽量把一辆劳斯莱斯开得低调再低调，看卞雨露穿着T恤、萝卜裤和板鞋像个小孩子一样跳下车，外翻边的发梢随着她欢快的步伐一弹一弹的。

每一次，陈迷人看在眼里，美在心里。谁让卞雨露高兴了，钟未就高兴呢？谁让钟未高兴了，她就高兴呢？这就叫利益共同体。

终于过了消消乐的第316关时，钟未打来了电话。陈迷人眼观六路，又往树丛里躲了躲，这才神采奕奕地喂了一声。

"又消消乐呢？"钟未轻笑道。

陈迷人大言不惭："才没有！我在看书。"

"看什么书？"

"说了你也不知道。"

"哦？试试看。"

"咳咳，《论潜意识的影响》和《为什么我们总是在逃避》。"

钟未啥了一声："还真挺深奥的啊，那你给我讲讲，有什么收获？"

陈迷人煞有介事："第一本的重点是如何通过潜意识对自己有更全面的认识，进而达到有意识的目的。第二本是针对每个人都会有的'鸵鸟心态'，教大家如何去破坏假的完美，重塑真真正正的强大。"

陈迷人越说越小声，因为……她看见钟未从大厦里走出来，直奔她而来——他这摆明了是早就看见她了！

她站直身，掸了掸背后的土，赔笑道："这么巧？"

他停在她面前，一抬手，从她头上摘下一根草："多亏了老熊的警惕性，我要给他涨薪水了。"

"什么嘛！我都来了三次了他才发现，这警惕性你不扣他的薪水他都要反过来谢谢你了。"

"陈迷人，我发现你……"

当即，陈迷人双手合十搓了搓："胆子有点儿肥了是吗？我错了。"

钟未摇摇头:"不是,我是发现你越来越像贤内助了。好,那就你说了算,不给老熊涨薪水。"

"瞧我这张嘴!"陈迷人扫了一眼不远处的那一辆劳斯莱斯,车窗上贴了膜,像黑洞似的,但她分明看见了老熊那两束幽幽怨怨的目光。

哎,熊伯伯,对不住了啊!

"阿姨那边还顺利吗?"陈迷人自己是喷了一身的花露水的,便用手帮钟未轰蚊子。

"词曲都是她挑的,练声什么的更是一丝不苟,连海报的设计都能给出二十种方案,制作人都快被她圈粉了。"钟未看得透,"人家本来只当她是个有钱没处花的张三太太、李四夫人,做一笔稳赚不赔的买卖而已,现在倒好,也快鞠躬尽瘁了。不过顺不顺利的,你直接问我妈行不行?"

三十六计走为上。

"太晚了,"陈迷人一踮脚,在钟未的脸上亲了一口,"那明天见了!"

"我送你。"

"不用了,你看你都困成狗了,早点回去好好睡一觉。"陈迷人一边倒退着走,一边对钟未摆摆手,"别忘了明天上午十一点,南池子公园。明天见,不见不散!"

钟未目送陈迷人,有点儿哭笑不得。困成狗?她这是好话吗?

但毋庸置疑的是,她是全世界最好的女朋友了。她还是那个在大众的眼中不怎么漂亮的她,但据许喵喵、罗思和赵顾说,她每次见他前都会长时间霸占寝室里唯一一面穿衣镜。有一次,她为了绑一个完美的丸子头,花了差不多半个小时。还有一次,她穿了那一件他买给她的红格子裙,而在此之前,她找了个"德艺双馨"的老裁缝对其进行了修改,裙围收了一点点,裙长放了一点点,令她看上去修长了不止一点点。

连那老裁缝都说:"我这手艺真没白学啊,哈哈哈!"

这样一个每次见他前都会细细装扮的她,他又怎么会不觉得她漂亮?

更何况,她从不给他添麻烦。就在暑假前,他的那个三天两头(被逼)陪女朋友做手工的室友才刚刚和女朋友一拍两散。没听过女方的供词,但听男方说:"谈恋爱真是太麻烦了!除了没完没了地做手工,看一眼别的女生也不行,就算你没看,她说你看了那就是看了,看了就是惦记了,惦记了就是精神出轨了,精神出轨也属于出轨!

"再有,不仅是她的生日和大大小小的纪念日,你连她七大姑八大姨的生日也得牢记在心,还分公历和农历!

"再再有,她时不时找个心理测试来给你做,而你永远不能以自己为出发点,因为她在测试的永远是你懂不懂她的心理……

"更不要说什么风雨无阻地接送了,哪怕你家距离她家二十公里,而她家距离她的目的地只有五百米。

"还有微信要秒回,但如果你秒回了一句'宝贝,我在打排位',她分分钟截图发一条微博。然后,底下的评论清一色是:'亲,这边建议您分手哦!'再然后,你要用越来越大的红包才能让她消气。直到你也觉得算了,算了,分就分吧!"

当时,黄进也算眼睁睁目送许喵喵跟了鲍家国,便套用了个老梗:"对,不如跳舞!谈恋爱不如跳舞!"

另一个室友随口问了钟未一句:"国服第六司马懿,你怎么看?"

钟未被问住了:"我?我倒没觉得麻烦。"

是啊,说到添麻烦,好像反倒是他给她添了麻烦呢。是他胆子小,常常被她接送。也是他会因为她没有在第一时间接他的电话,就六神无主呢。他甚至说过要和她一起去做香皂!幸好还没一起去,不然……不然他就是黏人精本精了吧?

"少爷……"老熊不知道何时站到了钟未的身后。

"我说了得有五六年了吧?别叫我少爷。"

"公子……"

"您还是叫我少爷吧!"

"少爷,那是你女朋友啊?"

"是啊。好看吗?"

"好看,一看就能生养。"

钟未的眼刀嗖嗖地射向老熊:"您今年真是四十八,不是八十四?"

老熊也是皮,假装拄着根拐棍,晃晃悠悠地回了车里。

翌日,晴,最高温度三十六摄氏度。

陈迷人本以为昨晚会失眠,毕竟,这真相大白的大日子堪称好事多磨。却不料,她睡了个好觉,早上八点还是被闹钟闹起来的。她一对镜贴花黄,很好,大日子就该用颜值巅峰去迎接!

早上九点,她一朝被蛇咬,十年怕井绳,给曹佳儿发了个微信:今天没问题吧?

曹佳儿秒回:没问题啊!能有什么问题啊?

约的十一点,陈迷人十点就到了南池子公园。

那时的风还不燥,不是周末,那时的游客也还是以中老年为主。

陈迷人穿了一条豆绿色的连衣裙,仗着皮肤白,嫩得能掐出水来,甚至还惹得一个中老年人说:"哟,这闺女真俊!"

陈迷人窃喜:真的是颜值巅峰!

直到另一个中老年人附和:"我孙女就是太瘦,要是再长个二十斤,有这闺女的一半就好喽!"

陈迷人一脸黑线:长个二十斤才有我一半?这位阿姨,我看上去是有两百斤吗?!

十点十分,陈迷人接到了罗思的电话:"老大,我不想活了,哇……"

不是哇的一声哭出来,而是哇的一声吐出来。

陈迷人下意识把手机往远处挪了挪,下一秒,如临大敌:"你又怀了?"

"什么叫又怀了?"罗思大嗓门,"我上次也没怀啊,要怀了就好了！老大,我婆婆要认我做干女儿,哇……"

这一次,是哇的一声哭出来。

陈迷人没转过弯来:"干女儿？这不是好事吗？亲上加亲啊。"

"什么啊！我要成了她干女儿,那不就成了方茂的干妹妹了吗？兄妹还怎么亲上加亲啊？那不是乱伦吗？我不想活了,哇……"

这一次,是又吐又哭。

"你喝酒了?"陈迷人后知后觉。

罗思好大的口气:"一点点啦！"

古人云,说喝多了的不一定没喝多,但说没喝多的那一定是喝多了！

罗思所谓的一点点,是整整三玻璃杯的牛栏山。对了,是那种喝茶的玻璃杯。而今天,除了是陈迷人的"大日子",也是方茂姥爷的七十三岁寿辰。以罗思和方茂的关系,罗思在此之前曾连续两年应邀出席了方茂姥爷的寿宴。那是一个二十几口子的大家庭,罗思每每坐在方茂的旁边,俨然是一分子了。

都说七十三岁是道坎儿,万万没想到,这是罗思的一个坎儿。

寿宴定在十二点,但方母和罗思约在了十点。罗思进了那包间一看,就方母一个人,再一看,方母的面前摆着两杯茶。而方母千言万语汇成一句话:"这么多年了,我早就把你当女儿一样了,来,干了这杯茶,你就是我女儿了。"

见状,罗思万语千言也汇成一句话:"那方茂呢？"

"茂茂？茂茂还是我儿子呀。"方母理所当然。

罗思不傻,尤其是在"婚恋"的领域,她一点就透:摆明了,方母是要拆散她和方茂了！当即,她致电方茂。很可惜,方茂的手机关机了,十有八九是还没起床。她那叫一个无助:"阿姨……"

"叫干妈。"方母将一杯茶一饮而尽,凭一己之力硬生生将生米煮成了熟饭。

紧接着,方母又道:"茂茂姥爷的寿宴还是欢迎你的,但阿姨……干妈希望你能摆正你的位置。"

"这也是方茂的意思吗?"

"茂茂还小,又才在学校里申请了一个什么科研项目,忙得不行,熬夜都成家常便饭了,哪有多余的心思想这些?我的意思,就是他的意思。"

罗思一把抄起了茶杯:"二十几岁了还小?别人都不忙,就他忙?顶着挺大个脑袋没心思想这些?母子心连心?那么该摆正位置的人是他,他这个巨婴!"

说完,罗思把茶往地上一泼,拧开一瓶牛栏山,一杯、两杯、三杯:"后会有期!"

当时,罗思满腹的委屈都到了嘴边。毕竟这些年,连她爸妈都说白养了她这个女儿,天天就知道胳膊肘往外拐。结果,她白白往外拐了这么些年,到头来被方母一掰就掰折了。

但委屈归委屈,她一张嘴就把"后会无期"改成了"后会有期"。

一字之差,天壤之别。真的挺伤士气的……

更要命的是,那牛栏山是56度的。

陈迷人按照罗思发的定位赶过去时,罗思正在挖坑……是的,正在来往行人投来的诧异目光下徒手在一个花坛里挖坑。

陈迷人一把把她拉起来:"你找什么?"

"老大,你总算来了!"罗思举着那两手泥一抱陈迷人,"我要试试看能不能活埋自己,如果失败了,还请你助我一臂之力啊……"

陈迷人知道这不是笑的时候,但还是笑了出来。

她一笑,罗思也笑了出来。

二人往花坛边上一坐,罗思又出幺蛾子:"我要见喵喵和赵顾,我现在就要见她们!"

陈迷人哄小孩儿似的:"乖啦,我们的班长和班长夫人去厦门玩了,赵顾回老家了。"

罗思用两只泥手把手机掏出来了:"难道我和喵喵的友谊就像泡沫吗?难道赵顾的老家没通网吗? 我要视频,我现在就要和她们视频!"

不多时,罗思接通了和许喵喵、赵顾的多方视频。

同在一个巴掌大的手机屏幕上,许喵喵那边是蓝的天、白的云,波希米亚style的人吃着抹茶味的冰淇淋;赵顾那边是灰墙、灰地,长了一脸红疙瘩的人在洗着一大盆床单。当然了,最凄风苦雨的还是罗思,一见着许喵喵和赵顾,跟见着亲人似的泪如雨下,两手泥一抹,直接能去战争片的片场当群演了。

许喵喵:"哇……万圣节吗?"

赵顾:"万圣节是每年的11月1日。失恋了吗?"

陈迷人:"学霸不愧是学霸。"

赵顾:"我早就说过,自己把自己活成童养媳,那能有好果子吃吗?"

罗思:"呜呜呜……"

陈迷人问赵顾:"你脸怎么了?"

赵顾:"说出来你们可能不信,我回到家反倒水土不服了。"

陈迷人又问许喵喵:"我们敬爱的班长呢?"

许喵喵:"说出来你们可能也不信,他在酒店码字呢。"

罗思:"呜呜呜……"

赵顾问陈迷人:"方茂真的劈腿了?"

许喵喵问陈迷人:"就那个叫什么……什么味精的?"

陈迷人:"那还是未知数,已知的是方茂他妈叛变了。"

罗思:"呜呜呜……"

后来,陈迷人解散了许喵喵和赵顾:"好了,你们远水救不了近火,罗思就交给我吧。"

结束了这一次多方紧急视频,罗思比陈迷人高了半头还小鸟依人地往陈迷人肩膀上一靠:"老大,那我就把我自己交给你了。"

陈迷人反手拍了拍罗思的脸:"那你要一切行动听我指挥。"

罗思昏昏欲睡:"听,我什么都听你的。"

这时是十一点整了,陈迷人致电钟未:"你到了吗?"

"方圆百米的人都在看我,你看不到吗?"

听上去,钟未的心情不错。

陈迷人强颜欢笑:"怪我没有千里眼。那个……罗思这边出了点事,我要晚一点才能过去了。你直接到池风亭和曹佳儿会合,我很快赶过去。"

随后,陈迷人致电曹佳儿:"你到了吗?"

"喂,人与人之间的信任要不要这么禁不起考验?"

听上去,曹佳儿的心情也不错。

陈迷人越说越心痛:"我要晚一点才能过去了。你直接到池风亭和钟未会合,我很快赶过去。还有啊,你记住了他叫钟未,钟情的钟,未来的未,你不要一张嘴就叫他胆小鬼。"

为什么心痛?陈迷人也在问自己:物归原主是天经地义,你没资格心痛,没资格!

道理是这么个道理,但此后的一分一秒,陈迷人耳畔一直单曲循环着一个旋律:西湖的水,我的泪,我情愿和你化作一团火焰,啊,啊,啊!

陈迷人没看过赵雅芝和叶童版的《新白娘子传奇》,原本也没听过《千年等一回》,怪只怪有一档主打情怀的综艺节目前一阵子把这部剧的原班人马都给找来了,重现了白娘子和许仙的一幕幕经典,自然也就少不了"久别重逢"的戏码。当时陈迷人听到那啊啊啊的主题曲,也没什么太大的感觉,没想到是有后劲啊?这会儿那缠绵悱恻的旋律挥之不去。当然了,她脑补的白娘子是曹佳儿,许仙是钟未,而她……可能是法海?

十一点半,陈迷人叫醒了鼾声如雷的罗思。

适才,罗思和方母大战了一个回合便败下阵来,出了那一家徽府菜,跟跟跄跄也就走了一百来米。于是,陈迷人扶着罗思又走了一百来米,就又杀回了那一家徽府菜。人均小两百块钱的地方,陈迷人在洗手间里帮罗思洗了手,洗了脸,还搽了点儿人家的大宝。

罗思酒醒没醒不知道,全靠一股精气神儿吊着:"老大,我现在不想见方茂,之前不是你教我的吗?不调整好情绪,不能见他。"

陈迷人又掏出自己的一支口红:"今时不同往日。往日你和方茂是内部矛盾,不调整好情绪,只会激化内部矛盾。但现在,你要争取的是和方茂一致对外,所以不管你想不想见他,都得见,时不我待!"

一转念,陈迷人又把口红原封不动地装包里了。嗯,是时候卖个惨了。

在等方茂露面的时候,罗思问陈迷人:"老大,你怎么不劝分啊?微博上成千上万的情感类投稿,评论齐刷刷地劝分不劝和。"

陈迷人就说了四个字:"因为冷暖自知啊。"

七个字……

没错,感情的事最冷暖自知。那成千上万的情感类投稿若不是博眼球,若是真的将自己的伤血淋淋地摊开在无数双眼睛之下,那便是要在无数条留言中寻找最符合自己心意的那一条:看,因为有人劝我原谅他,所以我才原谅他!从来不听听有多少反对的声音。

却也没毛病。因为冷暖自知,所谓旁观者清也就没那么站得住脚了。

方茂一露面,陈迷人一把就把他拉进了母婴室,反手锁了门。

果然不出罗思所料,方茂并不知道方母要认她做干女儿的事。

也果然不出陈迷人所料,罗思的面无血色让方茂那叫一个心疼。

这就成功了一大半。毕竟,方茂对罗思的感情还在那儿摆着。

但距离成功的那剩下的一小半也真不好走。

让方茂去和方母翻脸吗?一来,方茂这么大个人了,内裤还是方母在洗。二来,方母那血压也不是闹着玩的。

让方茂和罗思私奔吗？拜托，别说是长期吃核桃的方茂了，就连三杯牛栏山下肚的罗思也能预见，到私奔的第三天，他们就会在失去了后盾和前路茫茫中相看两厌了。

总之，一致对外是不难，难的是怎么个对法。

方茂姥爷的寿宴，方茂是一定要出席的。可罗思是万万不能去了，万一去了，方茂连吭都不敢吭一声，岂不是更助长了方母本就熊熊的气焰？那还不如避其锋芒。

陈迷人把罗思送回家后，是十二点半了。

都这个时间了，真相一定大白了吧？

尽管不知道该说什么，陈迷人还是致电了钟未。而在此之前，她没有接到任何来自钟未或者曹佳儿的电话和微信。

呵呵，什么是卸磨杀驴？她就是驴中驴！

"您拨打的电话暂时无人接听，请稍后再拨……"

最高气温三十六摄氏度，陈迷人心里拔凉拔凉的。

随即，她致电了曹佳儿。万万没想到，关键时刻还是那曾经的套马汉子靠得住！

曹佳儿几乎是立刻就接通了电话："屋里亲故呀（我的朋友呀）！你快告诉我，他这样的美貌是真实存在的吗？"

糟糕，曹佳儿这是心动的感觉？陈迷人不能睁眼说瞎话："是，是真实存在的……你们还在南池子公园吗？"

"在呢，光是十岁那一年的事就足足聊了一小时，现在才聊到十二岁。"

"那他现在……在你旁边吗？"

"他去帮我买桥头糕了，你有事找他？"

"没，没事。"

曹佳儿不知情："没事那你就不用过来了！"

关于钟未和陈迷人的关系，曹佳儿是真的不知情。陈迷人只说了钟未将她错认成她,却没说她将错就错地将他据为了己有。除此之外,鉴于陈迷人和钟未的"夫妻相"约等于没有,倒也不能说曹佳儿有眼无珠。

电话一挂,陈迷人直奔南池子公园。

不让她去?她非去!有本事你们包场啊!

盛夏的午后,整个公园的人都集中在了那一条小吃街上。羊肉串、臭豆腐、盐酥鸡、酸辣粉和三鲜烧麦,人人豁出去了地四脖子汗流。排桥头糕的队是最长的,从桥头排到桥尾,又连个阴凉处都没有。

钟未当然早就不在队伍中了,此时,他和曹佳儿坐在旁边一家茶楼的二楼,临窗,一边喝着碧螺春,一边聊到了……大概十五岁?桌子上,还摆着曹佳儿只咬了一口便不再动了的桥头糕。

两个小时前,也就是上午十一点,钟未和曹佳儿几乎是在同一时间,从南北两个方向登上了池风亭。而当时,那山头上只有他和她两个人。那一幕虽然和白娘子、许仙截然不同,但客观地说,也是如诗如画。

"曹佳儿?"钟未只知道这是陈迷人的朋友。

"钟……钟什么来着?"曹佳儿只知道钟未是个男的,不知道他是个男神。

"钟未。"

好嘞!终于,外貌协会的曹佳儿将这两个字牢记在心!

"你完全没有小时候的样子了。"曹佳儿这句话说得有点儿虚。毕竟,她只记得那时候他一把鼻涕一把泪地瑟瑟发抖,至于他是方是圆,她完全不记得。

钟未按兵不动。陈迷人的朋友,却在小时候就见过他?小学校友,还是幼儿园同窗?这世界要不要这么小?不过……他是真的不记得在哪里见过她了。

曹佳儿穿了一件姜黄色的吊带连体短裤,她叉开腿往长凳上一跨坐,双手再往前一撑,一点儿也不粗鲁,反倒是两条大长腿引人瞩目,一对锁骨窝也凹得恰到好处。她回忆道:"那只黑猫叫乌云对吧?我记得你是叫它乌云。"

钟未自然垂在身侧的双手不自然地一握,又缓缓松开。

"我想不通怎么会有人为了拍视频、博眼球,就去剥夺一条无辜的生命。"曹佳儿无懈可击的面容上蒙上了一层淡淡的忧伤,"我更想不通,竟然还有更多的人对那么……那么变态的视频好奇、捧场,竟然还让作恶者沾沾自喜。"

钟未不自然地抬了双手去插兜,插了三下才插进去。

没错,十年前,那几个混蛋虐杀了乌云,并拍摄了一段视频。

又或者,他们就是为了拍摄那一段视频,才虐杀了乌云。

对此,陈迷人只字未提,钟未只当她是不愿再提。

是啊,不愉快的事过去就让它过去,他也不愿再提,但这曹佳儿何出此言?

"喂,你当年有没有觉得我帅炸了?"曹佳儿继续道,"不过,就算我都是黑带了,一打三那也是拼了小命的。尤其是那个梳了一脑袋脏辫儿的,你记不记得?他还抄了砖头,啧啧,真是没品又没胆。但也好在他没胆啦,不然我们的脑袋都得开花啦。"

钟未的掌心在裤兜里发了汗,涩涩的。没错,当年那三个混蛋有一个光头,一个忘了,还有一个就是梳了一脑袋脏辫儿。

说时迟那时快,曹佳儿将纤纤玉指一抬:"我记得……当年我就把乌云埋在那儿了吧?"

"你是谁?"钟未半天不开口,一开口嗓音哑哑的。

曹佳儿抛了个媚眼:"Gloria(格洛丽亚),如果你觉得曹佳儿不好记,叫我 Gloria 也行。"

"陈迷人为什么告诉你这些?"

"嗯?"

"你刚刚说的这些,难道不都是陈迷人告诉你的吗?"

"听你这意思,你还不知道你认错人了呢?"

钟未的双商不是闹着玩的:"听你这意思,你……才是我要找的人?"

此后,二人相谈甚欢!

恰如曹佳儿对陈迷人所言,二人光是十岁那一年的前因后果就聊了足足一个小时。比如,乌云是南池子公园的钉子户,在被虐杀前,就和钟未是老朋友了。当然了,除了乌云,钟未和另外十几只喵星人也都是老朋友,但乌云是最黏他,也是对人类最没有防备的一个。

又比如,曹佳儿学习跆拳道的道馆就在南池子公园的斜对面,那天,是道馆爆了水管,她才阴差阳错地跟着奶奶来了南池子公园,又阴差阳错地对钟未拔刀相助。

再后来,她也就无缘这里,无缘钟未了。

十年前,他们还给乌云堆了个小小的坟头。

别说十年后了,那一年冬天才结束,钟未就只能找到个大概的地点了。

如今,他们在那个大概的地点缅怀了一下乌云,便去了小吃街。

曹佳儿看什么都说要尝尝,钟未没理由拒绝。再看她往阴凉处一坐,他便求之不得地自己去排队了。毕竟,他们更没理由形影不离。

就这样,钟未排了一中午的队,曹佳儿吃了一中午的"贡品"。

她的嘴是真挺刁,什么都是尝一口,眼珠子一转,眉一皱,就到此为止了。他犯不着在这个时候说什么"粒粒皆辛苦",也就随便她爱吃吃,不爱吃不吃了。而每次排队的时候,钟未就在想:陈迷人这是在搞什么?他认错了人,这是他的错。但她为什么不告诉他他认错了人?

一年又两个月了,光是他们在一起就有一年又两个月了!其中他们有三百多天会见面,又有两百多天会见面且共度一小时以上。无须再计算到小时和分钟,毕竟她上下嘴皮子一碰用不了三秒。但她始终没有告诉他?!

钟未在排队买一串火爆大面筋的时候,用尽了自己的情商才得出一个结论:她觉得耍他好玩是吗?那她又为什么把曹佳儿挖地三尺挖了出来?

钟未在排队买一碗伤心凉粉的时候,不但用尽了自己的情商,还搭进去了一半的智商才又得出一个结论:她觉得耍他不好玩了是吗?

还记得他们被曹佳儿放鸽子的那一天,她之所以气急败坏,是多一天也等不及要将他物归原主了吧?

是啊,她一条锦鲤不便堂堂正正地做负心汉,也只能将他物归原主了吧?

就这样,钟未在排队买桥头糕的时候,任由陈迷人一通来电自生自灭,他怕她一张嘴就会说"让一切回到正轨吧"。

正轨?可他的正轨早就不能没有她了。

那一家茶楼叫作"兴浓"。钟未和曹佳儿坐在二楼,临窗,点了两杯碧螺春,表面上相谈甚欢,实则各怀鬼胎:钟未在失恋的恐惧中越陷越深,而曹佳儿俨然把钟未当作下一任男朋友了。

曹佳儿这个人,优点和缺点都一目了然。缺点就不一一赘述了,最大的优点就是实诚。

她说她为了追星,初中一毕业就去了韩国,后来发现她的欧巴(哥哥)也不过就是个人设,发现"距离产生美"这五个字说的就是追星,更发现人做出了选择就要对选择负责,就凭她再也过不了高考这个坎儿,她就没有了回头路。

她还说,她的鼻子是肋骨做的。当时,鼻子不疼,但肋骨疼得她要死要活的。除此之外,她的眼睛和下巴也都动过刀,大腿和小腿都抽过脂,瘦脸针什么的那都是小case(小意思)。哦,对了,丰胸也快要被提上日程了。

总之,真挺实诚的!

钟未一心二用地听,也都听进去了,直到他无意间往楼下一看,看见了陈迷人。他看见买桥头糕的队伍还是从桥头排到了桥尾,而陈迷人就站在桥尾……当即,钟未伏在了桌子上。

不能被她看见!万一被她看见,今天十有八九就是他和她的最后一天了!

曹佳儿只见钟未双手交叠搭在桌沿上,下巴垫在双手的手背上,像一只可怜巴巴的大型犬似的,眼观鼻、鼻观心,便情不自禁地摸了摸他的头:"卡哇伊(真可爱)……"

除了哈韩,她对日语也略懂一二。却不料,钟未下意识地挥开了她的手,腰板一挺,又坐了个笔直,余光时不时地往窗外瞟去。

曹佳儿这才见陈迷人在双双对对中形单影只。好歹也是一百二十斤的块头,在长龙中前不着村后不着店,影子在脚下缩成小小的一团。

"陈迷人?"曹佳儿自言自语,"她来干什么?"

钟未试探性地一问:"是啊,你说……她来干什么?"

"可能是我说这里的桥头糕是网红,她来尝尝看?"

"你是说桥头糕比我……比我们重要?"

"我们有什么重要的?"曹佳儿有口无心,"她是帮我们牵线搭桥的那座桥啊,只听说过桥对人重要,没听说过人对桥重要的。除非……你答应给她好处费了?"

钟未苦笑:"我答应给她的唯一一样东西,是单词大抽查错一赠一优惠券。"

而恰恰是钟未这一抹苦笑,被陈迷人尽收眼底。

那一刻,陈迷人下意识地一抬头,看那古香古色的窗好似画框,看其中的两个人儿更好似一幅画,女的在笑,男的也在笑,连时光都不忍催人老地在那一刻定了格,而她只是一个观众。

钟未再一转头,便对上了陈迷人的目光。

该来的总会来,他致电了她,她顿了顿才接通:"喂。"

钟未:"你上来,还是我下去?"

陈迷人:"别,你别下来,太热了。"

钟未:"那你上来。"

陈迷人:"我前面就不到十个人了。"

钟未:"桥头糕是吗?我这儿有。"

陈迷人:"钟未……"

钟未:"说。"

陈迷人:"你不打女生的,对吧?我倒不是怕挨打,是怕万一传出去你打女生,对你的名声不好。"

钟未:"我就给你半分钟,上来。"

说完,钟未挂断了电话。他觉得,很好,她果然是要甩了他了,还事先用一句"君子动口不动手"把退路都铺好了!

与此同时,陈迷人也觉得,很好,男神和(人造)女神的缘分天注定,我等凡人但求全身而退。

曹佳儿仍是个局外人:"你和她很熟吗?"

"很熟,不过……她今天还真是冲桥头糕来的。"钟未看陈迷人像小坦克成精般冲向了茶楼。

曾几何时,在中北大学的图书馆,他也曾给她半分钟,让她马上出现在他面前,以至于她像小坦克成精般冲向了他。那一天,他还是校草,她成了锦鲤。而今天,等她马上出现在他面前,会物是人非吧?她不要做锦鲤了,要做游向大海的鱼儿,而他成了被她远远甩在身后的水草。

校草vs水草,真是一落千丈啊。

陈迷人登上茶楼的二楼,连带路的店小二都一而再地问道:"那桌?靠窗的那桌?"看颜值不像是一路人啊……

一张小方桌,钟未和曹佳儿面对面,陈迷人面对窗:"呵呵,都认识了吧?"

曹佳儿笑盈盈地一托腮:"从十岁到二十岁,这算不算认识了半辈子?"

陈迷人转向钟未:"对不起,拖到今天其实……其实不是我本意。"

而她连他的眼睛都不敢看,视线落在他白色T恤的领口……等等!他领口那一抹红色是什么鬼?如果按剧本的话,应该是口红。但如果不按剧本,看位置,看形状,看色泽的话,应该是桥头糕旁边的火爆大面筋!

尽管不合时宜,陈迷人苦中作乐地笑了出来。

"我可以不接受你的对不起吗?"钟未打断了陈迷人。

他倒是敢看她的眼睛,却只看到一个白眼狼试图用一句对不起就打发了他,却连说这区区三个字都笑了场?

即刻,陈迷人将头埋到了胸口。果然……他果然无法原谅她……

曹佳儿眼尖,指着陈迷人连衣裙上的泥一惊一乍:"你这是什么行为艺术?要不要先去一下洗手间?女孩子还是要活得精致一点吧?"

陈迷人如坐针毡。除了罗思抹在她连衣裙上的泥,她还出了好几身汗,或许还带着徽府菜中那一道臭鳜鱼的味道。但是她曹佳儿能好到哪儿去?她曹佳儿的口红都沾到大门牙上了好吗?他钟未又能好到哪儿去?他领口那一抹曾和火爆大面筋亲密接触的证据,更要笑死人了好吗?

然而,他们只笑她,就因为她是多余的那一个。

"不是谁都像你活得那么精致。"钟未将目光调向了窗外。

他这话当然是护着陈迷人的。精致无可厚非,但一个女孩子多的是比精致更可贵的地方,比如着眼于大处,比如会设身处地为他人着想,比如有志者事竟成,总之,比如陈迷人的每一个闪光点。

但他这话进了陈迷人的耳朵,陈迷人就觉得他当然是护着曹佳儿的。

精致女孩PK脏乱差大老粗?精致女孩来一个五连拍就能完胜了吧?脏乱差大老粗只配做一个买家秀吧?哎,他翻脸翻得还真快。

也对,他记仇记得锱铢必较,那她这个骗财又骗色的冒牌货,算是和他有深仇大恨了吧?那么,她对他24K的真心连他一丝丝的手下留情都换不来吧?

"谁不想活得精致一点?"这是陈迷人第一次对钟未阴阳怪气,"可我不想东施效颦。"说完,陈迷人站直了身,"不打扰你们了。"

"站住。"钟未轻喝一声。

说是轻喝,却让对面的曹佳儿为之一振:哇哦,好man(男人)啊!

而钟未不过是要留下陈迷人:"你不是要吃桥头糕吗?"

不能让她就这么走了!他随便说点什么,也好过让她就这么走了,连句再见都不说,就再也不见了?

陈迷人的视线落在小方桌上的桥头糕上。

乍一看,那色泽还光亮而软糯,青红丝的点缀更让人垂涎欲滴。但不用细看也能看出,那是人家吃剩下的啊。就算只咬了一小口,那也是人家曹佳儿吃剩下的啊!大家不熟的好不好?

"哎呀,不好吧?"连曹佳儿都觉得不妥。

钟未却又望向了窗外。他唯一一个念头便是留住陈迷人,仅此而已。

但也就僵持了三秒钟,陈迷人拿起那一块桥头糕,咬了一口,放下,嚼了五下——咽下去,嗯,味道好极了——又拿起,囫囵塞进了嘴里:"谢了。"

她这一次是真的走了,等钟未拔腿去追时,她楼梯下了一大半。

"我让你站住!"他从后面握住她的肩头。

才吃了嗟来之食的她回过头,眼圈红通通的:"我都说了对不起!"

"就没什么别的要说?"他别开眼,换他不敢看她的眼睛了。

"你还要我说什么?大家都是跟着感觉走,谁还没个误入歧途的时候?至少我帮你把她找回来了,没有功劳也有苦劳吧?

"我求求你饶了我吧!是,你是为我付出了精力、时间,可难道我是空手套白狼吗?我除了精力和时间,还付出了感情啊!

"你知道初恋的成功率是多少吗?连7%都不到!所以……所以没什么大不了的,我OK姐OK的!你要是咽不下这口气,你打我好了,或者精神损失费什么的,你开个价。你是富二代,我陈家也不是吃干饭的!"

呼!陈迷人突突突这一通扫射,爽!

钟未则全身都是枪眼:"说完了?"

"你开个价吧。"

"你说的精神损失费,是分手费吧?"

疼……陈迷人只觉得心脏像是被人狠狠攥了一把。

分手,他终于把这两个字说了出来。

结束了,一切都结束了。所谓的将功补过,不过是她的一厢情愿。

锦鲤的释义是巧合,是运气爆棚,是奇迹,但人不可能永远靠巧合蒙混过关,靠运气爆棚高人一等,靠奇迹天长地久。

陈迷人只剩下最后三级台阶,却脚下一滑,坐了个屁股蹲儿,并颠下了那最后三级台阶。

呵呵……这样的结局也不是不能接受。若干年后再去忆当年,除了那丝丝缕缕的伤感,这一幕也算严肃中有活泼,活泼中有严肃。那时他和她都两鬓斑白,也能一笑泯恩仇了。

再拔腿去追,钟未一步便跨下那三级台阶,去扶陈迷人。

她挥开他的手:"分手了,保持一下距离好吗?"

站在二楼楼梯口的曹佳儿和店小二一对视。

曹佳儿小声问道:"我没听错吧? 他们说分手?"

店小二小声自言自语道:"我可能是听错了,女的对男的说保持一下距离? 这女的可能是家里有矿,矿里有EXO吧?"

"你也粉EXO?"曹佳儿发现自己找到了个同道中人。

第十章
太需要一个拥抱了

盛夏的午后,陈迷人只觉透心凉,走出南池子公园时,搓了搓手,呵出一口气都仿佛有袅袅的白雾,感觉有点不真实。来往的路人也亦真亦幻,像是能穿过她的身体。

她在路边坐下来,掏出手机,不经大脑地刷了刷朋友圈。很好,妈妈转发了一个菜谱,晚上大概是能吃到改良版的熘鱼片了。许喵喵试了一款腮红。罗思连发了三条"我很好"。赵顾拍了一张蓝天,那样宽,那样广。很好,谁离开谁地球都会继续转。

她又打开微博,热搜真是应景啊,一条"失恋多久才能走出来"位列第八名,热评第一条如下:我还没有走出来。

这……可真让人绝望啊!

晚上果然是吃改良版的熘鱼片。陈迷人没胃口,但为了瞒过吴秀芝和陈烈,还是盛了一大碗饭。无奈,味觉骗不了人,当吴秀芝连连检讨糖放多了时,陈迷人却只觉得苦,苦到无以复加。终于,陈迷人吃吐了,她抱着马桶吐了个昏天黑地。

陈烈还安慰了吴秀芝一句:"也没那么难吃。"

吴秀芝对个中原因猜了个八九不离十,接了杯漱口水递给陈迷人,什么都没说。

回到饭桌上,陈迷人越描越黑:"我是中午吃坏肚子了。"

"回屋躺会儿去吧。"吴秀芝把仍像小山般的一盘熘鱼片往陈烈面前推了推,"你说不难吃,那你多吃点。"

陈迷人领旨谢恩,匆匆回了房间,往被窝里一钻,泪如雨下。

在妈妈面前,她能瞒得住什么?

吴秀芝大概用鸡眼都能看穿她吧,而妈妈永远是她的后盾啊。

人大概都是这样吧,万般的委屈伤心难过都突不破某一道闸门,但委屈伤心难过后得到的那一丝关怀却比什么都刁钻,就像一只手蛊惑地拍着你的头,说哭吧,哭出来就过去了。

但是……一切安慰都是骗人的。

后来,陈迷人断断续续哭了得有半个月也没过去,反倒是罗思,鉴于方茂觉得方母的所作所为太对不起罗思了,便抽出了大把时间陪她,她便没两天就又作贤妻良母状了,还专程谢了谢陈迷人的指点迷津。陈迷人好心说:"统一战线不能光靠他嘴上说,要看看他有没有实际行动。"

罗思却说:"不急,实际行动要建立在完善的战略之上。"

"千万别被他一拖再拖。"

"不会的。"

"怎么不会的?男人的嘴,骗人的鬼!"

"老大,你别一竿子打翻一船人啊。你光说你被钟未甩了,又不说为什么被甩了,那就说明你也知道这其中有你不可推卸的责任!你的责任凭什么转嫁到我们家方茂头上?"

不欢而散。

罗思后悔死了。陈迷人是好心,她却让陈迷人好心没好报了。

陈迷人也后悔死了。她一个风华正茂的(美)少女,怎么能愤世嫉俗?她如果一竿子打翻一船人,那打翻的才不是钟未,而是堵住了自己的出路。什么叫出路?那就是一个校草倒下去,将来还会有一茬茬春笋站起来!

许喵喵和鲍家国提前两天结束了厦门之旅,原因就一个:鲍家国天天抱着个电脑泡酒店,不泡许喵喵,许喵喵觉得她这是谈了个假的恋爱吧?

回来后,二人又约会了两次。

第一次去了游乐场,鲍家国买了一大束氢气球给许喵喵,结果,氢气球爆炸了,差点儿没毁了许喵喵的容。

第二次去了个艺术区,鲍家国给许喵喵拍了上百张照片,结果,照片中的许喵喵不是像一米四,就是像表情包。

许喵喵在寝室的微信群里吐槽,说鲍家国像变了个人,之前明明是集霸道总裁男主、暖男男二、闷骚男三于一身,如今却处处笨手笨脚!

可怜鲍家国没地方吐槽。他也是奇了怪了,套路这东西追许喵喵的时候不是屡试不爽吗?怎么追上了就不好使了呢?

在他笔下,氢气球不会爆炸啊。

在他笔下,男主给女主随手一拍就美若天仙啊!

后来,距离开学还有半个月,赵顾从老家回来了。她找了一份教留学生说中文的差事,除了赚点零花钱,还能顺便跟留学生练练口语。

再后来有一天,陈迷人收到了鑫设计的Linda发来的一条微信:明天见哦,老板娘!

就冲这"老板娘"三个字,陈迷人便知道了,她和钟未分手的消息还没有在鑫设计传开。可是,在曹佳儿的朋友圈中,都惊现过一次钟未打篮球的身影和一次可疑的抓娃娃了。他还没有带她去鑫设计亮过相吗?呵呵,一定是怕员工说他也太……太快始乱终弃了!

陈迷人回复道:明天见?

Linda又回复道:我们第一家以拥抱为主题的咖啡工作室明天试营业,

你身为老板娘兼灵感女神不到场吗?

Get!至关重要的线索get!

分手前,陈迷人便知那第一块试验田的位置就在林杨中路15号。

分手后,陈迷人也不过是个俗人。所谓"拿得起放得下",根本是空谈。她着了魔似的搜集钟未的消息,尽管他再也没有更新过朋友圈和微博,那又如何?不是还有曹佳儿随时随地秀恩爱?不是还有鑫设计的公众号?不是还有王者荣耀?

陈迷人不是王者荣耀的忠实玩家,原本只是无聊了才打一局,段位也才到黄金。但如今,她几乎二十四小时蹲守,只为等到钟未偶尔上线。看见他上线,就跟看见他一样。

随后,陈迷人又看了鑫设计的公众号——没有,无论她看几遍,就是没有Linda提供给她的那一条线索!这会不会太不合理了?连这么有开拓性的动态都不广而告之的话,"公司动态"这一板块会不会也太形同虚设了?除非……钟未怕被她看到?

陈迷人做出了一个大胆的假设:钟未知道她拿得起放不下,知道她无时无刻不在"视奸"他,所以,他怕被她看到鑫设计的动态,因为鑫设计的动态约等于他的动态!

砰!陈迷人将自己脸朝下摔在床上。

哼,他也太小瞧她了,犯得上这么防火防盗防前女友吗?

别说偷着去了,就算是八抬大轿请她去,她也不去!

翌日,陈迷人穿了一身黑,在早上八点就抵达了林杨中路15号。当然了,她不承认她是"偷着"来的,她声称她是晨跑,一不小心就到此一游了。

闭嘴!路又不是你们家修的。

砖红色牌匾上是本白色的四个大字:栖木咖啡。

下方是同是本白色的一行小字:全世界欠你一个拥抱。

陈迷人恍如隔世。她记得钟未说过,拥抱师这一职业在国内还是空白,而空白则意味着无论利弊都是极端,胜就是先下手为强,败就是不自量力。鉴于Linda在前期的调查,民众对于拥抱师的第一感觉是:没这个必要。第二感觉是:这会不会是变相耍流氓啊?鑫设计最终决定,尽管这是以拥抱为主题的咖啡厅,但目前还是要以咖啡为主营业务。

陈迷人还记得,当初,"栖木咖啡"这个名字是钟未的第二选择,而他的第一选择是"钟此一人"。

陈迷人第一次听到这四个字时,脸一直红到了耳根子。

钟此一人?那不就是他钟未只钟情于她陈迷人一人吗?这比在房产证上写上她的名字更感人好不好?

可惜,鑫设计全体员工齐刷刷地投了反对票,理由是太个人主义了!

也算他们斗胆了。

如今,到底是"栖木咖啡"上了位。

陈迷人悲从中来。钟此一人,她这辈子再也无缘这四个字了。

九点,有两个鑫设计的员工来了,紧随其后的是十八个橘色色调的花篮。十八,这是钟未的style,取谐音"要发"。除了向日葵,陈迷人不知道那都是些什么花,更不知道花语,但随便猜一猜也无非是"大富大贵"。

十点,钟未的那一辆奔驰S什么的来了,驾驶位不是钟未,后排门一开,才是钟未和Linda。

陈迷人猫在街对面一家彩票站里,故意先不看钟未,先看了Linda。那一年暑假,Linda给她的印象还只是勤能补拙。如今,Linda穿着一条小香风的连衣裙,脚下的鞋跟仿佛能刺穿敌人的心脏,整个人精致而威风凛凛。

又是"精致"这个词,陈迷人真想马上回家好好看书去。

事业有成的女孩子真的会光彩照人,但在事业有成之前,她得先学业有成。否则,她热心肠又怎样?她突然又想到了她姥姥曾经热衷的一部电视剧——《闲人马大姐》。她总不能还风华正茂就要走闲人马大姐的路线,靠热心肠活着了吧?

一不留神，钟未就走进了栖木咖啡，陈迷人恨得跺了下脚：这下好了，叫你故意先不看，没得看了吧？

彩票站的阿姨一偏头："又没中啊？"

陈迷人这才又醉翁之意不在酒地埋头手中的刮刮乐。

十点五十八分，栖木咖啡拉开了试营业的序幕。五十八，这也是钟未的style，取谐音"我发"。当时，陈迷人都在刮刮乐上投入两百多块钱了，结果只中了十块钱，真是和"发"字无缘。

栖木咖啡的所在地原本就是一家老大难的民宿，虽然临街，但地段并不算好，周围以居民楼为主，距离最近的一片写字楼也有一公里了，方圆五公里更毫无景点可言。

陈迷人看客人稀稀落落，偶尔有个外卖小哥进出，不要说"全世界欠你一个拥抱"了，长此以往，钟未会欠鑫设计员工的工资吧？

一转念，陈迷人也知道她是皇帝不急太监急了。

那是钟未啊，是零花钱七位数、CEO本O、家里有矿的钟未啊……

抠门儿是真的，不差钱更是真的！

下午一点，陈迷人看钟未走出了栖木咖啡，和她就相隔一条双向单车道的街和彩票站一扇一尘不染的玻璃窗。猛地，她俯下身，再缓缓抬头，看钟未钻上了车子，看车子绝尘而去。

嘻嘻……再见到他，也没有想象中那么难过嘛！

一如助攻了钟未和曹佳儿后，陈迷人并没有迎来想象中的解脱，此时此刻，她本以为她再见到他会心跳两百二，会扑上去抱住他的大腿说"我错了，求求你再给我一次机会"，会像电影里演的似的一个人奔跑在熙熙攘攘的街头，再特写把豆大的泪水洒在身后。但事实上，她这不是像没事儿人一样嘛！

事实上，也就是彩票站的阿姨多管闲事："这不是有钢镚吗？别用手。"

陈迷人这才后知后觉，自从钟未一露面，她便在用指甲对付刮刮乐了。

这会儿,她大拇指的指甲缝里积满了银色的铝粉。

呵呵……原来还真是比想象中要难过。

下午两点,Linda和鑫设计的其余两个员工前脚一走,陈迷人后脚就走进了栖木咖啡的旋转门。

门内弥漫着咖啡清冷的苦和华夫饼热腾腾的甜,灯光有一种令人心生安全感的昏黄,实木和铁艺的桌椅没什么独到之处。店内只有三名客人,分坐两桌。陈迷人找了个角落的位置坐下,点了一杯冷萃和一份华夫饼。

菜单也是中规中矩的,只是桌子上摆着有关拥抱师的介绍和价格。

介绍就不多说了,诸如压力、人与人之间的隔阂、戒备感等等道理谁都懂,无非是用文艺青年的笔稍加以润色。以及这一职业在美国、日本等地已趋向于普及。再以及栖木咖啡的两女一男三名拥抱师都已通过了美国相关权威机构的考核。至于价格,不算前期的对谈,少则三分钟,多则一小时,在四十八元到六百八十八元的区间不等。

陈迷人看那其余三名客人,一个在打电脑,两个在谈上亿的大买卖,总之,没人在意什么拥不拥抱的,还"师"?

她又看店员无所事事,便凑上去漫不经心道:"拥抱师用不用预约啊?"

"不用,随到随抱。"

"那今天抱了几个了?"

店员也不拿陈迷人当外人:"您要是抱,您就是第一个。哎,恕我愚钝,我是搞不懂这拥抱师到底有什么市场,不过呢,第一个吃螃蟹的人至少是勇气可嘉。我们老板算一个,您要是抱,您也算一个。"

二人谁也没有注意到旋转门悄无声息地转了一百八十度,就更甭提注意到来者是钟未了,直到他一语惊人:"你被开除了。"

店员腿一软:"老板,求原谅!"

钟未不苟言笑:"你以为你的愚钝是自己拆自己的台? 不,你拆的是我的台。不原谅,绝对不原谅。"

陈迷人是泥菩萨过河——自身难保，便屏息向她那张桌子平移。毕竟，她的包还在那张桌子上，身份证还在包里，补办个身份证又要拍照，而她不喜欢拍照……

后来，她成功摸到了她的包。

再后来，钟未往她旁边一坐，成功堵住了她。

她右手边和后面都是墙，前面是桌子，左手边是钟未。

怪她，怪她不该选角落的位置。

走投无路只好又缓缓坐下，陈迷人几乎和墙融为一体，但还是闻到了钟未身上的香水味。

终于，他有了他的香水味，她为他做的那一种香型为"深海"的香皂永远地停在了第十块。算是十全十美吗？

钟未下意识地拿过陈迷人那一杯喝了一半的冷萃，一顿，又重重地放下了。她对他说的最后一句话他记忆犹新。那天，在南池子公园那一家叫作"兴浓"的茶楼，她对他说："分手了，保持一下距离好吗？"

所以，她那一杯冷萃他是碰都不能碰的，对吗？

"今天三十七摄氏度。"他说。

她一愣："好像是。"

"你穿一身黑不热吗？"

"我现在还有点儿冷……"

"你知不知道大夏天的你穿一身黑更显眼？"

"我现在知道了……"

钟未起身，去自助台倒了一杯冰水，背对着陈迷人一饮而尽。

窝火啊，仍浇不熄那满腔的窝火啊！没错，第一家栖木咖啡试营业的消息，是他从鑫设计的公众号上撤下来的，这一点陈迷人猜对了。但陈迷人没猜对且大错特错的是，他不是怕她看见了会来，而是怕她不看，或者看见了不会来。他不想给自己希望，不想因此而失望。

也没错,他之前看见她在街对面的彩票站里了。她那一身黑,好家伙,跟柯南里的凶手长得是一样一样的!

那一刻,他心跳两百二,匆匆钻上车子逃走了。她来干什么?他问了自己一路,并做出了一个大胆的假设:她后悔了,她后悔和他分手了,那游向大海的鱼儿在领略了海阔天空后,又想起他的好,想起她锦鲤的人设了!她大概以为她锦鲤的人设是终身制的吧?她以为他是她挥之即去,招之即来的吧?笑话,她以为他一颗受伤的心被她揉一揉就能好了伤疤忘了疼?

就这样,他对司机连续说了四个右转,司机都傻眼了:"这不是又绕回来了吗?"

陈迷人眼看着钟未起身,又眼看着他背对她将一杯冰水一饮而尽。他衬衫的背后有两道褶皱,代表他刚刚是有多用力地靠在椅背上?还有他头发是才剪了不久的,脑后的发茬手感一定超好……

就这样,陈迷人错过了唯一一次逃跑的机会。

钟未三两步迈回来,落座,又堵住了陈迷人的去路。

"你来干什么?"他问道。

快说!快说你后悔和我分手了,只要你敢说,我就敢好了伤疤忘了疼。

可惜,她回答道:"我晨跑。"

他看了下时间:"快三点了。"

她一下急了:"你难道不是打开门做生意?对客人还挑三拣四吗?难道我的钱是假钞吗?"

她好委屈。此时的"仇人"见面分外眼红并非她本愿。她只是想来偷偷看一眼的,她想看一眼,坐一会儿就走的。过分吗?她又不是来吃霸王餐的,他为什么要对她赶尽杀绝?

"我再问最后一遍,你来干什么?"钟未将右手搭在了陈迷人的椅背上,在陈迷人看不到的地方,指尖用力到发白。

他也好委屈。她来都来了,说的却都是些什么鬼话?难道她不是来破镜重圆的？难道她是来看他笑话的？他比谁都心中有数,栖木咖啡是一项长期,至少是中长期的投资,但这大半天下来,三百元的营业额还真是让她看了他的笑话了!

"你就只当我是来喝咖啡的,行不行?"陈迷人低垂着头,越说越小声,手指不自觉地去抠实木桌子上的一块节疤。

钟未的目光就落在她那根手指上:"你家三公里之内就有七家咖啡厅,而这里距离你家有十六公里。"

下一秒,陈迷人拍案而起:"但只有这里有拥抱师!半小时多少钱?我先抱个半小时!"

此时此刻,她太需要一个温暖的拥抱了。她无数次想过和钟未天长地久,想过他们会做回普通同学,幸运的话,或许还能做回普通朋友,也想过从此形同陌路。终于,还是到了这个地步,他见都不愿再见到她。他的言外之意无非是:快滚出我的地盘。所以,此时此刻她太需要有人对她说一句"宝贝,快到妈妈怀里来"了。

那一位打电脑的客人在装包了,可能是觉得气氛不对?

果然,钟未也拍案而起:"我不许。"

开什么玩笑?!他钟未就站在这儿,她还要抱别人?!

气氛真的不对,那两位谈上亿大买卖的客人也双双起身了。

情急之下,陈迷人一弯腰,从桌子底下钻了出去,头被磕了一下,一张嘴就哽咽了:"你凭什么不许?你……你不讲道理,我要投诉你!"

三个店员纷纷回避陈迷人的视线。

什么?她要投诉老板?可是老板这种生物怎么会有错呢?

包厢中的三个拥抱师也纷纷推开了一条门缝。

什么?拥抱师这一职业难道不是云淡风轻的吗?就算这第一天的生意真的很惨淡,老板带头鸡飞狗跳会不会也太沉不住气了?而且,老板为什么要破坏第一单生意?为什么有钱不赚?传说中老板视财如命难道是假的吗?

说话间,钟未握住了陈迷人的手腕:"不许就是不许。"

对错就在一线间。如果他将她拽入自己的怀抱,那就对了。错就错在她眼泪一掉下来,他还以为他把她惹哭了,便直接将她连人带包送出了旋转门——回家去!回家去至少省得你抱这个抱那个的让我糟心!

一转眼,陈迷人在门外了。

再一转眼,钟未从门外又回到了门内。

二人隔着还在惯性下旋转的茶色旋转门,谁看谁都看不真切,却都知道自己又把一切搞砸了。

钟未心说:买卖不成仁义在,仁义不成,他对她的感情也还在啊,哪怕不谈感情谈风度,他的风度被狗吃了吗?

陈迷人心说:真好,她被他扫地出门了。

后来,陈迷人在寝室的微信群里发了个"大哭"的表情。

罗思第一个回话:又失恋了?

许喵喵是第二个:什么叫又失恋了?什么时候复合的?

恋爱砖(专)家罗教授语音上线:"不用复合。你们知道为什么被甩后建议远行或死宅吗?因为只有远行或死宅才能有效避免交集。如果我没猜错的话,老大今天一定见过钟未了,主动也好,被动也罢,这就等于自己又往自己的伤口上撒盐一次,进而等于又失恋一次。老大这回难就难在和钟未还将有两年的时间抬头不见低头见,这就好像给老大盖上了一个质保两年的章,不是质量保障,是失恋保障。"

许喵喵似懂非懂:你是说,老大要失恋两年?

恋爱砖家罗教授持续语音上线,这次只有铿锵有力的四个字:"极有可能。"

许喵喵:妈呀,那窝边草吃不得呀,我预见到了我和鲍家国彼此折磨的未来。

陈迷人：呸呸呸，班长和班长夫人洪福齐天！

赵顾这才冒出来：老大，喝一杯？

赵顾教中文的留学生就是中北大学的，她申请了提前返校，目前就住在寝室。四人一折中，就约在了中北大学附近那唯一一家叫作"今晚别睡了"的咖啡厅。

赵顾七点下课，七点半才到。罗思随口一问："你这有没有加班费的？"

"私事。"赵顾一笔带过。

谁也没再追问。毕竟，谁也没想到赵顾所谓的私事，是和那留学生两个人的私事。而大家更没想到的是，用不了多久，赵顾的第三段恋爱将是一场跨越种族的恋爱……

为了满足上帝们的多种需求，咖啡厅也卖酒。

许喵喵忙不迭给赵顾倒了一杯啤酒："你快坐好，老大说等人齐了，要公开一个她和钟未的惊天大内幕！"

赵顾坐好，只见那三人各自是小半瓶啤酒下肚，酒量都是中下等，也就都喝到了一个头脑清醒归清醒，但满脸堆笑且音量有点儿大的状态，也就是小酌怡情的状态。又只见陈迷人在十指上插了十个妙脆角："你们知道吗？钟未他……认错人了。"

三脸蒙。什么意思？

"他十岁的时候曾经被一个威武雄壮的女生搭救，对人家念念不忘，后来，把威武雄壮的我错认成那个女生，以身相许。我早就知道我是个冒牌货了，一边将错就错，一边又过不了良心那一关。再后来，真是如有神助，我把那个女生找到了，而且人家女大十八变，变成女神了。"陈迷人吃完了十个妙脆角，总结陈词，"这不，也就没我什么事儿了。"

三张脸以不同的速度恍然大悟。

赵顾最快："老大，你的良心可真是成事不足，败事有余啊。"

罗思第二："哎，这么大的事，你在将错就错和完璧归赵之前好歹和我们商量商量啊!"

许喵喵第三:"罗思,你会的成语真多。"

陈迷人以一敌三:"那换作是你们,在知道钟未认错人了以后,会将错就错吗?"

三人点头如捣蒜。这要是消消乐,就该消了啊……

三人的意见在高度统一中又有着小小的分歧。许喵喵觉得帅、有衣品、会打篮球的男生那就是行走的荷尔蒙啊。罗思觉得她贤妻良母就该进个大户人家啊。赵顾觉得别的先不说,学霸一号和学霸二号那就该强强联手啊。如此一来,三人高度统一的意见便是:必须将错就错。

陈迷人又问道:"那换作是你们,你们会去找那个女生吗?"

赵顾还是最快:"我会!钟未找不到的人如果被我找到了,这可能是我超越他的唯一一次机会!"

许喵喵抢到了第二:"我也会。我美我怕谁?"

罗思落到第三:"那……那我也会呗,你们都找我不找,那岂不是要被孤立了?"

陈迷人又问道:"那找到之后呢?"

赵顾一路领先到了最后:"带到钟未面前。他找不到的人被我找到了,就问他服不服。"

许喵喵脑子转不动了:"那……那我就问他我俩谁更美。"

罗思一声叹息:"我也会这么做。世上没有不透风的墙,早做打算总好过将来结了婚生了孩子再离婚。离了婚我一个人带着孩子可怎么办啊?"

陈迷人一摊手:"看吧,我和你们商量也没用,商量来商量去,结果还不是一样的?"

没有计划中的借酒浇愁愁更愁,四人哈哈大笑地再一碰杯,这一次小聚也就画上了圆满的句号。

在回家的路上,陈迷人觉得:真好,她除了有爱她、尊重她的父母,还有三个三观一致的姐妹。至于许喵喵、罗思和赵顾,则不约而同地觉得老大太不容易了。她们不过是打打嘴炮,真要动真格的,良心和三观能不能战胜一己私欲还是要另当别论。更何况,钟未对老大而言,那不光是行走的荷尔蒙、大户人家和学霸,还是她的初恋啊。老大这不是大义灭亲,是大义灭自己,真的是太不容易了!

就这样,三人又从三个不同的方向向陈迷人追去。

陈迷人在公交车站没等到公交车,反倒迎来了又一次小聚。

这一次,许喵喵把握住了重点:"老大,这一年多的时间,你对钟未的好自然不用说,但钟未对你的好也不是假的啊。你不过是帮他找到个老朋友,他真能为了个老朋友就不要你这个女朋友了?"

罗思和赵顾连连附和:"是啊是啊!"

陈迷人心平气和:"你们忘了我是锦鲤了?我的运气就是建立在一个错误上的。"

赵顾说:"建立在错误上的伟大成就多了去了。"

罗思说:"对啊,所谓歪打正着啊。"

许喵喵说:"罗思,你最近背了成语词典是不是?"

陈迷人笑得比哭还难看:"可是没歪打正着,他……他说分手。"

后来,那三人你一言我一语,无非是问还有没有转圜的余地。终于,陈迷人号啕大哭,说:"不是转圜,是旋转门,他把我从旋转门里扫地出门了!"

那三人义愤填膺,说:"杀人不过头点地啊!"

而与此同时,钟未话到嘴边的也是这一句话:杀人不过头点地!

就在一分钟前,钟未打开手机,发现寝室的微信群里有一百多条新消息。这肯定是有事儿啊,没事儿几个大老爷们儿哪儿那么多废话啊。

紧接着,他发现不仅有事,而且事关他自己。

其中一个室友也不知道打哪儿听来的,说钟未和OK姐分手了。

看到这儿,钟未心里就咯噔一声。

他和陈迷人分手的事,他至今紧咬在牙关里。一来,他觉得他不说就没有真实感,没有真实感,心里就没有那么酸懒、空虚和疼痛。二来,万一复合了呢?万一呢?结果,陈迷人把这事儿抖出去了?

　　他再接着往下看,看黄进还有另外一个长期潜水的室友也先后跳了出来,说:我也听说了,我也听说了!你们知道原因吗?

　　原因?钟未一声冷笑:我倒要看看是什么原因!

　　那三人虽然听说的途径不同,但干货大同小异。

　　据说,是钟未和OK姐去了酒店,关键时刻,钟未进错了房间。什么是进错了房间?那就是上错了床啊。OK姐士可杀不可辱,提出了分手。

　　又据说,这分手虽然是OK姐提出的,但摆明了是钟未自导自演,否则,上错床的戏码搁在小说里也是好大一盆狗血了。

　　至于这八卦的源头,当然不是陈迷人和她的三个好姐妹,是大概在一小时前,在"今晚别睡了"咖啡厅,当陈迷人说钟未认错了人时,刚刚好有一个人称小喇叭广播电台的学妹途经她们所在的卡座。

　　什么?校草哥哥和锦鲤姐姐分手了?因为认错了人?那学妹随便插一插想象的翅膀便编出了一篇八百字小作文,取名为《上错床》。

　　但八卦一旦传开,谁还管源头啊?钟未气得七窍生烟,只觉得陈迷人真是……真是欺人太甚!她先是用一招真假美猴王玩弄了他的感情,来时堂而皇之,走时更理直气壮。末了,她又颠倒黑白?

　　钟未那满腔的酸懒、空虚和疼痛喷薄而出。此时此刻,他太需要一个拥抱了,太需要有人拍着他的背轻轻哄他几句"最毒不过妇人心"了。

　　好在,自从将陈迷人扫地出门,他便一直在栖木咖啡忙得团团转,这倒方便了。没占公家的便宜,他花四十八元买了个三分钟的拥抱,也算是给这一项业务开了个张。

　　三天后,凌晨一点半,陈迷人被钟未的一通电话吵醒。她以为她是在做梦,便咕哝道:"有何指教?抠门儿记仇的胆小鬼先生……"

寂静。

"我在你家楼下。"钟未明显是顺了顺气才开口。

陈迷人还没有醒明白："你再说一遍？"

"那你先再说一遍。"

"说什么？抠门儿记仇的胆小鬼先生？你看，你果然是记仇吧……"

钟未敢怒不敢言："到窗口来，我说我在你家楼下。"

陈迷人一激灵睁开眼，再一激灵跳下床，扑向了窗口，唰地拉开了窗帘，只见一辆黑色福特野马停在楼下。

五楼的高度，她只见他倚在车身上，微仰着头，在月光和路灯的照耀下眉目如画。

她知道敌明我暗，胆子便噌噌地大了："你来干什么？"

他看她只能看到一个大概的轮廓："明天……"

"明天怎么了？"

"明天四级成绩就出来了。"

呃……陈迷人撑在窗台上的胳膊肘一下子就滑了下去。他三更半夜跑来吵醒她，就是为了说这个？真是的，当初他就惯用学习啊考试啊四级啊之类的泼她冷水，这都分手了，还不依不饶？要知道，这可是分手后她睡的第一个好觉！

"哦！"她恨恨地应了一声。

钟未自然有下文："你别忘了你答应过我的事。"

"我答应过你……会努力？"

"除了会努力。"

从这一秒，陈迷人的心跳声越来越大："你该不会是指……我如果没过的话，要陪你去海边吧？钟未，我们分手了，这个约定在我们分手的那一刻就自动失效了。"

一时间，钟未没说话。他指的当然是这个，就算陈迷人把他甩了，又颠倒黑白,就算他逼着栖木咖啡的拥抱师对他说了整整三分钟的"最毒不过妇人心",他也还是想见她。每天明明都在忙,除了鑫设计和杂七杂八的刷盘子、家教、代人写论文……更令他难做的是钟昌国对卞雨露的行踪生了疑心。但即便如此,他每天还是会有至少三次坐立不安的瞬间,想见她,想握她温暖的手,想看她永远充满善意和干劲的笑容,想听她说体己话,哪怕就看一眼、听一句也是好的。

终于!被他想到了还有四级这件事!

千万不能再搞砸了,他经过了深思熟虑才缓缓开口:"这是两码事,没有自动失效这一说,我们做人要言而有信。"

一时间,换陈迷人没说话。

这是一道二选一的选择题。A.钟未想和她去海边。B.钟未不想和她去海边。

如果是A的话,这又是一道是非题——钟未想和她去海边会不会是为了让她有去无回?

而学渣的生存之道是如果这道题不会,就换个会的角度。比如陈迷人不管钟未想不想了,反正她想!反正她做梦都想和钟未去海边:"那你介不介意我改一下规则?"

"怎么个改法?"

"如果我过了,我们就去。"

"陈迷人,你这是自信还是不自信?"

"那你就别管了。"

良久,钟未轻轻地应下来:"好,就依你。"

二人谁也没再说什么。几秒钟后,陈迷人挂断了电话。又是几秒钟后,钟未驾驶着那一辆黑色福特野马以每小时五公里的速度离开。

隔着窗,她只能幻想出轮胎摩擦地面发出的沙沙声,直到他从她的视线中完完全全地消失,她才推开窗,空气中弥留着"深海"的味道,大概也是她幻想出的吧?

这一夜,尤其漫长。

这一年,英语四级成绩查询入口也尤其拥堵。

陈迷人挂着两个黑眼圈,自信还是有的。尽管在考试那天,她为了去机场接曹佳儿,有那么一点点毛躁,但在备考阶段,钟未是名师,她自然是名师出高徒的那个高徒。问题不大!

这时,一切像是命中注定般,验证码随机到了6666的字样,真是好彩头。但紧接着,陈迷人便像是被人高高抛到了半空中,那人却收回了手。

424分?有没有搞错?!

尽管教育部是说四六级不设及格线了,但社会默认和中北大学规定的及格线以及报考六级的门槛是425分啊,她和钟未约定的也是425分啊!那这424分算什么?惜败吗?她昨晚对钟未修改的规则又算什么?造化弄人吗?到底是谁给她的自信啊?!

在寝室的微信群里,许喵喵、罗思和赵顾还在互相问着:刷出来没?没啊!你呢?我也没啊!

相较之下,钟未穿插进来的一条微信气定神闲:过了没?

陈迷人的眼泪吧嗒吧嗒地落在手机屏幕上,只回了他一个字:没。

她本来还输入了一句对不起,最后又删除了。

为什么要说对不起呢?她有什么对不起他的呢?他早就说了,她学习不是为了她爸妈,更不是为了他,而是为了她自己;未必是为了拿一张证书,找一份工作,而是为了那一张证书和那一份工作能在将来给予她选择权和从容不迫。那么,她这一次失败的苦果,也只属于她自己。那无数傻乐呵的明日复明日,她对不起的只有她自己。

另一边,钟未推开了Forbidden Fruit后厨的门,在那一条他曾和陈迷人偶遇过的小巷里点燃了一支烟。

烟是后厨一个白案师傅的,刚刚,他收到陈迷人那一条掷地有声的微信后，便伸手要了一支。那白案师傅还打趣他："平时给你你死活不抽，怎么着，今儿个成人了？"

烟，钟未是会抽的，平时没这个瘾罢了。这会儿，他猛吸了一口，只觉得一股清冽哽在喉头，再慢慢疏通至四肢百骸，最后吐出来的便是解脱。

他是真的生气了。倒不是气她没能过四级，而是他知道她在考试那天，还打算提前交卷来着？那么，这不是力所不能及的问题，这是原则性问题！被称为"人生硬核玩家"的他尚且天天紧绷着一根不进则退的弦，她又有什么权利把自己的学业和前途当儿戏？

除此之外，他更气她昨晚修改的规则。

她是早知今日吧？所以，她是铁了心不想和他去海边吧？

想当初，他曾有一个前女友希望他陪她吃一顿散伙饭，他都不想。如今他被换到这个位置上，才知道自己当初有多么绝情。然而，有多么绝情，就有多么正确吧？结束了就是结束了，长痛不如短痛是正确的吧？

一支烟吸到了烫手，钟未才转身回了 Forbidden Fruit。

他今天是早班。后厨里没有一片狼藉，只有新鲜的食材，看上去朝气蓬勃——除了他，他是那朝气蓬勃中唯一一抹萧瑟。

第十一章
失恋是一颗速效减肥药

再开学后的信管系18班就是大三的前辈了。

真是不比不知道,一比吓一跳。看新生们那一脸脸的胶原蛋白和初生牛犊不怕虎的生猛,再一照镜子,看自己的双眼像是被蒙上了一层灰,不由得仰天长啸:岁月饶过谁?!

更细分的话,男生们会对以下这个问题的答案越来越统一:男人都喜欢年轻女孩子吗?是!年轻女孩子真是令人赏心悦目!

而女生们则越来越坚定地走在保养的道路上,不买对的,只买贵的,贵的就是对的。岁月的痕迹抹不去,必须防患于未然。如今我和哥哥们谈恋爱是这番模样,希望将来我同小鲜肉们相见恨晚时也是这番模样。

陈迷人是除了赵顾之外第一个回到寝室的,一开门,差点儿和人撞了个满怀。迎面是从衬衫的领口处溢出来的一片胸毛,再抬眼一看,是Dylan(迪伦)——和赵顾学中文的那个留学生。

Dylan叽里呱啦说了一串什么,四级考了个424分的陈迷人一句没听懂,回了他一个"拜拜"。

Dylan一走,陈迷人再一看赵顾。好家伙,赵顾身上那T恤是不是穿得也太匆忙了,后背的下摆还卷着边。

顿时,陈迷人火冒三丈地把行李往地下一扔:"他欺负你?"

赵顾若无其事地把T恤抻抻平,又帮陈迷人把行李提到桌子上:"这怎么能叫欺负? 你是哪个年代的人啊?"

"哪个年代也不能饶了流氓啊!"

"等等,老大,Dylan刚才跟你说的你是不是没听清啊?"

"啊? 他……他刚才说什么了?"

"简单来说,他是我男朋友了。"

轰——轰——陈迷人受到了双重打击。一来,她是真没听懂啊,连个关键词都没抓住,真活该她考个424分! 二来,那Dylan二十八岁,身高正常,体重比正常大概超出六十斤,白人,金发,发量有些稀疏,鼻头呈红色,不像是赵顾的菜啊!

"你别简单来说,"陈迷人脸红脖子粗地往赵顾面前一站,"你给我好好说,你那个博学多才的研究生哥哥呢?"

"分了。"

"又分了? 赵顾,我说你这是谈恋爱还是换届啊?"

赵顾宽慰地拍了拍陈迷人的肩:"好了老大,我人往高处走有什么不对?"

这时,罗思回来了。赵顾话锋一转:"罗思你快来看看,老大都瘦成什么样了!"

罗思连行李都顾不得放下,嗒嗒跑过来:"还真是,这才几天啊,老大你怎么瘦成这样了!"

"是吗?"陈迷人两手一摸脸,"是瘦了吗?"

身为一个微胖girl,而且是一个从没有打算减肥的微胖girl,陈迷人连个体重秤都没有,只是这些天,她会觉得:咦,这连衣裙脱的时候不费劲了啊,这牛仔裤的裤腰好像肥了啊,这镜子怎么有瘦脸的功效啊……但是瘦? 不太可能啊,她明明是喝凉水也会长肉的体质啊。

做爸妈的肯定是能看出来的,陈烈急在心里,顿顿饭都把陈迷人的碗里堆成个小山:"多吃点儿。"

吴秀芝也急在心里,但话是这样说的:"不吃就不吃了吧。"

身为一个母亲,吴秀芝从情感上来讲,当然是希望陈迷人吃嘛嘛香,倒头就睡,笑口常开。但从理智上来讲,她更知道颜值对一个女孩子的重要性。她知道如果陈迷人再瘦一点点,将来无论是就业还是择偶,都有百利而无一害。

没办法,这社会未必以貌取人,但人类就是肤浅的视觉动物。

总之,失恋是一颗速效减肥药。

许喵喵回来的时候人未到,声先至。陈迷人等三人先听见楼道里传来负重的脚步声和一阵咣咣当当,又听见她用脚踹开门,也不知道在和谁通电话:"退款就退款,精神损失费免谈!我听你这中气十足的,记得饭后百步走,我包你活到九十九啊!"

语毕,许喵喵挂断了电话,双手一松,扑通通,地上便摊了七八个快递盒。

"我被代购给骗了。"她不问自答。

赵顾在这方面是一窍不通:"你不就是代购吗?"

"她就是一个赚差价的二道贩子。"罗思话糙理不糙。

陈迷人跑去帮许喵喵把快递盒堆到角落:"严重吗?这都是退货?你在电话里说什么精神损失费?"

事情是这样的。三天前,央视曝光了几个大型的造假窝点。两分钟后,就有许喵喵的粉丝和买家将自己手中的面膜和假货进行了显微镜级别的对比。对比显示,许喵喵卖的就是假货。

没敢开直播,许喵喵发了个视频,承诺了退款不退货。

再后来,有人公开了自己烂脸的照片和医院的诊断书,一口咬定烂脸是因为用了许喵喵的面膜。这个头一开,紧随其后的照片那真是个顶个的小题大做，连长个青春痘也要来凑凑热闹。许喵喵不忍了，两个字：硬刚。

关键是忍不了了，那狮子大开口的精神损失费真的赔不起！

赵顾有求知欲："那你这面膜……"

许喵喵："什么我这面膜？我也是受害者好不好？"

罗思也有求知欲："不是说退款不退货吗？怎么还退回来了这么多货？"

许喵喵："因为她们要我直播，把这些通通敷完，你说缺不缺德啊？"

许喵喵一把抱住陈迷人："老大，你说我是不是水逆啦？"

陈迷人一语道破："你快拉倒吧，水逆不背锅。你敢说你这个受害者一点不知情？那为什么这面膜你自己不用，也不卖给我们？"

"我真的是一点也不知情啦，只不过……是对货源多留了个心眼啦。"

"那你怎么就不知道帮粉丝和买家也多留个心眼？"

赵顾打圆场："好了，她没卖给我们，这就得谢她的'不杀之恩'。"

罗思一转念："出了这么大的事，鲍家国人呢？"

"别跟我提他！"许喵喵一肚子火，"忙得没个人影儿，就连我给他打电话求安慰，他那边也是噼里啪啦的敲键盘声。刚刚我取了这一堆快递的时候我就在寻思，我可能还是单身吧？不然我怎么连这种干体力活儿的苦海都没脱离啊？幸好……"说到这儿，许喵喵噤声。

陈迷人："幸好什么？"

许喵喵："咳咳，幸好碰上黄进了，是他把我送到楼下的。"

罗思："黄进？你不叫他鞋垫黄了？"

许喵喵："别总给人起外号，不礼貌。"

赵顾："如果我没记错的话，鞋垫黄这外号就是你给他起的。"

而就在许喵喵心中的天平渐渐从鲍家国向黄进倾斜的此时此刻，她有很多事并不知道。

一来，她不知道她卖了假货还硬刚搞不好是要负法律责任的。总裁文大神笼中鸟，也就是鲍家国压箱底的套路如下——总裁，就没有用钱搞不定的事！但是他笔下的总裁们随便签一签文件便能赚上十几个亿，而他只能靠从日更八千字到日更一万两千字。他要用钱帮许喵喵退款、赔偿人家的精神损失费，甚至请律师。

二来，许喵喵不知道黄进对她全部的好，也就仅限于暗中送她回过几次寝室了。对，还有在双岭山上给她洗了次头。

黄进是喜欢她不假，但多的是这种男生，一边觉得自己喜欢上了某一个女生，又一边毫无作为。要么连试都没试过就觉得自己没戏，要么就是还有太多事比谈恋爱重要：是篮球和游戏不好玩，还是寝室和被窝不舒服？不急，等舒服完了再说……

而黄进除了毫无作为，今天，他在把许喵喵送到楼下后，甚至一扭脸就对一个小学妹目不转睛了：好清纯！他完全不记得许喵喵在两年前比这个小学妹清纯一万倍，这是多大的忘性！

这时，陈迷人收到了白冉的微信：见个面？

陈迷人：我回学校了。

白冉：我就在你们学校。

十分钟后，陈迷人和白冉在男女生寝室楼中间见着了面。

白冉将陈迷人上下一打量："瘦了？"

陈迷人讪笑："失恋嘛。"紧接着一拍脑袋，"哎呀，我忘了通知你了，你让我分手后第一个通知你的。"

白冉大人大量地一摆手："算了，我知道得也不晚。"

的确，在钟未和陈迷人分手的第二天，白冉就知道了。

那天，钟未的父亲钟昌国受邀出席一个明星云集的慈善晚宴。作为一个宅男，钟昌国一如既往地选择了缺席。另外受邀的还有白冉的父亲，而白冉陪同父亲出席。白冉没想到会碰上钟未，更没想到在钟未的身边还有一个漂亮女孩子。

敌不过白冉的夺命连环call，钟未中途离席在宴会厅外对白冉和盘托出,包括他将陈迷人错认成曹佳儿,也包括陈迷人为他找到了曹佳儿。白冉目瞪口呆,问了一句:"然后呢?"

钟未答:"然后?然后分手了。"

就这样,白冉想当然地以为是钟未甩了陈迷人这个冒牌货。

再回到宴会厅后,白冉连明星都不看了,光顾着看曹佳儿。

这个漂亮女孩子和她的预设完全不一样!又或许是先入为主了,她觉得陈迷人那种"套马的汉子"才是标杆。哎,可怜她熬走一个陈迷人,又熬来一个曹佳儿,这什么时候才能熬出头,熬到她啊?

曹佳儿是整场慈善晚宴笑得最甜的一个。追星 girl 嘛,有什么比明星云集更可遇不可求的?感谢钟未,不但帮她搞到了 VIP 席的请柬,还答应了陪同她前来。更加感谢陈迷人,没有陈迷人,就没有钟未嘛。

男女生寝室楼的中间人来人往,再加上校草钟未和锦鲤 OK 姐分手的新闻仍在发酵,陈迷人听白冉讲述完以上种种,脑补了一下钟未和曹佳儿金童玉女的画面,又悲从中来,按捺住,拉着白冉往僻静处躲了躲:"你怎么来了?"

"曹佳儿不能来,我还不能来啊?你都不知道钟未他们屋脏成什么样了。"

"呵呵呵……"

陈迷人当然知道,当初,她田螺姑娘不是浪得虚名。反观白冉,刚刚是指挥着钟未的三个室友来了一遍大扫除,也算是教导有方。

陈迷人又按捺不住:"曹佳儿怎么不来?回韩国了吗?"

白冉耸耸肩:"那谁知道。不过,也没人规定女生一定要帮男朋友套被罩。"

男朋友!这三个字又深深地刺痛了陈迷人,她要速战速决了:"你找我有什么事儿吗?"

"怎么,连声姐都不喊了?"

"姐。"

白冉真心实意地攥了一下陈迷人的手："哎，也没什么事儿，就是觉得还是你好。"

白冉话没说全，说全了的话应该是：如果钟未一定要从你和曹佳儿中间二选一，那还是你好。

毕竟，那场慈善晚宴结束后，钟未有把曹佳儿介绍给白冉。曹佳儿对白冉投去的一瞥也就零点零一秒，目光便又去追寻一个个顶级流量了。

这也太没礼貌了吧？白冉好歹是姐姐，差点儿没呕出一口老痰。

翌日，第一节课是数据通信。

大学读到第三年，多少人却还是像高考填报志愿那会儿一样懵懂。信管系，当初只觉得这名字走路带风，尽管偶尔也会被人问"那将来是不是在网吧工作"（那是网管好吗？谢谢。），也自认为好过纺织和畜牧专业。却不料，这读了两年反倒把自己读晕了，根本不知道路在何方。

绰号程序猿的男生稳如泰山，绰号手表的男生第一个后悔了，说当初还不如报个殡葬学或者母猪产后护理专业，据说可好就业了！

没错，虽然和两年前一样懵懂，但至少不再安于现状。除了专业要求的英语四六级和计算机等级考试，众人或明或暗地将教师、律师、公关员等等五花八门的资格认证提上了日程，更划分出了考研派和留学派。

别光说什么一粒老鼠屎坏了一锅粥，反之，有了一只领头羊，信管系18班全班严阵以待。

第一节课的出勤率那叫一个喜人，机不可失，老师郑重其事地点了名。

前面的张三李四就一笔带过了，后来，陈迷人的名字紧跟着钟未的名字，本来岁月静好的教室里泛起了一阵阵唏嘘。

二人的座位如下：陈迷人在左前方，左边是许喵喵和鲍家国，右边是罗思和赵顾。钟未在陈迷人的右后方，左右两边都没人。

本来,黄进是挨着钟未坐的,后来觉得怎么越坐越冷啊,像挨着一座冰山似的,便告辞了。

包括黄进在内的众人都觉得:哎,这"上错床"的分手注定连朋友都做不成了。她恨他无情无义变了心还要假借她的口提出分手,这无异于得了便宜还卖乖;他恨她既然都提出分手了又何必把来龙去脉闹了个沸沸扬扬被人看笑话。真是公说公有理,婆说婆有理。

至于陈迷人,之前有试着解释,说事情不是这样的。那众人当然会问:"那是哪样?"

陈迷人千言万语也只能化作一句:"反正不是这样!"

反正也没人在意她的解释,流言蜚语的本质本来就是顺应看客心理。

而此时此刻,陈迷人听到自己的名字紧跟着钟未的名字,好一阵娇羞带怯。那感觉就像上小学时,看到自己的作业本恰好和喜欢的那个男生的作业本摞在一起。

老师是个局外人:"陈迷人? 陈迷人到了吗?"

许喵喵捅了陈迷人一下:"傻笑什么呢?"

"到了。"

哇哦……为什么哇哦? 因为这一声"到了"不是出自陈迷人之口,也不是她的三个好姐妹伸出援手,而是钟未的神来之笔。

他看似漫不经心地翻着课本,实则却是一半心思预习完了第一章,另一半心思在陈迷人身上。他看不到她的脸,但不用看也知道她在开小差,那一声"到了"便脱口而出。

陈迷人这才如梦初醒,一回头,对上钟未也刚刚才抬起的眼睛。

老师也是怪较真儿的:"你是陈迷人?"

有人接了个茬:"的前男友!"

哗! 这无异于一盆冷水泼下来。

钟未心想:是啊,她和他分手了,且请他和她保持一下距离。

陈迷人心想：是啊，他是她的前男友了，且他有了新女友。

据白冉推测，曹佳儿在他和她分手的当天就取而代之了。不，不能说取而代之，是"官复原职"才对。转天，俩人不就手拉手去了慈善晚宴？这让陈迷人直后怕：幸好！幸好她没有和他去海边。他有了新女友，大概只会丢她去喂鲨鱼吧？

对了，就在前两天，曹佳儿还更新了一条在海洋馆喂海狮的朋友圈，尽管照片中只有曹佳儿一张花容月貌的脸，但拍摄照片的人，是他吧？

一个是喂鲨鱼，一个是喂海狮。看似差不多，实则是天壤之别！

就这样，钟未和陈迷人的四目相对咔嚓就被切断了。

直到下课后，有人发现国际经贸系的杜小越在教室的最后一排蹭了一节课。他说是走错教室了，但实际上，他觉得这数据通信会不会对他的人脉网有帮助啊？就好比这个人是信源，那个人是信宿，那他的人脉网就是信道啊！他必须与时俱进，否则，无论他的人脉网如何越织越大，他也就是个流动的居委会。

这时又有人发现，钟未看杜小越的眼神不友好。

杜小越心虚：大……大哥，不会是要翻旧账吧？

果然，钟未一开口就更不友好了："你说你走错教室了？"

"啊，起晚了，"杜小越硬着头皮，"一着急就走错教室了。"

钟未一步一步把杜小越往死角里逼："你跟这儿影射谁呢？"

叮！围观的众人纷纷开了窍。杜小越说他走错教室，这不就是影射钟未在酒店进错了房间吗？高，这二人实在是高！杜小越骂人不带脏字，钟未明察秋毫！

但实际上，杜小越真没那个熊心豹子胆啊，他不过是随口一说，冤枉，冤枉啊！

也只有陈迷人知道，钟未那不是明察秋毫，是小心眼儿。这个记仇boy算是摘不下对杜小越的有色眼镜了。

眼看钟未要对退无可退的杜小越挥拳头,陈迷人冲上前去,大喝一声:"慢着!"

钟未看向陈迷人,无声道:你替他求情试试?

杜小越也看向陈迷人,无声道:OK姐,不,OK姑奶奶,您快别替我求情!就算钟未和您分手了,我也不敢跟您扯上关系啊……

鸦雀无声中,众人只听陈迷人清了清喉咙:"大家别忘了一卡通都要去刷新一下,别中午到了食堂用不了!"

喊……好一个高开低走。

钟未给了杜小越一个"你好自为之"的眼神让他慢慢体会便扬长而去,杜小越跟着脚底抹油,都没敢对陈迷人说一声谢谢。众人跟着散去。

陈迷人跑到厕所里,飞快地输入了一条微信,内容如下:我才不是为了杜小越,我是为了你。本来就很强大的你如果能拥有更宽广一点的胸怀,你会变得更强大。还有,本来就很帅气的你不需要靠发飙来加分。

这一条微信发送的对象当然是钟未,但最后,陈迷人又一字字地删除了。

现在说这些还有什么意义?他的强大和帅气都与她无关了。现在,他的胆小要由曹佳儿守护了,他的抠门儿倒是会把他在乎的人排除在外,他这个记仇boy也要由曹佳儿来循循善诱了。

中午,陈迷人和三个好姐妹去食堂吃饭,一向手头紧的赵顾说请客,还跳过了大锅菜,直奔董大勺的地盘。

遥记得赵顾和第一任学长男朋友石侯分手后,石侯说赵顾没心,但其实不然。其实,赵顾比谁都有心。一方面,她的老家是个小地方,她虽然没挨过饿,也没什么重男轻女的爸妈,但渴望从小地方飞向更广阔的天空,这也是人之常情。她是个学霸不假,但不像钟未的信手拈来,她的成绩完完全全是靠时间和精力堆出来的,真的挺累的,所以,她需要一根保险绳。男朋友谈到现在是第三任了,从学长到研究生,再从研究生到留学生,对赵顾而言,这无疑是一根越来越粗的保险绳。

而另一方面,她本来觉得她是个冷淡的人,从小到大,和家人、朋友都相处得不好不坏。上大学前,她更是计划把全部的时间和精力都投入到学业和前途上,却不料三个室友一个比一个搞笑:陈迷人就不用说了,时至今日,那活脱脱就是一条"自杀型锦鲤"。许喵喵漂亮,但漂亮得悲剧:论脱单,是最晚脱单的一个;论努力,一切努力又都被漂亮抹煞了。而罗思是她最无法理解的一个。当她无比渴望更广阔的天空时,罗思却在为了步入一个小小的家庭而奋斗?也正是因为无法理解,才更要一探究竟。

总之,越和这三个室友相处,她越觉得她恐怕不是个冷淡的人,是外冷内热才对。现在,陈迷人失恋,许喵喵主播事业遭遇滑铁卢,罗思和方茂不进反退地从地上转为地下,就剩她一个人芝麻开花节节高,她手头再紧,也得意思意思。

话说从上学期开始,董大勺的厨艺突飞猛进。别人不知道个中原因,陈迷人总能猜个八九不离十。

从上学期开始,或者说从双岭山的集体骑行赛后,邹莲邹老师就越来越有女人味儿了。有一次,陈迷人看见邹莲在某教学楼的楼顶对着粉饼盒上的小镜子拔一根白头发,拔了半天拔不掉。陈迷人说了一句"我来吧",胆大心细地解了邹莲的燃眉之急。邹莲问她来这儿干什么,她说背单词。邹莲要走,她说别,先来后到。然后,她一下楼就看见董大勺往这个方向跑来,一边跑,一边从裤兜里掏出一瓶欧莱雅男士往脸上糊,糊完还拍了两下,有助于吸收。

还有一次,陈迷人去办公室找邹莲,汇报信管系18班向内蒙古捐赠树苗的事。邹莲一不小心把淘宝打开了,淘宝又一不小心推送了一条广告,陈迷人一看,情趣内衣……邹莲脸腾地红了:"这都是什么乱七八糟的!"

陈迷人临危不乱:"这款还挺好看的。"

"好……好看?"邹莲试探性地问了问年轻人的审美。

年轻人陈迷人脸也腾地红了:"嗯,好看!"

总之,胆大心细嘴又严的陈迷人知道邹老师的女人味儿、董大勺厨艺的突飞猛进一定和二人的旧情复燃分不开,却也为他们保守了这个秘密。

再说回到赵顾请客的今天。

除了赵顾点的四道菜之外,董大勺赠送了一盆西湖牛肉羹。

陈迷人苦中作乐:"怎么不是酸辣汤了啊?"

"不好意思,我们董家祖传的'别难过明天又是新的一天酸辣汤'每天限量供应一份,今天那一份售罄了。"董大勺人逢喜事嘴真贫。

罗思八卦了一句:"是谁啊?到底是谁能在今天比我们老大更需要你们董家祖传的吧啦吧啦酸辣汤?"

"保密。"董大勺做了个大家慢用的手势便去忙了。

另一边,在食堂仅有的三间包厢中,有两间空着,还有一间坐了一个人——钟未,在吃着一份红烧排骨饭。

严格来说,这三间包厢是在有领导来视察,或者各个班级和社团在有重大活动时才可以申请使用的。今天,也算为钟未破了例。就在刚刚,钟未去申请使用包厢,对方问他用途,他说他想一个人吃顿饭。对方面露难色,钟未便又问了一遍:"我就是想一个人安安静静吃顿饭不行吗?"

行!对方是钟未的一个阿姨粉,管着食堂这一亩三分地,顿时觉得人孩子准是遇上什么难处了,想一个人静一静怎么就不行了?行,太行了!更何况人孩子没少为学校做贡献……

而此时此刻,在钟未的手边,是一盆酸辣汤。

五分钟前,是董大勺亲自端来的这一盆酸辣汤。

钟未一头雾水:"这是什么?"

董大勺以过来人的姿态双手环胸:"测谎剂。你一口气喝下去,如果冒出来的是汗,那就一身轻地赶紧跟过去说拜拜。但如果流下来的是泪,你亡羊补牢说不定也还来得及。"

钟未用勺子搅了搅:"这不就是酸辣汤吗?"

"我说你这人可真没劲,"董大勺像是一拳打在棉花上,"就这还校草?"

"等等,"钟未叫住转身就要走的董大勺,"你跟我说这些干吗?"

董大勺没回头,嘟嘟囔囔道:"谁让她当你们都是自家熊孩子,那我就有义务让你们少走些弯路。"

这会儿,钟未漫不经心地尝了一口酸辣汤,没尝出什么名堂,仍满脑子都是一件事——陈迷人瘦了。

没错,自从上课时他和她对视了一眼,他就满脑子都是:怎么办,怎么办,她瘦了这么多可怎么办?

钟未不得不承认,脸小了一圈的陈迷人变漂亮了。但这算什么?他每天郁郁寡欢得都快头不梳脸不洗了,她凭什么变漂亮?更重要的是……瘦太快她身体吃不吃得消?

终于,钟未一通电话把黄进叫了来,黄进一进包厢先嚯了一声:"这要是吃饭吧唧嘴都得有回声吧?"

钟未把桌子上的一卡通向黄进推了推:"帮我个忙,去把红烧排骨包圆儿了,给许喵喵她们那桌送去。"

"不会吧钟未,你要追喵喵?"

钟未一个眼刀飞过去,放掉了黄进脑子里的水。

"哦哦,你的意思是给OK姐送去吧?"

钟未默认。

"不会吧钟未,你要吃回头草?"

钟未说话间要收回一卡通:"算了,你当我什么都没说。"

"别别别,"黄进抢下钟未的一卡通,"兄弟我保证办事得力!不过,我刚看还剩下半盆红烧排骨呢,我自己留两块吃不过分吧?"

钟未最后只说了四个字:"别说是我。"

就这样，黄进财大气粗地包圆儿了半盆红烧排骨，馋得排在他后面的同学们吃人的心都有了。接着，他和大师傅两个人抬着半盆红烧排骨往陈迷人和许喵喵那一桌一撂："来来来，新学年新气象，我祝各位都能像这红烧排骨一样富得流油。这个富是丰富的富啊，学业、感情和生活都非常多彩，好不好？吃吧，别客气！"

赵顾说请客是真，但手头紧也是真，点了四个菜全是素的。

这香喷喷的肉味一扑鼻，许喵喵先咕噜咽了一口口水，再去看黄进，只觉得帅，帅爆了！百分之百，这是黄进对她的一片心意。而且他在她面前嘴皮子越来越好使了啊，不像以前都说不出个整句来，这进步真是太可喜可贺了。

这时，黄进补充了一句："OK姐，多吃点儿！"

这话黄进说者有心，许喵喵听者无意，但陈迷人听者有意。

看那半盆连肥带瘦，上面还漂着一层油花的排骨，陈迷人觉得这更像是黄鼠狼给鸡拜年。讲真！哪个男生对女生示好会送红烧排骨，还一送就送半盆？这都不是直不直男的问题了，这是脑子的问题。那么，很有可能这是一场恶作剧。再鉴于黄进点了她OK姐的名，很有可能对方是冲她来的，也就是钟未……

陈迷人小心翼翼地用筷子扒拉了一下那半盆可疑物——倒也没虫子。

一转眼，黄进挥挥手告辞了。而适才，他在包圆儿红烧排骨时不但给自己留了两块，还给他昨天一见钟情的那个清纯小学妹也留了两块。

他也算是绅士吧？人家就排在他后面的后面，总不能让人家入学没多久连口肉都吃不上吧？

清纯小学妹谢谢还没说完，黄进就一溜烟儿跑了。

总之，为什么在许喵喵面前出口成章了？那是因为他跟别人羞答答去了。

后来，红烧排骨也好，可疑物也罢，陈迷人真没少吃，一块接一块。

她觉得就算这是钟未黄鼠狼给鸡拜年，她乖乖打了这个鸣就是了。他记仇,她让他报仇就是了。不就是吃吗?不就是吃到吐吗?不就是吃到吐再接着吃吗?

咦?陈迷人才走了个神回来,再一看,半盆红烧排骨就所剩无几了?三个好姐妹的战斗力也真不是盖的!

这一幕,自然被包厢里的钟未尽收眼底。他从门缝中看陈迷人狼吞虎咽,真是看在眼里,美在心里:就是的!你还在长身体的时候,营养得跟上。照这么个吃法,你明天胖个三斤都算客气的了,哈哈哈……

但美着美着,钟未又眼圈一红:还是想她啊……想和她面对面讲些有的没的,想无论多累的时候只要脑海中一浮现她就会会心一笑,想催她奋进,但也不在乎她是不是朽木不可雕,反正天塌下来有他顶着,反正她只要在他身边就好。

翌日。

太让钟未失望了,陈迷人一上秤,不但没胖个三斤,还掉了二两肉。

三个好姐妹啧啧称羡:"失恋真是个体力活!"

而也是从这一天的一大早,有人听见从陈迷人、许喵喵、罗思和赵顾的寝室里传出了军训般的口号声,再一仔细听,听见她们好像是在喊什么"想变美,先减肥""想进步,多读书",诸如此类。

众人没听错。鉴于一个寝室的四分之三目前都不满意于现状,那么,前一晚卧谈会的主题便是如何改变现状。结论分为两部分:一、由许喵喵带领大家变美,具体分为减肥、塑形、护肤、美妆和穿搭五门课程。二、由赵顾鞭策大家好好学习,这一次的英语四六级考试,赵顾连六级都过了,许喵喵四级考了428分也只能算是点儿正,而陈迷人和罗思点儿背不能赖社会,只能赖自己肚子里的墨水不到位。

总之,渣男们靠边站,我们小仙女要内外兼修了!

而当天,微博上就有了以下这一条热搜:九成大学生减肥半途而废。

陈迷人差点儿以为这是钟未为了打击她的积极性不惜下血本买的热搜,再一看评论,第一条热评是"何止是减肥,大学生干什么不是半途而废",第二条热评是"我唯一能坚持的就是每天坚持给手机充电"。

真是的,瞎说什么大实话!

好在一抱团取暖,坚持也就没那么难了。

个把月后,陈迷人把各种食物的热量烂熟于心,一日三餐斤斤计较到小数点;罗思每天晚上靠墙站半小时再趴半小时的大青蛙,改善驼背和O型腿;赵顾区分了水乳霜和精华等一系列瓶瓶罐罐的作用并学会了使用化妆棉。

以上减肥、塑形和护肤课程都属于一对一教学。至于美妆和穿搭,许喵喵计划进行集体授课,毕竟三人都是重灾区。

与此同时,赵顾这个监工也是尽职尽责。像英语四六级和计算机等级考试这样的重中之重就不用说了,就拿上一节的网络营销来说,老师才一提问,底下有四个女生抢答,连老师都吓了一跳好吗:这是穿越到了小学吗? 不然大学里且非必修课的提问不都是老师的自嗨吗?

而那四个女生当然不是别人,只因为赵顾说了,这一节课谁表现好,谁晚自习就能提前十分钟回寝室洗漱——那必须争先恐后地表现好! 第一个洗漱再敷上个面膜,就能做一个水水嫩嫩的元气girl。

总之,陈迷人的失恋就在这样两手都要抓,两手都要硬的生活中化作了一道隐匿的却从没有好转的伤口。

优秀的是,她没有沉迷于钟未的朋友圈和微博了。(还不是因为人家不更新?)

失败的是,她通过曹佳儿的朋友圈和微博,知道曹佳儿回了韩国,但没过两天又回来了。

异地恋好玩是吧?"嫉妒使人丑陋"的时候她也会想:坐飞机好玩是吧? 人家是充电五分钟,通话两小时,活该你们相亲相爱五分钟,奔波一整天。

但只要能战胜"嫉妒使人丑陋",她更多的时候还是会想:他们真的是天造地设的一对,祝福!

就这样过了个把月,有一天晚自习的时候,陈迷人收到了钟未的一条微信:赵顾有麻烦了。

无关她和他的个人感情,也就无关原则性问题。当即,陈迷人回复道:出什么事了?

钟未:见面说。

陈迷人:我在图书馆。

钟未:十分钟后,老地方见。

陈迷人:老地方?

钟未:如果你连老地方都不记得了,那就不用见面了。

陈迷人:⋯⋯

一边手忙脚乱地收拾着书包,陈迷人一边嘟囔:"真是的,都分手了,谁还吃你这一套啊?爱见不见!不见就不见!"

旁边的罗思问道:"你嘀咕什么呢?"

陈迷人张嘴就来:"赵老师不是让咱们每人写一份未来三年的计划吗?我在对自己的灵魂发出拷问。"

罗思若有所思地点点头:"我也是想破头都想不出。"

对面的赵顾问道:"晚自习还有半小时才结束,你这是要在我眼皮子底下早退?"

陈迷人目光一暗。钟未说赵顾有麻烦了,不可能是无中生有,那么但求⋯⋯别是什么大麻烦。

陈迷人对赵顾一敬礼:"赵老师,我请假半小时,熄灯后补上。"

赵顾不上当:"熄灯后还怎么补上?"

罗思抢答:"可能是黑暗更有利于对灵魂发出拷问。"

陈迷人争分夺秒地跑了。钟未说十分钟后见,万一他说到做到呢?万一他过了十分钟就不见了呢?是,她是嘴上嘟囔着不见就不见,但我问你,口嫌体正直是不是人类的通病?

钟未坐在一辆报废的自行车后座上,不断调整着坐姿。

没错,他说的"老地方"便是中北大学学子湖畔这一处废弃的自行车棚。这是他和陈迷人拉开序幕的地方,后来,二人便再也没有来过。

把一个只来过一次的地方称为老地方,他也知道有点儿难为陈迷人,但他总不能说"来我们梦开始的地方"吧?

而他之所以不断调整着坐姿,不是为了舒不舒服的,但求一个"帅"字。毕竟,宝藏女孩儿陈迷人在瘦……也就是在白瘦美的道路上一去不复返,他如果不能把一个"帅"字发扬光大,那真会满盘皆输。

时间过去了九分半,钟未听见了陈迷人的脚步声。他听见她一溜小跑,却再也不像小坦克成精,那脚步声急忙却又静悄悄的。

也对,她为了减肥,养成了夜跑的习惯。从最初动不动就累成一摊烂泥,到如今,她跑完四十分钟后拉一拉伸,脚丫子还能扳到头顶上。

夜色中,他侧对着她,用余光看她停在距离他两米的位置,一撩头发,再一扶书包的背带。举手投足,真好看……但距离两米是什么意思?怕他会吃了她?

陈迷人平复了一下呼吸:"还真是这儿。"

"不然还能是哪儿?"

"钟未,你能不能别总像吃了枪药似的?"

猛地,钟未一站,真白白浪费了那调整了半天的坐姿:"陈迷人,你是怎么做到这么理直气壮的?"

陈迷人不由得又后退了半步:"我……我错了,我这辈子都对不起你。不过,咱们先一码归一码,你先说赵顾怎么了。"

"你就是为了她才来的吧?"钟未问道。

陈迷人反问道:"不然呢?"

她在心中呐喊：不然我是来瞻仰前男友的"遗容"吗？古人云，前男友就只当他死了，前男友再有了新女友，那就更死得透透的了。

"彼此彼此。"钟未双手一握拳，藏进了裤兜。

"什么？"

"我也是为了赵顾同学才找你。"

钟未也在心中呐喊：对！不能！我不能对你无事献殷勤，颜面倒还是其次，我更怕把我们曾经的美好狗尾续貂。所以我一直在等这样一个机会，所以谢谢赵顾给了我这样一个机会！

钟未没有再拖泥带水："赵顾同学的男朋友Dylan之前吸过大麻。这在他们的国家合法，不代表在中国合法，更不代表没有危害性。如果赵顾同学不知道这件事，我觉得她有知道的必要；如果她知道，我觉得你是不是也应该给她敲一下警钟？"

当即，陈迷人眉头一拧。这……还真是个大麻烦。

她不由得向钟未迈了一步："你确定？"

钟未一分心：这距离还差不多，再近一点点就更好了。

于是，他装模作样道："嗯？"

陈迷人上了当，又向他迈了一步："我是说，这么大的事，你可别搞错了。"

"我确定。"钟未的目光在陈迷人的脸上巡视，"他和我一个朋友混进了同一个圈子，我朋友知道他是中北大学的，就和我提了一句。"

月色下，他又词穷了，只觉得她真好看啊……白皙的皮肤上似乎连个毛孔都没有，额前那细细的绒毛看得人心里痒痒的。是因为瘦了吧？一对黑眼珠又大又亮。一定是因为瘦了，那下巴小巧玲珑的一个，捏在手里稍稍一用力就会碎吧？更要命的还是那两片微张的粉唇，她如果此时此刻再给他来个忠言逆耳，他发誓他会亲她。

钟未不是外貌协会。过去，他也从没有一刻觉得陈迷人不好看。但如今，她出落成这样是不是也太考验他交织的人性和兽欲了？

"好,我知道了。"陈迷人点点头,秀发一滑,又被她轻轻别到耳后。

钟未的喉结上下一滚动:"知道了就完了?"

"谢谢你。"

"谢谢……就完了?"

陈迷人吸了一口气,空气中一旦混合了钟未那清冽的气息便令她鼻子一酸。她速速退开两步:"那你还要收情报费吗?"

很好,除了精神损失费,她又给他发明了个情报费?除了钱,她对他无话可说?

很好,他又被她激怒了:"你可以走了。"

那冷漠是他的防线,但那冷漠击穿了陈迷人的防线。她在眼泪掉下来之前一转身,嗖的一声就没影儿了。

钟未在心里说了第三个很好:她走得还真是迫不及待。

第十二章
逃不出噩耗使者的手掌心

后来,谁也不知道过了多久,陈迷人又跑了回来。钟未还坐在那一辆报废的自行车后座上,背有些佝偻,垂着头,十指松垮地交握着,一动不动。

"喂!"她喊了他一声,他这才知道她回来了。

她有些喘:"你那个朋友,就是你说和Dylan混在一起的那个朋友,你也离他远一点吧。我知道你洁身自好,但有时候近墨者黑不是你能控制得了的。我代表中北大学全体师生,不准你近墨者黑。"

语毕,跑!

钟未把陈迷人的话句句都听进去了,他更把她一双比兔子还红的眼睛看在了眼里。

她是……哭过了吗?为什么?

顿时,钟未管不住自己的脚了——追!她养成了夜跑的习惯又如何?他瘦死的骆驼比马大,让她五十米,也能在五十一米之内将她"缉拿归案"。他倒要让她说说看,她为什么哭、凭什么哭?他还没哭呢。

却不料,还是慢了一步!钟未在看到了陈迷人的背影的同时,也看到了一个男生将她拦了下来。

他知道那个男生——苏豪铭,旅游系,大四,本地人,家境普通,长相比普通稍好一点点,但也就那样,校足球队的替补(必须强调是替补)前锋,成绩中上等,和上一任女朋友分手有大半年了……总之,没有亮点,但是也没有硬伤。

他为什么知道这么多? 因为他知道苏豪铭对陈迷人图谋不轨!

而据他所知,除了苏豪铭,还有一个大一的学弟和一个大三中文系的系草替补(注意,也是替补)也对陈迷人有图谋不轨的苗头。

真是反了他们了! 莫非他钟未这个前男友的威望只能镇住区区大三的信管系,出了这一亩三分地,就没人把他当根葱了?

对此,钟未当然没有坐以待毙。

他最先接触了那个大一的学弟,什么都没说,只是帮他搞来了一封推荐信,继而占了一个实验室助理的名额。学弟在感激不尽的同时,想了想这是为什么,结论只有一个:离陈迷人远一点?

后来,他又接触了那个大三中文系的系草替补,也什么都没说,只是扒出了他两篇论文抄袭。系草替补在改过自新的同时,也想了想这是为什么,结论也只有一个:离陈迷人远一点!

他才把两个蠢蠢欲动的苗头扼杀在萌芽之际,却让这苏豪铭钻了空子?

远远的,钟未只见苏豪铭也不知道跟陈迷人说了什么,陈迷人就笑得直捂嘴。她一直都是心善的人,对方讲的笑话再冷,她也会捧场。如今再加上人美,那谁能受得了人美心善的诱惑啊?——是啊,如今她一颦一笑都是赤裸裸的诱惑!

又只见苏豪铭一只手在背后鼓捣了半天,鼓捣出一支……红玫瑰?

钟未黑人问号脸。这魔术搁在二十世纪都嫌土好不好? 如果陈迷人连这都能捧场,他马上跪地给苏豪铭当当当磕三个响头!

但话说回来,能不冒的险……还是不冒为好。

就这样,在苏豪铭即将把那一支红玫瑰"变"给陈迷人的一刹那,钟未从后方挤到了二人中间。他只是轻轻擦过陈迷人的肩膀,却差点儿把苏豪铭撞了个狗啃泥,真的是厚此薄彼!

苏豪铭吓了一跳,手中的花掉在了地上,被他自己一脚踩过去。

夜色中,陈迷人没注意到那花。

太尴尬了!苏豪铭好歹是校足球队的替补前锋,用外脚背将那花向远处拨了三米。神不知鬼不觉,这魔术也就算变过去了。

钟未更像没事人似的,眼观鼻,鼻观心:"你还不快去?"

陈迷人和苏豪铭双双一怔。

"一口一个好姐妹,却不急人所急?"钟未阴阳怪气。

陈迷人这才知道钟未指的是赵顾的事。关键是,这会儿赵顾和罗思在图书馆,Dylan总不能跑到图书馆来拖赵顾下水吧?那她陈迷人也就不用急在这一时吧?那他钟未这明摆了是没事找事吧?

尽管如此,陈迷人还是抱歉地对苏豪铭笑了笑:"我还有事,那我们改天再聊?"

苏豪铭除了道一声拜拜,别无他选。

陈迷人一走,便剩下钟未和苏豪铭二人狭路相逢尿者退。苏豪铭虽然没和钟未有过直接接触,但光是耳闻也绰绰有余。他板着脸一伸手,自报了家门:"苏豪铭。"

钟未一笑,将手搭上苏豪铭的肩膀,称兄道弟:"你要追她啊?"

咦?顿时,苏豪铭暗暗在心里打了个问号。

钟未这不像来者不善,善者不来啊……也对,不都说兄弟如手足,女人如衣服,或许钟未没把衣服当回事儿,那他再板着脸会不会太小肚鸡肠了啊?就这样,他卸下了所有防备:"呵呵,爱美之心,人皆有之嘛。"

"是是是。对了,我这儿有好多她的照片。"钟未一边说,一边打开了手机相册,"你看,这是她上课打瞌睡的时候,可以说是她的日常了;这是她才结束啦啦队的训练,每次都是她关灯、锁门,最后一个走;这是她拎着全寝室的早点,谁吃辣,谁不要葱,谁加糖,她背得比四级单词熟多了。你再看这个,这是我们班和商英系一个班进行集体骑行赛,她难得有这么一张游客照。她总说自己不上相,一直不爱拍照片。"

苏豪铭不知道钟未葫芦里卖的什么药,但照片就举在他眼前,他看也得看,不看也得看,也就看了。看着看着,他脸色就不好看了。直到钟未结束了发言,轮到他了,他憋出一句:"呵呵,要么说'一胖毁所有'嘛。"

"是吗?"钟未手机屏幕一暗,随之眸子也一暗。

这不是他要的答案。他之所以将他的珍藏拿给苏豪铭看,不是为了让苏豪铭看陈迷人"减肥前"和"减肥后"的对比图的,相反,他是为了让苏豪铭知道陈迷人除了有一张好看的脸之外,还有更好看的灵魂。

毕竟,相较于那个大一的学弟和那个大三中文系的系草替补,苏豪铭的总分还是略胜一筹的。如果……他是说如果陈迷人和他真的结束了,他当然希望她有更好的选择。但显然,苏豪铭是个垃圾。

就这样,他收回了搭在苏豪铭肩膀上的手,一字一句都是绵里针:"我跟你商量个事儿?"

"什么事儿?"

"你别追陈迷人了。"

"钟未,你们俩不是都分手了吗?"

"是,是分手了。"

"那这事儿就不归你管了吧?"

"我这不是跟你商量呢吗?"

"那你给我个理由。"

"理由?这不明摆着的吗?你不配。"

苏豪铭不是个软柿子,被钟未这么来来回回一调戏,火冒三丈:"我配你大爷!"

后来,二人拳脚相向。

是的,一个出拳,一个出脚,几乎在同一时间,你挥中了我的腮帮子,我踢中了你的迎面骨。

双方都有把子力气,又都毫无保留,电光石火间,他疼,他也疼,也就到此为止了,造就了史上最短的一场干架,甚至都没来得及引人注意。

短归短,但苏豪铭松了口:"行行行,算我看走眼!"

钟未第二拳高高举起,苏豪铭这才又改了口:"好好好,算我不配!"

"什么叫'算'?"

"得得得,就是我不配,满意了?"

满意!收工!

与此同时,陈迷人和罗思、赵顾先后回到了寝室。陈迷人不便当着罗思的面,也不便背着罗思和赵顾说悄悄话,只好给赵顾发了条微信,将钟未的情报一五一十地转达给了她。一向稳重的赵顾一瞪眼,再一皱眉,最后嘴巴闭了闭紧,也就等于了"一脸震惊"。显然,她对此并不知情。

许喵喵这时也回来了,罗思随口问了一句:"鲍家国送你回来的?"

许喵喵冷笑:"他什么时候送过我?有送我那五分钟,多码个两百字不好吗?"

陈迷人旁观者清:"喵,这可就是你的不对了,你那假面膜的窟窿可是鲍家国用钱帮你堵上的。"

"他堵上的除了窟窿,还有我的心!说来我们俩也都是有粉丝的人,都知道粉转黑有多可怕,多不讲道理,多狮子大开口。他凭什么助长她们的狮子大开口?整个总裁文界都知道笼中鸟是宠粉狂魔,可我现在不是他的粉丝,是他的女朋友,我现在需要宠妻狂魔!"许喵喵越说越来气,"我还不如就当个粉丝,他现在日更一万两千字!"

陈迷人、罗思和赵顾一对视,一切尽在不言中。

许喵喵和鲍家国……这是凶多吉少了。

她不喜欢他了，才会看不到他在为她"卖命"。他明明选择了一种对她最好的方式，她却怪他没陪她，没对她说上几句甜言蜜语，没送她到楼下。

不都说爱情不讲道理吗？是真的不讲。喜欢就盲目，不喜欢就看不到。而盲目和看不到有着天壤之别，一个是众人皆醒你独醉，另一个是选择性失明。

不多时，赵顾深呼吸一下，道："罗思、喵喵，我跟你们说个事儿。"

罗思和许喵喵抬眼，赵顾口干舌燥："Dylan他……曾经抽过大麻。"

上了床的罗思一个翻身坐起来："你是说吸毒？"

赵顾在书桌前摸摸这儿，擦擦那儿："在他们国家抽大麻和吸毒是两码事……不过，我觉得这事儿你们和我一样享有知情权。"

"这事儿你怎么知道的？"许喵喵问道。

"老大告诉我的。"

"那老大怎么知道的？"许喵喵又问道。

赵顾没说话，罗思和许喵喵便看向陈迷人。

换陈迷人深呼吸："钟未告诉我的。"

而无须其他人多嘴，陈迷人便问了自己无数遍：为什么？钟未为什么要这么做？是，他是神通广大，知道点她们不知道的事不奇怪，和赵顾同学一场，仗义执言也不奇怪，但他为什么要多此一举地让她做个传话筒？

当晚，陈迷人做了一个梦。她梦见钟未笑着对她说："你说为什么？因为我想见你啊。因为我超级想见你啊。"

真是个美梦。

巧的是，当晚钟未也做了一个梦。他梦见他还是给苏豪铭看了陈迷人的照片，而苏豪铭没有说"一胖毁所有"。他梦见苏豪铭看着陈迷人的照片含情脉脉地说："真遗憾没有早一点认识她，好在，现在也不晚。"

老天啊，这就是他要的答案！

但下一秒，他梦见他还是打了苏豪铭，一边打一边说："你没什么好遗憾的,别说早一点了,你早八点认识她也没用,她还是不会跟你有一毛钱关系。现在?现在更晚三春了!"

钟未从梦中惊醒。他这才知道他并不希望陈迷人有更好的选择。只要不是他,再好也不行。绝对不行。

翌日,陈迷人在食堂碰上苏豪铭,后者肿了半边脸,嘴角还结了一块血痂。见状,陈迷人当然要上前问候问候,却不料,苏豪铭打了一个饱嗝,说赶着上课,匆匆就走了。陈迷人纳了闷了:他比她晚来,饭还没打,更别说吃了,难道是看见她就饱了?

十五分钟后,陈迷人要走的时候又碰上钟未往这边过来。

远远的,她看他一瘸一拐。见状,陈迷人有千言万语也只能化作一个关切的眼神,还只能是偷偷摸摸的,结果再一转眼,她看他又大步流星了。她真是纳了闷了:难道是她眼花了?

而实际上,当然是因为钟未也看见了陈迷人。在她面前,他就是要打肿脸充胖子。不就是被校足球队的替补前锋踢中了迎面骨吗?不疼!跟挠痒痒似的,一点也不疼!

至于赵顾,她说她会再好好考虑一下和Dylan的下一步。

考虑的结果是,一天过去了,她和Dylan并没有分手。

一周过去了,他们仍是校园中看起来"最有阅历"的一对。

赵顾就不用赘述了。二十八岁的Dylan同样属于长得着急那一挂的,而白种人又普遍比黄种人长得着急。但据说,像赵顾这一挂,到了后期就占便宜了——一般十八岁时长得像四十岁的,到了五六七八十岁时还是长得像四十岁。真正的冻龄!

然后大半个月过去了,赵顾和Dylan的感情看起来还不减反增。

卧谈会难免涉及这个话题。

许喵喵:"我现在一看到他,仍会想到鸦片战争和金三角地区,你不会吗?"

赵顾:"我无论是过去还是现在,一看到他,满脑子都只有中译英和英译中。"

罗思:"他没有对你提出过有福同享吧?"

赵顾:"没有。老大给我打过预防针了,他家我再没去过,他和他那帮狐朋狗友的聚会我也都推了。"

陈迷人:"也不知道钟未的消息到底可不可靠。"

赵顾:"宁可信其有。老大,有机会你帮我谢谢钟未。"

赵顾和Dylan的这一段恋爱谈成这样……或者把石侯和那个研究生都算上,赵顾的每一段恋爱都谈成这样,陈迷人、许喵喵和罗思嘴上没说,但心里都知道,她这是把感情当工具了。

但说,又能说什么呢?萝卜白菜各有所爱,有人爱养眼的,有人爱走心的,有人爱新鲜和刺激,有人爱安全感,若真能N合一那当然好,不能的话也只好有取有舍。至于那取舍是值得还是不值得,也只有当局者才有发言权。

当晚,陈迷人又辗转反侧了。钟未这个养眼的男人去和别人走心了,在给了她新鲜和刺激之后,去给别人安全感了。在这大半个月里,他和她的关系像落叶的凋零,转瞬间便随着季节的更迭进入了寒冬,甚至连点名时,他和她的名字也都相隔十万八千里了。

什么时候才能放下?她觉得她在这个问题上有了发言权:抱歉,我至今还没有放下。

就在今天下午,她看到曹佳儿的朋友圈,看到她又回国了。

韩国的学业要不要再抓紧一点啊?还是说机票不要钱的?

然后到了晚上,她埋伏在钟未回学校的必经之路上,等到了十一点也没等到他。换言之,他没有回学校。

一时冲动,陈迷人在晚上十一点致电了邹莲。而这也是她第一次致电邹莲。本来嘛,大学的师生间哪有那么多十万火急。

邹莲显然是被吵醒的:"哪位?"

"邹老师,我是陈迷人。"

"有什么事吗?"

陈迷人都不带打个草稿的:"我要向学校建议,在寝室开展晚点名。一来,合理的休息才能保障我们第二天的学习。二来,浪费学校为我们提供的这么好的寝室是可耻的。"

邹莲醒了盹:"晚点名? 你是说你们都二十几岁的人了,还需要宵禁?"

陈迷人不作声了。好像……是有点儿越活越回去了。

"你们屋有人夜不归宿?"邹莲问道。

"没。"

"那是……男生有人夜不归宿?"邹莲又问道。

邹莲没点钟未的名,但双方心照不宣。陈迷人默认。

邹莲稍微顿了顿:"陈迷人,据我了解,咱们班个别男生最近回家回得比较勤。再有就是,你知道男生都有个失联三宝吗?"

"失联三宝?"

"当一个男生被女生在乎时,女生总是希望时时刻刻能和他取得联系。只要他失联,女生就会把自己代入琼瑶剧,怕他有秘密,更怕他有危险,担心,恐惧,觉得自己都快要不能呼吸了。但其实男生在面对一大堆的未接来电和消息时,只有失联三宝——我睡着了,我没看见,我看见了以为不用回。而这些都是他们的大实话。你懂我的意思吗?"

"我……不是很懂。"

"我的意思就是……没那么严重。"

这时,陈迷人听见邹莲那边传来一句男声:"谁啊,这么晚,还让不让人睡觉了? 看我不废了他……"

那显然是董大勺。

陈迷人又听见邹莲捂着话筒训董大勺:"江湖习气还能不能改了?"

顿时,董大勺噤声。

陈迷人忙不迭道:"邹老师,晚安!"

挂了电话,陈迷人觉得受益匪浅。

一来,邹莲说"咱们班个别男生最近回家回得比较勤",那十有八九指的就是钟未,那么,钟未今天晚上的去向除了曹佳儿的怀抱,还有可能是家的怀抱。

二来,邹莲说的男生的"失联三宝",陈迷人完全没get到。钟未和她在一起一年又两个月,没有一次失联,他守时、讲信用、说到做到。所以说,他曾给她新鲜和刺激,也曾给她更难能可贵的安全感。如今,只是因为他们不在一起了,他才什么都给不了她。

三来,董大勺也不过四十啷当岁,要不要这么早睡?那再过个二十年,她是不是也该养生了?

哎,二十年也不过弹指间。

三天后,陈迷人才进教室,便收到了钟未的微信:你出来一下。

这一节市场营销是选修课,陈迷人选了,许喵喵和鲍家国选了,钟未也选了。陈迷人是和许喵喵一块儿来的,这会儿许喵喵都坐下了,她还杵在教室门口,端着手机,看着钟未那一条微信如临大敌。她再一看钟未不在教室,又一看还有十分钟就上课了,便回了他四个字:该上课了。

当即,钟未把电话打了过来:"你出来一下。"

陈迷人还是回了他四个字:"该上课了。"

"在我面前还装什么好学生?"

"不是装,我是真洗心革面了。赵老师……哦,也就是赵顾让我们每个人写了一份三年计划,我就写了三个'顺利',分别是顺利毕业、顺利找到工作、顺利通过试用期。对了,上次的事,赵顾让我谢谢你。"

"赵顾说什么都是圣旨,我当初都是白费口舌?"

"不不不,不白费。我这不是连选修课都全勤了吗?就是因为你当初说有些课也许没用……"

就在这时,市场营销课的老师正好进教室,倒也没针对陈迷人:"咳咳,说谁呢?说谁的课学了没用呢?学生,大致可以分为三等。第一等,有所专攻有所精。第二等,凡事都略懂皮毛。第三等,自以为是。这里的每一门课,包括我的课在内,首要的目标就是为你们提供站上第二等的平台,但最后站不站得上去,就是你们自己的选择了……今天怎么就来了这么几个人?我点名了啊。"

"老师,还有五分钟呢。"钟未在教室门口一露面,四两拨千斤。

老师一看是钟未,再一看表:"准确地说,还有七分钟。"

陈迷人这会儿还杵在教室门口,也就被钟未逮了个正着。

他说了第三遍:"你出来一下。"

"有事儿啊?"她也不知道她在怕什么。

他低声道:"有,许喵喵的事儿。"

干得漂亮……上一次是赵顾,这一次是许喵喵,反正不是他和她之间的事,反正不是谁要缠着谁。

二人一前一后离开了教室门口。

开水间旁边是个杂物间,杂物间的门上写着"闲人免进"。

管不了那么多,钟未带着陈迷人说进就进。

他绕到她后面把门一关:"你怕我啊?"

她回头同他面对面:"不怕啊。"

沉默。然后二人又同时开了口。

他说:"你瘦了。"

她说:"喵喵怎么了?"

他听清她的话了,心里好一阵不快:她还真赶时间啊?

而她没听清他的话,便又说:"你先说。"

他往旁边的纸箱子上一坐,虽然是仰视着她,却带着隐隐的挑衅:"我说你瘦了,跟个猴似的。"

她一愣,一只手便捂住了大半张脸:"真的吗?"

"我什么时候骗过你?"

"其实我也没少吃多少……"

"那就再多吃一点。"

"哦。"

又是沉默。

这一次轮到了陈迷人:"喵喵怎么了?"

"你坐。"钟未拍了一下旁边的纸箱子。

"我不累。"

"你不累我累,脖子都快仰断了。"

陈迷人不得不坐下。哪承想,钟未屁股底下是一箱尚未拆封的卫生纸,但陈迷人屁股底下是一个空箱子。于是,陈迷人在下坠的过程中手忙脚乱地抓住了钟未的袖子。

钟未当然不是见死不救的人,他的第一反应是拉住她,但他的第二反应是顺势压住她!

不得不说,运动细胞在关键时刻真是管用啊……

等尘埃落定,只见陈迷人一屁股坐进了几乎半人高的空箱子,像抓住救命稻草一样抓住了钟未的袖子;又只见钟未看似要拉住陈迷人,实则一翻身,相当于给她来了个箱咚。嗯,类似于壁咚的箱咚。

二人的脸很久没有离这么近了。

钟未目不转睛,自知刚刚说了天大的谎话。他说她跟个猴似的?开什么玩笑?上哪儿找这么水灵灵的猴去?你才像猴,你全家都像猴……

而陈迷人忘了呼吸,把自己憋了个大红脸:"你故意的!"

钟未没有起身的打算:"我不是。"

他还真不是,他真不知道这是个空箱子。

"你就是！你根本就是不放过任何报复我的机会……"

"我真不是故意的。"他省略了一句：这叫无心插柳柳成荫。

"你起来！"

"我腰闪了……"

"是吗？"陈迷人死马当活马医，"不是说男人腰不好，别处再好也没用吗？"

好一招激将法！只见钟未噌地起了身："没人比我的腰更好了。"

这一刻，他的袖子才脱离了她的手。顿时，两个人都只觉得空落落的。

此外，陈迷人失策的是，钟未起是起来了，但她几乎是对折着陷在困境中，手使不上力气，一双小脚徒劳地蹬了蹬。

钟未发现了陈迷人的难题，像发现了新大陆似的饶有兴致地倒退了一小步，双臂环胸道："你也可以起来了。"

陈迷人又尝试了一下，失败！

钟未假惺惺地看了一眼时间："这回是真的该上课了。"

"你！"

"你不走，那我先走了？"

眼看着钟未说走就走，陈迷人不得不识时务者为俊杰："喂！"

他停下，没回头："干吗？"

"你拉我一把！"

他这才回头："那我有什么好处？"

"好处？你这个罪魁祸首还敢跟我提好处？"

"那我还是先走了，该点名了。"

"你！你要什么好处……"

他走回到她面前，一言不发，将右手伸向她。她心不甘情不愿地用右手握住他的手。他开口："两只。"她便又用左手握住了他的右手手腕。他稍稍一用力，便将她拽起，再一弯腰，左手揽在她的背上，带她整个人脱离了困境。

不可避免地,她双脚一落地,几乎站在他的怀里了:"谢谢。"

好委屈！明明是被他害的,真像是认贼作父！

钟未的指尖在陈迷人的背上稍稍弯了一下,便松开了她。

怕再不松开……会有强抢民女的嫌疑。

他将目光调向角落里的几支灭火器,迟迟才言归正传:"鲍家国要和许喵喵分手。"

"什么?"对此,陈迷人真是万万没想到。

钟未有条有理:"许喵喵在接受鲍家国的表白前,问过黄进的意见,是黄进说没意见,许喵喵才接受了鲍家国的表白。昨天晚上黄进喝了点儿酒,嘴上没个把门的,把这事儿给抖出来了,都用不着一传十,就传进了鲍家国的耳朵里。今天早上鲍家国来找黄进对质,黄进敢作敢当了一把,鲍家国脸色很难看……是真的很难看,就说了一句话——那我成全你们。"

"成全许喵喵和黄进？他们要好早好了,用得着他成全？他这钻的是哪门子牛角尖？"

"恐怕,分是分定了。"

陈迷人便匆匆要走:"我去知会许喵喵一声,看还有没有挽回的余地!"

临了,她又回过头,嗫嚅道:"你到底要什么好处?"

"又要给我情报费?"

"不是情报费。"她用目光指了一下那被她压得惨不忍睹的空箱子,"你救我一命胜造七级浮屠的时候,不是找我要好处?"

钟未轻笑道:"不用了。"

看似他大人大量,但实则他已经得到了他想要的好处,已经心满意足了。他不过是想要陈迷人心无旁骛地拉住他的手,一只不够,两只刚刚好。哪怕只有一瞬间,他也想要她再一次完完全全地需要、依赖他。

市场营销课的老师等陈迷人和钟未先后进了教室才点名。

点到钟未的时候，老师还提了一嘴："很好，继续有所专攻有所精。"

嗯，他是三等中的第一等。

点到陈迷人的时候，老师也给她打了打气："希望我的这门课能为你的凡事都略懂皮毛添砖加瓦。"

嗯，进步生陈迷人至少脱离了三等中的第三等。

鲍家国没来。陈迷人坐在许喵喵旁边问："他干吗去了？"

"谁知道。"许喵喵把手机向陈迷人一推，"喏，神神秘秘的。"

陈迷人见那是鲍家国发给许喵喵的一条微信：下课后我有话跟你说。就这样，陈迷人对许喵喵知无不言。此后，许喵喵就一直埋着头，用笔把课本上每个字封闭的部分挨个儿涂了个黑疙瘩。直到下课，她把课本猛地一合，自言自语道："分就分，我先下手为强。"

陈迷人急人所急："你就是人分三等中的第三等，自以为是！"

不似赵顾和Dylan的拖拖拉拉又峰回路转，当天，许喵喵和鲍家国说分就分了。而且，还真是许喵喵先下手为强。她抢在鲍家国开口前便滔滔不绝："是，当时我是去问黄进了，不过我集思广益有错吗？就算他身份是有那么一点点特殊，我在你和他之间二选一有错吗？更何况我最后不是选了你吗？这要成了你过不去的坎儿，那你也别为难了。正好！我正好也觉得你给的不是我想要的，你想要的我也给不了。分手吧！"

如钟未所言，鲍家国的脸色是真的不好看。毕竟，他彻夜未眠。

也如钟未所言，他今天的确是要和许喵喵分手的。但……谁还没个侥幸心理呢？他满脑子都是万一许喵喵扑通就跪下了呢？那他当然是选择原谅她！哪承想，差点儿扑通就跪下的人是他：求求你，别说了，你没错，都是我的错，都他妈是我的错！

他的心是真的在滴血，遗言只有两个字："好吧。"

当晚，许喵喵在啦啦队的训练中把脖子给扭了。

教练都服了："核心！我让你核心发力！你腹肌长脖子上了？"

这两年多下来,教练对许喵喵是又爱又恨。爱她盘靓条顺,更恨她训练三天打鱼两天晒网,上场占着个C位却永远滥竽充数。

许喵喵的脖子僵在斜前方六十度角,转都转不动,一时冲动道:"我退队。"

看似一时冲动,实则她早就不想做了。

曾几何时,当她和鲍家国聊到"梦想"时,当大家都知道鲍家国将来想当个作家时,当鲍家国问她将来想做什么时,她没说,只说了"秘密"两个字。而实际上,她的秘密很普通。她就是想,将来无论她做什么,别人能除了她的脸,更看到她的努力。

但啦啦队这事儿,真是她努力也没用。她一来记性不好,二来节奏感差,教练光看见她训练三天打鱼两天晒网,那是因为她怕她跟不上进度,拖大家的后腿,没看见她私下花了两倍乃至三五倍的时间但求勤能补拙。问题是,节奏感差真的没得补啊。

那么,她也知道她上场占着个C位纯粹是靠一张脸,但她早就不想做什么"颜值担当"了。她也知道她这个很普通的梦想在别人看来很欠扁,但这就是一个漂亮女孩儿最真真切切的烦恼。

不管,漂亮女孩儿的烦恼是你们这些歪瓜裂枣没法体会的……

教练左右为难了一会儿:"批准!"

一脸忧心忡忡的陈迷人才要开口,被教练抢先一步道:"闭嘴!我知道你和她好到穿一条裤子,但这不是你们共进退的时候,你不能退队!对了,你队服是不是太大了?回头换小一码的。"

许喵喵一卸任反倒笑嘻嘻:"教练,我们俩没法穿一条裤子,她换小一码也是L,我是S。"

后来,许喵喵去校医院开了两盒膏药,一个人往寝室走。

也恰恰是因为她梗着个脖子无法目视前方,她看到了黄进。

她看到夜色中,他一个人在操场上打篮球。

大冷的天，他穿了一件T恤，运动裤的裤脚撸到小腿，即便是远观也知道他一身的汗，也就约等于一身的荷尔蒙？那一刻，许喵喵的脑海中浮现了鲍家国的脸，紧接着，又浮现了八个大字——旧的不去，新的不来！

你不是要成全我们吗？那我就成全你这份成全！

隔着操场上的铁丝网，黄进看许喵喵由远至近，心里咯噔一声，再看操场上除了他没别人了，也就不得不迎战了。

一上来，俩人谁也没说话。再加上冷冰冰的铁丝网，气氛有点儿像……像探监？

终于，还是许喵喵巾帼不让须眉："你跟鲍家国胡说什么了？"

"我就是……就是喝多了，"黄进下意识地将篮球在双手间传来传去，"话赶话地一秃噜。但也不算胡说吧？我发誓我没添油加醋！"

"我们分手了。"

"啊？"

"啊什么啊？"

"对……对不起啊。"

许喵喵本来就脖子疼，又被黄进双手间的篮球搞得眼花缭乱，便别开了目光："少假惺惺了，你不就是这目的吗？"

"什么目的？"

"不把我们俩搅黄了不算完。"

黄进手里的篮球落了地，砸在他的脚面上，滚到了一旁。

恕他直言，他真没这么居心叵测！

许喵喵一不做二不休："鲍家国也跟你说了吧？他说他要成全咱俩，那咱俩试试呗？也别让他失望。对了，关键是你别让我失望啊！我知道你早就喜欢我，一直默默送我回寝室什么的，在双岭山上还给我洗了一次头。哎，咱俩这也算好事多磨。"

良久，许喵喵没等到黄进开口——该不会乐晕了吧？

她又梗着脖子把目光调回来,却看他一脸难色？一脸难色是什么鬼？

许喵喵突然有了一个大胆的假设:她该不会……该不会会错意了吧？那可就糟大了！现在跑还来不来得及？

答案是来不及了。黄进一开口都不带换气的:"喵喵,你可能误会我了。是,我是挺喜欢你的,可像你这么可爱的女孩子谁不喜欢啊？我送你回寝室是有时候碰巧了,也不差那几步路,毕竟像你这么可爱的女孩子要是碰上色狼就不好了。在双岭山上给你洗头那也是小事一桩,不客气,不客气啊！我是真没想拆散你和鲍家国,你这么可爱的女孩子谁会想给你下绊儿、添堵、找不痛快啊？那也太不怜香惜玉了！"

许喵喵几度插不进话,连舌头都咬着了:"鞋垫黄！那是小事一桩吗？你可是天天随身带着洗发水和护发素,那不是为了我吗？"

"又不沉……那都不叫事儿！"黄进一掏裤兜,"而且你看,我今天没带啊,你看啊。"

许喵喵气到变形:"你……你混蛋！"

黄进唰地给许喵喵一鞠躬:"对不起啊喵喵,谈恋爱这事儿对我来说真有点儿突然。"

混蛋归混蛋,这却是黄进的肺腑之言。他喜欢可爱的女孩子,比如许喵喵,又比如那个大一的清纯小学妹,但还没喜欢到能为了她们放弃睡懒觉的时间,放弃自己爱吃什么就吃什么的自由,放弃玩游戏、打篮球、扎金花的痛快。他见多了别人家的女朋友动不动捕风捉影,继而无理取闹,见多了弟兄们无条件地说"我错了",继而还得阐述"错在哪儿了",这感觉真有点儿累啊！更何况,许喵喵随便一穿鞋就比他高半头,还不如那个清纯小学妹一米五五平易近人……

哐啷啷啷啷——这是许喵喵一脚踢在铁丝网上的声音。她拂袖而去。

那该死的脖子还是转不过来,让她像是军训时向右看齐后的齐步走,问题是全世界只有她孤零零的一个人,向谁看齐？向现世报看齐吗？是啊,她这真是活脱脱的现世报!就在这同一天,她在鲍家国面前有多耀武扬威,在黄进面前就有多滑天下之大稽。

至此,许喵喵一拍脑门。

糟糕!她怎么忘了,当初鲍家国明明就是说因为看到了她的努力才喜欢她的啊。她那么大义凛然地离开啦啦队,悲情得像一个没人能理解她的独行侠,可那个理解她的人明明才被她一脚踢开啊。

更糟糕的是,她还抬举了黄进!他一口一个"像你这么可爱的女孩子",他明明只看到了她的可爱⋯⋯

她努力了半天,最后却还是活成了人家心目中的那个许喵喵,活成了她最不喜欢的样子。

当晚十点半,许喵喵还没有回寝室。陈迷人、罗思和赵顾给她打电话她也不接,三人分头找,最后聚集在学子湖畔找到了她。当时,气温都快零摄氏度了,还刮着四五级的风,她抱膝坐在一条长椅上,像个不倒翁似的缓缓地一前一后地晃。当然,脖子还是梗着的。

陈迷人把自己的围巾一解,给许喵喵绕上:"你知道几点了吗?"

"几点了?"

"十一点多了!"

许喵喵回神:"哟,这么晚了?我这一思考,进入忘我的境界了。"

"思考?"罗思不吐不快,"这会儿知道鲍家国的好了?要我说,鲍家国人真不错,吃喝嫖赌一样不沾。"

赵顾打断罗思:"你这'人真不错'的标准是不是有点儿低啊?"

"你让我把话说完。"

"请。"

"喵喵,你说鲍家国几年如一日地天天打开文档就是干,断头也不断更,就冲他这份坚持,那就比百分之八十的男人值得你拥有了。"罗思一掰手指头,"一来,三百六十行,哪行的状元不需要坚持?二来,他在感情中喜新厌旧的概率也会比别人低那么一点点。三来,女人的'幸福'更需要男人的坚持。"

赵顾咂着舌摇了摇头:"三句话不开黄腔就浑身难受是不是?你还真是在家庭妇女的道路上越走越远了。"

许喵喵坐久了,伸了个懒腰,骨头咔咔直响:"鲍家国的好就不用你们跟我宣传了。"

陈迷人莫名有了一种不祥的预感:"那你思考什么呢?"

果不其然,许喵喵腾地站直身:"钟未。"

面对那三脸蒙,她继续道:"你们有没有发觉,自从钟未和老大分手后,钟未就化身噩耗使者了。第一次是赵顾,他揭发了Dylan的丑闻;这次是我,他拆散了我和鲍家国。那下一次……"说着,她将目光调向了罗思。

三秒钟后,罗思打了个寒战:"老大,下次钟未再找你,你撒丫子就跑行不行?拜托了,我和方茂是要稳中求胜的!"

许喵喵冷笑着耸了耸肩膀:"呵呵呵,谁也逃不出噩耗使者的手掌心!掌心!心!心……"自带回音音效。

与此同时,传说中"断头不断更"的笼中鸟断更了。

这一整天下来,鲍家国也有试着化悲痛为动力,有试着一如既往地打开文档就是干,但大脑真是一片空白,别说动力了,连食欲和睡意都化不了,悲痛就只是一种干瞪眼的悲痛。

催更的声音越来越高涨,更有爱之深责之切的恶言恶语。终于,鲍家国发了一条置顶:被女朋友甩了,从今天开始佛系更新。什么叫佛系更新?就是不想更的时候不更,比如今天就不想更。

评论区顿时就炸了。

说来,大神笼中鸟也火了三四年了,从未露过面,不宣传,也没有圈中好友。先后有N种读者爆料,但被大家普遍接受的一种是:"她"是一名肌萎缩患者,也就是身残志坚。而那也是鲍家国唯一一次否认——为了拒绝读者的众筹。在此之前,人家说他是男的,说他是谁谁谁的马甲,说"她"是因为有多毛症才长年足不出户等等,他都没吭声。

多毛症？亏他们编得出来！

但他越是否认,读者们越是把"她"和轮椅锁死了。

那么,他这一条置顶一发,读者还催什么更啊？挖啊！

不多时,便有人挖出了鲍家国的高中时期。早期的笼中鸟还不知道隐私为何物,曾暴露过几次自己的位置,比如某年某月某日人在黄山,又比如某年某月某日人在万里长城,而那两次的时间刚好吻合某高中背包族社团的足迹。

又不多时,有人晒出了那背包族社团的一张合影。

鲍家国目瞪口呆:他这是带了一届什么读者啊？个个都是学侦查出身的啊？

更令他服气的还在后面。那一张合影上有二三十号人,男生占了一大半,每个人的脸也就指甲盖儿那么大,但读者们一下就把他挑出来了！

可能因为那是他最上相的一次？不是他自吹自擂啊,那真是剑眉星目……

随即,读者们插上了想象的翅膀:几年过去了,当年的美少年如今更是英气逼人。被女朋友甩了？甩了好啊,大不了我们给你介绍男朋友！更有一小撮人私信介绍了自己,毕竟鲍家国那一句"佛系"真是高冷中透着温柔,温柔中透着任性。这样的小哥哥真可爱……

那一刻,鲍家国搭乘着读者们想象的翅膀,徜徉在了漫天的彩虹屁里。

一膨胀,他便连许喵喵的电话都没接。

你不是把我当黄进的替补吗？你不是让我的一颗真心输给了他几次当跟踪狂和一次洗剪吹吗？你不是说我给的不是你想要的,我想要的你也给不了吗？那我就让你看看,我笼中鸟一放飞自我,那就是一匹脱缰的小野马——嘚儿驾！

这会儿再反观许喵喵,那真是慌了。三更半夜地终于钻进了被窝,习惯性地看一眼《总裁宠上天》的更新,结果一看断更了?有没有搞错?不是说笼中鸟是宠粉狂魔吗?不是觉得当他的女朋友还不如当他的读者吗?结果人家佛系更新了?还喜提一众女友粉和信誓旦旦要把他掰弯的腐女粉?许喵喵觉得她这可真是得不偿失了!

更可气的是,笼中鸟明明还在评论区回帖,却不接她的电话?

一个标准的仰卧起坐,嘎嘣一声,许喵喵的脖子倒终于掰回来了。

随即,罗思一个不怎么标准的仰卧起坐,下床,嗒嗒两步,爬上陈迷人的床。

"怎么了这是?"陈迷人吓了一跳,但也赶紧往里挪了挪,给罗思腾了地方。

罗思眼睛是红的:"老大,我求求你了,你去和钟未服个软吧!"

如此一来,赵顾睡也睡不着了:"跨年啊今天?"

陈迷人一看罗思眼泪掉下来了,连声道:"服服服,问题是……你叫我怎么个服法啊?"

罗思呈跪姿:"我又琢磨了一下喵喵说钟未是噩耗使者的事儿,我觉得这事儿防是防不住的,因为人无完人啊,谁还没点儿黑料啊,有黑料就不禁挖啊。那这事儿就只能从源头下手。谁是源头?我们三个和钟未往日无怨近日无仇的,他是冲你来的啊。你想想战争时期,敌人要撬开谁的嘴,那就是从他的亲朋好友下手。老大,我知道你们都挺看不上方茂的,但……但我就认定他了,我和他之间是真的……真的禁不起钟未再来考验一下子了。"

说到最后,罗思泣不成声。

赵顾不敢苟同:"你这不是掩耳盗铃吗?"

许喵喵被鲍家国放飞自我的事儿搞得心烦意乱,站队了罗思:"是啊老大,你和钟未就算分手做不了朋友,也别做仇人啊,冤冤相报何时了,别逼得咱们拿他们寝室的人下手!"

二比一,赵顾弃权了:"都赶紧给我睡觉!你们的大脑可能早就停止发育了,我的可还在嗖嗖地长。"

就这样,直到那三人相继睡死了过去,陈迷人还在辗转反侧。

钟未真把她当敌人了?如果是旁观者清,如果真的是她连累了她的三个好姐妹,如果说不怕一万,就怕万一,那她可真是罪过,罪过了!

第十三章
你找不着更好的了

翌日。

陈迷人一大早就给钟未发了一条微信：找个时间，我们聊一下？

直到中午，钟未才回复：今天恐怕没时间。

而接下来的几天，陈迷人怀疑钟未是不是对她设置了自动回复：今天不行，今天也不行，今天恐怕也不行……

堵也堵不着人。他有时候迟到，有时候早退，还有时候连课都不上。陈迷人硬着头皮去过几次篮球队和机器人社团，得到的回复不是没来，就是才走。陈迷人又觍着脸要去问问黄进，却被许喵喵一把拉住。

许喵喵不像是在开玩笑："我和鞋垫黄有不共戴天之仇，你们看着办！"

这谁还敢轻举妄动啊？但架不住罗思步步紧逼，陈迷人不得不利用周末的时间跑了一趟鑫设计。

钟未不在，但鑫设计的员工对她这个"前老板娘"还真是没有一点点防备，说老板去了栖木咖啡。

转战栖木咖啡，陈迷人还是扑了个空。不过，也不算一无所获。

那时是下午三点，公共区域与一般咖啡厅无异，上座率有六七成，还是有人在放空,有人在谈着上亿的大买卖。

店员都换了。

没错,昔日目睹她和钟未撕破脸的店员都不在了,全部换了新面孔。

她贼心不死,又企图用四十八元换取一个长达三分钟的拥抱。一来,失去了钟未的她是真的渴望有人能摸摸她的头,对她说一句"不要紧,你做得很好"。二来,万一钟未就是要和她硬碰硬呢?万一他就是不能遂了她的心意呢?万一她才掏出她的四十八元,他就又把她扫地出门呢?

那样也好……见着了就比见不着好。

却不料,店员说拥抱师的预定满了。

满了?明日请早?陈迷人半天才缓过神来,冷笑了一声:"呵,你们当我是被骗大的?我又不是第一次来了,什么叫无人问津,试营业的时候我可是看得清清楚楚。这么快就炙手可热了?你们要不要请这么多托儿啊?还是说,他给我下了通缉令,让你们一看到我这张脸就亮红灯?"

店员两个三个地纷纷聚过来,大眼瞪小眼。

其一道:"这位同学,你说我们的客人都是托儿,有没有证据的?"

其二道:"您说谁?谁给您下了通缉令?"

其三道:"我们是第一次看到您这张脸。目前您最早可以预订的时间是下周一的上午十一点,也就是说,我们最早为您亮绿灯的时间是下周一的上午十一点。"

陈迷人寡不敌众,一张脸红中泛绿。

最后,还是店长最面面俱到:"看来这位同学是栖木咖啡的老客人了?是这样的,拥抱师的市场的确不是一天两天就能打开的,但目前我们对接了治疗创伤后应激障碍的心理诊所,会配合心理诊所为患者提供副作用最小化的治疗,服务对象主要是地震、火灾中的幸存者和一些退伍的老兵。当然了,我们每天都会为散客,尤其是老客人预留一定的时间段,只要您提前预约,栖木咖啡一定竭尽全力满足您的需求。"

真是错怪人家了！陈迷人恨不得找个地缝钻进去。她一边倒退，一边鞠躬，嘴里还不住道："打扰了，打扰了！"

终于离开了那一块"是非之地"，陈迷人一扫心中郁郁。

无论她做得好不好，也无论他对她好不好，就栖木咖啡而言，他做得很好。那么，她便与有荣焉。

一个月后。

在碰了一次次的钉子后，陈迷人放弃了和钟未的"面谈"。好在罗思和方茂的恋爱在四平八稳中还有了渐渐升温的苗头，罗思也放弃了对陈迷人的步步紧逼。

就在这时，钟未又杀了大家一个措手不及。

没错，噩耗使者又上线了！

这一天，中北大学飘着雨夹雪，打不打伞都两难，四五级的风像是在咆哮着什么。

陈迷人起晚了。外面天阴沉沉的，她一个回笼觉就睡到了快八点。

赵顾早就不在了，但还有另外两个起晚了的。

许喵喵连床都没下，倒挂金钟地拿了个充电宝往手机上一插，便开启了人不离床，手机不离人的一天。

罗思倒是下床了，但没打算去上课，而是掐了一把自己发的豆芽，又割了一撮自己种的香菜，再加上从自己家带来的红烧牛肉，打算做一碗爱心红烧牛肉面给方茂送去。

陈迷人一个人连跑带颠地去上课，在必经之路上和钟未走了个迎面。

她只抱着个书包，他打着伞。她看不见他的脸，只看见他空着的那只手的手心上似乎是写了什么，而他在照着念。

直到走近了，她听到他照着念道："我不是拿得起放不下的人。"

这……也要做小抄？他说好的过目不忘呢？

终于，钟未看到了陈迷人的脚，将伞沿向上一抬，继而看到了陈迷人的脸。他飞快地将手一握，背到了身后，再若无其事地从身后垂到了身侧。再一看她头发都被雨夹雪打湿了，他缓缓将伞移到了她的头顶上。

"你不上课了？"陈迷人的开场白可有可无。

反观钟未单刀直入："你来得正好。"

"啊？"

"我正好要去找你。"

"啊？"

"我有话要跟你说……"

即刻，陈迷人不怕一万，就怕万一，上前一步，一把捂住了钟未的嘴："不不不，你没有话要跟我说，有也憋着！"

钟未吓了一跳，但对于陈迷人的"投怀送抱"，那必须牢牢把握。他抬手挡住她抱在胸前的书包，看似是挡住，实则是揪住。呵呵，我怀里不是你想来就来，想走就走的！

他的声音从陈迷人的手心里闷闷地传出来："你知道我要说什么？"

陈迷人往后一撤，书包纹丝不动，她也就纹丝不动："和罗思有关？"

钟未有些意外："你们……你们都知道了？"

完蛋！陈迷人书包也不要了，一拍大腿，蹲在了地上。

噩耗使者果然名不虚传！

钟未俯视着陈迷人的后脑勺："既然你们都知道了……"

"不知道。"陈迷人仰头，"还请使者大人明示吧。"

那一刻，天更阴了，钟未在一把巨大的黑伞下，脸孔逆着光，双目仿佛散发着恶魔的猩红色，就差头上长出角来了。

他宣判道："据我所知，罗思的男朋友方茂打算从学校搬出去住了，和他一起找房子，也就是即将和他一起合租的人是姚微晶。你还记得姚微晶吗？对，双岭山上的姚微晶。等等……你刚才叫我什么？什么大人？"

陈迷人一下站起："合租？你是说同居？"

"我没说，"钟未就事论事，"我相信异性之间也有纯洁的合租关系。我问你刚才叫我什么？"

"你相信有什么用？罗思不会相信的。"

"陈迷人，我再问就是第三遍了。"

陈迷人一把抢回自己的书包，往钟未的胸口一砸："使者大人！我叫你使者大人，全称是噩耗使者，因为你只会给我们带来坏消息！从赵顾到许喵喵，再到今天的罗思，我真是太对不起她们了！"

钟未一愣，紧接着勃然大怒："你对不起她们？你有什么对不起她们的？赵顾把恋爱谈得像跳槽，你对外帮她挡了多少恶言恶语？许喵喵自作自受，就你还把她捧在手心里。罗思更是没脑子，她迟早为了一个方茂六亲不认你信不信？我是噩耗使者？那是因为她们办不出一件好事！如果她们有谁能拾金不昧，我第一时间把锦旗给她们奉上！"

说完，钟未捂了一下胸口。被砸得真挺疼的！但更多的是委屈。

是，他是要找各种各样的借口才能再和陈迷人产生交集，但那"各种各样的借口"没一件好事又不是他的错！

再说了，他给她的三个好姐妹敲一下警钟有错吗？

老天爷都看不下去了，雨夹雪渐渐化作鹅毛大雪。

陈迷人从来不是是非不分的人："对不起。"

是啊，她凭什么怪他？Dylan的大麻不是他种的，许喵喵在鲍家国和黄进之间的举棋不定不是他传授的，方茂的道貌岸然更不是他无中生有的。她代表她的三个好姐妹谢谢他这个"朝阳群众"还来不及呢，凭什么怪他？

钟未有好几天睡眠不足四个小时了，困意一上来，整个人更委屈得不行："陈迷人，我不是拿得起放不下的人，我这么做是出于我的正义感。你有权说我多管闲事，我也有权用我的正义感照亮黑暗中的罪恶。"

等等！陈迷人觉得这话好耳熟啊……在哪里听到过来着？

猛地,她抓住了他的左手,掰开他半握的手指。

钟未色变,又紧紧一握。

啪!她拍了一下他的拳头。他吃痛,下意识地将拳头摊开成掌。

就这样,陈迷人见到钟未的左手手心里是他遒劲的字迹:拿得起放不下!正义感!多管闲事!用正义感照亮黑暗中的罪恶!

关键词记忆法?

钟未抽回手,在裤缝上用力蹭了蹭,还嘴硬:"我练字你管不着吧?"

是他低估了陈迷人。他做了最坏的打算,以为她顶多说他多管闲事,便在左手手心做了小抄,以免情急之下无言以对。哪承想,天外有天,她比最坏的打算更坏!噩耗使者?那不就是衰神吗?

就这样,钟未含愤而去。

雪大到蒙住了眼睛,陈迷人视线中的钟未从模糊到更模糊,心中却越来越拨云见日。他没在恨她了吧?也对,他的鑫设计蒸蒸日上,他和曹佳儿更是天造地设的一对,他哪有那个闲工夫对她耿耿于怀?他是正义的化身,是正义使者才对。

后来,陈迷人又发现钟未的伞在她的手上。他什么时候塞给她的?

伞外白茫茫一片,据说是银装素裹,陈迷人却只当今天是世界末日,而伞下的她仿佛逃过一劫。

当天下午,罗思把爱心红烧牛肉面怎么拎走的,又怎么拎了回来。她说,方茂跟着他那个什么创新型城市评价体系的科研项目的导师出去调研了,人没在学校。

陈迷人问道:"你知道他那个科研项目是干吗的吗?"

"不知道啊。"

"那他那个什么评价体系适不适用于两室一厅啊?"

罗思有了不祥的预感:"老大,你有话直说。"

陈迷人还真就有话直说了："他在和姚微晶找两室一厅，合租。"

即刻，还在被窝里的许喵喵破茧成蝶，两眼直放光。

话说，钟未说许喵喵"自作自受"真的是恰如其分。而她在自作自受地把鲍家国作跑了之后，更进入了自暴自弃模式。她一天至少有十六个小时在床上，在笼中鸟的评论区以前女友的身份舌战群儒。只可惜，最爱捕风捉影的粉丝们反倒最不信事实，纷纷让她拿出证据来。而鲍家国在分手之后唯一一次回复她的微信便是"我的忍耐是有限度的"。

这她还哪敢拿出证据来啊？任凭事实和各种谣传混为一谈。直到陈迷人扔下了这一枚重磅炸弹，她终于想下床了，她的人生有了新目标，她破茧成蝶，想为了罗思手撕方茂。

姐妹情是一方面。另一方面，当有人比自己还惨时，自己的惨也就没那么惨了。这是人性的黑暗，倒也不能怪许喵喵。

赵顾暂停了无字幕的美剧，摘下耳机："不会又是钟未吧？"

陈迷人默认。

赵顾苦笑着摇了摇头："真是行家一出手，就知有没有啊。"

罗思的平静无异于暴风雨来临前的平静："我说他怎么学会对我嘘寒问暖了呢，上礼拜，不年不节地还送花给我。真是应了那句话，无事献殷勤，非奸即盗。"

许喵喵摩拳擦掌："我等不及替天行道了！"

罗思转而对陈迷人说："老大，你帮我谢谢钟未。"

陈迷人意外："你不怪他？"

"现在还不是怪他的时候，现在我还用得着他。"罗思若有所思，"老大，你帮我问问钟未还有没有更进一步的消息，比如地址，比如他们哪天搬家。不对，不应该说搬家，应该说乔迁之喜。"

陈迷人看了一眼许喵喵，后者义愤填膺："对，我们从长计议，来就给他来个刻骨铭心的，让他乐，再让他乐极生悲！"

陈迷人又看了一眼赵顾,后者点点头:"他也该给罗思一个交代了。"

那一场雪直到第二天才停。

第二天,第一节课是电子商务。课程过半,老师说期末考试采用分组做presentation(演示)的形式,又说分组采用自由结合的形式。

真是几家欢喜几家愁。能抱上学霸大腿的自然欢喜,反之自然愁。

身为学霸的赵顾说她最多能带两个学渣,陈迷人便对许喵喵和罗思谦让了一把。

这时,老师又说他执教以来最反对一刀切,定会ABCD分出个高下。

就这样,才要随波逐流的陈迷人下意识地看了一眼钟末。

那可是一条堪称大象腿的大腿!

果不其然,老师才一说下课,钟末便化身学渣们自投罗网的网。陈迷人慢了半拍,就挤不进里三层了。众人七嘴八舌无非三个字:"求带飞!"

只能出奇制胜了!陈迷人嗷的一嗓子:"钟末,我不求带飞,我会让你如虎添翼的!"

众人看向陈迷人:算你狠……

这时,钟末慢条斯理地收拾着书包,幽幽道:"用不着。"

众人又齐刷刷地看向钟末:你更狠!

陈迷人一下子就蔫了。也对,她和钟末就算没有了旧恨,昨天才又添了新仇。噩耗使者?他这个记仇boy不新仇旧恨一块儿算就算便宜她了。别说大象腿了,他没尥蹶子也就算对她仁至义尽了。

"呵呵,前女友这么拎不清吗?"人群中不知道是谁喃喃。

陈迷人听见了,钟末也听见了。她看他脸一黑,便打了圆场:"哈哈哈,为了拿个A我也是蛮拼的了。见笑,让各位见笑了啊。"

而钟末在冲出层层包围之前就撂下一句话:"你最好知道如虎添翼是什么意思。"

什么意思?这是同意她入伙的意思?人生的起起落落不过如此!

另一边,赵顾直眼红:"我也想和钟未组队,我想和老大共进退。"

许喵喵和罗思一左一右摽住赵顾:"不,你不想!"

五人一组,所以后来,钟未还吸收了除了黄进之外的两个室友,以及一个落单的女生。为什么是除了黄进之外?当然是因为有了许喵喵和黄进的"不共戴天之仇",陈迷人也就间接和黄进不和了。

有陈迷人没黄进,有黄进没陈迷人,那钟未当然是选陈迷人了。可怜黄进不得不落入一个"全员学渣"组,但谁让可怜之人必有可恨之处呢!

陈迷人有多大热,发多大光,义不容辞地拉了一个微信群,群名还挺上心的,叫"一个好汉四个帮"。

不多时,钟未发言:我提议从网络视频和电子商务的结合入手,预估可视化电子商务的前景和价值。

紧接着,还是钟未发言:大家有什么建议,畅所欲言。

稍后,室友一发言:臣附议。

室友二发言:臣附议+1。

女生甲发言:+10086。

陈迷人总结陈词:好,那就可视化电子商务了。

钟未:……

哎,也罢!学渣的优点就是服从管理,可那也是唯一的优点了。

那时是冬日的午后,钟未坐在那一家叫作"今晚别睡了"的咖啡厅里,临窗,看暖阳铺天盖地,也看无情的风形同虚设,心头莫名一酸。

和陈迷人在一起之前,他只喝美式咖啡,便宜是真的,提神更是真的,有这两点便足矣。和陈迷人在一起之后,她总会把香草、草莓和樱花的甜送到他嘴边,又或许甜的是他的心,毕竟,只要有她在,连可可和抹茶也是甜的。和她分开之后,他又只喝美式咖啡了,还是便宜,还是提神,但那流经喉咙的苦越来越令人难以忍耐。

他点开她的微信。她的头像还是那写有"加油鸭"字样的唐老鸭,有点儿鸡血,也有点儿蠢萌。

和他分开之后,她以肉眼可见的速度变成了一个漂亮女孩儿,却还没有漂亮女孩儿的自知,至少,还没有用自己的照片做头像。而他只有她过去的照片,越看越觉得恍如隔世。

他飞快地输入:群名为什么不是"一个噩耗使者四个帮"?

太小家子气了!删除……

他又飞快地输入:不是说会让我如虎添翼?结果就是做个速记员?

太咄咄逼人了!删除……

他"双"飞快地输入:你负责去找案例,可以以短视频为切入点,至少三个案例。我不要纸上谈兵,能拿到第一手的采访数据最好。

太公式化了!删除……

他"叒"飞快地输入:你在哪儿?

太莫名其妙了!删除……

他"叕"飞快地输入:别做前女友,好不好?

怎么把真心话说出来了?太卑微了!删除!

是谁问过来着?你在爱情中做过的最卑微的事是什么?

又是谁回答过来着?在爱情中没有卑微可言,又何谈最卑微的事。

心头那莫名的一酸层层晕染开,像一张无形的网将他捕获。他将余下的半杯美式咖啡一饮而尽,那不伦不类的温度是最大的败笔。他看了一眼时间,这忙里偷闲的十分钟转瞬即逝。有她时,辛苦也是甜的。没有了她时,他连坚持都失去了,觉得透不过气来,觉得迟早要撂了挑子。

直到那"加油鸭"在他的手机屏幕上一闪,是陈迷人给他发来了一条微信:方茂和姚微晶合租的事,有下文吗?

钟未一下子就笑了。他也知道他不该将快乐建立在罗思的痛苦之上,大家好歹也同学一场。但是没办法,陈迷人送上门来了呀,最令他快乐的事莫过于此呀。

斜前方,有两个学妹四手紧握:"哇,他笑了,他笑起来好好看……"

钟未在心里大声说了一句:谢谢你们! 幸好还有你们,帮我维持着我那所剩无几的自信心。

为什么所剩无几? 因为绝大多数都被陈迷人踩在脚下了……

隔了五分钟,钟未回复陈迷人道:你要什么下文?

他以为他摆谱摆了蛮久的,哪承想才五分钟。

陈迷人:地点,时间。

钟未:我去帮你查一下。

这一次,钟未没有摆谱。这一次,动作越快越能彰显他的神通广大。他打了一通电话,又等对方给他回了一通电话,总共用时三分钟。

裕源路富华小区8-1-302,下周二拿钥匙。

钟未打字打得太快了,把富华小区误打成了孵化小区。

撤回! 重新输入,重新发送。呼……希望陈迷人没有看到……

而另一边,陈迷人当然看到了。

不仅是陈迷人,围作一团的罗思、许喵喵和赵顾都看到了。

许喵喵感慨:"哇,校草也会手误啊。"

赵顾附和:"呵呵,头号学霸也会手误啊。"

罗思却有独到的见解:"那不是手误,是真相。那两个王八蛋住在'孵化小区'不是天经地义吗? 钟未真不愧是校草兼头号学霸。"

以赵顾为中心的电子商务 presentation 五人组,组员除了狗皮膏药许喵喵和罗思,还加入了个手表,第五人却迟迟待定。组长赵顾说了,这第五人的头号候选人是鲍家国。她还说了,内容她负责,PPT(演示文稿)手表负责,就差鲍家国润色了。

赵顾是多好强的一个人啊! 和钟未的五人组相比,她只能内容不够润色凑。

许喵喵和罗思觍着脸问:"那我们负责什么呀?"

赵顾一声令下:"你们就负责把鲍家国给我挖过来。"

罗思看了一眼许喵喵:"那我就只能负责祝你好运了。"

当天下午,许喵喵把鲍家国堵在了理发馆。那就是校门口的一家亲民理发馆,鲍家国常年剃平头,是那儿的白金卡会员,每次十八元,一套洗剪吹下来也算是物有所值。

这一次,鲍家国才仰面朝天地在洗头的沙发上躺下,在暗处伺机而动的许喵喵就把洗头小工给挤开了:"我来!"

就算是倒着看,鲍家国也能秒看出来者是许喵喵,但是起不来!

他一颗头被她死死地按在水池子里,脖子都快要断了。

洗头小工差点儿就报警了,许喵喵满脸堆笑:"熟人。"

鲍家国躺平不任嘲:"什么熟人,是冤家!"

"冤家也是熟人的一种。"许喵喵用眼神喝退了洗头小工。

孤立无援,鲍家国也就只能躺平任嘲了。

许喵喵手持花洒,一开水龙头就哗哗地浇了鲍家国一脸。

鲍家国差点儿就哭了。他对许喵喵余情未了是一方面,另一方面,鼻子里都能养鱼了啊。

好在,许喵喵起点低,进步快,很快就掌握了一只手持花洒,另一只手在鲍家国的头皮上为所欲为的要领,二人的对话也很快渐入佳境。

说是"对话",其实是许喵喵的单口相声:"鲍家国,你不爱搭理我就别搭理我,把耳朵给我张开就行。我许喵喵活这么大从来没觉得自己嘴笨,唯独到了你这儿总说错话。我知道,就算是无心之举,说错的话也是泼出去的水,不,是泼出去的开水,是会伤人的。尤其是黄进的事儿……"

鲍家国听不得这个名字,但还是起不来! 不听不听,蛤蟆念经!

"你别动!"许喵喵非说不可,"我知道黄进这疙瘩跟你这儿是系死了,我不提也没用,我一辈子不提,你也一辈子过不去,那我还不如试着解一解。其实你知道,黄进做的最让我感动的一件事,就是他给我洗了个头。你能不能原谅我都没关系,我跟你还有没有番外也不重要,重要的是你不用拿你和他比。就算要比,他给我洗头,我给你洗头,你这地位也比他高多了!其实……其实我没想哭……"

说到最后,许喵喵哽咽了。怪她太在乎她的头发,以至于太在乎黄进对她的举手之劳。可她……她也不想有那该死的洁癖啊!

曾经日更一万两千字的鲍家国词穷了:"你……你别哭啊,有话好好说!"

许喵喵:"那你能答应我一件事吗?"

鲍家国:"什么事?"

许喵喵:"你先答应我。"

鲍家国:"嗯。"

许喵喵:"嗯是什么啊?"

鲍家国:"嗯就是答应了啊!"

许喵喵:"你加入我们小组吧。"

鲍家国:"?"

许喵喵:"哦,就是那个电子商务的小组,赵顾说非你不可。"

鲍家国:"!"

头洗完了,话也说完了,许喵喵便还了鲍家国自由。

哎,她说她唯独在鲍家国的面前嘴笨,真是太有自知之明了。上一秒还明明是情真意切,下一秒就是正事要紧了?她是正事要紧了,也不管人家鲍家国会不会又觉得自己被利用了。

但无论如何,鲍家国君子一"嗯",驷马难追。

以赵顾为中心的五人组集结完毕,撒花!

转眼就来到了下周二。

位于裕源路的富华小区有着快三十年的历史了,外墙是翻新过的,蓝色和橙色的撞色撞得人有点儿睁不开眼。有了夜色的遮掩,反倒又有了点儿童话的色彩。

一辆黑色福特野马停在8号楼的楼下,驾驶位上是钟未,副驾驶位上是陈迷人,后排挤着罗思、许喵喵和赵顾三人。

坐在中间的罗思腿上抱着个一人宽的四方的纸盒子,在一层包装纸下,谁也不知道里面装的是什么,只知道那是她送给方茂和姚微晶乔迁之喜的贺礼。

一小时前,也就是下午五点,以罗思为中心的"稳居四人组"从中北大学迈出了第一步。

这都什么时候了,罗思还谈笑风生?其余三人的左右眼皮轮番越跳越凶。是左眼跳灾,还是右眼跳灾来着?哪个也跑不了了。

没等迈出第二步,她们便看见了钟未。

那时,天色都暗了,但她们还是能辨别出钟未倚在车门上,以及他脚下的小动作——时而左脚在前,时而右脚在前,像是在……耍帅?

出于学霸对学霸的惺惺相惜,赵顾咳了两声,钟未这才看见"稳居四人组"。

"上车,"他打开后排的车门,"我送你们。"

陈迷人脱口而出:"不用了!"

毕竟,就在今天的最后一节课上,她才刷出了曹佳儿的最新一条朋友圈:一只爱马仕包包。配文如下:谢谢它替你漂洋过海来看我,爱你!

当时,陈迷人手一滑,还给曹佳儿点了个赞。

她忙不迭戳了又戳地取消,满脑子都是我祝你们永远漂洋过海!

但后来,她也有默默地自我检讨。不是有这样一种说法吗?觉得别人炫富的,都是缺钱的。觉得别人秀恩爱的,都是缺爱的。是啊,她一个小老百姓兼前女友真是既缺钱又缺爱,简称二缺吧。

而此时,钟未的脸和那一只爱马仕包包重叠在一起,真像是往她的伤口上撒盐。

钟未没让步:"这件事因我而起,我有义务让你们高高兴兴去,平平安安回。"

许喵喵第一个上了车:"所以说,这专车还是往返的呢?"

罗思抱着那么大一个纸盒子跟着上了车,也算是养精蓄锐。

陈迷人看大势已去,便跟着罗思……只可惜,她连车门都还没摸着,便被钟未拎住了后脖领子。

赵顾看这才是真正的大势已去,便挤着罗思上了车。

钟未将后排的车门一关,对陈迷人用下巴一指副驾驶位。

陈迷人别开脸,脚下生了根。

钟未来气:"还是说你想坐后备厢?"

"我哪儿也不想坐。"陈迷人尽可能地凶巴巴道,"我们有手有脚,我都说了不用你送,你是不是也太以自我为中心了?"

钟未对自己说了两遍冷静,还是没冷静下来:"陈迷人,你这是狗咬吕洞宾。"

"那就请你离狗远一点!"

"你!你……来那个了?"

"哪个?"

"就那个啊。"

生理期。钟未只知道,女生在生理期期间,字典里是没有"道理"这两个字的。

就这样,陈迷人的怒火被钟未的double(双重)"那个"浇熄了。她一声叹息,不得不给他一个说法了。但她又不能说她在吃醋,不能说她一个小老百姓兼前女友在和他远在韩国的小公主吃醋,只能找了个借口。

她绷着脸道:"你不是特看不上她们三个吗?说赵顾把恋爱谈得像跳槽,说喵喵自作自受,说罗思没脑子。你说这话的时候有考虑过我的感受吗？她们是我的朋友,谁看不上她们,那就是站在我的对立面。"

钟未的神色有微妙的变化:皱眉,渐渐展开,抿了一下薄唇。然后,他只说了三个字:"对不起。"

陈迷人一怔:这……这又不按剧本走了？他不是该和她针锋相对吗？继而,她不是该带着三姐妹和他一拍两散吗？

"没有考虑到你的感受,是我不对。"钟未那叫一个诚恳,"但我对她们没有恶意。"

那只是一个人生硬核玩家对泛泛之辈的怒其不争罢了。更何况,他就算爱屋及乌,也会高看她的三姐妹一眼的。

陈迷人回头,隔着车窗对上罗思、许喵喵和赵顾齐刷刷的目光。她们三脸无辜,并不知道车窗外发生了什么。她们也在等着陈迷人的一声令下,只要陈迷人说下车,她们会二话不说下车。

陈迷人绕过车头,坐上了副驾驶位。

她刚刚对钟未的发飙,说是借口,也不尽然,她是真的有点儿介意钟未对她的三个好姐妹的评判。但此时,那点儿介意都因为钟未的一句"对不起"化作了微风、细雨。同时,她觉得他太坏了。前男友该是狼心狗肺才对,他偏偏这么正义而周到,真的太坏了。

六点整。

钟未陪着"稳居四人组"在车里坐半小时了,罗思不说话,其余三人便也不说话。钟未都快憋死了:"你们该不会是在作法吧？"

陈迷人这才问罗思:"你准备好了吗？"

罗思没说话,将怀里的贺礼又抱了抱紧。

许喵喵是最急不可耐的一个:"有什么好准备的,我们四人同心,其利断金,还能干不过他们一对狗男女？"

隔着罗思,赵顾瞪了许喵喵一眼:"干什么干？那些被实锤了的大明星都还有权召开记者招待会呢,我们给方茂一个解释的机会也不亏。真解释不了了,真实锤了,对罗思来说未尝不是一件好事。

"罗思,听我的,先礼后兵。"

要么说人以群分呢,钟未附和道:"听赵顾的。"

"下车吧。"罗思轻轻吹响了号角。

目的地在三楼。钟未走在最后一个,停在二楼半的地方,叫住走在他前面的陈迷人:"喂。"

陈迷人回头。

"我在这儿等你们。"

陈迷人点点头。她知道他的用意,他不便在场,只能做救兵。

目的地是302,门上贴着一个倒"福"字,还真挺接地气的。

罗思走在第一个,后脚都还没跟上,便抬手按响了门铃。

不是不怕的,是知道一鼓作气的道理,知道再而衰,三而竭。

难得门内的人也配合了她的节奏,在传出一声银铃般的"来了"后,姚微晶打开了门。

还真的是姚微晶。那一张笑脸瓦解了门外四个人所有的侥幸。

"谁啊?"这是方茂从姚微晶的后方登了场。

她和他一加一两张笑脸相继僵在了罗思的面前,而罗思一言不发,一侧身,进了门。

两室一厅的房子。听说他们找房子找了蛮久的?听说他们的要求蛮高的?罗思走马观花地转了一圈,也没看出哪里好。但她有注意到,两间卧室都有床,方茂的行李在一间,女性化的行李势必是姚微晶的,在另一间,能看出是"合租"。

方茂这才如梦初醒:"思思,你听我说……"

罗思这才把怀里的纸盒子放下,揉了揉肩膀:"你先听我说。"

不远处姚微晶一对三:"喂,谁让你们进来的? 你们这是私闯民宅!"

许喵喵一叉腰:"你可真会恶人先告状,还私闯民宅? 你怎么不说你私闯别人的青梅竹马呢?!"

陈迷人无意把事情闹大:"罗思和方茂有话要说,你要不要先回避一下?"

姚微晶抬手,一指陈迷人:"你可真会反客为主!"

"借过。"赵顾一扒拉姚微晶的手,走向了厨房,"这是要吃火锅啊?"

火锅。这便是今天的转折点了。

这两个字一传进罗思的耳朵里,便打断了罗思本来要对方茂说的话。她转而拨开了方茂,也拨开了途经的每一个人,冲进了厨房。

一只电磁炉专用的鸳鸯锅赫赫然摆在台面上,旁边的羊肉卷解冻到刚刚好,有点儿滋润,也还没失去挺拔,水池里堆着洗了一半的青菜……

谁也不知道罗思这是怎么了,许喵喵甚至试探性地问了一句:"罗思,你……你也想吃火锅啊?那等下我们去海底捞?"

罗思一回头,隔着茫茫人海对上方茂的目光:"我们分手吧。"

干脆利索!那一个句号越轻描淡写,便越干脆利索。

没有给方茂说 Yes or No 的时间,罗思拔腿就走。

只有她自己知道,她本是抱着一颗挽回的心而来。

没错,即便方茂一而再再而三地欺骗了她,可谁让他是她认定了的方茂呢?她本是要一而再再而三地挽回他们或许有机会历久弥新的感情。

只有她自己知道,她本来要对方茂说:只要你不击穿我的底线,我永远都在。至于她的底线是什么,她却没想过。也有可能是想过,但一直没想到,她一直觉得她无论如何都不会离开他。

而此时,也只有她自己知道,是那一只鸳鸯锅不费吹灰之力地击穿了她的底线。因为曾经,她和方茂千百次憧憬只属于他们两个人的家。那是一个不用太大的地方,但要有蓝色的窗帘,还要有一只鱼缸。当他们搬进那个家,他们要吃一顿充满了家的味道的火锅……

罗思自己也吓了一跳。闹了半天,她的底线在这儿呢?

罗思一拔腿就走,其余三人也没必要恋战了。

许喵喵还是气不过,将装了盘的羊肉卷摔在了地上:"哼,谁也别吃!"

许喵喵一走,赵顾问方茂:"多少钱?要赔吗?"

方茂一头汗,整个人痴痴傻傻:"不……不用赔。"

"那罗思不欠你什么吧?"

"不……不欠。"

赵顾一走,陈迷人扫尾:"我说你就是一坨垃圾,你没意见吧?有意见?有意见跟你妈,跟你的新室友敞开了说去!你把罗思给你的礼物拆一下,是垃圾桶,你留下;不是垃圾桶,我带走。"

方茂那叫个任凭摆布,三下五除二就把罗思带来的纸盒子拆了。

很好,里面是个电火锅,还有一张卡片,上面是罗思娟秀的字:只要你不忘和我的约定,我永远都在。

见字如见人,方茂茅塞顿开!

千不该万不该。他不该为了对他妈的一片孝心就和姚微晶打着近朱者赤的旗号越走越近;他有权远离沉迷于吃喝玩乐天天得过且过的室友们,有权为了更好地学习和更好地休息另辟一片净土,但不该在姚微晶说"正好,我也在找房子"时,默认了和她合租。他该当场喝退她:正好个屁。

他最不该在今天吃火锅。

没忘,他没忘和罗思的约定,却也没把那太当一回事儿。他以为只要她不知道,就万事大吉。他以为她原谅过一次两次他善意的谎言,就能原谅他三次四次。他发誓!他那真是善意的谎言!他真的不想伤害她,只是也真的不想让他妈和姚微晶下不来台……

陈迷人一看不是垃圾桶,便抢了火锅就走。

方茂一看陈迷人抢了他的火锅就走,追!

钟未当然还等在二楼半的地方,对陈迷人说了一句"慢点,别摔着",便拦下了方茂。

方茂真情流露,一边要冲破钟未的封锁线,一边咆哮:"思思,你还在吗？思思，我错了，我真的错了！陈迷人，你还我火锅！"

冲不破封锁线，咆哮也石沉大海，方茂抬手就给了钟未一拳："有你什么事儿啊！"

钟未还了方茂三拳："那他妈是我小姨子！"

方茂半天转不过弯来。谁？谁是钟未小姨子？罗思？就算罗思和陈迷人亲如姐妹，陈迷人和钟未不也掰了吗？复合了？若不是复合，难道堂堂中北大学的校草跟这儿一厢情愿呢？

很可惜的是，陈迷人跑得太快了，错过了"小姨子"这三个字。不然，钟未这也算是挺别出心裁的表白了……

第十四章
我还能追你吗

原班人马打道回府,五个人加上一个电火锅,一个都不能少。

许喵喵用胳膊肘拱了罗思一下:"你想哭就哭吧。"

罗思反倒还笑了一下:"这你们就外行了。分手的当时不难受,毕竟人在重大变故中会恍恍惚惚夹杂着生理性亢奋。难受的是第二天,等睡醒一觉,我就只剩下没着没落了。"

许喵喵一拍大腿:"还真是这样!我也是在和鲍家国分手的第二天,才掉第一滴眼泪!"

紧接着,许喵喵哪壶不开提哪壶了:"老大,你呢?要说外行,就只有赵顾是外行吧?我们三个可都是有发言权的!"

呃……此言不假,但陈迷人的前男友此时在场啊,当着前男友的面聊这些会不会欠妥啊?

赵顾瞪了许喵喵一眼,许喵喵这才后知后觉。

那也来不及了,只听钟未不咸不淡地问了陈迷人一句:"你也有想哭的时候?"

听似是问句,实则是挑衅。实则钟未的言外之意如下:你要了我,又甩了我,你还哭?你凭什么哭?你哪来那么大脸啊?

这话别人听不懂,陈迷人不会听不懂。但实则,她也是真没听懂。她只当钟未的言外之意如下:你这个空手套白狼的骗子,套了我多少时间、精力和感情,你还哭?你凭什么哭?你哪来那么大脸啊?

就这样,陈迷人又道了个歉:"对不起。"

钟未却只觉火上浇油。人心又没有一键还原,道歉有个屁用。

言而有信,钟未将陈迷人和三个"小姨子"高高兴兴地接走,又平平安安地送了回来。罗思下车的时候,他还回头鼓励了一句:"你能找着更好的。"

陈迷人匆匆附和:"是啊,最好的一般不都压轴吗?"

等陈迷人要下车的时候,钟未换了副冷冰冰的嘴脸:"你没戏。"

"嗯?"

"你找不着更好的了。最好的除了压轴,还有开场。我给你开过场了。"

陈迷人一脸黑线。这人没救了吧?一身胆小、抠门儿、记仇的臭毛病都无可救药了,又学会臭屁了?不过……她莫名其妙就又被他萌到了?所以说,她也没救了吧?

后排三人都下了车,车上只剩下他和她两个。她玩性大发,一指他脚下:"虫子!"

毫无悬念。钟未虽然没嗷的一声,但两条腿一抬,便抱膝紧紧地缩成了一团。

陈迷人忍住笑,一本正经道:"对了,我这边车门什么时候被划了一道啊?车险是不是又该涨了?"

钟未下车,绕过车头,来到副驾驶位一侧,弯腰。光线太暗了,只得看了摸,摸了看,一无所获,再绕过车头,上车。

半分钟内被骗了两次,气炸!

陈迷人还能忍住笑:"我说真的了。你知道杜小越用他人脉网的idea(创意)报名了一个大学生创业的路演吗?为了过初选那一关,他没日没夜地忙着拉票。好歹也算是为校争光,你能帮也帮他一把。"

当即,钟未掏出手机:"在哪儿投票?"

陈迷人掏出手机:"我发你链接。"

钟未一声冷笑:"呵,谁落他后面,我就帮谁一把。创业?他做人都没学会就创业?他就不怕创业未半而中道崩殂?"

忍不住了!陈迷人笑得眼泪都快掉下来了。笑完了,她才又一本正经:"你连杜小越都不原谅,又怎么会原谅我?我知道我将来找不到更好的了,没关系,你找到最好的就行了,我们能量守恒就行了,不亏。

"还有啊,杜小越的事我说真的。你是天之骄子,聪明、勤奋,可能不知道我们这些凡人又笨又懒的苦恼。不是每个大学生创业都能像你一样乘风破浪,很多人连启航的机会都没有。杜小越虽然远不及你聪明,但光是勤奋、有志向、脸皮厚,就赢过我们很多人了。你帮他一把,也算学一学他那句座右铭——多个朋友多条路。"

多么苦口婆心!良久,钟未一转头,看向陈迷人:"你这是和杜小越兜兜转转,又要往一块儿凑?"

多么对牛弹琴!陈迷人投降地看向钟未:"你就当我什么都没说!"

下车,走人!

转眼又到了期末。

什么叫瘦死的骆驼比马大?那就是电子商务的分组presentation,钟未组只召开过两次全体会议:第一次是钟未把PPT和陈述稿都定稿了,分配了一下谁说哪段;第二次是钟未检查组员们有没有把各自的陈述稿倒背如流。然后,他们拿下了全班唯一一个A。这使得他们那个微信群的群名就像个笑话。什么"一个好汉四个帮"?这明明是一个爸爸和四个傻儿子。

其间,陈迷人也有进言:"组长大大,或者你给我们分配一点实质性任务,给我们一些指导性建议?我们也好帮你分担分担。你这千斤重担一肩扛,我们真于心不忍。"

当时,其余三个组员谁也没搭腔。跪求能者多劳!

"不用了。"钟未这三个字不负众望。

对学霸而言,难的从来不是学习和考试,难的是和学渣鸡同鸭讲。

还给一些"指导性建议"?那他能建议他们回炉重造吗?

赵顾组拿下了全班唯一一个A⁻。除了赵顾还是没能拔了钟未这"眼中钉"之外,其余四人均心满意足。

鲍家国功不可没。毕竟,老师评价说他们这一组的presentation开创了一种暖文风。

暖文风?许喵喵心说:这年过半百的老师搞不好也阅总裁文无数吧?

鲍家国的那一本《总裁宠上天》完结了,字数不到三百万。除了编辑,连许喵喵都替他可惜:"多少本像裹脚布一样又臭又长的都还在出番外,你这让人意犹未尽的,说咔嚓就咔嚓了?跟钱有仇吗?"

"我想写点儿别的。"

"想写什么?貌似虐文有反扑的迹象啊,越虐越好。"

鲍家国摸了一把自己的平头:"你这么上赶着出谋划策的,又有事儿求我啊?"

她给他洗头的场景还历历在目。

呵呵,就为了拉他入伙!这个没心没肺的女人!

许喵喵词穷:"没,没事儿。"

鲍家国走了两步,又听许喵喵在后头喊他。他一回头,看许喵喵拿着手机对着他猛点一通。

这是几连拍啊?就算没有闪光灯,他也下意识地将折扇打开,遮住了脸。

"你干吗?"他又把眼睛从折扇上露出来。

"贴我们家大门口,辟邪。"许喵喵扭脸就跑,生怕鲍家国让她删了。

果然，许喵喵没跑两步，就听鲍家国追了上来。她一回头，让他眼睁睁看着她把手机塞进了领口。大冬天的啊，手机在毛衣和内衣之间直接就贴身了，最后被缩口的羽绒服下摆挡住。

冷！许喵喵打了个寒战。早知道就听妈妈的话了，穿个秋衣能胖到哪儿去？

鲍家国都看傻了："你这又是干吗？"

"我不删，"许喵喵耍无赖，"有本事你动我啊。"

鲍家国真叫一个心累："我说让你删了吗？我是说，你别往我评论区乱发。那个……咳咳，我想靠才华，不想靠脸。"

许喵喵一愣："靠脸？就你？你是不是对自己的脸有什么误会啊？"

鲍家国牙直痒痒："再见！"

许喵喵目送鲍家国："嗯嗯，开学再见啊！假期你有时间的话，也可以约我，我随叫随到！"

费了挺大劲儿才把手机掏出来，许喵喵迫不及待地打开了鲍家国的八连拍。

帅吗？这张没什么亮点，顶多算是挺爷儿们的脸真的能称之为帅吗？

笼中鸟的粉丝扒出了一系列他的照片，但画质通通一言难尽。她们捧着朦胧的照片犯花痴，她只能说是朦胧产生美。又或者，是她自己太靠脸了，反倒没把他的脸当回事儿？但此时，她真是对这八连拍爱不释手！完蛋，这才要放假，她就心心念念盼着开学了……

也真是造化弄人。鲍家国曾经从她的脸喜欢上她的心，而她从他的心，至今才喜欢上他的脸？哎，也不知道还有没有复合的机会……

这一个学期也终于画下了句号。

罗思第一个回家。往年，放假和开学都是方茂打个车接送她。如今，是她爸开了一辆老年代步车来接她。不同于以往的报喜不报忧，这一次，罗思在和方茂分手的第二天就哭着向爸妈和盘托出了,她分手的决心也就暴露无遗了。与之相比,方茂几次三番的负荆请罪也就不值一提了。

罗爸爸没空手来,带了三串糖葫芦,给了陈迷人、许喵喵和赵顾一人一串。他提上罗思的大包小包:"我先去装车,你把被褥都卷上,你妈说带回去给你都拆洗了晒一晒。"

"不用了,麻烦。"

"麻烦什么,那才能睡得香。"

后来,陈迷人、许喵喵和赵顾趴在窗口,一边吃着糖葫芦,一边看楼下罗爸爸满载而去。在此之前,她们还看到罗思才一下楼,罗爸爸就从老年代步车里拿出了第四串糖葫芦。许喵喵眼尖,看到那第四串糖葫芦是夹馅儿的,细腻的豆沙上沾满了香喷喷的白芝麻,大概比她们吃的这种纯山楂的要贵个两块钱吧。她们都知道,罗爸爸不差那几块钱,只是每个父亲都会把最好的留给女儿。

这个假期,赵顾没有回家,甚至没有回家过年。她和 Dylan 去了趟美国,沿着 66 号公路自驾了二十天。

据说,美国的 66 号公路象征着美国人民一路走来的艰辛历程。

她在 66 号公路"BEGIN"(开始)的路牌前拍了个照。对她而言,这不是用来发朋友圈的游客照,是象征着她从井底一路走到海阔天空的艰辛历程的第一步。

这个假期,许喵喵虚度了。

其一是晚上不睡,早上不起,给她个尿不湿,中午也不起。

其二是给她个手机,再加上电源和 Wi-Fi,她就能撬动整个地球。

最要命的是,她妈收拾床铺的时候,只能把她搬到地上,等她妈扫地的时候,只能再把她搬回床上。也就怪不得她妈说:"你姥姥中风都比你让人省心!"然后有一天,许喵喵在微博上刷到了一个"平头男生大赛"。她诈尸似的一坐。

鲍家国说别把他的照片发到评论区,但没说别发到微博啊……

就这样,许喵喵从鲍家国的八连拍里挑了一张他用折扇半遮面的,并附言:前男友可以有姓名吗?

等上了个厕所回来,许喵喵惊呆了:这点赞数和评论数没事儿吧?分分钟要送她上热评?网友们的话还能不能信了?

其一:这中国风乱入的小哥哥必须有姓名!

其二:行走的荷尔蒙本蒙!

其三:前男友?姐妹是你分的手吗?姐妹你是不是膨胀了?

其四五六七:求原图!求组图!求高清无码大图!

许喵喵悲喜交加,赶紧把鲍家国的照片都备了个份。准备等将来经济不景气的时候卖一卖高清无码大图,好歹饿不死……

这个假期,陈迷人打了个工。

来龙去脉是这样。某商场的三楼有一家电影院和一家花店,陈迷人的高中好友看上了花店的店长小哥哥,便拉上陈迷人到电影院打工。追不追的再议,先近水楼台一下。赶上春节,电影院缺人,二人当天就被留下来卖可乐和爆米花了。

高中好友心里直发毛:"我们不会把这辈子求职的好运在一天用完吧?"

陈迷人一哆嗦:"那我可饶不了你!"

后来又赶上情人节,电影院更缺人了,陈迷人被派去扮玩偶。

无巧不成书的是,陈迷人扮玩偶的时候看见了曹佳儿——这游手好闲的家伙又回国了!

陈迷人穿着一身北极熊的玩偶服,从北极熊的嘴里看见曹佳儿一边买可乐和爆米花,一边讲着电话。

偷听是不道德的!所以她熊模熊样地走了过去,大大方方地听……

曹佳儿这样说道:"我在门口啦,马上,马上啦……就知道你没买,我在买啦……你不用接我,我这就进去啦!"

对方一定是钟未。连个可乐和爆米花都舍不得买,除了他还有谁!

陈迷人才要结痂的伤口又一次血淋淋地被撕了开来。他们就不能暂别祖国的怀抱吗?就不能韩国深度游吗?对一个会钱生钱的富二代来说,韩国深度游真的不贵好吗?

只是,听曹佳儿这意思,钟未已经进场了?而她之前竟然没有看见他进场,这感觉就像是煮熟的鸭子从眼皮底下溜走了……

挂了电话后,曹佳儿很难不被身边一只北极熊吸引,便拍了拍它的头:"乖啦!"

半小时后,陈迷人摘下了北极熊的头套,问高中好友:"我现在看起来怎么样?"

高中好友揉了一把陈迷人的鸡窝头:"你现在每天都在演绎一胖毁所有,瘦了全都有,每天都美出新高度。"

就这样,陈迷人大步流星地走向了7号影厅。

适才,她目送曹佳儿走进7号影厅。在那里,钟未都等急了吧?曹佳儿也不是第一次迟到了,迟到都算便宜的,不放鸽子就谢天谢地……

还是说他等她等得心甘情愿?好吧!不是有这样一句话吗?岁月不饶我,我也不曾饶了岁月。那同理,狗粮不饶我,我也就不客气了。谁让她真的好想……好想看他一眼呢?

贺岁片,上座率几乎高达百分之百。

陈迷人顺着墙根儿溜到最后一排。很快,她便在一片黑压压的后脑勺中找到了颜值最高的两颗。也是该着了,曹佳儿就坐在倒数第二排,心思没在电影上,一个劲儿对钟未咬耳朵,怪引人注目的。

等等!怎么那后脑勺……不像钟未啊?

陈迷人抻长了脖子,瞪眼,揉一下,再瞪眼,确实不是钟未!

一时间,陈迷人百感交集。

有失望,失望于朝思暮想想见的人没见到。有困惑,困惑于这人是谁啊？更有愤怒,愤怒于曹佳儿这不是劈腿吗？就在前两天,曹佳儿还在朋友圈里晒了一张钟未的背影,配文是"年度贵人"。

这会儿,陈迷人再一转念:贵人？难道不是指Mr. Right？难道是指……那个贵人？下有答应和常在,上有嫔、妃、贵妃、皇贵妃？那这级别真不算高啊。

曹佳儿和男伴才一走出7号影厅,就被一只北极熊堵住了去路。

她都大难临头了还在嘚瑟:"哟,这熊熊欧巴是冲我来的吗？米亚内!虽然物种不是问题,但我有男朋友了。"

说着,她挽住了男伴的手臂。

陈迷人还是只能从北极熊的嘴里看出去,这一看……曹佳儿的男伴怎么这么眼熟啊？却又想不起在哪里见过了。

不重要！劈腿的罪大恶极并不以劈腿的对象是谁为转移。

说时迟那时快,陈迷人摘下头套,扣在了曹佳儿的头上。北极熊的嘴在曹佳儿后脑勺的位置,顿时,曹佳儿陷入了黑暗,一边哇哇叫,一边乱转。陈迷人穷追猛打,一双小粉拳隔着头套虽然伤不到曹佳儿,但威慑力绰绰有余。

"我叫你劈腿！"陈迷人咬牙切齿,"我叫你对不起钟未！你对不起钟未就是对不起我！"

黑暗中的曹佳儿耳朵还挺尖:"陈迷人？"

终于,那男伴挡开了陈迷人,摘下了曹佳儿头上的头套。

盛怒下的曹佳儿对着陈迷人左看右看:"你！你也整容了？眼睛和下巴有没有动手脚？我可是专家级的,谁也逃不过我的火眼金睛。"

陈迷人扬了扬下巴:"我早就跟你说过,我的女大十八变来得比别人晚一点。"

曹佳儿言归正传:"你刚才说我什么？劈腿？你女大十八变是把眼睛

变摆设了,还是把脑子变水了?"

"那你倒是说说看,他是谁?"陈迷人一指那男伴,"我刚才可是亲眼所见,你们那搂搂抱抱都快十八禁了!你有脸说你和他真的没什么吗?"

"你慢着!"曹佳儿捋了一下思路,"陈迷人,你不认识他了?"

这个他,自然是指那男伴。

陈迷人又将其上下打量了一番:"眼熟,好像是在哪里见过。"

曹佳儿转而问那男伴:"你呢?你也不认识她了?"

后者将陈迷人上下打量了一番:"没见过。"

曹佳儿服气地翻了个白眼,给双方公布了答案:"南池子公园,兴浓茶楼!他是那个店小二!她是那个疑似钟未的前女友,也就是帮我和钟未再续前缘的那个小胖子,陈迷人!不过亲爱的,也不怪你眼瘸,谁知道她一个小胖子怎么减了个肥就像变了个人似的。"

陈迷人还在气头上:"你也知道再续前缘啊?那你还叫他亲爱的?"

"那不是没续上嘛!"曹佳儿公布了最后的答案。

事情是这样的。身为(人造)女神的曹佳儿身边一直不缺追求者,而她也乐于在洁身自好的前提下做一名交际咖,毕竟,不试试看谁知道哪个是自己的 Mr. Right 啊?陈迷人第一次在机场见到她时,也见到了她被一个男孩子接走。那是她的一个前男友,二人分手半年后都有复合的意思,只可惜没过两天又掰了。

对钟未一见钟情后,曹佳儿有和钟未再续前缘的意思,也只可惜,是她单方面的。钟未对她的殷勤,仅限于在南池子公园帮她排队买了一中午的小吃,和第二天携手她出席了一场慈善晚宴。但鉴于以上种种都是她的要求,他的殷勤甚至不能叫殷勤,只能叫"满足了她的要求"。

再往后,她也有上赶着去看钟未打过一次篮球,又看他去玩过一次抓娃娃机。结果是,她递给人家的水,人家不喝;人家抓出来的娃娃,不值几个钱都舍不得给她?!

热脸贴冷屁股太没意思了,她在自己的一张脸上花了那么多钱,受了那么多罪,可不是为了热脸贴人家冷屁股的!

再再往后,曹佳儿便和这个店小二无心插柳柳成荫了。

那天在南池子公园的兴浓茶楼,二人无意间发现对方也是追星狗,又发现初心是同一个男团,那亲切感不亚于老乡见老乡,两眼泪汪汪,当即打开微信:"你扫我还是我扫你?"

再再再往后,二人就在志同道合的基础上男欢女爱了。那店小二不是店小二,是兴浓茶楼的太子爷,曹佳儿便给了钟未"年度贵人"的封号。如果没有钟未,她和她的 Mr. Right 指不定还得绕多少弯路呢。

"这逻辑没毛病吧?这'年度贵人'钟未当之无愧吧?"

陈迷人在曹佳儿的反问句下节节败退:"你是说……你和钟未没有在一起?"

曹佳儿也是不吐不快:"从没有!哼,而且我明天、后天、将来,永远也不会和他在一起!话说,你到底是不是他前任啊?你知不知道他有多小家子气?去玩那个抓娃娃机什么的,大家不是都直接在机器上扫码买币吗?他那次一百块钱买了六十个币,然后在那儿一个一个数欸!也是绝了,还真少给了他一个!他还真去找工作人员要欸!"

"有问题吗?"

"没问题吗?人家工作人员就差说活久见了!"

论气势,还是陈迷人略胜一筹:"当然没问题!该是他的,就是他的!他凭什么不能去争取?"

曹佳儿扶额:"好好好,我才不管你们王八看绿豆!那也请你们放我去争取我的幸福OK?亲爱的,我们走!"

说完,曹佳儿拿过那北极熊的头套,又套回了陈迷人的头上。

陈迷人没能目送曹佳儿和兴浓茶楼的太子爷比翼双飞,因为这一次北极熊的嘴也在她后脑勺的位置。黑暗中,她却只觉得整个世界都亮了,天是碧蓝的,海面上波光粼粼,只觉得自己是最被眷顾着的那一个。

就这样,路人纷纷只见一只脖子被拧了一百八十度的北极熊一个旱地拔葱,蹦了得有半米高:"哟吼,耶耶耶!"

那一天,陈迷人的高中好友失恋了——花店店长小哥宣布出柜。

那一天,钟未关机了。

怎么知道钟未关机的?因为陈迷人溜溜地给他打了一天的电话。

直到三天后,中北大学信管系18班迎来了大三的第二学期,陈迷人撂下行李就去了男生寝室楼。

如今的男生寝室楼不是她说进就能进的了,等了半天,等到同系不同班的一个男生下楼来,说钟未好像是还没来,又等了半天,等来了黄进,说:"钟未?钟未上学期期末就搬出去住了。"

陈迷人挨了当头一棒:"为什么啊?"

黄进理所当然:"我没问。"

"那你知道他的地址吗?"

"这我就更没问了。"

陈迷人心急火燎:"你们这算什么朋友啊?"

黄进不服气:"我们男人的友谊跟你们女生不一样!你们女生非得把自己掏空了才叫交心,我们男人都是生死之交一碗酒。"

也在理。陈迷人无功而返,没办法的办法,她致电了白冉。白冉倒是接通了电话,但一声"喂"真的是冷若冰霜。

顿时,陈迷人矮了半截:"姐,是我。"

"有事吗?"

"那个……你知道我们误会钟未和曹佳儿了吗?"

"知道啊。"

"那你不告诉我?"

"我为什么要告诉你?你把我这个情敌当活雷锋吗?"

"呃……那你知道钟未不在学校住了吗?"

"知道啊。"白冉抢答道,"别问我地址,问了我也不会告诉你。陈迷人,当初我敬你是钟未心中的白月光,后来你被曹佳儿打回原形,我可怜你才和你做了难兄难弟。现在不一样了,现在我们是有你没我,有我没你的情敌,各凭本事喽。"

陈迷人败下阵来。

又直到三天后,陈迷人义务帮学生会进行一个关于"毕业后你对你第一份工作的期望值"的调查时,一抬眼只见赵顾向她跑过来。

"老大……"赵顾上气不接下气,"你可真够俗的!"

"我怎么了?"

"越有事儿,越找不着你!"

"出什么事儿了?"

"钟未……有人看见钟未来学校了。"

"在哪儿?"

"说是看见他往图书馆去了。"

陈迷人拔腿就走。赵顾也就在寝室的微信群里发了条语音:"找到老大了,都散了吧。"毕竟此时此刻,许喵喵和罗思也都在为了陈迷人这同一个目标东奔西走。

另一边,陈迷人一直觉得是这城市太大,以至于她迟迟找不到钟未。

她万万没想到,中北大学的图书馆也还是太大! 她从一楼找到三楼,又从三楼找回一楼,连男厕所的门都敲了,一无所获。

眼看时间一分一秒地流逝,眼看就算这情报是真的,钟未也有可能来去匆匆,甚至一去不复返。

她直奔了失物招领处——有点儿像昨日重现。

昨日,钟未的脖领子里被黄进塞了一条假的虫子,便动用了广播在众目睽睽之下将陈迷人呼之即来。

今天，陈迷人同样动用了广播："喂？钟未，你能听到吗？喂？"

广播员："哎哟，这又不是电话，他能听到也没法回答你啊。"

陈迷人："我有急事找你，听到后请速到失物招领处。不急，你慢慢来啊，我等你。"

广播员："到底是急还是不急啊？"

就在这时，陈迷人看见了钟未。还没等她度秒如年，她便看见钟未穿着黑色牛仔裤和一件白底灰色竖条纹的卫衣，戴着一顶深灰色的棒球帽，单肩背了个黑色背包，惊现在了从二楼到一楼的扶梯上，眉眼隐藏在帽檐的阴影下，但单凭挺拔的鼻梁、紧闭的薄唇和凌厉的下颌线，也对得起那"惊现"二字。嗯，惊艳的惊。

陈迷人脑子一抽，便迈上了从一楼到二楼的扶梯。

她的本意当然是去迎迎钟未，却也不想想这不是演绎了一出擦肩而过吗？！那一刻，她清清楚楚地捕捉到了钟未的一声叹息，无非是他在对她说：陈迷人，你是不是傻？

也就有了以下这一幕：钟未双手插兜等在一楼的扶梯口，看陈迷人又从二楼缓缓下降到一楼，看她涨红着一张脸，用手敲了一下自己的头，大概是自言自语了一句"笨死你算了"……

终于迎来了这面对面的一刻，陈迷人先下手为强："你躲哪儿去了？我连男厕所都找了。"

钟未自然而然地得出了一个结论："你的意思是我躲女厕所里去了？"

苗头不对，气氛不算友好！陈迷人赶紧换了个话题："过个年，你怎么还瘦了？"

"最近比较忙。"

"哦。"

"不是说有急事找我？"

"你最近……是一个人吗？"

钟未一皱眉："我不是人是什么？"

莫名地，陈迷人的眼睛起了雾："不是人，可以是单身狗啊！"

钟未这才勉勉强强get到了陈迷人的意图："我是单身，但不是狗。"

陈迷人百感交集地一跳脚："那我还能追你吗？"

钟未再一次陷入了重重迷雾："陈迷人，你又无聊了是吗？要我是不是挺有成就感的？是谁把我变成单身狗的？不是你吗？这又没头没脑地说要追我，你以为你一个飞盘扔出去，我就得顺着你的心意有多远跑多远，最后再叼着飞盘乖乖回到你面前？"

陈迷人的眼泪在眼眶里打转："你不是说你不是狗吗？怎么说起飞盘来一套一套的……"

钟未别开脸："你还有其他事吗？"

陈迷人一抬手便攥住钟未的衣袖："就这一件事，可这是一件天大的事啊！钟未，我不是没头没脑，我……我是才知道你和曹佳儿没有在一起。"

钟未的目光落在陈迷人的手上："我和曹佳儿？你凭什么觉得我和曹佳儿会在一起？"

"就凭你当初和我在一起了啊。"陈迷人的眼泪扑簌簌地掉下来，"我为什么会当上锦鲤，不就……不就因为你以为我是她吗？"

钟未再一次拨云见日："所以说，你和我分手，不是因为你玩够我了？"

"没，"陈迷人松开钟未的袖子，飞快地摆了摆手，"没玩够！"

呃……这说法也是怪怪的。

钟未铁了心不去看陈迷人的眼泪："所以说，你和我分手，是觉得我连我自己的感情都搞不清，觉得你在我眼里仅仅是十年前的一个符号，觉得我们两个在一起一年又两个月都是在过家家？"

无须陈迷人点头，钟未转身便离开了。

那时是中午，气温的回升总伴随着雾霾。钟未也不算没来由地一阵咳嗽，眼底像有细沙在来来回回地摩擦。他将棒球帽的帽檐往下一压，心说男人哭吧哭吧不是罪!

最不能接受的无非是他全心全意待她,她却在弹指间将他说放弃就放弃。

还记得他第一眼见她,他坐在教室的窗边,见她扛着他的等身人形立牌经过,像灵魂出窍似的自己看自己被人掳去,很难不对她投去第二眼。

错就错在了那第二眼,将她认作了她人。但此时再忆,又或许是他不想再寻找儿时的她人了,是他想和窗外那看起来就很有趣的女生走近一点点,才会将她和她的身影重叠在一起吧?毕竟,他还从未主动走近过哪个女生。他总要给他自己一个借口吧?

就算这是他的错,今天的她仍罪大恶极。那是一年又两个月啊……

他有过就当年的往事穷追猛打吗?是,他是以为她不说是因为不愿说,那么,她不愿说就不说吧,因为那根本也不重要。

还记得当时有个大四学长私设下赌局,赌他和她坚持不到一个月。她押了一百块钱,而他只是笑笑,什么都没说,因为他也没有把握。就算他曾把当年的往事当作命中注定,当时的他也没有把握和她长相厮守,不是吗?!对她根本是日久生情,不是吗?!他最爱她的落落大方和细致入微,除了对学习有点儿无能为力,她对一切都竭尽全力。

那三个室友对她的一声声"老大"才不是因为她年长她们几个月,是因为她是她们的主心骨。

那不绝于耳的一声声"OK姐"也才不是因为有求于她,大家会心甘情愿回报她更多。每学期开学,她会收到最多的大家从五湖四海带回来的纪念品,重点不是纪念品,是心意。

她是全世界最好的女朋友,个中点点滴滴他无以为报。

鑫设计的员工都喜欢她。除了Linda和老耿之外,其余人也在她以他的名义请了两顿下午茶后,纷纷力挺她。不是被区区几口糖分收买,是因为CP(情侣)就是要取长补短,因为能给一毛不拔的老板"补短"的老板娘才是好老板娘。

连他的理财经理都说:"小钟,我预感你今天就算穷了,也会穷开心。"

是啊,有她就开心,穷开心也是开心。

连卞雨露的司机老熊都喜欢她,说她"一看就能生养"。

是,这说法是有点儿封建了,但那也是优点啊!

总之,他和他身边的每个人都真心实意地喜欢着她,她却把她和他之间的感情当儿戏?那他那一年又两个月的入戏算什么?他这半年来的相思又算什么?

她凭什么来到他身边,给他所有的辛苦都撒上一层糖?又凭什么自作主张地说走就走,只给他留下辛苦的苦?

她知道他这半年有多辛苦吗?鑫设计"全世界欠你一个拥抱"的破土比想象中更难上加难,针对民宿的设计和改建这一杯羹有人来分,对方的攻势也比想象中更猛。除此之外,卞雨露的第一首单曲在上线的当天就被钟昌国悄无声息地扼杀了。

能做到中国民营企业500强中的前50强,钟昌国当然不是吃干饭的。

在他看来,妻子不该有自己的一片天,丈夫就该是她的一片天。

当天,被扼杀的还有卞雨露最后一丝丝隐忍——她选择离开钟家。

钟昌国默许了。他认为,衣来伸手饭来张口了一辈子的卞雨露离开钟家不可能活下去。她的父母都不在了,她迟早得乖乖回来。届时,她自然吃一堑长一智。

钟未看着父亲越来越像个陌生人,看着母亲才迈出离家出走的第一步,行李箱就散了架,其中的杂七杂八好像是天女散花。他和父亲都看着卞雨露用两个枕头占了半个行李箱,却把自己每天都要吃的药忘在了床头。父亲别开脸,而他在那一刻真的好想陈迷人。

真的好想跟她随便说一些什么也好,也好过一个人透不过气来。

雾霾下的太阳有一种悲情的美。钟未知道陈迷人在跟着他,知道她自从追他追出了图书馆,便一直在跟着他。

随她的便吧！反正他也没时间和她捉迷藏。

离家出走后的卞雨露牵扯了他八成的精力,他连课都没时间上了,今天也不过是用零点零一成的精力来图书馆申请个自修的学分。反正……他绝对不原谅她!

一个叫作月牙湾的小区与富华小区仅间隔一条马路。

陈迷人恍然大悟:怪不得!怪不得当时钟未知道方茂和姚微晶在找房,因为他自己也在找房。

比富华小区历史更悠久的月牙湾真有点儿对不起它诗情画意的名字。楼是灰色的。用于绿化的树与树之间拉了根绳,就能用于晾衣服,衣服中还点缀着松紧带失去了弹性的裤衩儿——辣眼睛!垃圾桶没人清理,旁边的小山堆得比垃圾桶还高——辣完眼睛刺嗓子!

钟未停在一个楼栋口,转过身:"你要跟我上去吗?"

"你住在这儿?"

"嗯。"

"自己?"

"和我妈,她和我爸闹翻了。"

陈迷人抬头,尽管不知道是哪一扇窗,双眼红通通的,却一亮:"阿姨现在在上面吗?"

"在。"

"好啊,我跟你上去!"

钟未脑袋嗡的一声。不对啊!这算什么?见家长吗?他还没答应和她复合,见什么家长啊?他不能就这么答应啊,不能就这么便宜她啊!说好的加倍奉还呢……

一眨眼,陈迷人挤开钟未,率先没入了黑漆漆的楼栋口:"几楼?"

他被动地追上去："你等一下，我还有话要说……"

"什么话？边走边说啊。"她一步两级台阶。

他急了："我让你等一下！"

他是真的急了，一伸手，便从后面拉住了她。她本来高他三级台阶，在他的作用力下猛地一转身，栽下了两级，便仅剩高他一级，几乎与他平视。她发誓她不是故意的，只是出于安全第一的下意识，双手圈住了他的脖子。他发誓他更不是故意的，只是出于条件反射，便单臂揽住了她的腰，收紧。即刻，他觉得这更不对了啊……

尽管是大白天，楼道里却没有窗，灯泡更早就不知道坏了多少年了。

诗人顾城曾说过这样一句话："黑夜给了我黑色的眼睛，我却用它寻找光明。"

可到了钟未这儿，却是黑夜给了我黑色的眼睛，还给了我矛盾的思想。

他真想暴揍陈迷人一顿，等暴揍完了，他真想再也不放开她。

反观一遇上学习就蒙的陈迷人，这会儿却有条有理了。

她像触电般缩回了双手，诚心诚意道："钟未，我错了，我知道是我辜负了你。是我把我们的井井有条搞得一团糟，是我自作自受，可你……你就是被我害惨了！我错了就要付出代价，我会给你时间，等你重新接受我。"

钟未像大太阳底下的一块冰，不化不行啊。就冲陈迷人这低姿态，他还怎么暴揍她，怎么加倍奉还，怎么不原谅她？他根本没觉得她活该低姿态，活该低到尘埃里，他甚至觉得……她就是他的大太阳。

"401。"钟未声音有些哑，"不过，你改天再来吧。我还没做好心理准备，万一当着我妈的面痛扁你，你也不好还手吧？"

陈迷人无异议："好好好，那你慢慢做准备，从心理到生理，两手都要抓，两手都要硬！"

"呃……我生理不用做准备，我好着呢！"

"呃……你想哪儿去了！"

"你说我想哪儿去了?"

"我是说拳头!你拳头硬才好痛扁我。"

钟未越过陈迷人上了楼:"你快回去吧!"

她再不回去的话,他可就真不放她回去了。

陈迷人扒着楼梯的扶手目送钟未(的鞋底)一层层远去:"那我改天再来!拜拜!"

第十五章
陪你心宽体胖

大三的下学期看似前不着村后不着店,实则却是一道分界线。

在此之前,你或许还能在父母和学校的庇护下终日浑浑噩噩。

但在此之后,大四、毕业和社会会像三张血盆大口排队等着你。

寝室里,许喵喵第一个把问题问出了口:"话说,你们都有什么打算啊?赵顾就不用说了,美国西北大学的市场营销专业。哎,什么叫学霸?人家随便定一个小目标,就是公认的全美第一,就像王健林爸爸的先挣它一个亿!老大、罗思,你们都是怎么打算的?"

赵顾把手头的托福书先放一放,也好奇陈迷人和罗思的答案。

陈迷人也没什么底气:"我大概就是等明年的这个时候,学校、寝室、食堂、招聘会,四点一线吧。"

经过了一个寒假,罗思的脸上仍赫赫然写着"失恋"二字:"我……我也差不多吧。"

赵顾把问题丢回给许喵喵:"你呢?"

许喵喵不像是开玩笑:"你们觉得……我考个研怎么样?"

陈迷人知道个大概:"考研的不是大致分两种吗?一种是为了学术,还有一种是为了不毕业。你算是第二种吧?"

罗思更狠:"你考不上吧?"

许喵喵往赵顾的桌子上一趴:"她们两个学渣的话仅供我参考,我听你的,我听学霸的。"

赵顾名副其实:"留学你不考虑是不是?那我支持你考研。目前就业的大环境只能说一般般,超七成的本科毕业生入职后对薪水、自我价值和前景都不满意。老大前些天不是才帮学生会搞了个问卷调查吗?针对大家对毕业后第一份工作的期望值。你们猜怎么着?据说,学校请了三位相关的专家教授,要联袂为我们带来一场'不要活在假想中'的讲座。"

许喵喵和罗思看向陈迷人,陈迷人点头:"是有这么回事。"

赵顾却摇摇头:"哎,什么叫'不要活在假想中'?那不就是说,同学们,你们别指望毕业后第一份工作月薪八千元,企业文化是同事间对内良性竞争、对外团结一致,别以为上司都是伯乐。现实是'996'与'月光'并存,是功劳和黑锅傻傻分不清楚,是为了抢茶水间里的最后一包速溶咖啡都未必能良性竞争。"

许喵喵一握拳:"我要考研,就这么愉快地决定了!"

赵顾却又摇摇头:"愉快?是,拥有一块含金量更高的敲门砖是挺愉快的,尤其是考研给了你第二次选择专业的机会。选择本专业,能让你和囫囵吞枣说拜拜;不选择本专业,那就是重生。"

赵顾越说越口沫横飞:"但问题来了,喵喵,你连考研的时间线都不知道吧?一般来说,从大三上学期到现在,人家就把目标的学校和专业都选好了。你现在着手,基本相当于一万米被人套了三圈。而剩下的八千八百米,你从三月到六月,建议每天学习四到五个小时,前期的关键就是别学吐了。从七月到十一月,建议每天学习十到十二个小时,这个时候就不管你吐不吐了,学就对了!等到了十二月,心态是关键,吓也能吓吐了!"

许喵喵干呕了一声:"那……那我还考不考啊?"

赵顾总结陈词:"考!哪怕就当作是两条腿走路,也稳当一点是不是?或者不考研,考个公务员?"

许喵喵又问陈迷人和罗思:"你们觉得呢?要不要一起考,一起两条腿走路啊?你们也别单腿蹦了啊。"

陈迷人心意已决:"我就算了,我四年都要学吐了。"

罗思敷衍了一句:"我再想想吧。"

四月初。

陈迷人去月牙湾小区的次数两只手都数不过来了。卞雨露就像一朵温室里的小花,谁给她点儿阳光都能灿烂,更何况是陈迷人的掏心掏肺。

陈迷人第一次去,给卞雨露带了一束洋甘菊。卞雨露笑得合不拢嘴,说钟昌国每次送她花都是经秘书的手,钟未又从没有这个觉悟。陈迷人心说:是啊是啊,他也从没有送过我花!哼,我们不跟直男一般见识!

陈迷人后来再去,便是去和卞雨露学唱歌。

卞雨露只知道陈迷人是钟未的朋友,话说得都是点到为止,也就没把自己离家出走的事与外人讲。

同样地,陈迷人这个外人也只是说听卞雨露浇花时哼的歌好好听!

卞雨露没说那首歌就是她被扼杀在摇篮里的第一首,也可能是最后一首的单曲。陈迷人看破不说破,虽然不说破,但五音不全了一把,还唱破了个高音,拜了卞雨露为师。

对卞雨露而言,哎,没有千千万的歌迷,只有一个徒弟也好过什么都没有,更何况,这徒弟回回不空手来。糖炒栗子、烤猪蹄、炸鸡、酱爆田螺、疯狂大香肠……但卞雨露最爱吃的还是陈迷人有一次带来的铁板大鱿鱼!

陈迷人每次去的时候,都是趁钟未不在。

就只有这次,才要走的她和刚刚回来的他在门口撞了个满怀。

"拜拜!"她说好了给他时间,便不敢觍着脸在他眼前晃啊晃。

他却叫住她："你下次再给我妈买铁板大鱿鱼的时候,记得连止泻药一块儿买来。"

陈迷人一惊："阿姨拉肚子了?"

卞雨露从屋里探出头来："钟未你不要小题大做,我那只是排排毒嘛!"

钟未将门一关,卞雨露在门里,他和陈迷人在门外。

他对陈迷人坚持道："我妈的肠胃吃不了路边摊。"

陈迷人抱歉道："是阿姨看新闻,说城管查抄一家麻辣鸭肠,好多客人跟着那个小贩跑了好几百米,玩命似的,然后换了个地方接着吃。她就问我路边摊有没有好吃到这么夸张的地步,我才给她买来尝尝的。我错了,下次不敢了!"

"还有那个什么大香肠……"

"吃大香肠也拉肚子了?"

钟未将双手紧贴在身侧,生怕一不小心就去掐陈迷人的脸了："那倒没。我是说那些都不知道是用什么乱七八糟的肉做的,你也少吃吧。"

陈迷人差点儿没哭出来："谢谢你……还这么关心我。"

不说还好,一说,钟未气不打一处来："没,我可没关心你。就冲你口口声声说要追我,结果,到今天连我的新号码都没拿到。光说不练!"

自从陪卞雨露离家出走后,钟未便象征性地换了个新号码。之所以说象征性,是因为钟昌国如果想找他,想找卞雨露,别说换新号码了,就算他们会七十二变也没用。反之,钟昌国这是铁了心要等他们自己灰溜溜地回去了。这也是为什么在开学前后,陈迷人死活联系不上钟未的原因。

而在钟未看来,陈迷人说要追他,好歹问一问他的新号码吧?否则,这和当年她一边喜欢他,一边把他拉进了黑名单有什么区别?在黑名单里怎么谈恋爱啊?联系不上怎么追啊?做一个追风的少女吗?

好在,陈迷人一点就透,当即掏出了手机："这位同学,可以给我你的新号码吗?"

钟未拿过陈迷人的手机,亲自把号码输进去:"微信也是这个。"

不放心她输,她对数字一向不灵光,万一输错了呢?

再亲自把微信的好友加上。

不放心她的行动力,万一一扭脸又石沉大海了呢?还是自己动手最保险。齐活!

翌日,也就是陈迷人和钟未恢复了联系的第二天。

上午,陈迷人给钟未发了微信:我中午去看阿姨,你说我带点什么过去好啊?

钟未:什么也不用带。

陈迷人:那不行!你是不知道,阿姨如果看我空手,那黯然的小眼神!

钟未:……

钟未:她竟然是这样的阔太太。

钟未:那烤红薯吧。

四月初,室外比室内更早迎来春天。

至于钟未和卞雨露的新家,出于和钟昌国矛盾的激化,钟未的小金库不得不更防患于未然,也就是说出于预算的有限,小区的历史悠久不说,两间卧室还都朝北,一没了暖气,室内的温度打滑梯似的回到冬天。

卞雨露怕冷,几乎和电暖气形影不离。陈迷人揣着两块热腾腾的烤红薯又一次来到月牙湾小区时,远远地便只见着火了。

是的,着火了!她只见消防通道被几辆私家车堵住,消防车开不进去;又只见消防员逆着逃生的居民冲向了三号楼,而钟未和卞雨露的新家……就在三号楼。

钟未此时在学校卸任机器人社团主席一职——是的,打下江山后便要交给后来人去守了。而卞雨露足不出户,也就是说,此时只有卞雨露一个人在家。

准婆婆有难!陈迷人大惊失色,将怀里的烤红薯一扔,紧随消防员之后冲向了三号楼。

那恐惧来得太快去得更快就像龙卷风……陈迷人一口气还没提上来，便又只见卞雨露好端端地坐在楼下的花坛边上，像仰望星空一样抬着头，看火光和滚滚浓烟吞噬了窗口。

陈迷人顺着她的目光一看，嗯，就是401的窗口。

没错，卞雨露这一朵温室里的小花，除了有点儿阳光就灿烂，更因为缺乏生活常识而敢想，且敢干。为了取暖，且不满足于电暖气，她愣是点了个火盆。而火苗才一燎着了窗帘，她便跑下了楼。

陈迷人惊魂甫定地将卞雨露紧紧搂在怀里，不得不为准婆婆的逃生意识先点个赞。

钟未比陈迷人晚了两分钟赶回来。他那一个"赶"字本来只是因为陈迷人说要来，哪承想迎接他的不是卞雨露和陈迷人捧着烤红薯其乐融融，而是天下大乱。不幸中的万幸是，卞雨露仍坐在楼下的花坛边上，令他提到嗓子眼儿的一颗心放下了一半："妈，陈迷人来了吗？"

"来了。"卞雨露看似临危不乱，实则完完全全地吓傻了。

钟未心跳都快停止了："她人呢？"

卞雨露没说话。

"我问你她人呢？！"钟未没忍住吼了一句。

卞雨露仰望着401的窗口，哇地就哭了。在她看来，钟未怪她闯祸了，钟未要抛弃她了。继老公人面兽心后，唯一的儿子也要抛弃她了。

但在钟未看来，卞雨露这不是在看着火海，而是在看着火海中的陈迷人啊！

消防员们拉起的警戒线愣是没拦住钟未，堂堂学霸也愣是连个捂口鼻的湿毛巾都没说找一块就冲进了楼栋口，请问这和飞蛾扑火有什么区别？

消防员们也真是怒了：我们用生命上演一次次最美的逆行，只因为生命无价。我们见多了一感情用事就去送死的蠢货，虽然见多了，但我们还是要为这一群蠢货赴汤蹈火……

钟未在三楼被消防员制伏,继而被扔出楼栋口。

就这样,陈迷人看到的钟未如下:他的脸在烟熏火燎后呈灰黑色,他的挣扎在两名消防员的夹击下更像是花拳绣腿,但他还在挣扎,而且在不住地喊她的名字,一声高过一声,达到顶点后渐渐下滑,最后,伴随着眼泪掉下来。眼泪滑过之处,是两条灰黑色的小溪。

而钟未透过眼泪看到的陈迷人如下:咦,她没在楼上的火海中?她分明好端端地站在他面前!所以……他又被她戏弄了吗?

忘恩负义地挥开那两名消防员,钟未连妈也不要了,说走就走。

他也不过才二十一岁,也不过才第一次身不由己地喜欢上一个女孩子,为什么就要经历生死的考验?关键是经历完了,才发现这生死的考验又是她对他的戏弄,发现当他又一次遍体鳞伤时,她仍置身事外。他甚至注意到连她脚下那一双小白鞋都一尘不染!

三米,五米,十米。掉头。十米,五米,三米。

终于,钟未又走回到陈迷人的面前,一把将她抱住了。

她安然无恙啊……没什么比这更重要的了……

陈迷人也是吓傻了。适才,盛怒中的左邻右舍要围攻卞雨露,她为了保护卞雨露,便把左邻右舍集中到了一边,并保证会给大家一个交代。哪承想另一边,卞雨露又嗷的一嗓子,紧接着喊了一声"钟未"。她这才知道钟未来了,知道钟未冲进了火海。

这个蠢货是真的要钱不要命吗?!楼上是有金山银山等着他抢救吗?!

直到他被两名消防员扔出楼栋口,她才知道他为什么冲进火海。陈迷人,陈迷人,陈迷人!她就是他的金山银山啊……

她看着他走,又看着他回来,最后被他一把抱住。她任他摆布,但好像……好像患难见真情了是吗?

陈迷人抬手,一拳拳打在钟未的后背上,没在惜力:"你不要命了啊你!"

"要你。"钟未精疲力尽,就淡淡地说了这两个字。

"要我也得先要命啊!"

"不要命也得要你。"

卞雨露是前排的观众。她心说:完了完了,儿子将来肯定也是个娶了媳妇忘了娘的主儿,那她只好先和儿媳妇统一阵线了……

左邻右舍们是后排的观众。有了身后的火光冲天,这一对金童玉女竟隐隐加了一层乱世英雄和烽火佳人的滤镜,养眼,真是养眼啊……不过,还请还我们家园!

后来,不幸中的万幸是这一场火仅造成了经济上的损失,从居民到消防员并无伤亡。

再后来,钟未真的是赔大发了,而卞雨露和陈迷人也真的统一了阵线!

钟未才一说:"妈,你知道自己闯了多大祸吗?"

陈迷人便将矛头指向了他:"要我说,这件事你才要负主要责任。租房子的时候为什么没有考虑到安全隐患?怎么能让便宜凌驾于安全之上?真的是因小失大!这次幸好是阿姨吉人天相。"

卞雨露当即附和:"就是就是!你才要负主要责任,看你以后还敢不敢抠门儿了!"

钟未无语凝噎。

当然,陈迷人对卞雨露护着归护着,事后也给她好好进行了一番安全教育。除此之外,堵住消防通道的私家车车主们也付出了惨痛的代价。

离开了月牙湾小区,卞雨露回到了钟家,回到了钟昌国身边。

因为钟昌国在得知那一场火后打了钟未一巴掌。

因为钟昌国本以为钟未能保护好卞雨露,本以为他的儿子能保护好他的老婆,但钟未让他失望了。

因为钟昌国对卞雨露的爱从没变过。尽管他们的婚姻走过了漫漫二十四年,他和她的关系也失衡到了病态,但他早就算过命,他这辈子就这一个老婆。有时候不信命不行,真的,他这辈子也就爱这一个女人。

那一场火后,钟未和陈迷人重新在一起了。

一时间,中北大学诞生了这样一个传说:图书馆失物招领处的广播是不是有爱的魔力啊?不然为什么无论是当年钟未找陈迷人,还是如今陈迷人找钟未,结果都是在一起了啊?那我也要去喊话我的心上人了啊!

99%的人光说不练,许喵喵却做了那1%。

这一天,许喵喵在自习室里看见鲍家国也当没看见,非得多此一举地直奔失物招领处。值班的是个大四学姐,她将许喵喵上下一打量,似乎是认识,便问许喵喵要找谁。

许喵喵:"说了你也不认识。"

大四学姐:"那可没准儿。"

许喵喵:"鲍家国,认识吗?"

大四学姐话锋一转:"这是失物招领处,不管寻人。"

许喵喵这才反过来将对方上下一打量。果然!果然是认识的!对方和鲍家国曾参加同一个读书小组,就是那种分头同读一本书,再集中分享读书笔记的小组。许喵喵还是鲍家国的女朋友时,和对方有过两次点头之交。当时许喵喵就觉得对方的眼神怪怪的,却又说不出哪里怪,如今她大彻大悟:相较于读书,对方恐怕更喜欢读鲍家国这个人吧?所以说,这是她和鲍家国复合路上的拦路虎吧?

说时迟那时快,许喵喵一个假走真反扑,占领了广播:"鲍家国,快来失物招领处!"

大四学姐怒不可遏:"我说了我这儿不管寻人,你中国话听不懂是不是?我看你真是被惯坏了,别以为长得漂亮,就谁都欠你的!"

广播还开着……余音绕梁!双方都傻了眼。

许喵喵帮别人出头的时候战斗力满格,但一旦自己被人戳了痛处,大脑便一片空白。不是有这样一类人吗？每次跟人吵架的时候都三脚踹不出个屁来，非得等这架吵完了才文思泉涌。许喵喵就属于这样一类人，每次都是事后后悔：本仙女当时这么说就好了！但当下，她只好先告辞了！

鲍家国可以说是来得非常及时了："喵喵，你找我？"

许喵喵仍处于静音的状态，鲍家国便转而问那大四学姐："你说长得漂亮是优点吗？"

"就……就算是吧。"

"那不就得了。"

除了来得非常及时，鲍家国这撑腰也撑得非常一目了然了。当即，许喵喵起死回生，一挽鲍家国的手臂："我们走！"

等离开了大四学姐的视线，鲍家国才把手臂抽回来："你找我什么事？"

许喵喵总不能说她是冲着失物招领处的"爱的魔力"来的，好在，也是真有事要听听鲍家国的意见："我想考研。"

"考研？好事啊。"

"但我还没想好考哪个专业。"

"这……你倒不如多找几个教授聊聊，或者找在读研究生取取经。你问我，我也是个门外汉。"

"那我也想跟你说一声。"

鲍家国点点头："好，我知道了。"

许喵喵赶紧把话题续上："那学姐是不是喜欢你啊？"

"不知道。"

"你换个发型吧，省得招些烂桃花！"

"我都寸头了……"

"有些人就是寸头最帅啊，你考虑一下留个刘海儿什么的。"

鲍家国挠了一下后脑勺："好。"

许喵喵又赶紧把话题续上："你刚才在自习室抱着电脑噼里啪啦打什

么呢？我看你也没开新文啊。"

"你刚才在自习室看见我了？"

"是啊。"

"你都看见我了还广播？"

"我……"

面对许喵喵的穿帮，鲍家国心如明镜。他知道，她就是冲着失物招领处的"爱的魔力"来的，他知道她有心和他复合。

讲真！他对许喵喵也还是念念不忘的，之所以保持着距离，不是什么套路，什么欲擒故纵了，是他要等许喵喵真能确定她对他的感情。

没辙，谁让他喜欢的这个傻姑娘自认为缺爱呢，自认为缺爱到谁喜欢她，她就喜欢谁的地步。那他只好等着这个傻姑娘有一天真能确定她对他的感情是情不自禁，才不是什么礼尚往来。

最后，鲍家国拍了一下许喵喵的肩膀："加油吧。有好多事不是努力就行的，但考研不一样，考研是只要你努力就一定行的。等你考上了，我看谁还敢说你是靠脸。"

后来，图书馆的失物招领处被校方严管了。

我看谁还敢滥用公共资源？我看谁还敢搞封建迷信这一套？

再后来，春夏交际，中北大学按惯例又要做一本十年大事记了，图文并茂是少不了的，那么，由优秀学生代表出任形象代言人自然也是少不了的。

一提到优秀学生代表，哪能没有钟未的份儿啊？

事先，钟未在私下里还对陈迷人发牢骚："哎，不知道又要占用我多少宝贵的时间了。"

陈迷人还劝他："对你来说也是一次宝贵的被载入史册的机会嘛。"

"也对，免得将来我对我们的子孙后代夸夸其谈时，他们说我口说无凭。"

"我……我们的子孙后代？"

钟未板着脸："你有意见？"

"谁有意见我跟谁急!"陈迷人再也不是冒牌货了,说话那叫一个有底气。

只可惜好景不长,钟未被啪啪地打脸了。中北大学的校方一贯是民主的啊,偏偏这一次没让大家伙儿投票,愣是一手遮天地就把这一本十年大事记的一男一女两个形象代言人给选出来了。让人跌破眼镜的是,女生选了陈迷人。据校方说:信管系18班的陈迷人由内至外都散发着感染力。

更让人跌破眼镜的是,钟未落选了!男生选了个叫徐俊的,英语系,大二。为此,钟未还"不要脸"地跑去找校方要了个说法。而据校方说:这人要是太优秀了,就没那么接地气了。

钟未欲哭无泪:太优秀也有错吗?!

陈迷人在受宠若惊的同时,还开导了一把钟未:"这不肥水也没流外人田吗?将来我们的子孙后代还是有的看啊,只不过是从看你变成了看我。"

而钟未当然不是和陈迷人争宠。相反,她的所有进步和优秀,他都引以为傲。他争宠的对象是徐俊!先不说那小子人称"小刘昊然",光是陈迷人本月的星座运势就足以让他提心吊胆了——那关键词之一是姐弟恋。钟未本来没太当一回事儿,结果这"弟弟"就送上门来了?

就这样,钟未全身心地投入到了中北大学十年大事记的(陪同)拍摄中。之前是谁说不想被占用宝贵的时间来着?不知道,也不想知道!那都不重要!重要的是校方还请来了专业的化妆、造型团队,给陈迷人锦上添花的同时,更是把徐俊从青蛙变成了王子。

当然了,这是钟未一个人的想法。在他看来,他说徐俊是青蛙那都算客气的了!还有个词叫癞蛤蟆呢。

至于其余人的想法,那都是:哇哦!这女生好亲切,好热情,超有感染力!这男生好青春,好阳光,超有朝气!校方的眼光真是超赞的!

摄影团队也是专业的,但也堵不住钟未的嘴:"我能发表一下看法吗?"

对方纷纷一愣:这人谁啊?

钟未是真不客气:"是这样。各位在教室、实验室和图书馆取景,这都在情理之中。学校嘛,学生嘛,就是要突出学习的氛围。所以要我说,就尽量不要拍体育馆和校园,尤其是湖边什么的了。真没必要宣扬我们中北大学的环境如何如何优美,又不是谈情说爱,再优美有什么用?"

陈迷人一脸黑线地把钟未拽到一旁:"你反对湖边我还能理解,体育馆招你惹你了?"

钟未理直气壮:"你动动脑子啊,在体育馆里能干坐着吗?难免会让你们摆庆祝胜利的姿势,那不得击掌啊?那击掌不等于拉手啊?"

陈迷人鼓着腮帮子吹了一下刘海儿,便把脸板了下来:"钟未,你再这么无理取闹,我可要生气了。"

顿时,钟未低下了他高贵的头。

什么叫活久见?大概就是学霸兼校草也有低下他高贵的头的这一天。

只见钟未越说越小声:"你都不知道,你和他都有CP粉了。"

陈迷人话锋一转:"你这周六中午有时间吗?"

"干吗?"

"去我家吃个便饭。"

"去你家?"钟未眼睛里重燃了两簇小火苗,"你是说见你爸妈?"

陈迷人还忸怩了一下:"我可没这么说啊。"

"那如果不是见你爸妈,你是要和我孤男寡女……"

"好啦,是见我爸妈啦!"

值了!钟未觉得他这次劳心劳力地(陪同)拍摄真是值了,终于,陈迷人要给他一个名分了——差点儿喜极而泣。

他见好就收:"那我先去上课了。"

陈迷人像轰蚊子似的一摆手:"快走啦。"

"你不生气了吧?"

"走啦!"

钟未这才把包一背，走人，看似潇洒，实则还是对徐俊放心不下，直到徐俊把他叫住了："哥！"

徐俊这孩子是自来熟，不喊什么学长和学姐，就直接喊哥和姐。

钟未比徐俊高了五厘米，还暗中往上挺了挺腰板，静候他的下文。

"哥，晚上我们几个兄弟去撸串，有一个是你机器人社团的小弟，对你的敬仰那真是有如滔滔江水连绵不绝。还有我，我也是打一入学就把你当偶像。你晚上有时间吗？赏个光呗，和我们这群迷弟拉近拉近距离呗。"徐俊一笑起来那真是让人心都化了。

钟未保持警惕："叫上陈迷人？"

徐俊一脸难色："能不带……就不带了吧，有女生在，怪煞风景的。"

顿时，钟未豁然开朗。看来徐俊这孩子晚熟啊？搞不好徐俊对陈迷人的兴趣，还没有对他的兴趣浓厚啊？那他真是多虑了。

"你回头把地址发我，我尽量。"钟未这一次走得看似潇洒，实则也潇洒。

转眼就到了周六。一大早，陈迷人就被钟未发来的一连串对着镜子的自拍照吵醒了。他一张照片换一套衣服，总共八张照片，也就是八套衣服。最后，他问她：几号？

中午十一点，钟未准时按响了陈迷人家的门铃。

紧张？是有一点点啦，但完全在可控的范围内。

开门的是陈迷人，钟未把握为数不多的时间问道："你确定是8号？"

"我一百个确定。"陈迷人将钟未上下一打量，捂着嘴笑了。

适才，钟未把八张照片编了号。8号的这套衣服是破洞牛仔裤加豹纹卫衣，胸前还有个虎头。虽然他这个"人形衣架"驾驭这种狂野风也不在话下，但见家长不合适吧？他当时拍这一套明明是为了衬托前七套的稳重和乖巧啊。结果，陈迷人说必须8号！

"小钟来了？"吴秀芝从厨房探出头来，一看钟未，那眼珠子就拔不出来了。

陈迷人凑到吴秀芝旁边:"妈,怎么样? 3D真人版是不是比照片更帅气逼人? 快看啊,那虎头像不像要扑出来?"

钟未一惊:"所以是阿姨选的8号?"

吴秀芝怪嫌弃的:"其余那几套也太老气了!"

钟未给了陈迷人一个眼神:你这算不算实力坑男友?

陈迷人还了钟未一个眼神:见家长和见客户本质上是一样的,我这是帮你精准把握客户需求。

陈烈也从厨房探出头来:"快快快,锅都烧干了!"

"叔叔好!"钟未问好的同时,看到陈烈穿了一件蛇皮纹的衬衫。

蛇皮纹? 是为了配合他的豹纹加虎头吗? 真是好fashion的一家!

下午两点,陈迷人送钟未下楼。钟未胃里装了得有两斤红烧排骨,忍不住打了个嗝:"我再也不是那个完美的充气娃娃了吧? 我也会打嗝。"

陈迷人拍着钟未的背:"就算是给我妈的厨艺捧场,也不用这么玩命吧?"

总之,除了钟未的积食,这一次的见家长堪称圆满。

陈迷人不难发现,父母或许早在第一次见到钟未时就看穿了一切,否则为什么当钟未把时间线说漏了嘴时,他们都没有表现出哪怕一丝丝惊讶? 只不过,他们一直对她这一段恋爱持中立态度吧? 从主观上讲,自己的女儿当然是最好的。但从客观上讲,人家小伙子是真叫一个优秀啊! 他们看穿了也装作浑然不知,只因不敢添这一把柴,怕女儿陷得更深。后来果然吧,分手了。好在,不是你的别强求,是你的跑也跑不了。

陈烈仍觉得这小伙子真有自己当年的风采! 吴秀芝也仍觉得这(准)女婿好像比第一次见到时更好看了啊,把豹纹加虎头穿得这么高级,下次要不要让他试试背带裤啊? 萌死个人了……

至于钟未,他更不难发现陈迷人有一对多好的父母。他喜欢她的落落大方和体贴。她的落落大方,源自她的父母二十一年来给予她的爱和尊重;她的体贴,更源自她的父母本就都是体贴的人啊。什么叫榜样的力量?钟未单方面推选他的(准)岳父岳母大人为年度榜样人物!

另一方面,钟未也发现了两个细节:其一,吴秀芝明明是他的颜值粉,却从头到尾没有夸他一句好看;其二,当他提及和陈迷人的未来时,陈烈转移了话题。

双商(在今天)爆表的钟未心如明镜:吴秀芝那一句"真好看啊"就在嘴边,陈烈也并非反对他和陈迷人的未来,但身为父母,他们要为陈迷人摆出最大的架子,换言之,你小子再优秀,也是你高攀了我们的宝贝女儿。你小子要敢对不起我们的宝贝女儿,当心你虎头被打成狗头!堪称年度最佳感动中国好父母。

与此同时,许喵喵考研路的第一步迟迟迈不出去。

赵顾所言极是,人家先下手为强和笨鸟先飞的同学早在上学期就陆陆续续把目标的学校和专业都选好了。许喵喵越落后越着急,越着急越像个没头苍蝇。鲍家国让她去找教授们和在读研究生前辈们聊聊,她也去了。

她先是找了对口的管理科学与工程专业的一位教授。人家老教授对好学的学生有问必答,但惊觉这孩子的问题总问不到点子上,怎么总围绕着"好不好考"打转? 等轮到老教授提问许喵喵,那就更是人间惨剧了。

提问:"你对现代物流模式怎么看?"

回答:"现代物流模式?您是说快递吗?首选当然是顺丰!"

提问:"呃……那你对人机工效学怎么看?"

回答:"人机?您是说玩家与电脑对战?这个本来是 so easy 啦,给菜鸟练手用的,不过据说王者荣耀新出了个最强人机,打到后面超难的!"

提问:"呃呃……不然你先从数学一下手吧。"

回答:"对了对了,我差点忘了问,数学怎么还分数学一和数学二啊?"

"呃呃呃!"老教授差点儿没心梗。

好学的学生固然值得表扬,但请你带脑子来好吗?

后来,许喵喵又去找了统计学、税务和资产评估的教授们。结果是,怎么好像所有专业的所有教授都有点儿绕着她走啊?这是要逼她此处不留爷,自有留爷处?

再后来,在读研究生的前辈们说话都挺直。

有的说辛苦。有的说辛苦还算好的,更凄风苦雨的是赶上个怎么研究也研究不出来的课题。有人说当初不该服从调剂。有人说不是每个导师都有一颗无私的心。更有的说这里虽然不是社会,但也不是校园了,这里同样会让人变得现实。所以,这里并不是现实的避风港。更客观来说,这里是围城,外面的人想进来,里面的人想出去。关键是,还真有人想出去就出去了。就在前不久,有一个读到研三的姐姐毅然决然地退学了。是有魄力还是真的坚持不下去了,只有她自己知道。

但最后,大家还是说考研是正确的选择。

人往高处走,考研大概是最能掌握在自己手中的一步吧?再往后,很多时候只能尽人事,听天命了吧?

但最后的最后,大家对许喵喵发出了质疑:你确定你是考研的材料?

这一天,许喵喵一个人在食堂垂头丧气地吃着饭,对面冷不丁坐下个人。她抬眼一看,是才打了饭的邹莲。

身为班主任,邹莲该出手时就出手:"考虑得怎么样了?"

许喵喵摇摇头:"迷茫,我就像得了白内障一样迷茫。"

"那我给你提两个建议?"

"还请邹老师不吝赐教。"

"第一,文科类专业看重名校,理工科专业更看重这所学校的这个专业是不是重点专业。但如果只是单纯为了深造,比如你,我建议你首选名校的冷门专业。机会相对大一点。"

"哇,终于有人说人话了……不是!我是说,终于有我能get到的建议了。那第二呢?"

"第二,你考虑一下城市。喜欢哪座城市,将来希望在哪里发展,就首选哪里的学校。研究生三年,会让你在那里拥有资源和人脉,会为你走向社会打下基础。"

"上海!我喜欢上海。"紧接着,许喵喵坐着都能蹦高,"邹老师,您真是我的救星!不过您早干吗去了……"

邹莲无奈地笑了笑:"我这两条建议,仅适用于我真拿她没辙了的学生。"

这时,董大勺凑了过来,手里还端了两盘菜:"来尝尝我的董氏创意菜!这个,我先用豇豆做成球门状,再加一个红烧猪蹄,取名'临门一脚'。还有这个,土豆泥球和山药泥球的组合,就叫'球球泥了',谐音'求求你了'。怎么样?有意思吧……"

邹莲警告地斜了他一眼,他便委屈巴巴地撂下菜走了。

许喵喵自言自语:"这董大勺该不会喜欢我吧?"

邹莲一惊:"你说什么?"

"我说这董大勺该不会对我有意思吧?不然他怎么知道我最爱吃红烧猪蹄啊?他今年四十几了?这年龄差距是不是太大了啊?哎,我这该死的魅力!"

"停!"

"邹老师?"

"他!董大勺,他喜欢的人是我!"

许喵喵(故作)惊讶状:"什么?"

邹莲赶紧先把那唯一的猪蹄占为己有:"我和他是老相识了,你以后别再说那些不着调的话了啊!你们都不是一个辈分的。"

"还老相识,直接说老相好不就得了?"许喵喵沾光地夹了一根豇豆。

邹莲这才觉得不对劲,觉得许喵喵这惊讶状是不是也太敷衍了?

"你早就知道了?"邹莲觉得中计了。

许喵喵诚心诚意:"邹老师,不光是我,全班长眼的同学都早就知道了。

包括您最得意的门生钟未和陈迷人在内,有好几个都掌握铁证了。像我们这种没铁证的,那光是他对我们个个都跟慈父似的,替您为我们操碎了心,那他铁定是我们师娘啊。嗯？叫师娘好像有点儿怪怪的……"

邹莲目瞪口呆。

许喵喵乘胜追击:"邹老师,您可能有您别的苦衷,但在我们面前,真没必要遮遮掩掩的。你们男未婚,女未嫁,情投意合会得到我们的祝福的!再说了,你们加一块儿还不到八十岁呢,还年轻呢,趁年轻再勇敢爱一回,亏不了您的!"

远远地,许喵喵给了董大勺一个OK的手势,董大勺还了她一个耶。这一幕被邹莲尽收眼底。果然,这一大一小两个猴崽子是串通好了的。

不过她和董大勺的事,也真是只差她"临门一脚"公开一下下了。看在这红烧猪蹄入口即化,也看在那一道"球球泥了"名副其实,罢了。但这真是她带过的最难带的一届学生了!刚才许喵喵说什么？全班同学都知道了？亏她还一直装模作样,从此也就告别"威望"二字了。

六月,陈迷人走出英语六级的考场……不用怀疑,在上学期,也就是在失恋的痛苦、对上一次四级试图提前交卷的自责,以及赵顾的鞭策下,陈迷人瓜熟蒂落地通过了四级。

总之这一天,陈迷人走出英语六级的考场,钟未等在考场外。

他递给她一支冰激凌:"晚上吃什么？我知道有一家芝士排骨和草莓千层不会让你失望。"

她接过冰激凌咬了一小口:"你都不问问我考得怎么样？"

"不用问。"

"对你的教学成果这么有信心？"

"是对你有信心。"钟未跨上自行车。

陈迷人自然而然地坐上后座:"军功章里有你一大半。"

钟未骑了没几步,也就代表陈迷人吃了没几口,她就把冰激凌从后面递回给他:"帮我消灭它。"

自从脱离了失恋的痛苦,陈迷人又被打回了原形——她又是那个喝凉水都会长肉的她了。尽管钟未不介意有个一百二十斤的女朋友,甚至出于一个"醋王"的私心还有一点点求之不得,但陈迷人还是不计一切代价地将体重控制在了一百斤上下。这个"代价"基本上就是那耳熟能详的六个字:管住嘴,迈开腿。

多少减肥人士都倒在了三天内:臣妾真的做不到啊!

但陈迷人还在坚持着。就冲刚才那几小口冰激凌,她又得多跑四百米了。吃得苦中苦,目标九十五。

陈迷人为了自己是一方面,另一方面,也是为了钟未的面子。她比谁都清楚,当年篮球队聚餐,不少人带了女朋友,钟未也带了她去。篮球队是什么地方?颜值不够身高凑,随便凑一凑那也都有七八十分了,女朋友个顶个地盘靓条顺。大家看她,看钟未的目光总有那么一点儿欲语还休,潜台词无非是:校草这么看重心灵美的吗?

她也比谁都清楚,如今她和钟未共进退,大家都快要对钟未肃然起敬了!男神不愧是男神!自己好不算好,眼光好才是真的好。

尽管钟未不在乎这个"面子",但陈迷人替他在乎。

钟未没等骑到校门口就两三口消灭了冰激凌:"决定了没?吃什么?"

"我陪你吃芝士排骨啊,但你不准给我点草莓千层,我怕我真的控制不了我自己!"陈迷人说着口水都要流下来了。

她节食归节食,但从不扫谁的兴。她一个人吃饭的时候指定吃草,但如果有钟未或她的三个好姐妹在,大家都是食肉动物,她指定陪吃。

少吃一点就是了,少吃一点再动起来就是了!

身材诚可贵,大家吃得开心价更高。

钟未一手扶车把,另一手背到身后,拉过陈迷人的手放在自己的腰上:

"你摸摸,我的腹肌是不是快八合一了?我用不着你控制你自己,你不是说饭后一口甜,快乐似神仙吗?那你就敞开了快乐似神仙,我陪你心宽体胖。"

陈迷人把脸贴在钟未的背上:"你对我最好了。"

但万恶的草莓千层还是要敬而远之,没得商量。

翌日,陈迷人去了钟未家。

有钱人家的房子,陈迷人没吃过猪肉,还没看过猪跑,没看过电视剧吗?不就是大吗?不就是地上地下一共好几层、室内自带电梯吗?不就是随便打碎一个花瓶,把自己卖了都不够赔吗?哼,不过如此。

然后陈迷人还没进门,就在门口碰上了卞雨露的司机老熊在擦车。

陈迷人上前鞠了个躬:"熊叔好!"

老熊瞥了陈迷人旁边的钟未一眼,真是吃了熊心豹子胆:"少爷上回没给我涨薪水,说是您的意思?"

"我真不是那个意思!"陈迷人转而对钟未一叉腰,"从这个月开始,给我熊叔涨五百块钱!"

"五百块钱?"老熊继续擦车了,"心领了。"

看钟未上前就和老熊打打闹闹,陈迷人便知道老熊哪能怪她啊,不过是在和她开玩笑。但老熊明摆着是没把月薪涨五百块钱放在眼里……有钱人家连司机都不同凡响!真是的,五百块钱不是钱啊?小老百姓陈迷人受到了暴击!

再然后陈迷人一进门,就被客厅里的八根大理石柱子吸引了。

知道钟家大,但不知道这么大……小老百姓陈迷人在短时间内受到了双重暴击,情不自禁地抱着其中一根柱子仰天转了三圈,头晕……

第十六章
拉开分离的序幕

今天,陈迷人并不是来传统意义上的"见家长"的。

毕竟,钟昌国并不在家。她只是为卞雨露而来。

据钟未说,卞雨露回到钟家后,再没有提过唱歌的事,包括她精神状况正常时的"单曲"和她精神状况不正常时的"世界巡回演唱会",都从她的字典里消失了。

又据卞雨露的心理医生说,是那一场火后钟昌国对她的真情流露,令她的意志不允许她发病。她的意志不允许她再伤害钟昌国。

虽然不再发病,但卞雨露也就是个闷闷不乐的正常人了。

钟未左右为难。

劝钟昌国给卞雨露一片天吗?劝了十几年也没劝动啊。

劝卞雨露离婚,自己给自己一片天吗?先不说有几个孩子劝爸妈离婚的,就光说眼下卞雨露脸上天天都写着"感动"二字,那能离婚吗?搞不好下辈子还得对钟昌国以身相许。

而他辛辛苦苦攒下来的钱也白搭了。卞雨露不要梦想了,还哪儿来的他帮她实现梦想?说好的四十万元一首单曲包"一曲成名"的,她不要成名了,那他接下来要实现的也就只有中华民族的伟大复兴了吧?

卞雨露见到陈迷人后,也还是那一个楚楚可怜的假笑lady(女士)。

本来嘛,老公和儿子都解不开的心结,哪能让陈迷人这个离过门还早的儿媳妇手到擒来。

这本来都是意料之中的事,但意料之外的是,计划今天飞贵州的钟昌国计划赶不上变化,回家来了。

这是陈迷人第一次见到钟昌国。她不得不说钟未的美貌至少有八成要归功于卞雨露,但钟昌国自带一股精明和威慑力,再加上钱多、话少,也堪称是"大叔型"的典范了。

钟昌国对陈迷人冷热适中,既不失礼,也没有太感兴趣,陪她和钟未在客厅里可有可无地聊了几句学校,问了他们之后的安排,诸如此类,便去找卞雨露了。

他的这种冷热适中,和当初陈迷人爸爸陈烈对钟未的态度截然不同。

陈烈是每分每秒都在掐自己的大腿:不要对人家小伙子太热情! 不能长他人志气,灭自己威风。

钟昌国却是真的用平常心看陈迷人:儿子的女朋友? 那又如何? 儿子将来指不定还有多少个女朋友,他犯不着挨个儿去看她们有没有进钟家门的资格。

钟昌国一去找卞雨露,陈迷人马上吸了吸鼻子:"钟未,你有没有闻到什么味道?"

"没有啊。"

"有,自从你爸一回来,我就闻到了一股铁板大鱿鱼的味道!"

钟未拍着胸脯保证:"我爸可讲卫生了,每天雷打不动,早晚各洗一次澡。"

"哎呀,我是说,叔叔的公文包一直没离手。"

"你是说……我爸在公文包里装了铁板大鱿鱼?"

百"猜"不如一见。钟未和陈迷人杀了一个回马枪,从卞雨露房间的门缝中只见……果然!钟昌国果然从价值六位数的公文包里掏出了一串被塑料袋包裹着的价值十元的铁板大鱿鱼!他们只见卞雨露坐在这头笑盈盈地吃着,又见钟昌国坐在那头,时不时用手挥散一下他并不喜欢的那股味道。二人虽然没说什么话,但大概也算是最"宠"的老夫老妻了吧。

关上那一条门缝,钟未仍觉得不可思议:"你说我妈怎么就好上这口了?"

"怪我啰?"

"不怪你,怪我还远不如我爸。路边摊偶尔吃一口,顶多拉个肚子,但我妈开心啊,我妈开心最重要啊。"

顿时,陈迷人眼前一亮:"搞不好,你就是远不如叔叔高瞻远瞩!阿姨想唱歌,想一曲成名,想红遍大江南北。你光觉得有梦想就该去追,但有没有想过娱乐圈是吃青春饭的?她错过了她的十八岁,那娱乐圈对她来说就是火坑,就是用钱砸也砸不完的无底洞。你可能觉得失败也是一种历练,但不是每个人都能禁得住失败的打击。或许,叔叔早就洞察了一切,唱歌对于阿姨来说早就不能称为梦想了,只能说是再也无法弥补的遗憾。"

学霸钟未当然不会听风就是雨,但也还是把(曾经的)学渣陈迷人这一番高谈阔论都听了进去。

是这样吗?父亲一定是有私心的,要求妻子以丈夫为天。但在私心之上,那更是一个丈夫对妻子的保护吗?

他没有对妻子说娱乐圈是战场,而你百分之百是炮灰。他只是说我不准你上战场,不准就是不准。他保护的不仅仅是她的毫发无伤,还有她的自尊心。是这样吗?

但母亲的闷闷不乐不是装出来的,这也就意味着父亲就算高明,也没有高明到哪儿去吧?

钟未去找了一趟保姆牛姨:"三天之内,学会铁板大鱿鱼……"

牛姨打断了钟未:"学了,钟先生早就让我学了!卫生是卫生,但太太说吃起来不是那个味儿。我试了十几种配方都没用!"

钟未服气了。论谁对卞雨露好,他比他爸真是差远了。

再迎来暑假,就是很多人人生中的最后一个暑假了。

离校前,身为寝室大姐大的陈迷人把三个好姐妹挨个儿抱了一下。

先是许喵喵。陈迷人一声高过一声:"考研路上没人能陪你,你自己加油,加油,加油!"

有了邹莲的点拨,许喵喵将考研的目标定为了上海某名校的老年服务与管理专业,冷门是真的,但随着赡养这一话题越来越热,许喵喵也是真的看好老年市场,自觉毕业后说不定是一块香饽饽。

她对鲍家国说她要去上海时,鲍家国脱口而出:"那我怎么办?"

许喵喵心花怒放:"你要跟我一起去吗?"

"不要。"

"你不是要当作家吗?那你坐哪儿不是坐啊?"

"那也不要!许喵喵,你别忘了,我们分手了。"

"分手了也可以一起去啊!谁规定分手了就不能在同一座城市?我们还同一个地球同一个家呢!"

鲍家国有点儿招架不住:"说得好像你都考上了似的。"

"那如果我考上了,你就陪我去?"

"等你考上了再说!"

许喵喵像打了鸡血似的:"好的呢亲!"

陈迷人第二个抱了罗思。

为了将方茂翻篇儿,罗思的竭尽全力被三个好姐妹都看在眼里。

首先,她没有留任何余地地拉黑了方茂的通信方式。方茂多少次跑来中北大学,她也都避而不见。唯一一次没避开,见着了,方茂说他在搬进那个富华小区的当天就搬了出来,她只说了一句话:"那不关我的事了。"方茂搬救兵,甚至搬出了她爸妈,她又只说了一句话:"有本事你把你妈搬来。"而方茂还真没这个本事。

总之,罗思虽然夜夜以泪洗面,但没有藕断丝连。

其次,她在许喵喵的指导下走了国际名模的路线,换了发型,矫正了身姿,连高冷的眼神都是练过的了。同时,她在赵顾的鞭策下为四级而奋斗(虽然奋斗未果),以及制订未来三年的计划(虽然最后她是抄了陈迷人的)。但至今,她的竭尽全力收效甚微,脸上仍大喇喇地写着"失恋"二字。

陈迷人发自肺腑:"时间会解决一切。"

赵顾是第三个,她反过来给陈迷人敲了一记警钟:"老大,就算是暑假,你也别懈怠,你势头正猛,学业和前途正一片光明。"

"放心!"陈迷人大话张嘴就来。

然后,暑假才过了一个礼拜,陈迷人就被打脸了。

人生就剩这一个暑假了,过了这个村,就没这个店了!什么学业和前途,不用急在这一时。此时不混吃等死,更待何时?再说了,是钟未不抢手,还是王者荣耀不好玩?

就这样,陈迷人在围观了几局钟未的司马懿、孙悟空和李白后,终于成了王者荣耀的忠实玩家。

不怪钟未走位太风骚,怪只怪他战队里的辅助是个女的。

钟未说那是他玩射手的朋友拉进战队里的,他连本人都没见过。但据陈迷人观察,这辅助一到生死关头不理射手,反倒回回和钟未这个打野生死相依,这叫她怎么袖手旁观?

所谓"忠实玩家",就是每天动不动在线七八九个小时,一次次被系统强制下线。终于,陈迷人的大乔被一拨拨的随机队友骂大了。

为什么是被骂大了?大概是因为微博上吐槽大乔的段子,每天都在被她栩栩如生地演绎吧。而直到她披荆斩棘地单排排到了钻石,终于能和钟未的星耀小号开黑了时,她才知道,根本没有用!她五百多场(胜率就先不提了)的大乔在钟未哪怕是随便补位一个英雄的面前都根本没有用!

她之前围观他的时候就知道他秀,直到身处同一片王者峡谷,才更真真切切地体会到了什么叫"社会我钟哥,人狠话不多"。而她……永远是被保护的辅助。

这恩爱也是秀了其余八个玩家一脸。己方三人倒是无所谓,躺赢嘛!敌方五人最来气:打野带领上中下三路保护辅助?这是什么新玩法?养猪流也不能把一个辅助当猪养吧?可你要说这新玩法不科学吧,又真打不过,你说气不气?

直到这一天,陈迷人在游戏中接到了罗思的电话。

陈迷人:"我一会儿再打给你啊!"

罗思:"你怎么不回我微信?"

陈迷人:"Come on(拜托)!我方都被推到水晶了,我还能接你电话都是奇迹了。"

罗思:"快快快,你快回我微信!十万火急。"

说完,罗思挂断了电话。

水晶还在,但陈迷人"死"了,她也就直接切去了微信的界面。罗思在五分钟前发来一句话:老大,帮我介绍个男朋友吧。

陈迷人一愣:这算是什么十万火急?连五分钟都等不了?

这时,罗思发来了第二条微信:要条件好的。

紧接着是第三条:老大,钟未那边有没有合适的人选?

罗思的意图再明显不过了:物以类聚,人以群分,钟未的朋友那就是瘦死的骆驼比马大,条件再差也差不到哪儿去。

再切回游戏时,水晶都没了。这一局是单排,陈迷人难逃被举报的命运。

两天后,罗思在陈迷人和钟未的陪同下,迎来了人生中第一次相亲。

区区两天,倒不是说钟未有多积极于此事,关键是罗思催得紧,每天都是以一日三餐外加下午茶和夜宵的频率问陈迷人有没有进展,那钟未也就不得不快马加鞭了。

初选,钟未给了陈迷人三个名单:某高中同学,某富二代,某鑫设计员工。

复选,陈迷人把某高中同学留到了最后,图的是和罗思各方面条件都相当。

这一天,四人就约在了栖木咖啡。

钟未和陈迷人最先到。

拥抱师这一块的业务随着对接了治疗创伤后应激障碍的心理诊所,做出了口碑,被越来越多的普通人群关注、接受和尝试。随之而来的问题就是在所谓的普通人群中,尽管每一位客人都通过了拥抱师专业的前提对谈,但还是有人为猎奇而来,有人伺机钻法律的空子,有人质疑隐私的保护,等等。总之,还是防不胜防。为此,钟未要组建一个专业的售后团队,面试地点也在栖木咖啡,相亲面试两不误。

何必要这么抓紧时间?因为陈迷人说他都好几天没陪她开黑了……

没办法,再忙,陪女朋友的时间,挤一挤也总要有的!

钟未前一分钟结束了面试,后一分钟,他的高中同学就到了,无缝衔接。

高中同学先叫他小王,照片就有八十分了,本人比照片更胜一筹。身高比钟未还高半头,配罗思国际名模的海拔绰绰有余了。家庭和背景钟未都摸过一遍,污点是绝对没有的。其余的诸如学习中上等,空窗一年半,爱情观是责任重于一切,等等,均符合陈迷人提出的要求。

为什么是陈迷人提出的要求?因为甲方爸爸罗思只说要"条件好的",又说不出什么叫条件好的。

罗思最后一个到,那也比约定时间提前了十分钟。

小王健谈,罗思聊到一半的时候还去补了个妆,总之,无论是钟未还是陈迷人,都觉得这媒做得八九不离十。

这一天之后,据说二人又单独约会了一次。

钟未去打听了一下小王的意思,小王吧啦吧啦说了一大堆,对罗思的好感溢于言表。

陈迷人也去打听了一下罗思的意思,罗思惜字如金:"挺好的。"

挺好的?就没别的了?陈·福尔摩斯·迷人觉得不对劲,但也找不到头绪。毕竟,就算罗思至今还没有放下方茂,就算她是为了放下方茂才投入到和小王的这一段新感情中,就算她这么做有对小王不公平之嫌,那也是人之常情。毕竟,感情中的辞旧迎新,总是被人颠倒了顺序。

迎新辞旧,也未尝不是一条出路。

再之后,陈迷人的暑假在王者荣耀的一声声 Victory(胜利)和 Defeat(失败)中一去不复返。

开学前一天,陈迷人痛心疾首地卸载了游戏。但也就过了半小时吧,她又一转念:这一个多月都一睁眼一闭眼就过去了,也不差这一天了吧?再说了,凡事还是有始有终的好。

下载!安装!first blood(一血)我来了!

关键是,至此,她把钟未都抛到脑后了。钟未忙的时候,她单排,享受紧张、刺激,偶尔放飞自我还跟人怼几句。等钟未不忙了,她永远在游戏中:"你等我打完这局。"

有时候,钟未就又去忙了。也有时候,我们日理万机的学霸兼校草大大就苦哈哈地开个房间等着她。等二人在王者峡谷相聚片刻后,钟未继续忙,她继续单排……

久而久之,钟未只觉天边飘来五个字:宝宝心里苦!除了能在游戏中相聚片刻,他几乎失去了他的女朋友!人家不都是玩个游戏组个CP再奔现吗?他们倒好,现成的不用奔现,结果高开低走?

只要他退出游戏,陈迷人对他的回复就是以下几种:好啊,哈哈哈,爱你,么么哒,晚安。而每当她回复他,他便知道:嗯,她这是又"死"了才有空切到微信,否则,她连哈哈哈都没空呢。这让我们的学霸兼校草大大情何以堪?哎,宝宝心里苦,但宝宝不说。姑且让她浪完这人生中最后一个暑假吧。

大四一拉开序幕,信管系18班大多数人反倒比大三从容不迫。由此不难得出个结论——方向是最重要的。只要找到了方向,刀架在脖子上也不过如此。但这个"大多数人"中,并不包括陈迷人及其三个好姐妹。

罗思怀孕了。

当事人稳如泰山,旁观者陈迷人、许喵喵和赵顾三脸震惊。

陈迷人觉得这发展得也太快了:"小……小王的?"

许喵喵和赵顾还都不知道:"谁是小王?"

"本来打算一开学就跟你们说的……"陈迷人脑子有点儿乱,"等等,我先给钟未打个电话,我先跟他这个介绍人算账!"

这时,罗思一语惊人:"方茂的。"

事情是这样的。罗思在被方茂和姚微晶的一顿火锅伤透了心后,是铁了心要和方茂分手。这一点,陈迷人、许喵喵和赵顾都看在眼里。但在经历了数月的痛苦、痛苦和痛苦后,此时她也是铁了心要生做方家人,死做方家鬼了。

方茂到底哪里好?别说她的三个好姐妹都看不上他了,就连她,回忆她和他这一路走来,都找不出什么值得一提的,似乎都是些可说可不说的小事。

比如初中时,他们是同桌,他总是不带课本,一上课就蹭她的,后来有一天她也没带,还赶上老师严查学风,他从书包里掏出自己的课本塞给她,捎带着表了个白。

什么叫老师严查学风?就是怒吼着把没带课本的同学都轰楼道里去

了。她至今还记得单薄的少年一边走出教室,一边红着脸对她笑。

比如高中时,他们不在同一所学校了,他之前都不会骑自行车,为了方便去她的学校看她,这才学会了。

然后有一天,他直行被一辆左转的小货车撞了,皮外伤,但血没少流,脚脖子也肿了。就因为着急去看她,他说了句没事儿,就把小货车给放走了。再然后,他的脚脖子有两个月不能骑自行车,他就找了他一个朋友,包了人家两个月的午饭,让人家载了他两个月。

她至今还记得他朋友跟她开玩笑:"方茂说路上危险,所以只能他来看你,不能你去看他。我也是服了,就你路上危险?那我们还一挂挂俩呢。"

比如上了大学后,他一个巨婴的内裤在家还是他妈给他洗呢,但就在他最后一次来她的寝室,知道她来大姨妈时,便帮她把泡在盆里的床单噌噌地给搓了。

方茂的好与坏,罗思样样知道,她更知道她就是离不开他了。而至少,他对她从没变过心不是吗?他还有一颗上进的心不是吗?这就及格了啊。

总之,罗思决定和方茂复合。但这一次复合,她要一劳永逸。

拿下方茂并不难,难的是方母。罗思决定以其人之道还治其人之身,方母不是喜欢把生米煮成熟饭吗?那她就把熟饭煮成锅巴。她直接选在了酒店和方茂复合,那方茂能把持得住吗?

二人也不是第一次不做防范了,但这一次,光方茂一个人防范那真是力不从心……也不知道这运气算好还是不好,二人一共出入了三次酒店,罗思的大姨妈就离家出走了,验孕棒买了三个牌子的,加一块儿六道杠。

学霸赵顾抓住了重点:"所以说,这孩子你是要生下来的?"

罗思:"是。"

许喵喵顺着往下推:"所以说,你要用这孩子逼……逼婚方茂?"

罗思:"是。"

许喵喵二连:"我天!总裁文的女配都不敢写这么狗血了好不好?逼

婚？用孩子逼婚？他方家是有王位要继承吗？那是不是还得生个儿子啊？不是儿子要不要偷龙转凤？"

罗思："没那么夸张。"

许喵喵三连："这还不夸张？退一万步说，就算他家有王位，他也是个渣男啊！"

一直心平气和的罗思拍了桌子："我看谁敢再说他一句坏话！"

一直没说话的陈迷人这时才迟迟开口："方茂同意结婚了？马上？"

罗思："他还有两个月满二十二岁。"

陈迷人："他妈也同意你们结婚了？"

罗思："差点儿没气出个好歹，不过，看在孩子的分上……她儿子将来能不能找个比我更好的是个未知数，她要当奶奶了那可是已知的。用已知换未知，她也怕赔了夫人又折兵。"

陈迷人："那你大四这一年？"

罗思："休学。"

至此，陈迷人和许喵喵无话可说了。无论她们认不认同罗思的逻辑，她都从计划到实现计划，一步到位了。从今往后，连方母都要兢兢业业给儿媳妇安胎和下奶了，方茂就更跑不了了吧？

而她实现的，也可以说是她的九年计划。毕竟从九年前，她就喜欢上了那一个会红着脸对她笑的单薄的少年。此后，她就是想嫁给他。当陈迷人想顺顺利利地步入社会，当许喵喵从随遇而安到加入考研大军，当赵顾想飞向更广阔的天空时，她就只想和方茂共建一个家。

这时，半天没说话的赵顾憋了个大招："休学？罗思，你脑子是不是被驴踢了？这是我们人生的黄金阶段，我们每个人都在拼命往前跑，你就安营扎寨了？你以为一年后你还跟得上大四的节奏？你以为三五年后你终于把孩子送进幼儿园，攥着个烂大街的本科文凭还跟得上社会的节奏？好，就算方茂不是个渣男，当他的事业如鱼得水，而你只能每个月伸手问他要家用时,你以为你还跟得上他人往高处走的节奏?都说人不能没有梦想,可你这结婚生子的梦想有还不如没有!就因为过不去分手的坎儿,你就甘愿你的人生交待在二十二岁了?"

这一刻,陈迷人对赵顾的崇拜达到了顶峰。她对罗思的操心是抽象的,但赵顾说的话字字具象。

许喵喵大概深有同感,还不禁鼓了鼓掌。

但紧接着,罗思又一次拍了桌子:"你既然跟我谈梦想,那我就给你上一课!梦想,没有高低贵贱之分!老大你去朝九晚五,许喵喵你去读研,赵顾你去美国镀金,是,你们都是高贵的,但我罗思就是要结婚生子,我也不比你们谁低,不比你们谁贱!难道和爱的人共建一个家庭是没有价值的吗?难道以家庭为重就等于没有自我吗?你们对'自我'的定义真的很狭隘!"

这一刻,陈迷人是个墙头草,因为她对罗思的崇拜也达到了顶峰。她恍然大悟:抽象也好,具象也罢,她对罗思的操心都是咸吃萝卜淡操心了,自己的苦和甜只能自己定义,别人也只能点到为止。

当晚,陈迷人约了钟未散步。

二人走在学子湖畔,钟未还委屈巴巴:"停服更新吗?"

"没啊。"

"没停服更新,你怎么有时间翻我的牌子?"

和王者荣耀吃醋,钟未可能是为数不多的男性之一。

陈迷人也知道是她的不对,双手摽住钟未的手臂,讨好道:"我每天都有控制在六个小时以内了,其余十八个小时满脑子都是你!"

"真的?"

"真的!"

钟未抽出手臂,用力一圈陈迷人:"但是据你的三个室友说,你说梦话说的是triple kill(三杀)。"

"看我回去不撕了她们的嘴!"陈迷人上半身受钳制,两条小腿紧倒腾,一双小小的粉拳紧捶钟未,"哎哟,大神求放过。"

"收起你的游戏脑,叫男神。"

"男神求放过!"

钟未这才松了劲,手臂仍圈在陈迷人的肩头,配合着她的步调缓缓走着:"说吧,找我什么事?"

"没事就不能翻你的牌子?"

"呵。"

陈迷人一下子就怂了:"呵呵,什么都瞒不过男神的眼睛!是罗思……请你帮她转达一下对小王的歉意。她说她知道错了,她从头到尾都没有要辞旧迎新,无非是要把小王放在和姚微晶对等的位置上,她觉得只有这样,她和方茂才是公平的,却忽略了这样做对小王是不是公平,更没料到小王会对她动真格的。她真的觉得超级惭愧!"

钟未快刀斩乱麻:"第一,她这件事做得超级不地道,活该她超级惭愧。第二,我们没必要让小王知道来龙去脉。第三,我不会帮她转达歉意,你让她自己去和小王说不来电就是了。"

陈迷人惊叹:"哇,全中!你真是我肚子里的蛔虫!"

"还有个词叫英雄所见略同。"

"那就算男神和迷妹所见略同好了。"

"肚子饿不饿?西门对面新开了家深夜拉面馆。"

"不就是方便面里加一切吗?以为带'深夜'二字就是深夜食堂了?我们要抵制一切蹭热度的行为!"

钟未拆穿陈迷人:"王者峡谷又在召唤你了吗?"

陈迷人赔笑:"我差一颗星就上星耀二了。"

钟未抗议:"陈迷人,你这样都不配做我的迷妹!"

但最后,还是钟未抗议无效,饿着肚子将陈迷人送回了寝室。在楼下,他才嘱咐了她只能玩两局,不要输了想赢,赢了想再赢,早点儿睡,熬夜对身体不好,等等,她就把归心似箭写在了脸上。

他识相,亲了她一下便放她上楼了。而他才转身走了两步,被一只巨型过街老鼠吓了一跳,脱口而出道:"陈迷人!"

无人来搭救!三楼楼道的灯都亮了,代表陈迷人都瞬移到三楼了。钟未再一定睛,只见巨型过街老鼠是一个被风卷起的黑色塑料袋,惊魂甫定的同时,脑补了《夏洛特烦恼》的主题曲《一剪梅》:雪花飘飘,北风萧萧……

失了宠的男神,怎一个"惨"字了得……

继罗思之后,第二个重磅炸弹是赵顾投下的。

三年来,陈迷人、许喵喵和罗思自认为对赵顾堪比"换届"的换男友行为习以为常了,哪承想,到了第四年,第四届,赵顾的新男友是Dylan的亲小叔。是的,就是她前任的亲小叔。

Harris(哈里斯),三十四岁,比Dylan大五岁。二人除了辈分在那儿摆着,血缘也在那儿摆着,一看就是一家人,一样是壮中带着胖,胸毛比头发茂盛,鼻头呈红色。但不一样的是,Dylan是个曾经吸食大麻,如今也在得过且过的废柴,而Harris是一位社会精英。他目前就职于十大美国在华企业之一,且有点儿实权。

所谓有点儿实权,至少是能在赵顾申请美国西北大学的市场营销专业时,帮她提供一份有相关调研经验的推荐信。

在赵顾看来,室友们是三个和她道不同的"小可爱",虽然不能说道不同不相为谋,但鸡同鸭讲?没必要。她没必要对她们吧啦吧啦讲一堆什么托福106+和GMAT 750+她不在话下,但这个专业对申请者的工作经验有着相当高的要求,录取者有三分之二具备工作经验,其余三分之一至少要有能拿得出手的实习或调研经验。讲了,她们也不懂。

许喵喵一张嘴还是总裁文:"我天!叔叔抢了侄子的女朋友?禁忌文吗?"

赵顾:"Dylan和Harris都是平常心。"

罗思还记仇："呵呵,胸无大志的我佩服你的梦想,更佩服你追求梦想的方式方法。"

赵顾："你胸无大志,但肚子里有爱情的结晶,别动了胎气。"

陈迷人什么话都没说,赵顾却什么都知道:"老大,你是不是想问我,为什么一定要把前途和感情混为一谈?就算我希望有学长、研究生、美国留学生,以及美国留学生的亲小叔兼社会精英指点迷津,助我一臂之力,为什么一定要用感情做筹码?"

陈迷人:"是,我是挺想问的。"

赵顾:"因为人和人之间最稳定的关系是等价交换。我知道,很多人说我利用他们,但我明明付出了我对他们来说唯一有价值的感情。这就不叫利用,顶多叫各取所需。"

罗思越来越爱拍桌子了:"还有很多人说你出……出……"

其余三人异口同声:"你别动了胎气!"

赵顾:"出卖色相是吗?别抬举我了,就我这长得这么着急的色相,不倒找就是好事了。我说的'各取所需',仅限于我的感情。你们忘了我的第一任和第二任都是母胎单身了?然后我的前任和现任,都碰巧喜欢我这一款东方女性罢了。不管你们信不信,尤其是我的现任,追惨我了。"

许喵喵:"我信!Dylan看你的眼神,那就跟当初鲍家国看我的眼神是一样一样的!"

陈迷人:"那你呢?他们喜欢你,你喜欢他们吗?"

赵顾没说话。对她来说,这问题的 Yes or No 根本没意义。

"你不喜欢他们。"罗思被抛砖引玉,"赵顾,你的等价交换就是瞎扯淡。你太看得起你的感情了,所以你觉得你没有对不起他们。可同时,你也太看不起你的感情了!因为你把你人生中最宝贵的东西就差论斤卖了。你对不起的是你自己!你还记得你是怎么说我的吗?你说我的人生就交待在我结婚生子的二十二岁了。那如果我这是猝死,你的人生就是绝症!等你把你的感情坐吃山空了,你也就不算活着了。"

良久,赵顾请求陈迷人支援:"老大,你不是最爱说冷暖自知吗?罗思结婚生子是冷暖自知,到了我这儿,她就有权指手画脚了?"

陈迷人微微一皱眉,赵顾不甘心:"老大?!"

"对不起,这一次我站罗思。"陈迷人斩钉截铁。

毕竟,罗思在二十二岁结婚生子后幸福的可能哪怕只有两成,赵顾身为一个没有感情的杀手,是完全没有幸福的可能的,完全没有。

就这样,赵顾拂袖而去。

什么三个道不同的"小可爱"?她们就是她对牛弹琴的牛,屁都不懂!

后来,罗思的休学申请被学校批准了。

在她搬出寝室的那天,大家眼圈都红了,包括和其余三人处于半冷战状态的赵顾。

虽然罗思说会常回来看看,虽然大家都说还多的是相聚的机会,包括即将在不久后举行的罗思和方茂的婚礼,但大家也都心如明镜——这就是拉开了分离的序幕。

再后来,陈迷人把半冷战和分离带来的惆怅通通埋葬在了王者峡谷。

是的!她仍沉迷于王者荣耀,明日复明日地树立着"明天就卸载"的flag。如此一来,钟未不得不出手了。这不是和王者荣耀吃醋的问题了,这是陈迷人在玩物丧志的道路上越走越远了。

他对她晓之以理,以失败告终。他对她动之以(色)情,也以失败告终!甚至有一次,她在游戏中,他亲了她两下,二十分钟后,她输了,然后把责任推卸到了他头上,并说出了"你别碰我"这种话!一个来自男神的亲吻被嫌弃成这样……钟未真觉得他挺给男神丢脸的——那就不得不使出撒手锏了。

这一天早上,陈迷人睁眼第一件事仍是登录游戏。

咦,是不是眼花了?她闭眼,再睁眼,只见还真是钟未在第一时间就对她发出了开黑的邀请。

欣然接受！开黑秀恩爱事小，她单排死活上不了星耀二事大。

一局、两局、三局，有钟未带飞，陈迷人在五十分钟内取得了三连胜。

上午第二节网络经济课的出勤率关乎学分能不能到手，陈迷人在和王者峡谷依依惜别后，一边洗漱，一边致电了钟未："你今天怎么有空？"

"陪你啊。"

"比心，比心！"

等到了网络经济课上，坐在倒数第二排的陈迷人又登录了游戏。

什么情况？！此时明明坐在第一排的钟未又在第一时间就对她发出了开黑的邀请。

她私聊他：第一排穿黑色毛衣的背影是你吧？是你吧？

钟未：是我，但陪你比较重要。

陈迷人：我能冲击星耀一了吗？激动！

午饭时间，二人在食堂面对面开黑，止步于七连胜，那一局钟未是真的带不动。

下午，二人在一节不能混的上机课后，各自迎来了一节选修课。两间教室相隔十万八千里，但两颗开黑的心紧紧相依。

傍晚，陈迷人在寝室，钟未在鑫设计，但一颗"陪你"的心永远不变！

再等到深夜，陈迷人呵欠连天，钟未还在鑫设计。

她惊觉："你还没回来？"

他说："还没忙完。"

她持续惊觉："不知不觉你陪了我一整天！"

他说："你开心，我就开心。"

她还反过来给他讲道理："你要忙就去忙啊，我又不是那种离开了CP就哭唧唧的小仙女，你这样我反倒会过意不去。下不为例啊！好了，你快去忙，晚安。"

十分钟后,陈迷人刷了个牙,不困了,便又登录了游戏。下一秒,她吓得把手机扔了出去:三更半夜的要不要这么惊悚? 本该在和时间赛跑的钟未又对她发出了开黑的邀请?

再下一秒,陈迷人大彻大悟:这从早到晚的一整天,他根本不是在陪她,他根本是在治她! 亏她还给他比了那么多心!

几乎是屁滚尿流地退出了游戏,陈迷人直接就关机了。半天睡不着,她又不禁问自己:陈迷人你虚什么? 你玩个游戏怎么了? 你不偷不抢,他钟未凭什么跟你玩阴坏损?

一转念,她又不禁开导自己:说不定他今天是心血来潮? 说不定明天大家就又相安无事了? 嗯! 明天一定又会是相亲相爱且自由自在的一天!

很快进入了梦乡的陈迷人忽略了一件事,那就是有志者事竟成的人除了她,钟未也算一号。

此后的数日,钟未王者荣耀的在线时间每天都比陈迷人只多不少,只为对她一抓一个准。陈迷人表面上什么都没说,欣然接受,比心,晚安,一个环节都不少,但心里真的是和钟未杠上了! 她心说我平生最恨人一肚子弯弯绕,你如果跟我好好说,我或许还能听,且对你感激不尽。但你既然玩阴坏损,我奉陪到底!

她根本忘了,钟未好好说的时候,她听了吗? 她根本油盐不进!

后来,这一根弦越拉越紧,终于崩了。

这一天清晨,数了一宿羊的陈迷人去了操场,本意是去跑跑步,虐一下四肢,或者有助于她继续和钟未斗智斗勇,却不料看见了钟未。

秋冬时节的清晨,操场上只有零零星星的人,走的都是极端的路线,要么是资深runner(跑者),要么是大基数的fatty(胖子)。

而陈迷人在这些人中间一眼就看见了钟未。他在跑圈,目测跑了有七八圈了,看上去像一个匀速的散热体。

她彻夜未眠,穿得又不多,这会儿手都冻僵了。好想去抱抱那散热体啊……但是不行！她的心说去去去，她的大脑却说：不行！人活一口气，你今天认了输，那昨天就是你徜徉在王者峡谷的最后一天了！

这不仅仅关乎一个游戏，这还是他们之间的第一次较量，一旦她认输，他将来会有第二次第三次第一百次的故技重施。

就这样，陈迷人环视一圈，在看台上找到了钟未的包和外套。

她坐过去，看他的包和外套都是昨天的。

所以，他是在鑫设计通了个宵，才回学校，还没来得及回寝室吗？有可能。毕竟，他昨晚又在王者峡谷"陪"她到了凌晨一点。

陈迷人坐下来，胸口有一团火快要压不住了。

又跑了两圈，钟未才看见陈迷人。那一刻，二人几乎是隔着操场上最远的距离。他看她只是小小的一团，她看他放慢了脚步，穿过跑道中央的投掷场和沙坑，缓缓向看台走来。

钟未停在陈迷人面前，笑盈盈地摘下耳机："你知道我在这儿？心灵感应？"

"不知道。"

"你不是更喜欢夜跑吗？"

"嗯，今天是心血来潮。"

"那就是心灵感应。"

陈迷人受够了这种假惺惺的情话："你听什么呢？"

"99% Invisible（《99%你看不见的城市》），一档切入点还蛮独特的节目，从各种事物往往被大多数人忽略的细节由小看大，涉及建筑、历史、科技等领域，推荐你有时间也可以听听，还蛮开阔眼界的。"

"哦。"

"你要跑两圈吗？"

"不要了。"

钟未弯腰，去拿他的包和外套："那我们回去？你等我回去先洗个澡，十分钟就能上线。"

这样的姿态,使得他一张疲惫不堪,但仍不辱没"校草"二字的面孔就在陈迷人眼前。陈迷人用双手一捧:"你昨晚没睡?"

他本来都瘦削了的两颊被她这么一挤,也略有了肉嘟嘟的视觉效果:"眯了一小会儿。"

超可爱!但更可恨……至此,陈迷人仍死死压住胸口那一团火:"你还要我说几遍?"

"说什么?"

"你知道。"

"我不知道。"

"你知道!"

在几个毫无意义的回合后,钟未蹲下身,仰视陈迷人:"你是说不用我陪你开黑?"

"我就说你知道!"

"你不用是你的事,但我想陪你,那是我的事。"

这时,钟未握在手里的手机响了,不是谁发来了什么消息,也不是哪个APP的推送,而是备忘录的提醒音。

陈迷人头嗡的一声,一把抢过钟未的手机,解锁,打开备忘录,一目十行:"Forbidden Fruit 请假,家教请假,论文……是你代写的论文吧?逾期……不确定。网络经济第五章到第八章的补充资料,很好,还有数据挖掘的上机操作,这都是你欠下来的功课吧?《非对称风险》还差一百页没有看完,《理性乐观派》根本还没有看。来自鑫设计的二十七封未读邮件……而现在,现在!"

陈迷人话说到一半,说不下去了。因为适才那一声提醒音,是提醒钟未该登录王者荣耀了!

终于,陈迷人爆发了:"钟未,你敢对着你的备忘录把话再说一遍吗?

你说你想陪我？可你这个大忙人把学业、事业和业余生活都抛下了,把我列为第一优先级,真的是想陪我吗？你……你根本是在逼我！你为什么要这么做？为什么一定要教育我、改变我？你一个人生硬核玩家好好激流勇进不行吗？你就让我继续做个随大流的普通人不行吗？没有我们普通人,又怎么显得出你们高人一等？为什么宁可同归于尽也要教育我？你如果真的喜欢我,就不要改变我！"

说完,陈迷人将钟未的手机扔了出去。

出手的那一刹那,陈迷人自己把自己吓坏了。她这是怎么了？那个曾经善解人意的她什么时候学会摔东砸西了？但是！是他逼她的不是吗？根本是他阴坏损地逼出了她歇斯底里的另一面。

"没得商量。"钟未站直身,没去管手机,俯视着陈迷人。

"你说什么？"

"我说只要你玩,我就陪你玩,这事儿没得商量。"

陈迷人站直身,嗤笑了一声："那你说我隐身登录好不好？"

身高的优势让钟未继续俯视着陈迷人："随便你,但我是不希望让区区一个游戏也能成为我们之间的秘密。"

她豁出去了："好啊,那我就明人不做暗事,看我们谁能耗过谁！"

他轻挑了一下眉,此时无声胜有声。不屑！

这一天,二人没有开黑。钟未还是邀请陈迷人,但陈迷人不接受他的邀请他也拿她没办法。但摆在陈迷人眼前的是,只要她在游戏中,钟未就也在游戏中。断断续续八小时在线,夜幕便在不经意间又一次降临。

头昏脑涨间,陈迷人胸口那一团火卷土重来。晚上九点,她直奔鑫设计。没吵出结果的架,必须接着吵！

还是那独门独栋的别墅,古铜色的大门。陈迷人第一次来的时候,门内是热火朝天。这一次,一楼就只有老耿和一个新员工在,二人吃着两盒也不知道是晚饭还是夜宵的外卖,各刷各的手机。老耿见了陈迷人,没多言,用下巴指了一下二楼,意思是老板在二楼。新员工也没多言,猛地一立正,意思是还请老板娘多多关照!

陈迷人径直上了楼梯,听见身后二人窃窃私语。

新员工:"老板娘是来一物降一物的吧?"

老耿:"这也是我们最后的希望了。"

陈迷人由此可知,鑫设计上下只知道老板玩物丧志,根本不知道她这个老板娘才是老板玩物丧志的那一个"物"字,还指着她拯救钟未,从而拯救鑫设计,捎带着再拯救个市场经济呢?

就这样,陈迷人三步并作两步。她今天豁出去了和他撕破脸,但求个胜负。她本不过是个胸无大志的小透明,他又凭什么让她做了祸国殃民的罪人?男朋友又如何?管得不要太宽了!

第十七章
自己家的小猪崽

猛一推开钟未办公室的门,陈迷人下意识地眯了一下眼睛。不同于二楼的昏暗,钟未办公室的照明如同白昼。他坐在办公桌后,垂着头,戴着耳机,一时间浑然不知她的入侵,直到她走到办公桌前,他这才一抬眼,摘下了耳机。

隔着那样的距离,陈迷人捕捉到了摇滚乐声。

为了提神吗?和如同白昼的照明有异曲同工之妙。

她看向他横握的手机。很好,新一局排位才刚刚吹响了进攻的号角。

她再看向他方圆半米之内。他左手边是他身为一名学生的功课,右手边是鑫设计等待他批阅的文件,电脑屏幕也亮着,在播放丹麦的一部叫作《为什么贫穷》的纪录片。而他……在专心致志地用曹操大开杀戒。

陈迷人先声夺人:"呵,不还是放不下你的学业、事业和业余生活?你说你这是何苦来哉?"

钟未继续用曹操推着上路:"你早上有一句话说对了。"

"就一句说对了吗?"

"就一句说得特别特别对,你说我宁可和你同归于尽。"

顿时,陈迷人就差掀桌子了:"你这么做对你有什么好处?"

钟未的曹操被对面射手、辅助、打野和法师四人围剿,在一个double kill(双杀)带走了对面射手和辅助后,也终于被对面打野带走了。在等待复活的时间里,他这才直视陈迷人:"我现在很明确地告诉你,我就是要把王者荣耀从你的生活里连根拔起。你不用说它只是一款游戏,替它抱不平。我也知道它没错,因为错的是你,是你被它打败了意志力,让它越来越像一颗毒瘤。我不接受你把自己的学习、生活、时间、健康甚至是性情当儿戏,但又拿你没办法。那我只好拿我自己开刀了,谁让你在乎我,胜过在乎你自己呢?"

说到这儿,钟未打了个呵欠。即刻,他布满了血丝的眼睛蒙上了一层淡淡的水雾。

真的是……好困!他继续道:"你问我这么做对我有什么好处? 有,太有了。只要你回到你的正轨,我就觉得什么都值了。谁让同样地,我在乎你也胜过在乎我自己呢?"

曹操一复活,钟未便又收回了视线。

陈迷人有备而来:"呵,你说的比唱的还好听。"

"因为是实话,所以好听。"

"实话又如何? 还不是会食言。"

"我有对你食言过?"

"我第一次考四级的时候,你送我到考场,也是这样信誓旦旦地对我说,说就算我一辈子都过不了四级,就算我一毕业就失业,就算我朽木不可雕,你养着我就是了,天塌下来有你顶着! 结果呢? 我玩个游戏而已,还没失业,没让你养着我,没朽木不可雕呢,你就要一把火跟我同归于尽了。"

眼看曹操的战绩到了6-1-2,陈迷人又一把抢过了钟未的手机。

又要扔! 像是一回生二回熟了。

性情? 他刚刚好像提到了她的学习、生活、时间、健康甚至是性情? 那就姑且算是她性情大变好了,反正也是他逼的!

钟未第二次直视陈迷人:"你敢。"

他声音不大,也不凶,但她还真没敢扔,也不甘心就这么撂下,保持着将他的手机高高举过头顶的姿态。

他站直身,绕过办公桌,来到她面前,抬手,握住她那无所适从到瑟瑟发抖的手腕:"你以为我有几部备用手机?"

这距离太近了。尽管二人经历过分分合合,猜疑、莽撞和不胜枚举的甜蜜蜜,都快成老夫老妻了,陈迷人此时此刻最大的感受却是这距离太近了!他透着一股寒意的呼吸洒在她的额头上,握住她手腕的那只手却是炙热的,脚尖几乎抵住了她的脚尖。

是因为太久不近男色了吗?这要是月圆之夜,她真怕她会变成狼。

也对,她的确太久没近他的男色了。他上次亲她,好像……还被她推开了?只因为她那一局排位开局便逆风。

陈迷人下意识往后退,钟未自然往前进。三五步下来,她便退到了长沙发的边缘,羊入虎口,被他一扑,便跌坐了下去。

扑通、扑通,心跳也来到了猝死的边缘!

她不得不先保障自己的人身安全:"还你!"她指的是手机。

他充耳不闻,仍握住她的手腕保持着举过头顶的高度。

那是一张三人长沙发,他带着她转了九十度,二人便舒服地放平了。或者说,至少他是舒服地压在了她的身上。至于她被压得舒不舒服,他就管不了那么多了。谁让她就该罚呢?失心、嘴硬,还学会摔东砸西了?摔了一次还想来第二次?那就该罚。

他继续了刚刚的话题:"我不会食言。你可以试试看,如果你真的努力了还一事无成,看我会不会养你。"

男神在上啊!陈迷人的失心和嘴硬进入了倒计时:"努力了还一事无成?我才没那么差劲!"

"不努力才叫差劲。"

"钟未,你管得比我爸妈还多!"

"不应该吗?将来陪你走到最后的人不是他们,是我。"

"你真的烦死人了!"

有种。钟未默念了一遍这两个字:有种。

说到发火,他一直自认为他比陈迷人更有发火的权利。毕竟,这件事孰是孰非一目了然。一直以来,他真的是对她一忍再忍了,甚至在早上她将他的手机扔出去的那一刹那,他还在怪自己,怪自己把她惯得无法无天了。但在此情此景下,她还敢出言不逊?那他真要敬她是条汉子了。

"前两天我才扫到一条新闻,"钟未摆出了一副学(禁)术(欲)脸,"说婚后十年无性人群的比例高达多少多少。我忘了具体的数字,但印象中那个比例真的可以用'高达'来形容。我不知道那些人对他们的现状满不满意,又有没有人试图改变现状,但就我个人而言,是绝对不接受的。因为我要的关系,是两个人永远对对方保持着吸引力。"

陈迷人被压得有些透不过气来,用唯一一只还有自由的手抵在钟未的胸前:"你说这些没头没脑的话干吗?"

"不要说婚后十年了,就说现在,我们还在恋爱中,你知道我有多久没亲你了吗?"

"那……那你不亲我,你还赖我?"

"对,就赖你。"

"你是说……我对你没有吸引力了?"

钟未没在开玩笑:"恰恰相反,是我对你没有吸引力了。我亲你的时候,你会心不在焉,甚至会推开我……不承认?不承认我们现在就试一次。但我有言在先,你如果再推开我,我们就不要在一起了。"

说完,他便对着她吻了下去。陈迷人连一声"嗯"都没来得及出口,但抵在钟未胸前的那一只手在第一时间环住了他的后颈。

什么叫幡然醒悟？那就是陈迷人对自己发出了灵魂的拷问：老天啊！她玩个游戏图什么啊？要紧张刺激，难道学习、考试和扑面而来的毕业设计还不够紧张刺激？要成就感，难道身为锦鲤和优秀进步生的成就感还不够铺天盖地吗？要养眼炫酷的皮肤和特效，难道钟未的颜值是摆设？他除了养眼炫酷，吻技还一流⋯⋯

陈迷人被亲了个五迷三道，便要化被动为主动。在那一条三人长沙发上，她用了一把巧劲，便将钟未翻到了自己的身下。居高临下，她才注意到他的眼睛里没掺杂哪怕一丝丝意乱情迷。她慌了："喂！现在心不在焉的人是你吧？我就说嘛，根本是我对你没有吸引力了嘛。"

紧接着，主动的人还是他。他一伸手，揽在她脑后，将她压向了自己，继续吻，也断断续续道："算了，随便你吧，反正我养你。就怕万一有一天我不在了，或者你不要我了，你还是要能独当一面才好，对不对？陈迷人，拿出你的意志力和上进心吧，你明明可以比谁都优秀。哎，算了，我也什么都不管算了，不烦你了，反正我就是要和你在一起。"

到最后，钟未越说越小声。而此时此刻满脑子十八禁的陈迷人一定睛，发现⋯⋯发现他快睡着了？她吼他："你等下！你说的万一有一天你不在了是什么意思？你要去哪里？你检查出绝症了是不是？"

他困得连眼睛都睁不开了："不是说男人的平均寿命没有女人长吗？"

陈迷人一颗心大起大落又大起："你会长命百岁的！"

钟未在半睡半醒间笑了笑，而接下来，他真的就这么睡！着！了！

陈迷人无语凝噎。激吻到一半睡着？这事儿要是传出去，她陈迷人还要不要面子了？亏他还振振有词地跟她扯什么无性婚姻，他也不想想，有多少无性婚姻的导火索可能就是有人在那过程中打了个呵欠。相较之下，他这睡着了的直接拖出去咔嚓了好了！哼，下不为例。

钟未这一觉睡了整整七个小时，睁开眼睛时是早上五点了。

茶几上端端正正地摆着陈迷人留下的四格漫画，精练的线条还原了

"他在上吻她""他在下吻她""他睡着,她在一旁气得直跳脚"以及"她为他盖上被子"的全过程。

钟未唇边的笑就像演绎了一朵花开放的全过程。满血复活。

后来,陈迷人知错改错是板上钉钉的了。只是知错难,改错更难。

过程不亚于戒奶茶吧,心慌、无法集中注意力、暴脾气、手指像是不听使唤地总偷偷向手机靠拢、大脑也总动摇着要不要从明天再重新做人……以上症状个个都不好对付,陈迷人全凭两点坚持了下来。

第一点,钟未说得对——她不接受他陪她同归于尽。

第二点,还是钟未说得对——她明明也可以做一个优秀的人。

再后来,王者荣耀仍是陈迷人生活中的一(小)部分。

告别一款游戏,就像告别一个朋友。用钟未的话说,游戏是益友还是狐朋狗友般的毒瘤,全掌握在玩家的手里,如果是益友也就用不着告别了。出个新英雄还是会迫不及待尝尝鲜;睡前还是会打一局排位,赢就赢,输便输;偶尔开个黑,王者峡谷里也还是会弥漫狗粮的芳香。

十一月,许喵喵主播复出了。在什么都讲求更新换代以至于人们变得越来越健忘的今天,难得还有人记得许喵喵:咦?她不是那个教彩妆、穿搭的主播吗?怎么摇身一变成学播了?——没错,吃饭有吃播,学习也有学播,也就是 study with me(和我一起学习)。

许喵喵的考研进入了冲刺阶段,每天在图书馆、寝室,以及往返两地的途中无时无刻不在复习,总时长能有十二个小时以上。

在这每天十二个小时以上的直播中,她一句话都不说,只会把当天的复习计划写在一张纸上,比如几点到几点完成什么,接下来再完成什么,展示出来,然后每完成一项,打个钩,再展示出来。

粉丝数呈直线上升。

最初,很多人都觉得这么漂亮的小姐姐开学播那就是装装样子。

后来,更多人觉得连这么漂亮的小姐姐都在努力,那我有什么权利等天上掉馅饼?所谓比你优秀的人比你更努力,只会比你更优秀。

再后来,每时每刻都有少则几十,多则上千人和许喵喵同时不同地地埋头苦读。大家天南海北,却像是坐在同一屋檐下,在紧张而友好的氛围下,我不敢开小差,你也不敢迟到、早退。更令人欲罢不能的是,学习再也不是一件孤独的事了。内心那小小的阴暗面也肆无忌惮:我累,你比我更累!比惨,只要有人比我更惨,那我就还能坚持!

不同于许喵喵这个"后来者",赵顾是从小努力到大的,也就从小领先到大。大家都说她是个考试型选手,但实际上,哪来的什么考试型选手?还不就是别人复习到80分,能考60分,她复习到200分,那当然能考100分了。

将托福106+和GMAT750+收入囊中后,赵顾第一次给自己放了个假。

三天,她整整三天没提学习这茬,捧着各种零食沉浸在各种综艺节目中,每天笑到脸僵。

陈迷人和许喵喵眼红:"别人家的先苦后甜,真甜!"

三天后……咦,赵顾还是没提学习这茬?零食从国产吃到了进口,综艺节目也从第三季刷回了第一季。

陈迷人和许喵喵持续眼红:"别人家的先苦后甜,真甜,真持久!"

而只有赵顾自己知道,这就是由俭入奢易,由奢入俭难的道理,她从紧绷到松懈有多易,再从松懈到紧绷就有多难。好在!她距离她的目标——美国西北大学,只差Harris为她提供一个调研的机会,进而拿到一份高含金量的推荐信了。那么,她再浪上个十天半月又如何?反正Harris对她打了包票,反正她之前十几年的努力有天道酬勤,反正只差那最后一步了……

再迎来寒假,就是很多人人生中的最后一个寒假了。

春节的关键词早就不是小时候的"好吃""好穿"和"压岁钱"了,七大姑八大姨都争先恐后地来问:工作找得怎么样了?哎,我们家那口子虽然在哪哪哪当着个小领导,不过这方面也是真使不上劲。你看那个大表姐,去年一毕业就靠自己进了某某银行,今年升经理了。你再看那个小堂弟,今年才大二就去了英国做交换生……

真是不爱听!可据说,这才是"不爱听"的开端,往后还有"有对象了吗""什么时候结婚啊""什么时候要孩子啊"等等,直到你生完了二胎三胎,买上了三室一厅。

以上统称为中国式关怀。

好在,这个寒假还是有与众不同的地方的,那就是罗思和方茂的婚礼。

总体上来说,婚礼钱没少花,但是是流水线的产物。

个中原因有很多。其一,方茂来到了大四也是焦头烂额,考研没把握,要做好就业的第二手准备。其二,就算没有客观原因,他在主观上也是个甩手大爷。其三,罗思在主观上有很多梦想,大到拍个从校服到婚纱的爱情微电影,小到连请柬、伴手礼和手捧花都要别出心裁。但其四,她是一个天天吐、夜夜呕的孕妇啊,梦想也就和现实是两码事了。

现实是双方父母找了家婚庆公司,在三方的磕磕碰碰中钱没少花,但是从接亲、车队到仪式,都是人家嘴上说"一对一私人订制",实则只要预算在同一个档次,那张三家和李四家就没什么两样。

好在,三个伴娘还是给力的。

接亲前,罗思家。

赵顾对身披婚纱的罗思给予了最高评价:"服了服了,这回我是真服了!就像有人为科学、艺术而生一样,罗思,你就是为结婚生子而生的。你瞧你这一脸的光芒,就跟拿了诺贝尔奖一样!"

陈迷人和许喵喵更是一唱一和。

"哇!这也太美了吧?"

"哇!这是什么神仙小姐姐下凡了吧?"

"我为什么有一种嫁女儿的感觉？不行不行,我要哭了……"

"罗思,你一定要幸福！我们都一定要幸福!"

赵顾责无旁贷地要把气氛往回拽一拽了："这屋里是不是有隐形摄像机啊？你们一个个戏精上身有劲吗？至于吗?"但一扭脸,她也抹了抹眼角的"老泪"。

青春没有分界线。你觉得你的青春是从哪一刻结束的？问一百个人,有一百种答案。赵顾觉得,她们的青春就是从这一刻走向了结束。倒不是悲戚或恋恋不舍,只是别有一番滋味在心头。

接亲也基本上是照章办事。塞一拨红包,做上几组俯卧撑,对老婆大人立下"钱你管,干活儿我来"等等的誓言,最后象征性地求个婚,再象征性地找个鞋,也就把老婆大人接走了。

在从罗思家去酒店的途中,三个伴娘一辆车,陈迷人接到了钟未的电话。他字正腔圆："亲爱的,你什么时候到啊?"

陈迷人一下子就get到了他的用意——此时此刻,他人在酒店,且被单身女性团团包围了。她爱莫能助："路上有点堵。"

他在字正腔圆的基础上提高了音量："亲爱的,那我去门口等你!"

她反对："你就不怕在门口更招蜂引蝶?"

等结束了这一通电话,陈迷人才察觉许喵喵和赵顾的目光。

赵顾斜着眼："你是怕钟未在门口抢了新郎的风头吧?"

许喵喵也斜着眼："可是老大,你这一脸欠揍的幸福已经抢了新娘的风头了。"

赵顾："喵喵,你也发现了?"

许喵喵："发……发现什么?"

赵顾："少装傻。你们不可能没发现,方茂来之前,罗思还一脸欠揍的幸福,等方茂来了之后,她反倒是总和他嘀嘀咕咕什么,然后两个人就各自忍气吞声了。"

陈迷人和许喵喵没说话。如赵顾所言,看,她们是看出来了。但尿,也是真的尿。难道要在这个时候问罗思是不是有什么不开心的?有没有被欺负?后不后悔?难道逃婚是儿戏?许喵喵倒是追过几本什么"妈咪带球跑"……可现实和总裁文从来都不是一回事,现实是一个二十二岁的单亲妈妈要是搁在游戏里那就是噩梦级难度。

车队抵达了酒店。陈迷人不让钟未等在门口,他还就真没等在门口。但她才一进酒店的大堂,就被人趁乱一把拉到了一扇红木屏风后。不是他还能是谁?

钟未将自己的羊绒大衣披在陈迷人身上:"冷不冷?"

身为伴娘的陈迷人是真有点儿美丽"冻"人的,一双小手径直往钟未的袖口里钻:"这个时候好怀念那离我而去的二十斤肉啊……"

"肉到用时方恨少了吧?"钟未连扣子都给陈迷人系上了,"穿着吧,别脱了。"

"还是你穿着吧。"陈迷人一个金蝉脱壳,"我命令你,人在大衣在。"

在那一件卡其色的羊绒大衣下,钟未穿了一件黑色高领针织衫,堪称美丽不冻人。适才,陈迷人虽然和他有说有笑,但目光就没离开过他的胸肌、斜方肌、肱二头肌……怎么办?他的高领针织衫一不露,二不透,紧也不算紧,但那看着就贵的质地偏偏藏不住他的"脱衣有肉"。

后来,陈迷人匆匆赶去化妆间和三个好姐妹会合。

再后来,钟未在东游西荡时碰上了方茂。

二人连朋友都算不上。严格来讲,钟未对方茂的印象是"不爷们儿",方茂对钟未的印象是"太有优越感",本来就不是一路人,但架不住陈迷人和罗思情同姐妹,二人也就不得不互为假笑boy了。

那是在舞台一侧,方茂觉得大红大紫的灯光太俗了,便去找了灯光师:"三线城市都不这么玩儿了吧?"

灯光师臭脸:"彩排的时候干吗去了?"

方茂又觉得人家说得也对，便转身走了，这时碰上了钟未。

钟未没话找话："听陈迷人说，你彩排的时候没来啊？"

"临时跟教授去了一趟外地。"

"挺好。哦，我是说结婚，喜庆最重要，这灯光挺好。"

换方茂没话找话："听罗思说，阿姨彩排的时候技惊四座来着。"

而这就说到了今天这一场婚礼的彩蛋级人物——卞雨露。

没错，方茂口中的"阿姨"，是指钟未的母亲卞雨露。

说来话不长。自从陈迷人去了一趟钟家，拜访了卞雨露，且偶遇了钟未的父亲钟昌国，由一串铁板大鱿鱼发现钟昌国对卞雨露的管制或许并不是冷酷无情的之后，钟未便去找钟昌国聊了聊。

两个男人喝了点小酒，推心置腹了一番。老的发现小的对自己误解很深啊。小的则发现，老的一肉麻起来，真没小的什么事儿啊。

首先，卞雨露的歌手梦百分之百是没戏。据钟昌国说，倒退回二十几年前，他就背着卞雨露找过不下十位制作人和前辈对她的歌声做出评价，人家齐刷刷地认为她不是一块实力派的材料。

不是实力派，也就是要靠脸了？那钟昌国当然不干了。再说了，卞雨露的歌手梦又不等同于明星梦。

其次，卞雨露从小到大都是一朵温室里的小花，那钟昌国当然从始至终都舍不得她经历风吹雨打。虽然有句话叫不经历风吹雨打怎么见彩虹，但也有一种可能是根本等不到见彩虹就歇菜了，不是吗？

而钟未自认为瞒过钟昌国的眼睛，带卞雨露录制了单曲，也只是他"自认为"罢了。对钟昌国而言……跟老子斗，你还太嫩了点儿。

一切尽在钟昌国的掌握。

为卞雨露录制单曲的那位制作人分得清人外有人，老老实实对钟昌国交了底，说他爱妻的那一首单曲能不能榜上有名，取决于他的爱子有多少钱烧。钟昌国不心疼钟未的几十万元，他心疼的是卞雨露在失败的边缘疯狂试探。就这样,他把那一首单曲扼杀在了上线的当天。他宁可自己在"坏人"的边缘疯狂试探,也舍不得让卞雨露栽跟头。

听君一席话,胜读十年书。钟未是听钟昌国一席话,这才知道他对他爸真的误解很深啊……

这时,酒后吐真言的钟昌国眼泪汪汪道:"你妈永远是我的心肝宝贝!娶她的时候我就发誓会永远保护她,我说到做到!"

钟未打了个激灵。老的一肉麻起来,也真没小的什么事儿了。

话都说开了,二人就更不能光说不练了。

对卞雨露而言,出道是不可能了。

KTV?就算是皇帝包厢的舞台那也只是自娱自乐,而她并不满足于自娱自乐。酒吧驻唱?钟昌国是不可能让他的心肝宝贝出入那种鱼龙混杂的地方的。抖音或快手?连钟未都连说了两个No!

要高大上的场合倒也有,随便卖一卖钟昌国的面子,卞雨露也能去哪做个嘉宾还是特邀的,但卞雨露并不乐于以钟太太的身份站在舞台上。

还是陈迷人活学活用,说:"做一个婚礼歌手会不会恰到好处?"

择日不如撞日,又撞上了罗思和方茂的婚礼。

钟未没意见,钟昌国也没意见,卞雨露更是欣然接受。毕竟,陈迷人是说请她去帮自己一个小姐妹的婚礼撑撑场面的,那她自然是义不容辞。

而此时此刻,方茂也没在对钟未说客套话。身为新郎的他虽然缺席了彩排,但不仅是罗思对他说,就连他妈、他的伴郎和婚礼的司仪也纷纷对他说,那位"神秘"的婚礼歌手是真有两把刷子。

钟未轻轻一咳,掩饰住笑意。

必须的啊!卞雨露比上不足,比下绰绰有余,更何况钟昌国还做好事不留名地为她配备了超一流的乐队和和声,那可是人家乐队破天荒助阵一场婚礼。

钟未和方茂终于还是无话可说了,各自点了一下头,便要去各忙各的。

"你冷啊?"方茂又叫住钟未。他看钟未把一件卡其色的羊绒大衣裹得紧紧的,一条暗格子围巾也围在脖子上。

钟未转了一下脖子:"啊……有点儿。"但实际上,他汗都快下来了。

还不是因为陈迷人说他穿里面的那一件黑色高领针织衫比什么都不穿更性感……那他只好裹紧他的小被子了。

当时,他调侃了她一句:"你见过我什么都不穿?"

紧接着,他反被她调侃了一句:"没见过,但脑补过。"

嗯,她长本事了。

方茂实心眼:"那我给你调换个座位,往里会暖和一点。"

"不不不,你的好意我心领了!"钟未溜之大吉。

流水线的产物有利有弊,最大的利是顺利。

按部就班地,罗思和方茂的婚礼顺利地礼成,开席,迎来了敬酒的环节。陈迷人跟在罗思身后,一边帮忙收着份子钱,一边get到了这一对新人从一大早就开始窃窃私语且相谈甚不欢的重点。重点只有一个:等孩子生下来,长大一点,罗思希望去马尔代夫补办一场婚礼。

陈迷人竖着耳朵,又get到了正反方的若干小论点。

比如正方罗思说:一、今天这一场婚礼完全不是我梦想中的婚礼。二、我梦想中的婚礼是碧海蓝天,不是司仪的出口成章和表里不一的应酬,而是在那一天的清晨,我们安安静静却满怀敬畏地为对方写下一封love letter(情书);是当我穿上婚纱,你回过头,对我刻骨铭心的first look(第一眼);是我们掷地有声地说出那一声"我愿意"……总之,那是我们对过去的纪念和对将来的展望。三、我一没要房二没要车,就这么大着肚子嫁给了你,只要一场梦想中的婚礼不过分吧?

又比如反方方茂说:首先,你不满意你早说啊。其次,我妈不会同意婚礼办了一次又一次的,又不是二婚。最后,你既然说了你一没要房二没要车,那就不是打心眼里不想要,你是打心眼里想要,嘴上没说而已。

陈迷人越听越胆战心惊:该不会份子钱没收完,这一对新人就变了旧人吧?都说婚姻是爱情的坟墓,可至少,婚礼是踏入坟墓的那一道金光闪闪的大门才对,而罗思和方茂连这一道大门都得迈得灰头土脸吗?这就像服刑前连顿饱饭都没给吃吧?

果然,十六桌酒敬下来,罗思在人前的最后一秒还笑盈盈,等一进了化妆间,就把自己锁进了更衣室。敬酒时没跟着的许喵喵和赵顾两人一脸问号,陈迷人支走了化妆师,才给许喵喵和赵顾答疑解惑。

许喵喵瞪了赵顾一眼:"这个时候,就算你有一肚子风凉话也给我好好憋着!"

赵顾回瞪了许喵喵一眼:"我是会火上浇油的人吗?"

寂静……三个伴娘只知道不能火上浇油,但不知道该不该灭火。

后来,还是赵顾一马当先地敲了敲更衣室的门:"罗思,这就是你的不对了!"

陈迷人和许喵喵吓得一左一右拉住赵顾:"不会说话就别说!"

赵顾以一敌二:"罗思,你说过梦想不分高低贵贱,包括你结婚生子的梦想。可既然不分高低贵贱,那就没有容易这一说!我留学容易吗?许喵喵考研容易吗?老大要找一份满意的工作容易吗?那你结婚生子凭什么容易啊?你对方茂有要求,对大到婚姻小到婚礼有蓝图是好事,但不能全凭一张嘴,天天怨天尤人吧?会哭的孩子有奶吃,但你不是孩子了,智勇双全的战士才能打胜仗。"

哇哦……陈迷人和许喵喵不约而同松开了手,对赵顾做了个请的手势:"继续。"

赵顾就事论事:"这事儿不怪方茂,因为在二十二岁结婚生子不是方茂的梦想,怪只怪你把自己的梦想强加于人。"

陈迷人低声道:"这么会说话……"

许喵喵低声道:"那就再多说一点!"

赵顾高声道:"罗思,我们的梦想不同,战场就不同,你要向我们证明经营一个家庭也一样充满了挑战,证明你也一样是个能打胜仗的战士!"

陈许二人心服口服:"好一个激将法,继续。"

赵顾一摊手:"江郎才尽。"

这时,许喵喵掏出了手机,也算接过了接力棒:"罗思,我给你推荐几篇小说啊!"

陈迷人和赵顾傻眼:"总裁文?"

许喵喵理直气壮:"总裁文怎么了?只要你带着脑子,那也能受益匪浅。比如这个《驭夫小娇妻》,还有这个《总裁夫人惹不起》《总裁小乖乖束手就擒》《重生之驯夫三十六计》……"

陈迷人跪了:"快,快都发给她。"

赵顾凑上去看了又看:"这真是为我打开了一扇新世界的大门。"

等赵许二人都秀完了,她们将目光转向了陈迷人。

陈迷人挠头:"你们俩一刚一柔,高,实在是高!我好像真的帮不上忙。"

这时,罗思推开了更衣室的门:"老大,份子钱没乱吧?"

"没乱!通通对号入账。"

"那你就是帮上我大忙了。"

随后,罗思将赵顾和许喵喵一边搂一个,一共就说了两个字:"谢谢。"

一切尽在不言中了。

她们说得对,这是一条她自己选择的路,沿途有好风景,也有坏天气,走不好,好风景也会渐行渐远,走好了,坏天气也能发人深省。无论方茂有多么不完美,她选择了他,他的不完美便只能由她或忍耐,或改变,独独没有了怨天尤人的权利。好在,是在不满中忍耐,还是在不满中改变,这主动权永远握在自己的手上。

大四的下半学期千呼万唤始到来。

是的,不再希望时间慢一点,再慢一点,大家开始抱着一种"早死早超生"的心态,纷纷盼望着这最后半年的学生生活赶紧到来,也赶紧胜败在此一举。

二月底,34所研究生招生自主划线的高校陆续公布了复试分数线。

同样在二月底,许喵喵的"学播"又一次粉丝数暴增。为什么?因为她马不停蹄地开始了复试的准备工作。铁粉们都由衷地为她摇旗呐喊:能靠脸,却偏偏要靠才华的小姐姐必胜!

同样在二月底,赵顾还在等待美国西北大学的offer(录取通知书)。相较于其他留学派,赵顾无论是托福和GMAT的考试,还是各院校的网申,在时间线上都几乎卡住了deadline(最后期限)。毕竟,她过硬的分数加上Harris为她提供的推荐信,让她拥有了过硬的心态。一个字:稳。

连陈迷人都皇上不急太监急:"你也别一棵树上吊死。"

赵顾仍是两个字:"不慌。"

她甚至在收到了一所备选院校的offer后,放弃了交占位费,也就等于放弃了唯一一条后路,心无旁骛地等待着她的dream school(梦校)向她招手。

陈迷人是信管系18班大部队中的一分子,毕业设计和就业的准备工作都进入了冲刺阶段。

三四月,是俗称"金三银四"的招聘季。为了避开"金九银十"的被动,多少佛系了四年的施主们都平生第一次渴望尝一尝先下手为强的滋味。

线上线下两手抓的陈迷人有八成的信心。一成先送给自己,还有五成要归功于钟未给她念了三年的紧箍咒。至少,他把她的英语六级和计算机三级念了出来;至少,他还把她从王者峡谷里捞了出来;至少,他审时度势地为她提供了毕业设计的选题——数据挖掘在少儿培训体系中的应用。还有一成要归功于他帮她把关的简历,没有千篇一律,为N家公司一对一量身定制了N份简历。最后一成,是他送了她人生中第一套正装。

他富二代的作风难得露一露,带她去了钟家光顾了两代人的一家私人高级定制工作室。一条连车子都开不进去的小巷的尽头别有洞天,一座二层小楼的外墙上爬满了蔷薇花,楼内却是考究的面料搭以同样考究更一招制胜的剪裁。

一名设计师由两个助理陪同,正在恭候他们的到来。顿时,也不算小家子气的陈迷人拉上钟未就要走:"不妥不妥,回头我一个实习生比我们董事长穿得都好,那还能有我好果子吃?"

"你们董事长未必识货。"

"那我也只是一个最底层的实习生……"

"你更是我女朋友。"钟未说话间就把陈迷人带到了设计师及其两个助理的面前,"去帮她换上。"

那几乎是成品了。米灰色的平纹布。上衣是单粒扣,圆形领向下延伸到V字,腰间和袖口向上十厘米的位置有不规则的细褶皱,搭配同质地的宽腰带,束进一枚银色的金属圆环。裤子是九分的长度,收脚,隐形搭扣和拉链,看似没有上衣富有设计感,实则在平凡中显身手才是难上加难。只等陈迷人试穿后,再稍稍调整一下尺寸即可。

那两个助理也不是等闲之辈,为陈迷人搭配了黑白斜插纹的尖头高跟鞋和算得上点睛之笔的黑色网纱水滴状耳坠。

走出试衣间的陈迷人很难不令钟未眼前一亮。真的很难。那一刻,他像是见证了她从十八岁到二十二岁这一程的跌跌撞撞,也见证了她下一程勇往直前的姿态,就像一只雏鸟准备好直入云霄的姿态。

陈迷人在钟未的面前转了个圈:"怎么样?是不是人靠衣装?女王范儿是不是快要溢出屏幕了?别怀疑,这不是Valentino(华伦天奴)的时装秀,这就是你颜值与气质并存的女朋友。"

天晓得她心里有多慌!第一次穿成这样,心里一点底都没有好不好?

钟未倚坐在一张摆放着一卷卷布料的展台上,只说了两个字:"好看。"

他一眼就能看穿她心里有多慌。

"真的好看?"陈迷人双手半掩面地笑了笑,却遮不住那一抹含羞的脸红。

直到走出那一条小巷时,陈迷人还在摽着钟未的手臂喋喋不休:"你有惊艳到对不对? 我都看见了,你眼睛都直了。你当时一定是在想,哇,陈迷人啊陈迷人,你真是人如其名,迷死个人了!"

如此一来,钟未必须要挫一挫陈迷人的锐气了:"你真想知道我当时是怎么想的?"

"快,快来赞美我。"

"看见你艳惊四座的那一刻,我特别欣慰。"

"特别……欣慰? 这么老派的用词?"

"嗯,就像一个饲养员看见自己家的小猪崽长得比别人家的都快、都好,觉得这么多年来的含辛茹苦得到了回报。"

而钟未逞一时口舌之快的结果是自作自受。

当场,陈迷人让他学了猪叫。

那一刻,他人前校草,人后真的是一言难尽……

四月初,几家欢喜一家愁。

欢喜的第一人是许喵喵。她结束了研究生复试,虽然还在等结果,但有八成的把握会等来一个好结果。结束了复试的当天,她最后开了一次直播——撕书。戏剧化怎么了? 不环保又怎么了? 别人只看见她天天坐在镜头前云淡风轻地充实着自己,没看见她明明也没给自己留退路。

而在此之前,她三天两头问鲍家国要不要和她一起去上海。

鲍家国永远是一句话:等你考上了再说。

终于,她觉得她还真有可能考上了,却不敢问了。

一来,凡事假设是一回事,假设成真是另一回事,她怕鲍家国手起刀落地给她一句"别做梦了"。

二来，万一……她是说万一他和她一起去了上海，那是他最好的选择吗？不敢问，也是不忍问，不忍他为了成全她而不成全自己。

欢喜的第二人是罗思。八个月的身孕，令她在肉体上有了三个变化：一、肚子肯定是越来越大；二、熬过了孕吐，脸色是红润中透着blingbling的母性光辉；三、胸胀了少说有两个罩杯。除此之外，她还是细胳膊细腿的，之前有许喵喵帮她矫正过身姿，之后又有某美容院、某美发沙龙和某准妈妈瑜伽馆的加持，超模范儿也就越来越秒天秒地了。

（男）人是视觉动物。对方茂而言，他的孩子妈是一个肉全长对了地方的超模，这足以让他天天一下课就以百米冲刺的速度回归温柔乡。

除了肉体上的变化，罗思还学习了编织、烘焙和按摩。

和公婆同住一个屋檐下，不能没有过人之处，更不能1V1地battle（对决）。婆婆给孙儿把衣服都做到了三岁，她便装点了沙发和窗帘。公公的厨艺囊括了中国四大菜系，她便专注于西餐。

按摩自然是她为方茂学习的。但每每房门一关，她才给他捏个三五下，体己话说一说，比如什么今天累不累，什么船到桥头自然直，什么你是最棒的……他便上赶着给她捶捶腿了。

赵顾说得对，会哭的孩子有奶吃，但她不是孩子了，她要方茂的关注，要公婆的认可，要婚姻不是爱情的坟墓，要赢，要自己的梦想足以被称为梦想，就只有智勇双全。

许喵喵推荐给她的总裁文她也拜读了。嗯……帮助不大。但个个都是happy ending（美满结局）也是够振奋人心的了！

于是，有了这一天。婆婆不但给孙儿做了衣服，还扯了两大包的尿戒子。这罗思可不干了。二零后的宝宝谁还用尿戒子？又不是没钱买尿不湿。别！千万别跟我说尿戒子比尿不湿亲肤，那玩意儿的细菌并不是用开水烫一烫就能杀死的好吗？

婆媳二人僵持不下，而这是方茂第一次对他妈说了"不"！

为什么？因为罗思是他人美、心灵手巧又讲道理的娇妻啊。他不护着娇妻护着谁？亲妈怎么了？亲妈也不能不讲道理！

罗思完胜。

当然了，罗思乐见的并不是方茂和他妈母子不和，她乐见的是家和万事兴。但只有当方茂除了做一个巨婴式的好儿子，更学会如何做一个好丈夫、一个好爸爸时，他们才有"家和"的可能不是吗？方茂对他妈说出的这第一个"不"字，无异于他向好丈夫、好爸爸迈出的第一步。那么，她离马尔代夫还会远吗？她离她梦想中的婚礼和梦想中的婚姻还会远吗？一步一个脚印走下去就是了。

至于欢喜的第三人，是陈迷人。她工作找到了，而成功的关键有三点。

首先，她的在校成绩四年来步步高，到最后真挺拿得出手的。

其次，她的毕业设计才做到半成品，但在面试时有的放矢地讲了讲就引发了对方极大的兴趣。毕竟，她毕业设计的选题是"数据挖掘在少儿培训体系中的应用"，而对方就是一家做少儿培训的机构。

最后，面试官中有一位在去年看过她演的话剧……

闻言，陈迷人一脸震惊。

她在中北大学的话剧社跑了四年的龙套。去年，她随话剧社参加了为期两周的关爱自闭症儿童的义演，而她演的……就是一颗星星啊，连一句台词都没有啊。而那位面试官说，她是她看过的最感情充沛的龙套。这让陈迷人不得不即兴赋诗一首！

《终究》

我们付出的每一分努力，

终究会长出手来，

在你最需要的时候，

拉你一把。

后来,陈迷人还给钟未诗朗诵来着:"怎么样?你们家小猪崽是不是都快成精了?"

钟未在陈迷人的额头上亲了一口:"别给我下套,休想再让我学猪叫,休想。"

而当时,钟未在强颜欢笑。

四年来,当信管系18班的芸芸众生对未来充满了不确定时,他是唯一一个少年得志的。德智体美劳就不说了,鑫设计无疑是他最过人的过人之处。如今,当信管系18班连张三李四都相继找到了方向,换作是鑫设计的未来充满了不确定性。

有一家成熟且实力雄厚的大型连锁企业要来分民宿的设计和改建这一杯羹,竞争是良性竞争,没毛病,但什么叫成熟?什么叫实力雄厚?那就是鑫设计笨鸟先飞也没用,胳膊拧不过大腿,利润连续五个月下滑。拥抱师这一块版图只能锦上添花,远远起不到决定性的作用。而比利润连续下滑更令人一筹莫展的是,五个月过去了,鑫设计无计可施。

一来,现成的市场就这么大,狼多肉自然会少。二来,如果不拘泥于现成的市场,鑫设计又根本还没发展到向上游或向海外开拓的阶段。三来,如果反过来去抢对方的一杯羹,也就是去抢居住类室内设计的市场,那又无异于用自己的三等马去赛对方的一等马。真是条条大路都不通。

而这一切,陈迷人并不知道。

男人嘛。是谁发明的男人有泪不轻弹?反正天塌下来自己扛的美德是代代相传了下来。

所以,有目共睹的几家欢喜一家愁的这个"一家"并不是钟未,是赵顾没有收到美国西北大学的offer。

对赵顾而言,这就像做梦一样。甚至,她都没觉得从梦中惊醒,而是被困在半梦半醒间,久久都觉得这一切亦真更亦幻。

就在前不久,她曾收到位于芝加哥的一所备选院校的offer,放弃了,而且是毫不犹豫地放弃了。怪她太自信了吗？可她的自信明明是建立在她十几年的努力之上的。努力的意义在于什么？不就是在于当别人尽人事、听天命时，她能人定胜天吗？

三个好姐妹都搞不懂："怎么会这样？"

赵顾无话可说，因为她也搞不懂问题出在了哪里。

只能用"听天命"来解释吗？那还不如不解释。

后来，三个好姐妹纷纷献策。

陈迷人说："失败乃成功之母。再说了，一次的失败不叫失败，叫失误。除了秋季入学，美国还有一部分学校有春季招生吧？马上申请还来得及吧？就算是等明年的秋季入学，你再备战一年也说不定是塞翁失马。"

许喵喵说："你还可以一边工作，一边备战，工作经验也是加分项吧？"

罗思："你还可以陪我再读一年大四……"

什么叫一孕傻三年？罗思说的话就忽略不计了。

最后，赵顾坚强地笑了笑："我心里有数。"

三个好姐妹闭了嘴。她是故作坚强又怎样？像是笨手笨脚的十八岁就在昨天，一转眼便都游刃有余，对爱情、前程和未来的向往各不相同，但相同的是对友谊的定义——别整虚的了，自己的路只能自己走，能劝则劝，不能劝支持她就对了。

第十八章
我请你成熟一点

陈迷人的实习期拉开了序幕。

有个小插曲是,陈烈也送了女儿一套正装,黑色五件套。

对,除了西装上衣、西装裤和西装裙,还有马甲和白衬衫。

对,就是撞衫房产销售的那种。

陈迷人没在客气:"爸,您晚了一步,我踏入社会的第一身战袍是钟未送我的。"

陈烈不服气:"那……那我这套可一千多块钱呢,他能比得了?"

吴秀芝更没在客气:"你跟一个富二代炫富,我看你真是飘了!"

典型的亲闺女和亲媳妇。

那是一家叫作匠人教育的少儿培训机构,总部位于距离中北大学三十公里的CBD。陈迷人单程要转三趟地铁,每天往返要用去近四个小时——怪不得微博上集结了最具九零后特色的辞职信,其中有一封"早晚高峰的地铁我是真的挤不上去"收获了最多的认同。

钟未第一次去接陈迷人下班,是在一个周五。

同时这也是钟未第一次见到俞大卫。

俞大卫,男,二十八岁,匠人教育市场部的一把手,也就是陈迷人的直属上司。此外,他还是匠人教育的股东之一。

更值得一提的是,他的身材和钟未不相上下,尽管五官不及钟未一半标致,但脑后梳个小辫儿且爱穿花衬衫的style也挺耐人寻味的。

当时,钟未给陈迷人打电话,说十分钟后到,让她在楼下等他,结果一堵又堵了二十分钟,也就见到了陈迷人在楼下被一个开着一辆大红色牧马人的男人纠缠。

钟未把那定义为"纠缠"。实则是俞大卫下班后,才把他的大红色牧马人开出停车场,看陈迷人在路边,又看她做一副等车状,便踩了一脚刹车:"叫到车了吗?这里打不到的。"

陈迷人这才注意到俞大卫:"叫到了。我周一一大早就会把区域分析发到您邮箱,那……您路上小心!"

实话实说,俞大卫对陈迷人这个实习生是有好感的。一来,在同期的五个实习生中,她从学历到资历都不算数一数二,但综合实力绝对是No.1。初入职场,她把"请教"和"自己揣摩"之间的尺度拿捏得刚刚好,不像有人自作主张,更不像有人把职场还当作课堂。

要知道,在大家都动真刀真枪的战场上,最一无是处的一句话就是:我虽然什么都不会,但我愿意学!

是,你是愿意学,请问谁有工夫教?两分"请教"加八分"自己揣摩"才是王道。

而这时的俞大卫自然还不知道,陈迷人不是无师自通,是有个亦师亦男朋友的男朋友。身为老板的钟未未必是个好老板,但一定知道什么样的员工才是好员工。

说回到二来,男人对一个从里到外都散发着感染力的女孩子有好感,这太天经地义了。更何况,俞大卫是个单身男人。

"周一一大早发给我?"他板下脸来逗她,"你是说你周末要加班?你不知道我对于加班的态度吗?那要么是因为上司领导无方,要么是因为下属能力有限。那你觉得是我领导无方吗?"

在俞大卫面前,陈迷人到底还是个菜鸟:"不不不,是我能力有限。不,也不对!是我多此一举了。"

俞大卫一笑:"嗯,都说了下周四之前发给我就好。"

陈迷人后知后觉他是在逗她,便也如释重负地一笑。

而钟未这时才到。由远至近,他将车缓缓停在俞大卫那一辆大红色牧马人的后方,没下车,更没鸣笛,静候陈迷人。

本来嘛,他一个富二代不缺钱,更不缺教养,看陈迷人一脸"营业式假笑",也知道对方是她的前辈或上司,他自然不便贸贸然上前。但隔着两辆车的前后挡风玻璃再看……对方一边同陈迷人说话,一边将手臂搭在了副驾驶位的椅背上。这……可就不一般了。尽管陈迷人人站在车外,但对方此举就意味着对陈迷人有着超乎前后辈或上下级的亲密。再加上陈迷人一转头,对他投来了小鹿般的一瞥,也就怪不得他把此情此景定义为"纠缠"了,那他就不能不下车了。这不是教不教养的问题,是要不计一切代价地保护自己家的小猪崽!

钟未看似不疾不徐地走向陈迷人,实则步幅层层递进。

俞大卫这时才发现有杀气,继而发现他一个老油条不知不觉和陈迷人聊了太久了,发现有一个英姿飒爽,但恐怕连毛都没长全的男孩子来者不善,善者不来。无妨!他一个男孩子既来之,自己一个老油条则安之。实力在这儿摆着,不虚。

陈迷人免不了介绍:"俞大卫,我们市场部部长。钟未,我男朋友。"

俞大卫还是没下车,将手伸向副驾驶位的车窗:"你好。"

钟未微微一俯身,同俞大卫握手:"迷人不止一次和我提到您,多谢您对她的点拨和肯定了。"

俞大卫暗自呵呵了两声:果然是连毛都没长全,这么急吼吼地就要为女朋友代言了?

所谓山不在高,有仙则灵,俞大卫是话不在多,一句就说到了点子上。他话是对陈迷人说的:"你不是说叫了车?闹了半天是男朋友啊。"

后来,俞大卫对钟未礼貌性地点了一下头,就踩下了油门。

再后来,钟未和陈迷人被引战了。

他自认为有理。为什么她说叫车,不说是男朋友来接她?这不是摆明了给对方可乘之机吗?

她也自认为有理。当时,俞大卫问她是不是叫了车,她点个头就完事了,为什么要画蛇添足跟上司掰扯男朋友不男朋友的?难道公私分明有什么不对吗?

周末的晚高峰能让人的好心情变坏,更能让人的坏心情变得破罐破摔。二人在比时间更磨人的车流中双双陷入了沉默,任凭毫无意义的矛盾越来越开枝散叶,直到被后方的一辆出租车追了尾。

车速并不快,但那一下撞得真挺结实的。

钟未在第一时间转向陈迷人:"还好吗?"

"不好,"陈迷人楚楚可怜地将手捂在胸口,"这里不好。"

嗯,心里。此时不让他百炼钢化为绕指柔,更待何时?

果然,钟未一声叹息:"怪我,中了那个俞大卫的计了。"

陈迷人飞快地拉过钟未的手,同他十指交握:"俞大卫他就是那个做派,在公司里和上上下下都打成一片,被大家往尊重了说是精神领袖,往不尊重了说就是开心果,人缘超好,当然,包括异性缘。但这个异性缘里不包括我,我不为他说话,也不假谦虚,我就是在明明白白地告诉你,就算有一天他当真拜倒在我的石榴裙下了,我心里也只有你,只有你钟未一个人。"

肇事司机在两辆车的中间迟迟等不到人来交涉,便去敲了敲钟未的车窗。钟未打开车窗:"没事。"

对方松了一口气:"人没事就好,那车,咱是走保险还是私了?"

钟未笑得怪灿烂的:"车也没事。"

对方才松下的一口气又提了上来:"你……你确定?"这也太不把掉漆当回事儿了吧?

"确定。"

"那咱可不带事后找补的!"

"不会,咱这就相忘于江湖了。大周末的都别让这么点小事破坏了心情。您也抓紧再拉上两单,回家多陪陪老婆孩子。"

"得嘞!后会无期。"

肇事司机心说如今的年轻人真是敞亮啊!殊不知,钟未这个平日里把抠门儿发扬光大的年轻人此时此刻是被陈迷人哄了个服服帖帖罢了。她说她心里只有他,只有他一个人,那他还有什么可斤斤计较的?大赦天下!

五月的一天。

双喜临门。其一是许喵喵收到了录取通知书,如愿以偿地成了上海某名校的老年服务与管理专业的一名研究生。其二是罗思顺产了个男孩儿,八斤多,母子平安。

但三家欢喜一家愁的局面,变成了两家欢喜两家愁。

赵顾一蹶不振,既没有申请美国春季招生的院校,也没有找工作,不管是谁一问她在忙什么,她都说没忙什么。甚至,连她学霸的人设都岌岌可危了。她的毕业设计连初审都没过,被导师用一句"你这是在把谁当傻子"活生生打了回来。

此外,陈迷人也加入了"愁"的行列。

纸包不住火,钟未和鑫设计长达半年的困兽斗她后知后觉。

怪他把她蒙在鼓里吗?并不能。要怪只能怪她自己大意,男朋友日渐消瘦掉了五斤肉都没看出来,不是大意就是眼瞎。

她在匠人教育的实习期还算顺利,但也搞错过一个模型的变量,误解过一次客户的话里有话,迟到过一次会议,更令人介意的是还撞上过某男前辈和某女前辈的打情骂俏,而那个男前辈的太太才怀了二胎。总之,所谓的"还算顺利"不过是憋着一口气。

五个实习生不可能全部通过实习期。就算通过实习期,据说还有人要被调到祖国西北内陆的某城市去做开拓新市场的排头兵。

陈迷人想留在匠人教育。毕竟,这里的综合实力位于相对最有发展空间的第二梯队,且新引进了芬兰的"沉浸式教育",那么,这里就是陈迷人无须骑驴找马的"马"。但同时,陈迷人不想离开这座城市。

就算女大不中留好了,她就算舍得吴秀芝和陈烈,也不想离开钟未。

这就像是一场闭气大赛,别人不认尿,她也绝对不认尿,水面上看似风平浪静,水面下实则个个脸红脖子粗。

但最令陈迷人愁的还不是以上种种,而是俞大卫真的对她展开了追求。

说到公私分明,俞大卫也是一把好手。在工作时间,他就是一碗水端平,对谁都是该赏赏,该罚罚,包括下午茶,都会记得每个人的喜好。但在工作时间之外,甚至是在下班的那一刹那,他能从他的办公室以百米冲刺的速度来到陈迷人的工位,如果中途有障碍物,他还能表演个跳山羊。

二十八岁怎么了?老油条怎么了?外表和行事作风上的不羁,与内心的成熟并不冲突。

而俞大卫和陈迷人的对话通常如下。

第一种是俞大卫:"晚上有安排了吗?"

陈迷人:"约了男朋友。"

第二种是俞大卫:"去哪儿?我送你。"

陈迷人:"男朋友来接。"

第三种是陈迷人抢先一步道:"David(大卫),你知道我有男朋友了。"

俞大卫:"我这不是在和他公平竞争吗?"

陈迷人:"但是比公平竞争更高优先级的是先来后到。"

俞大卫:"你说的那是婚姻,婚姻中先来的一方是受法律和道德保护的,你年纪轻轻谈个恋爱,有权利喜新厌旧。"

陈迷人:"不是我年纪轻轻,是你为老不尊。"

俞大卫鼻子都快气歪了:"为老?老?我二十八岁才将将够上钻石王老五的年龄线,风华正茂好不好?"

不好。这自然是陈迷人坚定不移的答案。

但陈迷人也不得不承认,她不讨厌俞大卫。

论条件,俞大卫毕业于英国杜伦大学,且有两年英国在线教育的工作经验,回国后,和几个志同道合的朋友创建了匠人教育,用了四年的时间便跻身于第二梯队。一个能把事业心变成事业的男人,那客观来讲就是加分加分加分。更何况,他还有一副撑得住梳小辫儿和穿花衬衫的皮囊。

论方式方法,俞大卫更没毛病。道理往直白了说就是:能被你撩上的姑娘,那都是愿意被你撩的姑娘。反之,那就是强撩。

那话是怎么说的来着?对,强撩灰飞烟灭。所以,俞大卫对陈迷人的追求仅限于让她天天都知道:嗯,是的,我俞大卫还在追求你陈迷人!偶尔送个花,部门里所有女性人人有份,但明眼人都知道这是谁沾了谁的光。至于什么"不经意间的触碰",No!俞大卫知道这事儿要是搁两情相悦上是小鹿乱撞,但要是搁一厢情愿上就是耍流氓。

还有,每天一拒怎么了?切忌给她每天两拒三拒的机会,切忌对她甩脸子,切忌找备胎。只要做到以上三条,满怀期待地来,高高兴兴地走,第二天再满怀期待地来,那他就是世界上最可爱的追求者。

于是,有了这一天。

陈迷人在工作时间接到了鑫设计 Linda 的电话。Linda 说,老耿,也就是鑫设计的开国功臣之一耿世安被钟未开除了。大家都知道的原因是,老耿旷工三天。而大家都才知道的原因是,老耿的父亲在三天前出了一场车祸。眼下,为了父亲的开颅手术,老耿借钱借遍了亲朋好友。

Linda说她一整天联系不上钟未了,致电陈迷人也是没办法的办法。

随即,陈迷人致电了钟未。她是永远能联系上他的。

"旷工三天就要开除吗?"陈迷人也是急人所急,"更何况他又不是无缘无故。"

钟未直接换了个话题:"晚上有雨,你带伞了吗?"

陈迷人在楼梯间踱来踱去了几趟,做了番"情绪管理",便在哼哼哈哈了几句后挂断了电话。谁让一来,鑫设计面临被并购的选择,钟未也面临子承父业的选择,这不是选择障碍的问题,是好大一个岔路口,是他天天都会死无数脑细胞的问题。

二来,于公,谁的员工谁说了算。但于私,陈迷人在午休时间去了老耿的父亲所在的医院,且见到了一个她很久没有见到的人——白冉,且她和她同是为了老耿的父亲而来。

二人是在电梯里碰上的。当时,陈迷人才要上楼,还没见到老老耿,而白冉才要下楼,已经为老老耿垫付了所有的医药费,且为老耿请了个律师。毕竟,肇事者是个要钱没有,要命一条,但我谅你也不敢要的老赖。

二人也没说找个说话的地方,就跟着电梯上上下下,而陈迷人一颗心咕咚咕咚只往下沉——她们同是来帮钟未的忙的。不同的是,她是不请自来,白冉是受钟未所托。

电梯到了一楼,白冉率先走出去:"这里该解决的都解决了,你就不要上去打扰病人休息了。"

陈迷人在电梯关门时才匆匆挤出去:"姐……"

"别叫我姐了,大家都是社会人,不差这四岁。"白冉脸上笑归笑,但也是明晃晃地和陈迷人划清界限。

这时,有人致电了白冉。二人同时看到是钟未,便对视了一眼。陈迷人二话不说挽住了白冉的胳膊,笑嘻嘻道:"你是开车来的吧?捎我到地铁站吧。"白冉挣也挣不脱,也不便在大庭广众之下和陈迷人拉拉扯扯,便用另一只手接通了钟未的电话。

陈迷人都快和白冉脸贴脸了,也听不见钟未说什么,只听见白冉说:"都办妥了。我办事你还不放心?放心就完事了?谢谢就完事了?谁稀罕你亲自下厨啊?你把我说的话好好考虑下我才算阿弥陀佛。对了,那个谁现在在我旁边。谁?你说谁啊?"

紧接着,白冉将电话交给了陈迷人。

陈迷人猝不及防,但也不得不接过电话:"是我……"

"陈迷人?"那一边的钟未多多少少有些意外,"你现在在医院?"

"是Linda找我帮忙……"

"你能帮什么忙?"

钟未这话……陈迷人可就不爱听了!她松开白冉,不知不觉就大步流星:"我有一分热发一分光不行吗?我和老耿朋友一场不行吗?我更是想为你排忧解难不行吗?反倒是你,你和白冉也就是朋友一场,就算想谢谢她也用不着亲自下厨吧?"

陈迷人一松开白冉,白冉反手又挽住了陈迷人的胳膊,以其人之道还治其人之身。她不是听她电话吗?她也听她的!

那一边的钟未一愣:"什么亲自下厨?我没说过这话。"

陈迷人这才知道上了白冉的当了。

"五分钟后打给我。"陈迷人挂断了钟未的电话,将手机扔给白冉,"幼不幼稚啊你?真是不用管你叫姐了。"

白冉有惊无险地接住手机:"开个玩笑不行吗?"

"不行,我和钟未锁死了,你溜门撬锁算什么开玩笑?"

"我管你叫社会人还叫早了?成熟一点吧妹妹,校园爱情是爱情万岁,但成年人讲究的是'对等'二字。光有福同享,不有难同当?你成天问他'还好吗',他成天回答你'放心吧',你说他累不累?还锁死了?我要不要推荐你几部像《夺宝联盟》《惊天魔盗团》《偷天陷阱》之类的电影,你看看除了锁死科技强国还能锁死什么?"

"那你问他还好吗,他会回答你什么?"

"他会直接哭倒在我怀里。"

陈迷人嘴角一抽……我信你个鬼!

五分钟后,钟未致电陈迷人,陈迷人没接。

当时,白冉不在医院了,陈迷人还在,她在做一件她自认为KO白冉的事。白冉只不过是替钟未跑个腿,而她在见过了三天恨不得老了三十岁的老耿,也见过了徘徊在生死线上的老老耿后,给俞大卫打了个电话。

适才,俞大卫看她急急忙忙走,便问了她一句。她说去某某医院看个朋友,俞大卫便说这某某医院的副院长是他一个铁瓷的小叔,有需要的话,也就是一句话的事儿。

有!有需要!钱不是万能的,但钱加上关系就是双保险。陈迷人自认为她一句话的事,俞大卫一句话的事,副院长一句话的事,说不定就能保住老老耿一条命,那钟未才不算对老耿这开国功臣忘恩负义……

半小时后,陈迷人致电钟未,占线。

最后,还是钟未致电陈迷人:"老耿说,你帮他托了个副院长的关系?"

"他嘴还真快。"

"你这是找了谁帮忙?"紧接着,钟未自问自答,"总不会是俞大卫吧?"

陈迷人默认。关于俞大卫,她不是不说,而是既没有老耿嘴快,又没有钟未嘴快,眼下被钟未这一猜就猜中了,本来挺光明正大的事儿突然就有了偷偷摸摸的嫌疑。相较之下,钟未站上了制高点:"找个时间,我请他吃个便饭,当面谢谢他。"

陈迷人又一次默认。就算知道钟未"没安好心",事已至此,她也无权说"不"了。但制高点她还是要抢一抢的:"好,把白冉姐也叫上吧?她才是你最该谢谢的人吧。"

趁热打铁,钟未分分钟在一家意大利菜餐厅定了个三天后的四人位,都没说问一声俞大卫有没有时间。而俞大卫当然有时间,有也有,没有也有。一来,那一家意大利菜餐厅是他的最爱好吗?二来,既然男孩子宣了战,那么老油条不能不应战。

三天后。

赵顾前一晚夜不归宿,一大早,只有许喵喵帮陈迷人出谋划策:"校草和钻石王老五的正面刚,老大,今晚可能是你的人生巅峰。另外,我押俞大卫赢。为什么?因为俞大卫他光脚的不怕穿鞋的啊!反观钟未,但凡流露出一点点小肚鸡肠,那就是输了。哎,更严格来讲,当你欠了俞大卫人情的那一刹那,钟未就是输了。"

陈迷人一夜没睡好,对着镜子把黑眼圈遮了一层又一层:"那同理,我是不是也输给白冉了?"

许喵喵这个准研究生真不是盖的:"这就是真相!你就是利用了俞大卫,给钟未上了'己所不欲,勿施于人'的一课。不过啊,老大,你这也是把一手好牌打了个稀烂,把你真正的制高点打没了,沦为和钟未一半对一半的罪人。"

陈迷人咔咔直挠头:"后悔药你有没有?"

"没,只有预防针。"许喵喵一扎,"切记,别让人生巅峰横尸遍野,以和为贵,以和为贵啊!"

只有许喵喵一人送陈迷人出门,往日一个女生顶五百只鸭子,四个女生顶两千只鸭子的盛况一去不复返。门一关,门外门里的陈迷人和许喵喵都怪伤怀的。

到了晚上六点,和每天一样的是,俞大卫从办公室瞬移到了陈迷人的工位。但和每天不一样的是,哟嚯!今天陈迷人终于能坐上他的大红色牧马人了!他终于能在苍木的香气和Pink Floyd(平克·弗洛伊德)的音乐中向陈迷人秀出他的品位和单手扶方向盘也游刃有余的倒车车技了!却不料……在停车场里，一辆黑色福特野马就挡在他的大红色牧马人前！

当然是钟未，而陈迷人当然上了钟未的车。

途中，俞大卫紧跟钟未的车，能看到那二人除了交谈，钟未还摸了三次陈迷人的头。他嗤之以鼻。这不就是摸给他看的吗？不然，摸头杀再少女心，摸头三杀头发也要出油了好吗？

另一边，钟未和陈迷人都不知道这一顿饭会吃出什么花样来，也就都绷着根弦，不管说什么，都像是话里有话。

陈迷人："你怎么不打个招呼就来了？"

钟未："怕你难做。"

陈迷人："难做？"

钟未："嗯，你不想搭他的车，但明明是同路，他又不是什么通缉犯，你一直回绝他会不会显得你太不近人情了？"

陈迷人眼睛一亮："你也太懂我了吧？"

钟未轻笑了一声，但他那只有一边微扬的嘴角被陈迷人尽收眼底。陈迷人眉头一皱，发现事情并不简单！如果她没猜错的话，他还有下文。如果她没猜错的话，他的下文应该是：陈迷人，你不想上俞大卫的车，但如果我没来，你上定了。

于是，陈迷人越描越黑了一句："我是真不想搭他的车。"

"我知道啊。"钟未的话也越来越像讽刺。

后来，二人换了个话题。

陈迷人："老耿他爸的手术怎么样了？你不让我管，我这几天就没问。"

钟未："我好像是从一开始就不让你管吧？"

陈迷人被堵了回来："我……"

她一来是好心，二来老耿也算是她的朋友，三来她管都管了，他不依不饶是几个意思？

钟未摸了一下陈迷人的头："好了，我知道你也是好心。"

而钟未当然是摸给俞大卫看的。别说保持车距了,俞大卫的车头都恨不得要亲上他的车尾了。作为一名老司机——不是那种老司机——他知道这代表了俞大卫的咄咄逼人。他在等着俞大卫自乱阵脚,而他又不能真的狠狠一脚刹车踩下去让他追了尾,那太小家子气了。

陈迷人没看穿俞大卫,也没看穿钟未,像个局外人:"也不知道是不是用脑过度,这两天头发一把一把掉,你就别给我往下薅了。"

七点整,陈迷人、钟未和俞大卫抵达了那一家音译为雷亚莱的意大利菜餐厅。

五分钟前,白冉比他们先到了一步。于是,白冉不得不见证着方圆一百米之内最出色的两名男性,像哼哈二将一样守护着陈迷人。

这可真是人比人,气死人!明明是两男两女的组合,为什么有人单枪匹马,有人有左膀右臂?这一幕如果有特效的话,那一定是陈迷人脚下开满了鲜花,而她头顶上天雷滚滚……

一张四方桌,陈迷人左手边是白冉,右手边是钟未,对面是俞大卫。

当时,陈迷人一落座,钟未还和俞大卫暗中上演了一场"抢椅子"——俞大卫要坐在陈迷人对面,钟未默默挤过去。见状,俞大卫转而要坐在陈迷人旁边,钟未又悄悄挤回来。毕竟,谁还没个占有欲咋的?钟未恨不得对面是我的,旁边也是我的!他希望俞大卫能坐到隔壁桌去。

除了陈迷人,其余三人都是点菜的高手。俞大卫要了澳洲和牛牛里脊,白冉要了冰岛比目鱼,钟未要了鹅肝,并向陈迷人推荐了新西兰羊排、贝壳面和牛奶冰激凌。

俞大卫笑着问陈迷人:"看来你的小男友不常带你来这种地方约会。"

小男友?这便算是打响了第一枪。钟未接招:"这种地方是哪种地方?"

白冉还在不爽着,更心直口快:"大概是指人均消费不低的地方?"

钟未不慌不忙:"我和迷人从来不会用人均消费来衡量约会的质量。"

第一回合,小男友险胜。

俞大卫这才又打量了一下白冉。刚刚经钟未和陈迷人介绍,他知道了她叫白冉,是钟未一个不是姐姐胜似姐姐的朋友。再通过她一张丝绸纸的名片,知道了她位居天翼旅游的管理层,而天翼旅游是新邦集团在十二年前推出的以能效地产为基础的一项创新型业务组合,而新邦集团的老大好像是叫钟什么来着?总之,和钟未是一个姓的。那么十有八九,新邦集团的老大就是钟未的老子了。

怪不得……俞大卫眉头一皱,也发现事情并不简单!

怪不得在这个男孩身上没有年纪轻轻就挣到第一桶金的飘飘然,闹了半天,他是含着金汤匙长大的。同样地,也不过才二十六岁的白冉位居管理层,想必也是天翼旅游的什么二代了。再冲她这一副柠檬精的样子,又想必这位姐姐是志在门当户对的姐弟恋?

这里的餐前面包也是鼎鼎有名,尤其是恰巴塔搭配橄榄油和黑醋。

赢了第一回合的钟未急吼吼地打响了第二枪,他直接对俞大卫点了今天的主题:"早就想真正认识你了,但没想到是通过感谢你对我一个前员工的帮助。"

俞大卫刚刚吃了瘪,这会儿稳扎稳打:"举手之劳。陈迷人说你一定要当面感谢我,我反倒不好意思了呢。不过,彼此彼此,我也早就想真正认识你了。"

白冉还是柠檬精:"所以说,没人要跟我说一句 Nice to meet you(很高兴认识你)吗?"

俞大卫风度还是有的:"白小姐,Nice to meet you,真心的。"

白冉这才又打量了一下俞大卫。这男人是和钟未截然不同的,就算是一个嫩,一个老,反倒是嫩的那个有规有矩,老的那个不拘小节。可这只是表面,谁知道表面上一切尽在他掌握的钟未会不会是 too young too simple(太年轻太天真)?谁又知道表面上不把一切当回事儿的俞大卫会不会是笑到最后的那一个?

另外,白冉知道俞大卫身上这一件黑红花的衬衫是英国某小众品牌的最新款,因为她有一件女款的。但这么骚的花色,他穿得比她还优秀会不会太不合理了?!

不是有这样一句话吗?撞衫不可怕,谁丑谁尴尬……

谢天谢地前菜上得快,不然这顿饭恐怕就要结束在餐前面包上了。

伴随着帕玛森芝士、火腿配无花果酱和帝王蟹配小米沙拉一一上了桌,钟未迫不及待地对俞大卫发起了总攻。他看似漫不经心地道:"我就跟着迷人叫你David了?"

"没问题。"

"好,David,那我可不可以向你请教一个问题?"

"只要你不怕我一肚子歪理。"

"是这样,假如你的某一个员工以开国功臣自居,无功无过地吃了几年闲饭……"

半天没说话了的陈迷人一抬手,覆在钟未的手上:"你是说老耿?"

钟未看似漫不经心,实则开弓没有回头箭。他下意识地将手抽出来,看都没看陈迷人,对俞大卫继续道:"而且,他被发现和公司的竞争者出入声色场所,并称兄道弟,继而被发现他查看过公司内部他并没有权限查看的客户信息,你说,开除他算不算手下留情了?"

俞大卫挑眉,喝了一口葡萄酒,就算作是认同了。

为什么不能直接点头?因为他发现陈迷人的脸色一阵青一阵红……

陈迷人又问了钟未一遍:"你是说老耿泄露了商业机密?"

白冉插了一嘴:"不错嘛,你还知道客户信息是商业机密。"

钟未却没有发现陈迷人的惶惶不安,只顾对俞大卫乘胜追击:"就在你把他开除的三天前,他爸发生了一场车祸。三天前他没说,因为那一晚,是他不知道第多少次出入声色场所,醉倒不省人事后,出租车司机不得不在中途联系了他爸,他爸就是在自己家楼下等他时……发生了不幸。三天后,他说了,因为这是他能打出的唯一一张同情牌。然后,我帮他垫付了全部的医药费,并为他请了律师。"

俞大卫一竖大拇指:"有情有义。"

但再一看陈迷人脸煞白煞白的,他又缓缓把大拇指缩回了掌心。

钟未总结陈词:"所以,我犯不上让我女朋友再往里搭人情了,是不是?"

俞大卫的目光从钟未到陈迷人,再从陈迷人到白冉,惊觉这个柠檬精好像除了酸,倒也是个明白人。此时此刻,她也洞察了一切:钟未,你快闭嘴吧你!你女朋友都下不来台了你没看见啊?

钟未是真没看见,对俞大卫发起了最后的进攻:"你知道吗? 老耿,哦,也就是我那个前员工,在得到了你和副院长的关照后,还跑来对我沾沾自喜,说这就是个情大于理的社会,说我于理开除他又如何? 于情,还不是要上赶着为他擦屁股? 否则,在别人看来,我就是卸磨杀驴。"

呼⋯⋯说完了。钟未长吁一口气,就差为自己鼓掌了。

这才轮到俞大卫四两拨千斤,他脸上不痛不痒的笑意渐渐隐去:"看来,这顿饭吃的不是'感谢'二字啊?"

"的确是你多管闲事了。"

"但这闲事⋯⋯是陈迷人让我管的啊。"

以上这一轮对话用时不过五秒钟,却是今天的重头戏了。

俞大卫又一次对上了白冉的目光。这柠檬精果然是个明白人! 她两眼冒火,摆明是看穿他了。她看穿他唯恐天下不乱,一句话就将战火引到了钟未和陈迷人之间。

但俞大卫有一点看不明白:这柠檬精姐姐不是要姐弟恋吗? 那她和他是同一阵营才对啊! 那她两眼冒火是什么鬼啊? 真是妇人之仁!

而钟未这才对上陈迷人的目光。

咦,她怎么一副快哭了的样子? 谁欺负她了吗?

上一秒在俞大卫面前还威风凛凛的钟未,这一秒,在陈迷人面前"说都不会话"了:"你眼睛里进东西了?"

白冉翻了个白眼:钟未的双商被狗吃了吧?还是说一个男人对另一个男人的戒备冲昏了他的头脑?而他对俞大卫有多戒备,就代表他有多在乎陈迷人吧……

同时,俞大卫幸灾乐祸:这小男友不是来搞笑的吧?

陈迷人把眼泪生生给憋了回去:"这些话你为什么不早说?"

她二十二岁的人了,实习期也过了半,"情绪管理"是家常便饭。

从刚刚开始,钟未的手机就一直比谁都忙,尽管是静音,来电和消息就一直没断过,他总是看一眼就作罢。但这一次,他看了一眼后似乎是不得不回复,便对陈迷人一心二用道:"早说?我什么时候说算早说?"

"我第一次问你为什么开除老耿的时候。"

"你当老耿是朋友,我觉得我没有必要破坏他在你心目中最后的形象。"

"那我找了David帮忙后,你也不说?"

"在那之前,我就说了这件事你不要插手。"

"可……可你找了白冉帮忙,是怪我分不清什么叫帮忙,什么叫插手吗?"陈迷人转向白冉,"你早就知道老耿是什么样的人了?"

白冉又端了架子:"叫姐。"

"你还真是反复无常。"

"出老耿这档子事儿的时候,我和钟未在一起,那我当然知道了。另外,你指的帮忙,只不过是我替他跑了趟腿,医药费和请律师的钱都是他自己掏的。"

俞大卫不禁又暗暗给白冉点了个赞。这明白人还挺明人不做暗事的。

陈迷人再转向钟未:"你和白冉姐在一起干什么?"

钟未仍拿着手机:"公事。"

"好,那就在刚刚来这里的路上,你也不说?非要等大家都人模狗样地坐好了,再来给我这个难堪吗?"

"我没有要给你难堪。"

"所以你是针对David？可David于公是我的上司，于私是我的朋友，帮老耿这份人情更是我欠他的。你给他难堪，还不如直接打我的脸。"陈迷人顿了顿，"钟未，这不是你第一次不考虑我的立场了。"

这时，俞大卫和白冉的目光又对上了，且其中的意味空前地一致：这小两口真要打起来了？干得漂亮……

钟未从手机上抬了一下眼："不是第一次，那是第几次？"

沉默。这一次不是陈迷人的"情绪管理"，是她真的被钟未问住了。她发誓这不是他第一次不设身处地地为她考虑，但之前都是因为什么事来着？又记不得了……所以说感情和吵架真的是一对此消彼长的矛盾体。感情好的时候，吵了架撂爪就忘。等什么时候吵个架把来龙去脉都记在心里的小本本上了，也就意味着这一段感情是秋后的蚂蚱，蹦跶不了几天了。

"你能先把手机放下吗？"陈迷人换了个话题，也算是避重就轻。

钟未又是那两个字："公事。"

陈迷人快要忍无可忍了："我们吃饭的时候能不能不谈公事？如果不能，那请你把公事摆到桌面上大大方方地谈。老耿的事是这样，鑫设计的事也是这样，我不喜欢你把我当局外人。"

终于，钟未放下了手机："那好，我们专心吃饭。"

"所以你对我还是只有那四个字，不用担心？鑫设计凝聚了你四年的心血，在上升的阶段一头栽下来，我不用担心？你是这个意思吗？"

"陈迷人，这个我们私下说。"

陈迷人适才只喝了一小口葡萄酒，头也隐隐作痛了："这里有外人吗？"

钟未指了指俞大卫："他不是外人吗？"

陈迷人也指了指白冉："那她不是外人吗？"

那两个"外人"则一切尽在不言中：看小孩子吵架真是太 interesting（有趣）了……

至此,钟未明明什么都没吃,却也用餐巾擦了一下嘴角,可能是无所适从,也可能是泄愤:"这不是我的意思,是你的意思。你忘了,是你说两个人只有保持相对的独立,尤其是在事业上给予对方空间和自由,才能减少不必要的摩擦,促进感情的长久。那你为什么要说一套做一套?为什么不相信我能为鑫设计做出最好的决定?为什么要让一个外人来看我的笑话?David,如果她说你就是助人为乐,你会不会自己都不相信?"

嗯,更像是泄愤。

俞大卫咂舌:"我恐怕……是没有那么圣人。"

陈迷人用手去摸水杯,却摸到了葡萄酒杯,喝了一口,再喝第二口,被钟未抢下。

其实说"抢下"有点儿冤枉钟未了,他没使劲,是陈迷人先使的劲,以至于半杯葡萄酒一晃荡,湿了嘴角,继而淌下来湿了胸口。

越来越没法收拾了。陈迷人用手背抹了一下嘴角:"但结果是大家都来看我的笑话,不是吗?钟未,我请你成熟一点吧!我不需要你用鑫设计的什么绝地大反击来给我surprise(惊喜),也不需要你组个今天这样的饭局来给谁点颜色看看,我只希望我们能像成年人一样进行有效的沟通,大家本来就学习、工作和待人接物都很累了,一切无谓的猜忌只会让我们累上加累!"

说完,陈迷人拂袖而去。

连一道主菜都没来得及上呢……

钟未没有在第一时间追上去。

累?的确是累,他累得都懒得站起来了。但他没有站起来是因为:一来,的确是陈迷人说要尊重对方的事业,同时他也做到了尊重她的事业,即便有俞大卫一天八小时对她虎视眈眈,他也心字头上一把刀,忍了。二来,鑫设计没有陈迷人所谓的什么绝地大反击和surprise。相反,他在考虑被并购,也在考虑子承父业了,而这不是什么能当着情敌的面夸夸其谈的事。

最重要的是第三点,陈迷人当着俞大卫的面让他"成熟一点"? 说他不像"成年人"? 他不要面子的啊? 要知道,这是男人的死穴。

这时,俞大卫虽然没吃上他的澳洲和牛牛里脊,但还是不紧不慢地干了杯中酒,又不紧不慢地站起来:"那……我也先走一步了?"

半分钟后,钟未脚下像装了起跑器似的追了出去。

白冉都看傻眼了。首先,她默默给了钟未这半分钟是让他平复心情的,不是让他平复了心情又去找不痛快的! 其次,这是两男两女的组合啊! 为什么来也1V3,去也1V3? 最后,他们一个个都脚底抹油了,她买单吗? 可着她一个人糟蹋?

另一边,果然不出钟未所料,俞大卫走的时候看似打了个呵欠,像是要回家睡大觉了,实则撒丫子就去追陈迷人了,实则就是要乘虚而入! 好在钟未拍马赶到,在俞大卫即将追上陈迷人的时候,追上了俞大卫。

夜幕才落下,钟未从后面一把搂住了俞大卫的脖子:"你不是说回家吗? 车不要了?"

俞大卫被钟未勒得咳嗽了两声:"我散个步不行吗?"

"不行,饭都没吃散什么步?"

"那这路是你们家修的,我还不能走了?"

"能走,等陈迷人走远了你就能走了。"

"钟未,你讲理吗? 陈迷人就那么心灰意冷地走了,你不追她,还不让别人追她了?"

"不讲理,我说不让就不让。"

"你真的很幼稚欸!"

"俞大卫,你这样说话很娘欸!"

"老子纯爷们儿!"

二人就这样一直扭打着前行,钟未拖不住俞大卫,俞大卫也甩不掉钟未,在路人看来,大概和两个小学生无异。三年级……四年级不能更多了!

但陈迷人不知情,自顾自进了地铁站。

正所谓世上无难事,只要肯放弃。俞大卫渐渐体力不支,终于肯放弃,一屁股坐在了地铁站外的台阶上,抻平了黑红花的衬衫,又紧了一下脑后的小辫儿。钟未也气喘吁吁,在俞大卫旁边坐了下来。随即,二人同时往远处挪了二十厘米——怎么说也是势不两立!

"要听我一句逆耳忠言吗?"俞大卫问道。

钟未没说话。

"不听算了。"

"听。"

俞大卫又往钟未旁边挪了一屁股:"其实你和陈迷人……不合适!我倒不是说你们俩谁不好,相反,不管是有颜任性,还是有钱任性,你呢,都有任性的资本,而她是那种平凡却又不甘于平凡,看似幸运,实际上却是越努力越幸运的女孩子。打分的话,你们俩都有八十五分。但问题就出在你有颜有钱,有独当一面的能力,偏偏没有给她一种如父如兄的安全感,而她在过去的四年看你的优点是优点,看你的缺点也是优点,给了你四年的安全感,却不意味着她永远有这份闲情逸致。"

"你对我们了解多少?"钟未恨得牙痒痒。

"我了解的不是你们,是包括你们在内的这一个群体。谁还没有过一段校园恋爱啊?但为什么超过七成的校园恋爱毕业就等于分手?就因为在走上社会的那一刻,男生大多因为压力而变得不自信,而女生大多因为欲望而变得对自己对他人都更严格。不自信vs更严格,这就是导致陈迷人让你成熟一点的根源。"

"俞大卫,你知道逆耳的除了忠言,还有什么吗?"

俞大卫一愣:"你这是脑筋急转弯吗?"

钟未自问自答:"还有放屁。"

不欢而散!

无奈两个人的车还停在同一个停车场,那就还得同路走回去,一会儿他在前,一会儿又他在前,你追我赶,真别开生面。

第十九章
我宣布我们没有冷战

陈迷人回到寝室，寝室里还是只有许喵喵一个人在。

低头族许喵喵也不知道在床上看什么，看得入了神，连陈迷人开门关门都没察觉，直到陈迷人把高跟鞋一踢，她吓了一跳："哟，回来了？"

陈迷人往椅子上一摊："嗯。"

"怎么这么早回来？"许喵喵爬下床，手机还是不离手，"俞大卫完胜钟未，还是钟未爆冷了？"

"好像……是我完胜钟未了。"陈迷人一抱头，越来越觉得是自己把一切搞砸了。

许喵喵凑过来："你们这四角恋对我来说超纲了，还请明示！"

陈迷人："哪来的四角恋？一直就是我和钟未1V1的battle好吗？但是……我觉得他变了。"

许喵喵："还请继续明示！"

陈迷人："他的起点太高了。学习从来没有掉下过神坛，在篮球队和机器人社团的C位大家也有目共睹，就连随便玩个游戏也是carry全场。别人打工都透着一股自食其力，他打工就跟玩儿似的。鑫设计一路走来虽然不是顺风顺水,但也是兵来将挡,水来土掩。除了鑫设计……这几年关于他富二代的传说也从来没断过。"

许喵喵:"但你们从来没正面回应过!"

陈迷人一声叹息。

许喵喵:"哇,你这是正面回应了?钟未他真的是富二代?"

陈迷人:"我是说他的起点真的太高了,所以站得高,摔得疼吧?一直让大家看到他春风得意,就不能被看到失意的一面了吧?包括我在内。白冉姐说得对,他就是在我面前硬撑。但这不是该英雄主义的时候啊,他在我面前硬撑的样子一点都不帅。这是现实啊,现实是我今天被他的自以为是搞得一点面子都没有。"

许喵喵眉头一皱:"老大……我觉得变的人不是钟未,至少,不仅仅是钟未。"

陈迷人:"你是说我?"

许喵喵:"你在过去四年里,什么时候把面子看得比钟未重要过?"

陈迷人:"这不是我看不看重的问题,是大家都是成年人了!"

话不投机,二人也就到此为止了。

许喵喵闷闷不乐。她知道长大是每个人的必经之路,却不知道这条路还分了无数车道。有人靠右缓缓行驶,有人从左侧超车,而陈迷人大概是从应急车道超车的那个吧?连钟未都快要被陈迷人甩在身后了,又何况是她。

陈迷人心烦意乱。上一分钟,她还在自责是她把一切搞砸了。或许是她不该插手老耿的事,更不该为了老耿的事和俞大卫更进一步?不该在饭桌上对钟未步步紧逼?最不该一走了之……但下一分钟,她又向许喵喵揭了钟未的短,她将她的千不该万不该归咎为钟未的不成熟。

不成熟,成年人……这快要成她的口头禅了。

这三个字也是她的撒手锏,无论钟未说什么做什么,只要她亮出这一句"你能不能像个成年人一样",他必输无疑。但这是对的吗?如果是对的,为什么她没有收获快乐?为什么以成年人自居,叫嚣着简单、粗暴,张嘴闭嘴都是客观、高效的她在对钟未大获全胜后没有收获丝毫快乐?

凌晨两点,陈迷人唤了一声:"喵,你睡了没?"

"没。"

"我有句话不说憋得难受。"

"什么话?"

"你说我把面子看得比钟未重要,我没有。"

"……"

"钟未最重要,以前是,以后也是。"

就这样,许喵喵爬下自己的床,爬上陈迷人的床。陈迷人往里一挪,二人并排仰望天花板。

许喵喵感慨万千:"我这个老母亲真是为你和钟未操碎了心。也不知道为什么,我觉得只要你和钟未在一起,爱情就是真实存在的。万一……我是说万一有一天你们分开了,我会觉得我们这一群人的青春虽然也真实存在过,但是结束了。"

陈迷人眼眶一热:"我们会永远在一起的,我和钟未,还有你、罗思、赵顾。"

"喊……谁愿意永远做你们的电灯泡。"

"话说,你真的要和鲍家国顺其自然了?可有时候顺其自然真的会错过。"

"对总裁文的热爱让我坚信,只要是对的人,永远不会错过。相反,我真的没把握如果我开口,他会不会跟我去上海。他拒绝我吧,我们说不定连朋友都没得做;他不拒绝我吧,我又不知道那是不是他最好的选择。与其冒险或强人所难,不如顺其自然。"

"喵,你也长大了。"

许喵喵大叫:"你少来!如果是长大让我变得畏首畏尾,如果是长大让你变得忘本,我才不要长大!"

陈迷人耳朵被震得嗡嗡的,但眼前一亮:"忘本?对啊,我一直在找这个词!"

为什么不快乐?无非是忘了快乐的本,忘了最好的爱情是彼此成就,忘了成就这个优秀的她的人,明明就是那个最优秀的钟未。

那一晚,寝室里有四张床,两个人,也就是说人均两张床,但陈迷人和许喵喵就挤在了同一张床上。许喵喵快睡着的时候,陈迷人又把她叫醒了:"对了,我回来的时候你看什么看那么入神?"

"就小说啊……"许喵喵咕哝。

"笼中鸟开新文了?"

"没,就是我随便瞄的一本,没什么人气,但就是有一种亲切感,很像发生在我们身边的故事……"

陈迷人没再追问,毕竟许喵喵说话间就睡死了过去。

那时是凌晨三点了,陈迷人给钟未发了一条微信:我宣布冷战结束。

真的是立即,钟未回复道:好。

稍后,钟未又回复道:我宣布我们没有冷战。

困意说来就来,陈迷人这才笑着进入了梦乡。

第二天的太阳照常升起,同样照常升起的还有每个人的难题。没错,它们并不会因为主人睡了个好觉就烟消云散。

比如罗思夜里至少要喂三次奶,"睡了个好觉"的行列中并不包括她,而她原计划产后做好回归大四的准备,日复一日地败给了一个"困"字。

比如考上了研究生的许喵喵看似是这一阶段的人生赢家,实则除了鲍家国这一块心病,她对头发的洁癖又更上一层楼。

她的心理医生告诉她,这是她从紧张到闲暇的巨大落差导致的。紧张是指她在备考的阶段昏天黑地,饭前便后都快顾不上洗手了,哪还顾得上洗头。闲暇是指她如今又没事找事了……

而在看完心理医生后,许喵喵又添了个新毛病:她总觉得有人跟踪她。但不管她怎么回头看,身后都空空如也。

比如陈迷人,她和钟未之间的矛盾越来越激化。钟未依然为鑫设计选择被并购的道路,甚至接受高风险的业绩对赌,也依然代表父亲和新邦集团对接白冉所在的天翼旅游最新上线的海外业务,尽管,他也承认他志不在此。除此之外,钟未开除了Linda,就因为是Linda把老耿的事透露给了陈迷人,导致了他和陈迷人长达七小时的冷战。

得知他开除了Linda后,陈迷人这叫一个火冒三丈!

不幼稚吗?是真的幼稚啊!但自己选的男朋友,跪着也要爱下去啊!

除此之外,俞大卫也依然在追求陈迷人。

但以上每个人的难题,跟赵顾的一比,也就都小巫见大巫了。

自从申请美国西北大学的市场营销专业未果后,赵顾就像变了个人。过去,她是表面上开着突突突的小马达,内心向往着冲过终点线赶紧仰面朝天躺下来歇一歇。但如今,她是表面上歇一歇了,内心向往着最后一搏。

为什么?为什么牛如赵顾愣是没收到offer?

当时,不仅限于赵顾和陈迷人、许喵喵、罗思,这几乎是整个信管系乃至整个中北大学的不解之谜了。但大家也纷纷说:凡事都没有绝对。

就在赵顾也渐渐接受了这个"不可控因素"时,她发现了一个惊天大秘密:还记得Dylan吗?她的前任,也就是她的现任Harris的亲侄子。几天前,Harris和Dylan的家人从美国过来,那大家肯定是要聚一聚的。没有中国人"见家长"这一说,赵顾就是作为Harris的(女)朋友参加了派对。中途,她既不走脑也不走心的毕业论文第三次被导师打了回来,且当天就是deadline了。再怎么破罐破摔,她也是要毕业的。所以,她借用了现场唯一一台笔记本电脑,怎么也得先报个选题上去。

要不怎么说世上没有不透风的墙呢,那唯一一台笔记本电脑就是

Dylan的,赵顾在Dylan的邮箱中发现了她和她梦想中的offer失之交臂的原因。

是Dylan举报了她,从混乱的男女关系说到推荐信的弄虚作假。不知道是不是美国人也有"血浓于水"这一说,为了保住Harris的声誉和饭碗,他没有在那一封推荐信的来龙去脉上大做文章,但他提到的诸如她的目的性、手段和对美国西北大学的志在必得,足以让她梦想中的offer化为泡影,足以让她连第二次的机会都没有。

当时,赵顾把Dylan撕了的心都有,心说反正这不是见家长,那我就送你去见阎王!

但最后,她什么都没做,因为她知道那么做毫无意义。

她给导师发了毕业论文的选题,将笔记本电脑还给Dylan,并说了谢谢,回到Harris身边,继续有说有笑。

而此时此刻,在寝室里,陈迷人、许喵喵和罗思听赵顾讲述完以上种种,既说不出来,也笑不出来。紧接着,她们又只听轰的一声,那是赵顾又扔下了一枚重磅炸弹——她说她要嫁给Harris。

罗思才出了月子:"等等……你先等等!你让我从头捋一下。Dylan为什么要这么做?"

赵顾:"大概是由爱生恨?那他至少是爱过我的。"

许喵喵:"这件事Harris知不知道?"

赵顾:"不知道。"

许喵喵:"是他不知道,还是你不知道他知不知道?"

赵顾:"我不知道他知不知道。"

许喵喵:"那会不会是他们叔侄串通一气?"

陈迷人早就在踱来踱去了:"这么做对Harris没有好处。"

赵顾在对着镜子拔眉毛,从镜子里斜了许喵喵一眼:"也就只剩下老大智商在线了,罗思一孕傻三年,喵喵你跟着凑什么热闹?"

陈迷人停在赵顾身后:"多久能拿到绿卡?"

赵顾脱口而出:"马上递申请的话,一般四五个月就能拿到临时绿卡,最多也不会超过一年,拿到临时绿卡两年后就能……老大,你这么问是什么意思?"

陈迷人:"你说我什么意思?"

寂静……良久,许喵喵憋出一句:"你爱他吗?"

赵顾还在拔眉毛,毛孔连成红通通的一片:"女为悦己者容,Harris喜欢中国古典的黛玉眉。"

罗思:"所以你是爱他的!"

许喵喵才一转头,被罗思抢先一步道:"好好好,我知道我又错了,求你们了,别说我一孕傻三年了,我耳朵要长茧了。"

陈迷人才提上一口气来,又被赵顾抢先一步道:"老大,你什么都别说了,你们也都别拿看失足少女的眼神看我。我知道,我一个学霸落到这一步挺可笑的,也挺可怜的,但我好好学习了这么多年,不就是为了去美国吗?如果我付出了那么多,最后连心愿都没达成,那我岂不是更可笑,更可怜了?还有,等我过去那边,我也不会好吃懒做,就天天掰着手指头等着拿绿卡的,无论是继续学习还是工作,我会有我的价值的。"

那三人齐刷刷要开口,又被赵顾抢了先:"等一下!算我求你们了,别骂我。"

那三人又要开口,又被赵顾抢了先:"再等一下!如果骂我几句能解你们心头之恨,那你们就骂,但是别拦我,拦也拦不住,伤感情……"

罗思第一个:"美国到底有什么好?"

赵顾:"除了经济发达,那里有自由的价值观和简单的生活。什么叫简单的生活?就是大多数人对别人的事既不漠视,又不攀比,更不会多管闲事,没人在乎你来自哪里,不会有人因为你背个奢侈品包包就酸你、高看你,也不会因为你失业或者做个家庭主妇就低看你。不管那里是不是真如我向往的那样,我都要去亲眼看一看。"

罗思一脸震惊:"你也太自相矛盾了吧?我们四个人中最把你的家境当回事的人是你,最低看我这个家庭主妇的人也是你。"

赵顾:"这是大环境所致,所以我才更要离开这个大环境。"

许喵喵第二个:"Harris接受这样的婚姻吗?我是说……他能接受你虽然爱他,但更爱美国吗?"

赵顾:"你们还不知道吧?他有两个前妻,都是中国人。"

三脸震惊!但这也就不言而喻了:接受,他太能接受了!

陈迷人是第三个,迟迟才开口:"真的没有其他办法了吗?"

赵顾:"很难,我也算信用上有污点的人了。"

良久,赵顾还在等着陈迷人说什么,毕竟她也叫了陈迷人快四年的老大。但陈迷人只是说:"你知道最无解的是什么吗?是你智商比谁都在线,道理比谁都懂。你不懂,我们还能给你讲道理;你懂,那我们就是班门弄斧。我只能说我反对,坚决反对。"

有一点不欢而散。

罗思要回去喂奶,走了。

陈迷人要出一趟两天一夜的差,走了。

赵顾又说今天晚上不回来了,走了。

又只剩下许喵喵一个人,总觉得哪里有一双眼睛在暗暗盯着她。

总之,不知道是从什么时候开始的,四个人的各奔东西在一次次地预演。

陈迷人人生中第一趟出差是去邻市,高铁也就半个多小时。

邻市有匠人教育的第三大分部,她是跟着个前辈代表市场部去协助分部更新客户应用系统的。前辈是个奔三的姐姐,人狠话不多。当然了,这个"人狠"是指雷厉风行。二人中午到的,下午按计划赶了一半的进度,傍晚回到酒店后，各自接起了电话。

前辈的妈妈打来视频电话催相亲，先问前天见的那个聊得好不好，后又列举了几个新的人选，说回来就马上见，见也得见，不见也得见！

反观陈迷人接到了钟未的电话，钟未说他在酒店大堂。

陈迷人不是不意外的："现在？大堂？"

钟未重复了一遍："对，现在，大堂。"

前辈好奇了一句："谁啊？"

陈迷人当然实话实说："我男朋友。"

前辈像中枪似的一个后仰倒在了床上。叫你好奇，我叫你好奇！看见了吧，好奇害死单身狗……

陈迷人已经尽量掩饰住喜悦了，但出门的脚步还是蹦蹦跳跳的。

三秒后，她又回来了。前辈从床上一坐："他逗你玩儿呢？"

"没，补个妆。"陈迷人抱着化妆包钻进了洗手间。

前辈又凑到洗手间门口："你们在一起好几年了吧？"

陈迷人毫无形象可言地检查了鼻孔和牙缝："嗯，老夫老妻了呢，不过，就算真到七老八十了，我也希望每次都发着光地站在他面前。"

人后很多事都毫无形象可言，比如和卡路里的势不两立永远会让你累得像一条死狗，比如黑面膜会让你亲妈都认不出来你，比如脱毛这件事真的是和"小仙女"格格不入……而这一切都只为给他最好的一面。

前辈又中了一枪，默默坚持回床边，又倒了下去。真是后生可畏！

四星级酒店的大堂乏善可陈，站在一池锦鲤前的钟未生动地演绎了四个字——蓬！荜！生！辉！他穿着一身浅灰色暗格西装，其中的黑色衬衫解开了两粒扣子，头发是打理过的，刘海儿抓了上去，露出了额头，一手插在西装裤的裤兜里，另一手……倒提着一束花。对，倒提着。

远远地，陈迷人忍俊不禁。一来，谢天谢地她补了个妆，否则，真要被这个心机 boy 比下去了。二来，莫非送花这件事是钟未的短板？也对，包括送花在内的一切浪漫的事都是直男的短板。

陈迷人小跑过去:"不是说下午要开会?"

"结束了。"

"不是说明天一早也要开会?"

"明天一早再赶回去。"

"所以……你今晚要住下?"

钟未握住陈迷人的手走向电梯:"不行吗?"

陈迷人色变,脚底下一路被钟未拖成了小碎步,嘴里更是前言不搭后语:"倒……倒也不是说不行。我也知道我们都是二十好几的人了,别说你一个男生,连我都阅片无数了,连许喵喵都替我们急死了,连我爸妈都话里话外地让我注意安全,可……可你这也太突然了,我还没做好心理准备。"

二人停在电梯前,钟未按下上楼键:"什么心理准备?"

"你不是说要住下吗?"陈迷人一转念,"你是说自己……一个人……单独啊?"越说越小声。

钟未反问:"不然呢?"

谢谢身高的优势! 钟未笑得耐人寻味,但因为陈迷人几乎要把头埋到胸口了,那她自然看不到。

电梯门一开,陈迷人从钟未的手里抽回手,捂着小红脸蹿上电梯。钟未跟着进来,见电梯轿厢三面是镜子,镜子中映着陈迷人一张二百七十度无死角的小红脸。

陈迷人先按下了自己的十二楼,然后问钟未:"你几楼?"

"十六。"钟未掩饰住笑意,按下了十六楼,并取消了十二楼。

陈迷人:"喂! 你才说了自己! 一个人! 单独!"

钟未:"那你不先去我那边坐一下?"

陈迷人:"做……做什么? 那是能随便做的吗?!"

钟未:"我是说坐,s-i-t,sit。"

这前前后后也就两分钟吧,但毫不夸张地说,陈迷人一世英名尽毁。

钟未乘胜追击:"对了,你刚才说阅片无数,什么片啊?"

陈迷人脸朝里扎进了角落:"没有,我刚才什么都没有说,你幻听。"

电梯终于来到了十六楼,从头到脚都缺氧的陈迷人又一个箭步蹿出去,只听钟未在后面幽幽道:"想不到你这么迫不及待……"

咔咔咔,这是陈迷人石化的声音。

钟未从后面再一次握住陈迷人的手:"好了,不逗你了。"

陈迷人这才以攻代守:"话说,花你到底要不要给我?是不是还没想好配什么词?第一次送花手会不会抖啊?想不到你也有这么逊的一面。"

"逊吗?"钟未实话实说,"我只是想帮你拿回房间。"

呃……好吧。来自直男的体贴!

那时是傍晚六点半了,钟未说等他换个便装就出去吃饭。他拿了便装走向洗手间,陈迷人又无异于去摸老虎屁股:"一个大男人还羞羞答答的。"

钟未就撂下一句话:"我不关门,你想看就来看。"

什么鬼?不关门是等于老虎张着嘴吗?

而陈迷人坐在沙发上摆弄了一下那束玫瑰花,还真的去看了!

她先飞快地往里探了一下头,缩回,只见钟未在解衬衫的扣子。很好,这时机很好!男人最有看头的就是上半身,背肌、三角肌、肱二头肌……总要循序渐进嘛,总不好一上来就看人家臀大肌嘛!

于是第二次,她明目张胆地扒住了洗手间的门框,只见钟未把衬衫脱了下来。钟未没回头,从面前的镜子中和身后的陈迷人对视。

陈迷人嬉皮笑脸:"你说的嘛,想看就来看。"

他这才转过身:"过来。"

她脚下做好逃跑的准备:"干吗?"

"亲一下。"

"现在?"

"现在不行吗?"

"你……你先把衣服穿上,别着凉了。"

"你干吗吞口水?"

"我!没!有!"

钟未将双手自然地搭在身后的洗手池上:"我保证不动你,你过来亲我一下。"

陈迷人快要哭了:"可我不敢保证不动你……"

"你不过来,我可过去了。"

"别别别,那还是我过去吧!"

就这样,陈迷人用一种撞墙自尽的神色和架势冲上去,一踮脚,飞快地在钟未的脸上亲了一口,亲完就跑,跑了两步,一个急刹车,掉头,又冲了上去。这一次,她亲在了钟未的嘴上,双手也没闲着,先用食指戳了一下他的胸肌,紧接着整只手掌都覆盖了上去,最后,还是以亲完就跑收场。

嗯,值了!

钟未言而有信,两只手当真从始至终没离开身后的洗手池。

在洗手间外,是陈迷人一个人无声的狂欢。

怎么办?男朋友身材太好了怎么办?在线等,挺急的!

等钟未换好便装出来时,见陈迷人又在若无其事地摆弄那束玫瑰花,便也若无其事地问:"晚上要跟我睡吗?"

咕咚。这一次,铁证如山,陈迷人不得不承认:"别问我,我也不知道我干吗吞口水……"

而晚饭的气氛就没有这么友好了。赶上掉了几滴雨,两个人也都不大饿,就就近进了一家回转寿司店。

是钟未先挑的头,说老耿他爸的手术没有大问题,只是肇事者是个老赖,官司赢是能赢,但免不了被拖上一阵子。

陈迷人小声说了一句:"我对他的事没兴趣了。"

"是你说的,要沟通。"

钟未这句话无论说者有没有意,陈迷人听者有心:老耿这事儿过不去了是吧?她便将计就计:"那我们也顺便沟通一下Linda的事。就因为她好心办了件坏事,而且不涉及公事,你就开除她,算不算公报私仇?更何况这时候鑫设计本来就人心惶惶,她一来有业绩,二来对鑫设计绝没有二心,这个节骨眼你千方百计留她还来不及,还开除她?她这一走,你和鑫设计损失的又何止是业绩,更有士气。"

同样地,钟未也听者有心:她还没完没了了是吧?

他便保持了沉默。

对于一个"火"字来说,沉默有时候是水,有时候也是油。陈迷人只觉心里这把火越烧越旺:"还是说,你真的放弃鑫设计了?所以也不必管什么士不士气的了。还有,去新邦集团是你说的,每天除了开会就是开会,无论你顶着什么头衔,你唯一的身份就是你爸的儿子,这也是你说的。明明是你自己做的选择……"

"我没有放弃鑫设计。"

"那为什么都不肯和杜小越聊一聊?"

又是沉默。

而这就要说回到杜小越之前用他人脉网的idea报名的大学生创业路演了。当时,钟未和陈迷人还没有复合,陈迷人请钟未帮杜小越投投票,助他先过了初选那一关。钟未哪忍得了陈迷人帮杜小越说话?气得够呛。陈迷人觉得钟未胡搅蛮缠,也气得够呛……

后来,杜小越不但过了初选,还一路杀进了总决赛。有伯乐相中了他这匹千里马,以他的idea为出发点,开发了一款APP,将人脉网的力量作用于一定层级内的熟人与熟人间的资源互通,名字叫作靠谱。

前不久,陈迷人偶然对钟未提到了杜小越的这一款APP。钟未虽然嘴上什么都没说,但满脸写着"这倒是个好东西"。顿时,陈迷人脑子里像是亮了个灯泡:或许杜小越能为鑫设计提供一线生机?所以,她不止一次请钟未去和杜小越谈一谈,而至今,钟未仍和杜小越井水不犯河水。

与此同时,钟未心里也有一把越烧越旺的火:陈迷人……她还有完没完了?! 是,开除Linda的事是他一时冲动了。但据他所知,有另一家目前规模不算大的公司有意向挖Linda去带团队。那么,或许他的一时冲动反倒给了Linda更好的机遇。

至于杜小越和他的靠谱APP,难道合作不用事先考量、预判,做成本和风险评估,以及制订B计划吗? 难道陈迷人以为只要他和杜小越坐下来吃顿饭就可以合作愉快了吗? 然后成本就是那一顿饭钱吗……

钟未不愿意把"指手画脚"这个词安在陈迷人的头上,十分乃至十二分地不愿意,但她……是真的有点儿咄咄逼人了。沟通? 首先她要不自说自话,他才能和她沟通!

这时,陈迷人的前辈打来了电话,也算是救了钟未和陈迷人的场。

紧接着,前辈一语惊人:"David来了,说要跟我们碰个头。"

挂断电话后,陈迷人对钟未实话实说:"俞大卫也来了。"

"我就知道。"钟未倒是不意外。

"你知道?"

"他怎么会放过追你追到异国他乡的机会。"

"呵呵,一百公里外的异国他乡。"

"走吧,就算他打着公事的幌子,你也要先去把公事搞定。"

二人走出这一家回转寿司店,雨没在下了。路上有坑坑洼洼的积水,二人躲水坑,有时她往左,有时他往右,但牵着的手从来没松开过。

陈迷人一转念:"我知道了,你就是因为猜到俞大卫会来,你才来的。"

"有这个原因。"

"哼。"

"哼什么?"

"我还以为你是因为想我。"

钟未一搂陈迷人的肩,不惜一脚踩进了水坑里:"九成是因为想你,还有一成是因为防人之心不可无,归根结底就是十成都是因为想你。"

总之,二人只要不谈正事,就什么都好说。但二人也都心照不宣:正事会因为不谈就不存在吗?不,并不会。

钟未和陈迷人手拉手走进酒店的大堂时,俞大卫和前辈姐姐就在大堂的咖啡厅等着。

小男友?!俞大卫的嘴角神不知鬼不觉地一抽。毕竟,前辈姐姐说陈迷人和一个朋友出去了,并没有说是陈迷人的小男友像跟屁虫一样跟了来!

顿时,俞大卫怀疑前辈姐姐是不是故意的,否则整个匠人教育的市场部都知道他对陈迷人有意思,这都不带通风报信的吗?

果然!前辈姐姐一脸看好戏的笑!

远远地,钟未对俞大卫点了一下头,没有更进一步的意思。

"我先回房间。"他松开陈迷人的手,又在她手肘轻轻握了一下。

陈迷人又叫住他:"那个,你之前说的话还算不算数?"

"哪一句?"

"你之前不是问我……晚上要不要跟你睡……"

钟未心跳一下子就加速了好吗:"所以你是说,我先回房间等你?"

陈迷人的心跳更快好吗:"我也不是很确定啦!"

钟未又向陈迷人迈了一小步,微微一俯身,低语直接送进她粉红色的耳朵里:"陈迷人,我很确定我非常想跟你睡,非常非常想,但恐怕,今天不太合适。怪我考虑不周,你是过来出差的,不该给同事和上司留下脱队、公私不分、无组织无纪律的印象。改天,我们改天。"

陈迷人干瞪眼:"所以我这是被你拒绝了吗?"

钟未亲了一下陈迷人的耳朵:"好像是。"

另一边,俞大卫和前辈姐姐相继捂住胸口。

俞大卫心说：我为什么要跨省市地来吃狗粮啊？

前辈姐姐心说：别人家的爱情！

后来，匠人教育市场部三人组在咖啡厅里谈了一个多小时的公事。

前辈姐姐有点冤：她好像是在别人家的三角恋里白白被剥夺了一个多小时的自由啊？

俞大卫也有点冤：他是真不知道他哪里不如那个小男友了。

刚刚，陈迷人走向咖啡厅，钟未走向电梯，他回头看了一眼钟未，迎面就是钟未的一记警告。钟未用食指和中指指了一下自己的眼睛，再指向他，摆明了是警告他：我在时时刻刻看着你，你给我放老实点儿！

这小男友又是来搞笑的吧？无奈，陈迷人眼里就只有他，喜也好，怒也罢，只有他。

当晚，陈迷人在前辈姐姐的鼾声中辗转反侧。第一次看表，十二点；第二次看表，一点；第三次看表，一点十分。然后于一点十五分，她敲响了钟未的房门。以钟未开门的速度和他的着装不难判断出，他还没睡。

陈迷人脱口而出："是在等我吗？"

钟未一侧身，让沙发上的一沓文件和亮着的笔记本电脑进入了陈迷人的视线。

嗯……自作多情了！

但下一秒，他双臂圈在她臀下直接将她两脚离地地抱进了门。

这样的时间，这样的地点，再加上这样的人物，不发生点什么是不科学的！于是，在用脚关上了房门，又一路大踏步后，他拥吻着她倒在了床上。两个人分不出谁比谁更热，喘息声交织，像一种久等了的旋律。他一路向下亲到她的脖子了才顾得上再问她一句："想好了？"

她的手抚在他脑后："没想好也走不了了吧？"

"嗯，走不了了。"他抬眼，只见她双目紧闭，恐怕还在咬着牙。

他失笑："说好的阅片无数呢？"

陈迷人追悔莫及：这个梗恐怕三年之内是过不去了！但眼下，识时务者为俊杰。

"关灯。"她低声下气。

钟未又多看了两眼身下那红得像煮熟了的虾子的人儿，这才伸手关了灯，捎带着将床头某售价二十元的四方小盒子摸了来。

"被子……"她低声下气二连。

他也只好依她："不热吗？"

热也没办法！必须伸手不见五指……

最后，她低声下气三连："钟未，我最最……最喜欢你了。"

"嗯，我也是。"

早上五点，陈迷人腰酸背痛地睁开眼睛时，钟未在蹑手蹑脚地洗漱了。

什么情况？许喵喵曾给她力荐过几篇总裁文的精彩片段，里面倒都是女主角腰酸背痛。但据实战经验最丰富的罗思说，童话里都是骗人的！现实中明明是只有男的累成一摊烂泥！所以说这是什么情况？方茂和钟未到底是谁这么独树一帜？

"醒了？"钟未带着牙膏的味道给了陈迷人一个早安吻。

陈迷人赶紧把脸蒙进被子，对着手掌哈了一口气。但求没有口气！

钟未看了下时间，在床边坐下来，将陈迷人死拽着的被子好歹往下抻了抻："我九点还有个会要开。"

陈迷人从被子的上缘露出眼睛："渣男都是提上裤子就走人。"

喔，老虎屁股摸上瘾了是不是？钟未作势就要脱裤子："所以你是要我抓紧时间再……"

陈迷人忙不迭地伸手按住他的手："别别别，我错了！我全身都要散架了……"

这倒是出乎钟未的意料了。他一愣，再一俯身，将陈迷人连同被子轻轻抱在怀里："我下次注意。"

陈迷人越说越没脸了:"可是全身都要散架了的感觉……好极了。"

钟未又看了下时间,不能不走了,但才站直身,又坐下来:"我今天就会联系Linda。"

这同样大大地出乎了陈迷人的意料,她试探性地问道:"你是要?"

"问问她是否愿意给我、给鑫设计第二次机会。当然了,如果她有更好的选择,我就仅表达一下我的歉意和遗憾。"

"钟未……"

"还有,杜小越那边,我不是不考虑,是除了考虑还要做很多切实的工作,这不是能急在一时的。"

"钟未……"

钟未再度站直身:"好了,我走了,你再多睡一会儿。"

陈迷人裹着被子追到门口,也不知道为什么就热泪盈眶了:"什么嘛!我们之间的问题睡一觉就都解决了?我是说……我们抱在一起睡一觉就都解决了?这说得通吗?可你又不像是在敷衍我……"

这个磨人的小妖精!钟未只好又给了陈迷人一串细密的吻:"我没有在敷衍你,是真的听你的,今天、明天、将来也都听你的。"

陈迷人被亲了个五迷三道,脑子里只剩下两件事。

首先,枕边风这么好使的啊?其次,继老耿的事之后,她在杜小越的事上又一次越俎代庖了!此时此刻拥吻着她的这个男人,除了一些有的没的臭毛病,远比她,也远比她认为的他更加深思熟虑。而他说他要听她的?还什么今天、明天、将来都要听她的?他是有多在乎她才会这么甘拜下风?而她是有多幸运才能被他青睐着……

认证!真的是锦鲤本鲤了!别再说什么简单、粗暴才是成年人最客观、高效的沟通了,枕边风才是全场最佳的方式方法好吗?

钟未走后,陈迷人一溜烟儿回了自己的房间。

前辈姐姐还在鼾声如雷,看来睡前吃的那一片褪黑素挺管用啊?

回程途中,前辈姐姐冷不丁给陈迷人来了一句"我本来以为我昨晚能睡个单间了",言外之意那不就是在说"我本来以为你昨晚要出去浪里个浪了"?

陈迷人睁眼说瞎话:"怎么会?我是来出差的嘛。"

前辈姐姐点点头:"几个实习生里,你也算最有sense(悟性)的一个了。"

与此同时,俞大卫没在高铁上。他开车来,开车回,但脑子里跟前辈姐姐不谋而合。早上七点,他看他的两名女下属有说有笑地下来吃早餐,就知道陈迷人肯定没有夜不归宿!否则,单身狗姐姐的身上肯定会散发一股柠檬的清(酸)香(臭)!先抛开他对陈迷人的个人感情不谈,他不得不肯定她在出差期间的自制力……

晚上,陈迷人回到寝室,用钥匙打不开门。

一阵脚步声后,许喵喵从里面打开了门,还是只有她一个人在。

"什么时候这么有安全意识了?"陈迷人再一看严丝合缝的窗帘,"窗户也不开?不热吗?"

许喵喵无从说起,转而一看陈迷人:"老大,你是出差去了吗?"

"是啊,怎么了?"陈迷人下意识地摸了摸脸。

许喵喵围着陈迷人转了一圈:"怎么出了个差,整个人像脱胎换骨一样啊?腰板也直了,皮肤也有光泽了,这嘟嘟唇是妆感还是纯天然啊?等等,你眼睛里是什么?"

"眼屎吗?"陈迷人赶紧抠了一下眼角。

许喵喵双手环胸:"不,是爱的光芒,要闪瞎我的狗眼了。"

"那个……钟末昨天晚上去找我了。"

"So(所以)?"

陈迷人一张正经的脸忽然就不正经地笑了:"So……就那个啊!"

当即,许喵喵敞开怀抱:"我这个老母亲终于可以放心了。你都不知道,你们迟迟不为爱鼓掌,我有多怕钟末他是……鼓不起来,多怕你重情重义坚持陪他走完这驴粪蛋表面光的一生。"

陈迷人投进许喵喵的怀抱:"让老母亲费心了!"

但说到为爱鼓掌,许喵喵才是名副其实的嘴把式。

还记得她洁癖的源头吗?没错,在她十二岁那年,在公交车上,她遇上了个暴露狂,她坐着,他站着……从那以后,她连她的头发都无法接受。

当时她和鲍家国的厦门之旅,二人开了一间房。说真的,鲍家国一看这架势还以为为爱鼓掌鼓定了,但就在第一晚,许喵喵洗澡去了,他无意间从许喵喵的枕头底下摸出了一支防狼喷雾!而且,她的托运行李中还有一把可疑的剪刀!呃……冲这架势,鲍家国连续几晚都是背对着许喵喵溜边儿睡的,看似柳下惠,实则是真的好怕怕啊。

话说回来,陈迷人说自己阅片无数是夸张了点儿,但看是一定看过的!许喵喵则是真的连看都没看过,总裁文中的精彩片段就是她的全部了,感谢总裁文大神们如诗如画的文笔。

这时,咕……许喵喵的肚子叫了一声。

"你不会没吃晚饭吧?"陈迷人问道,"减肥?最近好像是瘦了一圈。"

这下,许喵喵无从说起也要说了:"老大,我最近总觉得有人跟踪我,超级没有安全感,可是也没有证据,就只好每天门窗紧闭,天一黑就连门都不敢出了。"

陈迷人皱眉:"什么时候的事儿?"

"具体……我也说不好。大概就是考上研之后?我的洁癖又越来越严重了,今天又洗了三回头,医生说我是猛地一闲下来,但神经还紧绷着,跑偏了。那我也不能紧接着考博吧?哎?对啊,我还可以考博啊!"

眼看许喵喵说干就干,陈迷人拉住她:"研究生还没读你就要考博?不带你这么膨胀的啊。再说了,你还能一辈子神经紧绷着?不迟早得断了?我这就问问钟未,让他介绍个贵的医生给你,万一贵的就是好的呢?"

第二十章
再不告白就老了

翌日,是福不是祸,是祸躲不过。许喵喵没等到钟未帮她约在了周末的医生,先等到了跟踪狂。

嗯,那不是她的疑神疑鬼,是确有其人。

跟踪狂是大四中文系的一个女生,叫郭媛,本来是和许喵喵八竿子打不着,互相之间听都没听过,直到二人都加入了考研的大军才算有了唯一一个共同点。后来,巧的是二人瞄准了同一所名校的同一个冷门专业,且都过了复试线。不巧的是,笑到最后的只有许喵喵一个人。

谁还没有几个朋友啊?当许喵喵的朋友为她点赞时,郭媛的朋友都在对她说:"靠才华的永远比不上靠脸的,哎,碰上她你也是够倒霉的了。"

朋友未必有坏心,同仇敌忾嘛!但郭媛咽不下这口气了。

既成的事实她改变不了,但总要给许喵喵点颜色看看。

什么叫打蛇打七寸?谁都知道许喵喵有洁癖,但谁都不知道许喵喵为什么有洁癖。她找人调查了那个"为什么",便觉得幸好……幸好她没有直接把她按进泔水桶里,因为那也太便宜她了。

于是有了这一天,她用钱收买了她在念初中的表弟和他的几个朋友,让他们堵了许喵喵一把。他们手里拿的不是刀,而是从成人用品店买来的爆款。

那时是下午四点,许喵喵的轨迹不出郭媛所料,从寝室到食堂,食堂到机房,机房到距离中北大学四五百米的一家位于居民楼中的瑜伽馆。从瑜伽馆出来后,许喵喵都快对自己的"被害妄想症"习以为常了,拍了两下脸,自言自语道:"没事的!"

越说没事越有事。居民楼中有一间地下活动室,平日里都是老头老太太在这儿下个棋、打个乒乓球什么的,这个时间,老头老太太都去接放学的第三代了,没人。那几个初中生踩好了点儿,派出一个人高马大的就把许喵喵捂住嘴给擒了来。

不慌!也并非等闲之辈的许喵喵不慌。当即,她扫视了一圈。四个人,包里的防狼喷雾最多能放倒两个,到第三个就得被对方放倒。那么,能动嘴就尽量别动手!一看对方四个人加一块儿可能也没六十岁,许喵喵赶紧把钱包掏了出来:"要钱是吗? 我给! 我给还不行吗……"

又一看没人要钱? 许喵喵又赶紧把手机掏了出来:"也是哈,现在谁还用钱包啊,能装几个钱啊,现在都转账了,微信还是支付宝?"

嘴上这么说着,许喵喵手上动作不停,给鲍家国发了一条语音,以及自己的位置。真的是机智如她!

初中生甲第一个反应过来:"她在报警!"

说着,他一把夺过许喵喵的手机,砸向了墙角。

初中生乙直肉疼:"iPhone……"

地下活动室为了不扰民,隔音效果一流,喊也白喊,打也打不过,许喵喵唯一能做的也就只有等了。她搜肠刮肚:"几位小哥哥不要钱,又不像冲动犯罪,莫非是跟我有仇?"

初中生丙就是那个人高马大的,但胆子最小:"犯罪? 谁告诉你我们这叫犯罪? 我们未成年!"

许喵喵:"那又是谁告诉你们未成年人犯罪不叫犯罪的?"

初中生丙一指初中生丁:"他……"

他话没说全,说全了就是:他姐,也就是郭嫒。

初中生丁就是郭嫒的表弟:"少跟她废话!抄家伙!"

许喵喵一愣:"等等!咱们先不论男女,你们四对一还要抄家伙?杀鸡焉用宰牛刀啊?你慢着!你那么小一包里能装什么家伙?刀还是枪啊?咱们有话好好说……"

许喵喵不是不怕的,但也知道,怕没用,唯一有用的是能拖多久就拖多久。所以就算她快要吓死了,心乱蹦,汗乱流,汗毛一根根竖得跟针似的,就算她脑子里都做出最坏的打算了,就算她说每一句话都带着颤音,她也一直在滔滔不绝,直到……她只见有人把手伸进了包里,只见那人掏出了一样东西。

都没有片刻过渡,许喵喵直接放声尖叫。那并非她的意愿,更像是出于本能。本能告诉她不要面对这一切,告诉她只管闭上眼睛。

那一刻,四个初中生也吓坏了好吗?这像是踩了一千只鸡脖子的声音,是从一个小姐姐的嘴里发出来的吗?郭嫒姐姐只是说看不惯这个绿茶天天装出一副岁月静好的样子,所以才请他们帮忙给她上一课。可……可这不像是上一课啊,更像是他们灭了她的九族啊。

许喵喵一边放声尖叫,一边对着空气拳打脚踢。这是她的意愿,她不想死在这儿,她想逃走,想活。但无疑,她的反抗也激(吓)怒(坏)了对方。为了制服她,他们不得不更靠近她,甚至下意识地用手中的东西做了武器。就这样,许喵喵的意愿终于还是败给了本能,她终于还是闭上了眼睛。

不知道是过了多久醒过来的,但一定没多久。因为在失去意识之前,她明明听到他们说"撤",但此时此刻,本该逃之夭夭的他们在围殴一个人,都没来得及撤?

看什么都是重影,所以,许喵喵看到了两个鲍家国。

她看到两个鲍家国蜷缩在地上,被八个人往死里打。

那四个初中生的对话也是蠢透了。

甲:"完了完了,事情闹大了。"

乙:"他看到我们的脸了!"

丙:"那……那要灭口吗?"

丁:"别打了,再打真要出人命了!"

甲乙丙:"是他先动的手!"

那一刻,许喵喵像吊了威亚似的直挺挺地从地上一立。

二对四,还是寡不敌众!那就只能抄家伙了。她用目光搜索着四周:连个乒乓球拍都没有,只有乒乓球管个屁用!

最后,她的目光定在了对方带来的东西上,就在她脚边……

这时,抱着头的鲍家国从缝隙中看到了许喵喵:"快跑……"

他脸上都是血了。

没得选了!许喵喵毫不犹豫地捡起了她脚边的武器,冲上前去,戳向了距离她最近的一个屁股。

也是活该初中生乙倒霉,嗷的一声,捂住屁股一蹦三尺高。

古人云,敌人像弹簧,你软他就强。反之,许喵喵一强,对方纵有千军万马,该软也得软。只见她猩红着双目,龇着牙,紧握手中的武器:"来啊!你们都来尝尝它的滋味啊!一二三四,谁都别跑!"

顿时,只见那四人作鸟兽散。初中生乙落在最后面,疼,是真疼啊……

"鲍家国,你不能死啊!"这是许喵喵扑上来的第一句话。

鲍家国咬着牙坐起来:"死也是被你吓死的。"

后来,警车和救护车相继来了。

在接到许喵喵的微信后,鲍家国一边向她发的位置狂奔,一边报了警,只是警车比他迟了一点点。

救护车是许喵喵叫的。她坚持不让鲍家国站起来,甚至把刚刚坐起来的他又给放平了……等到了医院,鼻青脸肿就不说了,鲍家国断了两根肋骨,还掉了一颗牙。

许喵喵哭得上气不接下气,说她不该给鲍家国发微信,不该害了他。

鲍家国气得肝疼:"摊上你这么个不会聊天的女朋友我也是服了,回回把天聊死!"

"我跟你这儿是嘴笨了点,可也不至于回回吧?"

"这是重点吗?!"

"那什么是重点?"许喵喵这才反应过来,"你刚才说什么?你刚才说……女朋友?"

"我累了。"鲍家国装睡。心是真累!

许喵喵笑开了花,忙不迭给鲍家国掖了掖被子:"嘿嘿,那恭喜你啊,再一次摊上了我这么个出得厅堂、入得病房的女朋友,而且,还即将是个研究生呢。冷吗?要不要喝水?等下吃点什么?我去买给你啊……对对对,那个能放在被窝里的尿壶是不是得来一个啊?都说久病床前无孝子,别怕,你有我。"

"久病床前无孝子?这句话用在这儿合适吗?"

"哎呀,你领会精神。"

"再怎么领会精神我也不是久病!"

"哎呀,你火气怎么这么大……"

鲍家国真要气吐血了:"我收回女朋友三个字还来不来得及?"

"Sorry,"许喵喵一耸肩,"一经售出,概不退货。"

当天晚上,钟未和陈迷人就把郭媛带来了医院,带到了许喵喵的面前。

早一些时候,四个初中生的其中两个连家都没回,直接去派出所自首了,另外两个也就跟着落了网。钟未对"枪"没兴趣,有兴趣的是把他们当"枪"使的人。找到郭媛的时候,郭媛在瑟瑟发抖地百度着教唆罪,钟未对她说了一句:"跟我们走一趟?"她直接就出溜到地上了。

钟未又问身边的陈迷人:"我样子有这么凶吗?"

陈迷人恨得牙痒痒:"凶就对了!"

许喵喵没想到是郭媛,真的没想到。更想不到对方会恨她的"脸"恨到要这么大费周章,这么下三烂的地步。

见许喵喵愣在那儿,郭媛赶紧开始了她的忏悔,就像请开始你的表演一样,开始了她的忏悔:"许喵喵,我错了!我就是想吓吓你,想跟你开个玩笑,没有想真的去伤害你,更不要说伤害你的朋友了。这就是个误会,是个意外!我表弟还不到十五岁,我求你再给他一次重新做人的机会。我们私下和解好不好?你要多少钱,我们家一定会尽量满足你的要求的。我错了,我真的错了!我求你得饶人处且饶人啊……"

听上去真没什么诚意。负分,滚出。信管系18班几个来探望班长和班长夫人的男生分分钟把郭媛"请"出了医院。

陈迷人一直陪着许喵喵:"这件事我支持你追究到底。"

许喵喵靠在陈迷人的肩头:"老大,我好难过,不是对谁追不追究到底的问题,是我自己的问题。我觉得我做人好失败,看上去好像一副人见人爱、花见花开的样子,但大家都是把我当无关紧要的摆设,一旦我有损了谁的利益,谁都会对我横加指责,说我就靠一张脸。可是老大,我的脸没那么神乎其神,不是到哪儿都能当通行证的,我……我真的也有努力,并没有不劳而获,她们这样误会我,我真的好难过。"

"喵,别用别人的错误惩罚自己。"

"谁不是这样呢?"

"那我换一句。改变不了的,就学着接受。有时候接受未必是妥协,可能是豁然开朗。"

"这一句……听上去还不错。"

为了摘掉"靠脸"的帽子,许喵喵数不清奋斗多少年了,甚至做好了奋斗终生的准备。但今天陈迷人给她提供了一个新思路——改变不了的,就学着接受。不是说真的去活成别人眼中的样子,而是接受别人的有眼无珠,再豁然开朗地去活成自己该有的样子。

别再说什么明明能靠脸却非要靠才华了,那太out(过时)了。从今天开始,你管不着我靠什么。

一周后,毕业答辩千呼万唤始到来。

钟未依旧让人折服,大多数人也依旧just so so(马马虎虎)。当然,也有陈迷人这种步步高的,赵顾这种一落千丈的,和鲍家国这种"见义勇为"后不得不通过视频对话来画下大学四年的句号的。

真的是最后了。有人说,这时候的老师全都是天使,字典里就四个字:高抬贵手。但也有人说,不对,这时候的老师心里就一句话:总算把最难带的这一届送走了,拜拜了您哪,千万别再回来了!

等到拍大合影的时候,信管系18班缺了四个人。

一个出国走了,一个上了班说请不了假,还有两个没什么理由。

也对,哪个集体也无法保证每个人都曾感受过集体的温暖,更何况曾同窗的人从此有的走上阳关道,有的不得不过独木桥,不想来,不想露面,不想拍什么大合影,没理由就是最无法动摇的理由。

但没缺了罗思。她虽然是唯一一个没有毕业的,但是货真价实的信管系18班的一员。

陈迷人、许喵喵和赵顾去校门口等她的时候,看是方茂送她来的,而且,看方茂买了一辆二手的雪佛兰,车屁股上贴了三张车贴,分别是新手、Mama in car(车上有宝妈)、Baby in car(车上有宝宝)。所以,这是一家三口都in car的意思?

只见略施了脂粉的罗思对方茂一连串道:"谢谢老公送我过来,老公工作那么忙还要照顾我、照顾宝宝,真的是感动中国的一家之主。等下我会尽快回去的! 对了,宝宝的奶瓶一定要先消毒哦;还有妈昨天提了一嘴豌豆黄,你想着帮她买;还有爸代煎的那个中药,你也想着顺路帮他取一趟。么么哒!"

又只见方茂含情脉脉:"老婆大人把什么都安排得井井有条,我做这点事又算什么?你安心和大家多聚聚,等我来接你。"

陈许赵三人组傻了眼。这是……什么画风啊?

等方茂一走,罗思一语道破:"姐妹们,不是我吹啊,家庭主妇这门学问真大了去了,你,你,还有你,真不能再小瞧我了。"

没错,家庭主妇中的高端玩家真不是好当的。陈许赵三人组只看见罗思光动动嘴皮子就把方茂安排得明明白白,却没看见她背后自己给自己立了多少的军令状:绝不能做黄脸婆,这是起码的吧?要把公婆和孩子都放在心上,这也是起码的吧?对老公采用鼓励式教育,人前给足他面子,人后再摆事实讲道理,这都是起码的吧?偶尔再来个cosplay(角色扮演),那老公还管什么事实和道理啊,你说的都对啊!

不是要做女王,把谁都踩在脚下。更不是要做小公主,被谁都捧在手心。能稳住一座天平,才是高端玩家。

另一边,方茂高高兴兴地去给他妈买豌豆黄了。

之前有一次也是,方茂陪老妈和老婆一块儿逛街。老婆看上一条裙子,老妈说太隆重了,平时穿不上。老妈看上一双鞋,太贵,没舍得买。等到第二天,老婆让他又跑了一趟,帮老妈把鞋买了回来。方茂听妈妈的话听了一辈子,但就是这一次没听,把妈妈感动坏了。

等到第三天,方茂又跑了一趟,帮罗思把裙子买了回来。罗思也感动坏了,但也算一切尽在她掌握吧!

这都是小事,大事是方茂毕业后的选择。

他考研没选择服从调剂,也就没考上。方母对儿子望子成龙,意思是来年再战!罗思为这件事伤透了脑筋。

是,是她出于一己私欲拉着方茂早早步入了婚姻的殿堂,但事已至此,她也只能望夫成夫了！她还没毕业，他就必须先扛起他们这一个小家庭的经济大旗！否则，别说买房了，难道她一个儿媳妇要让公婆养上一年？所以她的意思是方茂必须去工作，在职研究生作为下一步的选择。

当时，方茂更倾向于方母的意思，罗思没和他硬碰硬，只说投几份简历看看，哪怕就当小试一下身手。

和90%的应届毕业生一样，方茂的求职路上也充满了甲方对他的怀疑和他对人生的怀疑，但罗思从始至终都没怀疑过他。

如今不都流行夸夸群吗？罗思就像是以一己之力为方茂撑起了一个夸夸群："你是最棒的！他们如果不选择你，将是他们最大的损失。你没有把握住这个机会，因为下一个机会会更好。"

直到方茂在一家还算能及格的公司取得了首胜！专业对口，只是起步的薪水有点低，再有就是交通不便利。

那一辆二手的雪佛兰是罗思送方茂的入职礼物，当然，十万元暂时还只能向爸妈伸手。但这是一笔投资。交通不便利？没地铁？要转三趟公交车？有了自己的车，这都不叫事儿！

果不其然，当方茂吃完罗思给他摆了一桌子的早餐，穿上罗思给他准备好的衬衫和皮鞋，再开上自己的车时，他觉得他不是去上班！他觉得他是去为自己的女人打江山！当然了，老婆说了，这江山也有老妈老爸的一份。多知书达理的老婆啊……能娶到她真的是三生有幸。

再说回到拍大合影的现场。现场在图书馆前搭了三层弧形的铁架，请来了专业的摄影师，每个班轮流上，穿着学士服正儿八经地咔嚓一通，再放飞自我地将学士帽向空中一扔。

"下一个！"摄影师一声令下，信管系18班还觉得意犹未尽。

这时，一辆面包车缓缓驶来。

能这么大摇大摆地开进中北大学的校门，一定有来头！再看面包车车门一开，鱼贯跳下来四个男的，其中三个像变魔术似的从车内卸下一地摄影器材——哈苏的相机和镜头装在日默瓦的器材箱里,灯是保富图的,电脑是苹果的,还有斯坦尼康和摇臂……

剩下唯一一个没搭手的男的其貌不扬,但校方请来的那一队摄影师大老远就齐刷刷地给他请安道:"山哥好!"

这么看来,是业内大哥级的人物无疑了。

再看山哥奔着钟未就去了:"先恭喜你小子终于毕业了啊。"

钟未捶了山哥一拳:"把'终于'俩字去了,听着跟挺费劲似的。"

"那咱们开始?"

"开始。"

就这样,信管系18班的毕业大片这才算刚刚开始。

除了大合影,大家随便自由组合啊!瞧一瞧看一看,图片和视频都能拍啊!不会摆姿势?我们有专业的助理啊!素颜只能远观?林志玲的御用化妆师我们也有啊!走过路过别错过,复古?前卫?搞笑?十八种style任君挑选啊……

真的,大家都拍嗨了。亲密无间的自不用说,四年来有小仇小怨的,也合个影一笔勾销了。谁对谁爱你在心口难开的,也合个影无怨无悔了。大家都说,钟未的这波操作太666了!但这让中北大学其他的富二代情何以堪?四年了,他们是三天两头地大出血,结果钟未抠抠搜搜了一辈子,最后放了个大招就又MVP(全场最佳)了?服气!

但也只有天知地知,钟未知,陈迷人知,这是陈迷人的主意。当时,陈迷人就对钟未说了两句话:"大家会因为这件事记你一辈子的好。大不了,多少钱你算一算记在我账上,我还你。"

如此一来,钟未还有得选吗?他欣然接受:"你还我?怎么还?卖艺不卖身?"

呵呵,把"不"字给我去掉!

散伙饭就定在当天中午,再改天的话,缺席的人一定远远不止四个。

地点是食堂,董大勺还把他那一亩三分地提前布置了一下,拉了个横幅,上面写着"常回家看看"。邹莲嘴上说他土,心里却也觉得这五个字再贴切不过了。嗯,每一届都是最难带的一届,每一届却也都是最难忘的一届。

而在此之前,邹莲万万没料到全班最不让她省心的一个人会是赵顾。

大学班主任是一个什么样的存在?看似跟同学们君子之交淡如水,实则没有他们不知道的事。更重要的一点是,他们是最后一任的园丁,这感觉就像是质检过程中的最后一道关卡,合格还是不合格,他们有最后的话语权。那么,赵顾的事邹莲知道了,就不能装不知道。

在同学们纷纷拿着酒或者以茶代酒来敬邹莲一杯后,邹莲拿着酒去找了唯一一个没来敬她的赵顾。结果,赵顾抢先一步干了杯:"邹老师,都在酒里了。"这也就是说:你什么都别说了。

强中自有强中手,邹莲一转头就和罗思聊上了:"对了,有件事我这当老师的还得请教你。"

罗思术业有专攻:"邹老师,您是和董大勺好事近了吧?那您可问对人了,从婚礼的货比三家到迎接爱的结晶,我敢说是专家级。"

就这样,赵顾被活生生晾在了一边,只能看那二人打开了话匣子。

赵顾不由得脑补了个画面:两个家庭妇女相约出来喝下午茶,满嘴的"我老公怎样怎样,气死人了""你家小孩如何如何,真叫人羡慕"……呵呵,无聊。

紧接着,她又一转念:好事近了的人岂止邹莲和董大勺啊?她和Harris的好事也近了啊!那大家同道中人一起聊啊!但才一转头,她看到她的脸映在打饭的橱窗上,虽然混沌,却有着一目了然的灰暗。她看到罗思和邹莲是彩色的,她们四年加一起说的话可能都没有这一会儿多,只因为她们抛开二十二岁和四十岁的差距不谈,都是同一类人——感情用事的人。

赵顾别开了脸:Sorry,我才不屑与感情用事的人为伍。

后来,赵顾一直在等着邹莲再跟她说些什么,她也一直以为邹莲一定会再跟她说些什么,结果愣是没等到,这真让赵顾耿耿于怀。

都说永远叫不醒一个装睡的人,但不代表装睡的人不渴望有人来叫,叫不叫得醒另说,你们倒是来叫啊!

许喵喵和鲍家国中途离席了,钻了个小树林。

二人复合后的感情比分手前更上一层楼,但毕业后的去向——也就是鲍家国要不要跟许喵喵去上海,谁也没直说。直到今天,鲍家国才在三杯下肚后开了口:"你先答应我别生气。"

许喵喵直接噘了嘴:"你不用说了!我知道了。"这就是不跟她去了呗?

趁着酒劲儿,鲍家国对许喵喵凑上去就是一通亲:"不,你不知道。你到了上海很快就会有新的朋友、新的生活、新的机遇和挑战。而我一直有和几个同行合作个影视工作室的打算,考虑到资源的分布,留在这里是我最好的选择。喵喵,我保证我最多两个礼拜就去看你一次,我保证会为了我们的未来好好赚钱,我保证写个异地恋然后全是糖全是糖全是糖,没有一粒玻璃碴子的故事送给你。喵喵,你真的不知道我要有多大的勇气才能做出这个决定,如果……你新的生活里有了比我更好的人,我会恨我自己一辈子。"

许喵喵也是三杯下肚的人啊,哭了个稀里哗啦:"好啦!三年很快就过去啦!"

其实距离离别还有些时日,但对于恋爱中的人来说,道别的甜言蜜语永远能说到最后一刻。

而当许喵喵和鲍家国从小树林里出来的时候,许喵喵看见了一个人。也就是一晃而过,她看见黄进在和一个小巧玲珑的女孩子讲话,女孩子怀里抱着一束花。

许喵喵释然地一笑。还记得那时候黄进拒绝她,说谈恋爱这事儿对他来说有点儿太突然了。真挺可笑的。

当然了,更可笑的是她曾将她对他心怀的感激误以为是爱情。

如今一切反倒都说得通了。"突然"那是因为人不对，人对了，当下这一秒就是最美的时光。超释然。

至于黄进面前那个小巧玲珑的女孩子，自然是那个清纯小学妹。四年一晃而过，黄进不是不后悔的，说懒也好，说厌也罢，总之他从未向爱情迈出过一步。如今就要离开了，不仅仅是离开最后的校园，更是离开这一段青春，他才猴急了。人们不是总说再不相爱就老了吗？他离相爱还早着呢，他是再不告白就老了。再懒、再厌下去，后悔都来不及了。

不是说那些天天一脚踢翻狗粮的单身狗中至少有一半是他这种人吗？俗称"自找的"，而他要和他们划清界限了。

散伙饭还在继续。偷偷抹眼泪的和抱头痛哭的各占一半，都在讲着诸如"我们永远不分开"此类的誓言。尽管等大家酒一醒都只会觉得可笑，大多数人更是在道一声再见后就再也不见，但在此情此景中，谁还不是个影帝（戏）影后（精）咋的？

所以相较之下，钟未和杜小越的对话含金量就高多了。

是杜小越先给钟未发了一条微信：哪儿呢？

二人真的有好一段时间没有联系了。

钟未将手机拿给陈迷人看："我该怎么回？"

陈迷人也不知道杜小越的来意："实话实说呗。"

就这样，陈迷人看着钟未打了两个字：食堂。

真的是透着一股高冷！

"等下，"她拦住他，"加个'呢'。"

"什么？"

"我说加个'呢'，食堂呢。"

"为什么？"

"显得你活泼。"

虽然不敢苟同，但钟未还是发了"食堂呢"三个字过去。

随即,杜小越回复道:我这就过去找你。紧接着是一个"等我"的表情包。

钟未扶额:"他这也是为了显得活泼?"

陈迷人得意扬扬:"这么愉快的开场可还行?"

就这样,钟未和杜小越也钻了小树林……旁边的便利店。一共就拿了两瓶可乐,先是俩人都掏出手机要付钱,但也谈不上"抢着",后是俩人又同时把手机收了,总之是毫无默契可言。最后,还是钟未付的钱。

而杜小越那一瓶可乐也不知道见了什么鬼了,死活拧不开。钟未一脸黑线,接过来,确实……嗯,确实费了把力气才拧开,再递回给他。

杜小越尬聊:"哇,男友力爆棚。"

"闭嘴。"钟未一脸黑线都快连成片了。

边走边喝边聊,杜小越这才一本正经:"那个……大学生创业路演的事,一直没来得及跟你说声谢谢。"

钟未一愣:谢谢?何出此言?

杜小越自说自话:"OK姐的三个室友跟我说了,初选的时候,OK姐不光是帮我投票、拉票,还找了你帮我。如果没有你们,尤其是你这行家一出手,就知有没有,我恐怕连初选那一关都过不了,那还哪来的总决赛?那就更没有今天的我和'靠谱'了。"

钟未陷入了挣扎。要不要告诉杜小越……他这"行家"并没有出手?

是,当时陈迷人是苦口婆心地劝他来着,希望他帮杜小越为校争光,说并不是谁创业都能像他一样从出发就乘风破浪,说杜小越有过人之处,希望他帮杜小越至少赢得一个出发的机会,更劝他多个朋友多条路。

但当时他和陈迷人还分着手呢,他还把杜小越当情敌呢!

Sorry,他只是在点开陈迷人发给他的那个投票链接后,误点了一下,帮杜小越投过一票,就投过那么唯一一票。

但如果他这样对杜小越实话实说,那是不是辜负了陈迷人的一片苦心呢？陈迷人早就为他和鑫设计神机妙算了一把——多个朋友多条路。况且陈迷人的投票和拉票真的是不遗余力,更何况他也真的投了一票！说不定……他那一票就是起决定性作用的一票！就这样,钟未挣扎的结果是心安理得地对杜小越说了三个字:"不客气。"

杜小越白白被占了个大便宜,而且恐怕永远也不会知道真相了,美滋滋地继续道:"我今天找你,感谢是一方面,另一方面,也想跟你谈一下合作。'靠谱'在试运行阶段的客户反馈还可以,毕竟建立在人脉之上的资源互通让每个环节都多了一分对诚信的忌惮,这也是'靠谱'两个字的由来。产品正式上线后,我们对客户、对资源的平台都会有海量的需求,更希望有方方面面的领域注入进来。我第一个想到的就是你和鑫设计。"

钟未好一副宠辱不惊的样子:"哦？"

但实则,杜小越这番话越来越说到他心坎里了。正如他对陈迷人所说,他虽然一直没有联系杜小越,但鑫设计一直在评估和"靠谱"合作的可能性。结果是,好像真的挺靠谱。那么更进一步的结果是,如果杜小越今天没有来找他,他明天就会去找杜小越了。

杜小越信誓旦旦:"真的,你别不信,我这也就才接触了社会几个月吧,就觉得还是同学好,同学间那种信任就像是与生俱来的,离开校园后就是可遇不可求了。虽然公是公,私是私,但合作首先要建立在信任的基础上吧？不蒙你！我第一个想到的就是你和鑫设计。我知道,我和'靠谱'都还太嫩了,跟你谈合作不是一个重量级的,不过我保证,绝对对得起'互惠互利'这四个字。"

嗯,在社会上混了几个月的,就是不如混了几年的老奸巨猾。钟未只是一挑眉:"好啊,回头去我那儿细聊。"

杜小越一愣:答应了？这么痛快就答应了？紧接着,杜小越就飘了:"好啊,那回头我让我助理跟你约时间。"

听听……助理?！钟未占了大便宜,也就不对小细节斤斤计较了。毕竟,谁还没个扬眉吐气的时候呢?

杜小越:"那就提前祝合作愉快?"

钟未:"合作愉快。"

二人一个要击掌,一个要碰拳,又同时一改,一个要碰拳,一个要击掌,总之,还是毫无默契可言!

七月,钟未和陈迷人的第一次海边之行终于成行了。

为什么说终于呢?因为自从两个人情投意合,"海边"两个字就被钟未挂在嘴边。最初,陈迷人戴着"冒牌货"的帽子一动不敢动。后来,两个人又因为陈迷人一次英语四级的赌约偏巧不巧地错过了机会。再后来一拖再拖,都有点儿明日复明日的意思了。

而这一次的成行,他们要感谢两个人。一个是白冉,一个是俞大卫。

没错!就是这两个做梦都恨不得拆散他们的人。

事情要从白冉先说起。

天翼旅游最新上线的海外业务,是白冉迈上她事业新台阶的契机,但是要常驻欧洲两年。这将意味着什么?意味着她再搞不定钟未,等她回国了,钟未抓紧一点都能当上爸爸了!

必须最后一搏了,而孤军奋战当然不如强强联手。所以,她找到了俞大卫。要知道,世界上最坚固的联盟就是两个人心甘情愿为同一个目标而奋斗——为拆散钟未和陈迷人而奋斗!

主意是白冉出的。她逛遍了微博和知乎有关"从哪一刻起你不再爱他(她)了"的帖子,得出了一个结论——旅行!第一次旅行是每一对恋人的照妖镜,双方在日常生活中无伤大雅的缺点会在旅行中暴露无遗,被放大,被无限放大……

诸如自由行吧,男的一觉睡到日上三竿,大半天的行程直接泡汤。

诸如跟团吧,女的化妆化太久,让全世界的人等着她。

什么叫由小见大？就是从以上种种鸡毛蒜皮的小事看见两个人的为人处世、目标、三观有多么不合，继而看见这一条感情路的尽头。

白冉对俞大卫打包票："以钟未的胆小和抠门儿，他们走到哪儿都绝对是一场灾难。"

就这样，俞大卫在匠人教育的年会中进行了暗箱操作，自掏腰包地让陈迷人抽中了马尔代夫双人往返机票！

钟未是多聪明的人啊："机票？只有机票？其中一定有诈。谁抽奖不是双人七日豪华游机票加酒店？没有酒店是让人睡大街吗？"

陈迷人想想觉得有理："那我们还去吗？"

"去，只有机票也不少钱呢，不去白不去。"钟未是多聪明……又多会过日子的人啊。

一周后，陈迷人结束了为期三个月的实习期，在转正前获批了五天的调休。

哦耶！大海，我们来了！久等了！

白冉和俞大卫怎么可能在家里坐得住？怎么也得亲眼看看钟未和陈迷人鸡飞狗跳吧！于是，他们制订了以下计划：去，一定要去！甚至跟目标人物同一趟航班去！他们买两张头等舱，绝不会被经济舱里的那二人发现。等上了岛，他们住日落别墅，也绝不会被住公寓的那二人发现。暗中观察，完美！

只可惜，计划永远赶不上变化。头等舱没有了？只剩下经济舱了？

当天，白冉和俞大卫用丝巾、口罩和墨镜把自己都快要捂死了，却在登机前发现钟未和陈迷人"混"在了头等舱的队伍中。

俞大卫把墨镜一扯："他们升舱了？抠门儿？你管这叫抠门儿？"

白冉把丝巾和口罩一扯："你不要才一点小失误就咋咋呼呼的！"

俞大卫只好忍下来："也好，至少我们在经济舱不用偷偷摸摸的了。"

近九个小时的航程，白冉和俞大卫坐了个腰酸背痛，跳伞的心都有了。

再加上二人脑补钟未和陈迷人在头等舱里吃香喝辣,坐累了就躺,躺累了就翻滚、旋转、跳跃……真是太可气了!

终于等到上了岛,终于入住了超豪华日落别墅,俞大卫这才在碧海蓝天中满血复活。而他才迈出阳台伸了个懒腰,就看见了什么?!他透过缅栀子的缝隙看见隔壁别墅的阳台上分明是钟未和陈迷人在卿卿我我……

一头扎回去,俞大卫差点儿把白冉撞翻。

白冉不满:"我说你也是奔三的人了,毛毛躁躁的是要上天啊?"

俞大卫更是咬牙切齿:"我劝你去查一下字典,看看抠门儿到底是什么意思,你这个文盲!"

是,他们俩住的这一套超豪华双卧日落别墅是比隔壁那一套单卧的贵了三千块钱,但这是比价格的时候吗?这时候单卧才是人生赢家!

此后的几天,白冉和俞大卫成天鬼鬼祟祟地跟在钟未和陈迷人身后。

人家两个是在沙滩上闲庭信步,他们是只留下两串慌慌张张的脚印,就跟有什么可疑的动物出没似的。

人家两个吃遍了全球各大菜系的餐厅,他们永远躲在菜单的后面,就差把叉子扎进鼻孔里了。

人家清晨散步,上午晒太阳,下午泡泳池,傍晚又接着散步,夜里再泡个酒吧,而他们连泳衣都还在箱子里!两栋别墅的泳池中间连根草都没有,隔得再远那也是一眼望到底啊……

三天后,白冉和俞大卫异口同声道:"今天休息一天吧。"

他们是来看鸡飞狗跳的,不是来看偶像剧的。更何况看钟未和陈迷人主演的偶像剧比上班更让人身心俱疲好吗?

又是一天后,白冉得到个消息:钟未和陈迷人要去潜水了!

白冉满血复活:"你相信我,钟未连游泳都不会,一米二深的游泳池就是他的极限了。潜水?不可能的!搞不好他会吓尿。你再相信我一次,陈迷人很有可能会觉得他丢人,两个人话赶话地都会往软肋上戳,这就很有可能是他们分手的导火索。"

俞大卫宽宏大量："那我就再相信你一次？之前你说他们一定会住那种最便宜的公寓，天天吃免费的自助餐，说陈迷人一定会怄死什么的，我就当你没说过？"

很快，也就一小时后吧，打脸。

白冉和俞大卫伫立在潜水中心，远远地目送钟未和陈迷人乘船而去。

据潜水中心的人说，他们只见过自带装备的，这还是第一次见有人自带潜水教练的……没错，胆小的钟未不敢把自己和陈迷人的性命交给陌生人，所以"壕"气冲天地从国内自带了一名潜水教练，食宿全包！当然啦，潜水教练只能将就一下经济舱、最便宜的公寓和免费的自助餐啦。

俞大卫恨不得给白冉来个过肩摔："我再也不相信你了，你这个糟老头子坏得很！"

白冉百思不得其解："说好的照妖镜呢？"

俞大卫一转念："白小姐，我突然有了个大胆的想法，不知当不当讲。"

"都到这个份儿上了，没什么不能说的？"

"你该不会是喜欢上我了吧？为了和我把臂同游，找了个这么离谱的借口。"

白冉暗藏杀气地缓缓转向俞大卫："我也突然有了个大胆的想法。"

"怎么？真要和我试试？"

"我试你个头！我要回家，我今天就要回家！我永远都不想再看到你，再看到这个破地方了，永远！"

旁边有一对不知情的中国情侣默默一对视。看吧，旅行最能检验恋人的感情和契合度了。看吧，这一对就崩了……

后来，白冉和俞大卫真的提前一天回了国。

在机场，俞大卫进了一家纪念品商店，出来后扔给白冉一双拖鞋。

白冉一愣，又凶巴巴道："你不知道送鞋就是送邪吗？很没礼貌欸！"

俞大卫一脸不耐烦:"哪那么封建迷信?你脚不是磨破皮了吗?来海边带一堆高跟鞋,小螃蟹都要被你戳绝种了。"

嗞……白冉这气球一下子泄了气。换上那一双粉红色上面还画着棕榈树的拖鞋时,她心中竟还有一股暖流悄悄蔓延。

至于钟未和陈迷人,自始至终都不知道在他们的"身后"发生了这么多故事。本来嘛,他们的眼里也就只有对方。更何况,钟未光顾着求陈迷人一件事了——离开匠人教育,来鑫设计。

钟未真心实意,请陈迷人离开匠人教育并不是为了让她离开俞大卫的魔爪,请她来鑫设计也并不是为了让她在自己的眼皮子底下,单纯是出于惜才。

不过,陈迷人拒绝了。她把话说得还挺绝:"我未必会一直留在匠人教育,但永远不会去鑫设计。钟未,就算你要分一半江山给我,我还不满足于只有一半呢。我只希望我多管闲事的时候你能直接把我推倒,而你一意孤行的时候呢,我的美人计也能奏效。我想站在你成功的一侧,同样地,我想你站在我成功的背后。我不让你跑偏,你不让我后退,这才是最完美的距离。"

钟未甘拜下风。他跟她讲道理的时候吧,她给他吹枕边风。他给她吹枕边风的时候吧,她跟他讲道理。但结果是一样的——她赢。

"所以我再多说也无益了?"他死心。

她好歹要哄哄他:"嗯,多说不如多做。"

他将她从泳池里直接扛上岸:"这倒也正合我意。"

她徒劳地挥舞着四肢,还企图以其人之道还治其人之身:"喂,我说的是 s-i-t,sit!"

他才不管那么多,大踏步跨进房门:"哦,是吗?"随便你怎么说啰……

大结局
全员锦鲤

毕业的动荡后,每个人都逐步走上了正轨。

陈迷人在转正后开始了一轮前往匠人教育各校区第一线的普查。许喵喵开始了读研的预热,除了学术上先有个底,导师的痛点和爽点也有必要摸一摸清。罗思第N次备战四级,决心有多大,压力就有多大,再加上记忆力之差,就差头悬梁锥刺股了。

鑫设计被并购了。并非被逼无奈,而是对钟未和每一位员工最好的选择。对鑫设计来说,是注入了必需的资金支持和更规范的内控水平。对整个行业来说,也是一次配置的优化。当然,为了解决估值分歧,钟未接受了高风险的业绩对赌,那么,将来的挑战只增不减,和杜小越的合作算是为生锈的机器注入了一滴润滑油,但也还远远不够。

对了,必须要提一嘴的是Linda心甘情愿地回到鑫设计了。

公事说完说家事。

钟昌国对陈迷人并不满意。有钱人嘛!难免想门当户对一点。他本以为钟未和陈迷人两个年轻人嘛,玩玩不就喜新厌旧了?也省得他从中做坏人……没想到如今的年轻人都这么有长性的?再等等,等谁敢谈婚论嫁了他再反对也不迟！但……他就怕过不了卞雨露那一关。毕竟,卞雨露对陈迷人是一百个满意。

对了,也必须要提一嘴的是卞雨露正式成了一名"不愿意透露姓名的婚礼歌手",而之前钟未花了四十万元为她量身定制的那一首单曲《灵魂伴侣》从未公开演唱,她选择了只唱给钟昌国一个人听。

后来,钟未要出差去一趟纽约。大概是天意,他和赵顾、Harris赶上了同一趟航班。

那机场可就忙了。尽管赵顾的选择至今仍是陈迷人、许喵喵和罗思心头的一根刺,但送行……还是要送的,因为不知道再见是什么时候,更不知道再见是以何种面貌。这样的离别除了伤感还多了一丝丝尴尬,相对无言是意料之中的。哪怕赵顾还开了句玩笑:"恭喜你们几个啊,从此有了个不赚差价的代购。"

呵呵,三脸干笑。

凡事有意料之中,必有意料之外。

钟未一扭脸不见了,再出现时,便引爆了人潮的阵阵惊呼。

陈迷人、许喵喵、罗思和赵顾循声看过去,只见钟未的等身人形立牌像长了脚似的由远至近！而在那纸片人后面,当然就是他本人。壮观的是,不只是他,在他后面还跟着信管系18班全体同学的等身人形立牌,除了他,共计三十一人……不！是三十二人,还有邹莲,每一个纸片人后面……嗯,不是本人了,是三十二个群演。

她们只见那是四年前,陈迷人亲手为钟未绘制的等身人形立牌,相较于其余三十二个新鲜出炉的,旧是旧了些,但那句话是怎么说的来着？衣不如新,人不如故啊……那既青涩又醇香的回忆太催泪了啊……

尽管不知道钟未葫芦里卖的是什么药,顿时,陈迷人热泪盈眶。

许喵喵到底是有总裁文的底子:"哇,这是要求婚吗？"

罗思找到属于自己的纸片人,跑过去摸了又摸:"这是我四年前的样子啊！你好，十八岁的我，告诉你一个好消息，二十二岁的你已经是一个妈妈了，她很棒，也很幸福，唯一美中不足的就是她还没有毕业。不过你放心，她会很努力很努力地追上大家的！"

陈迷人再一看属于自己的纸片人，脑海中就三个字……黑！历！史！

"钟未！"她觉得她的音波足以撼动半个地球了，实则也就是喷怪，"你看到没？很多人在用手机拍歙，我的黑历史很有可能要上热搜了……你快点想办法！你到底在搞什么？"

许喵喵身为中北大学啦啦队的前C位，基本功还是在的："求婚！求婚！求婚！Marry Me（嫁给我）！Yes！"

呃……钟未给了许喵喵一记眼刀："并不是。"

许喵喵忙不迭一捂嘴。完蛋，比起哄更讨人厌的就是瞎起哄了！

出师不利，钟未对陈迷人一连串道："那个……今天不是求婚，不过将来会有的。今天我就是要在走之前对你说几句心里话。陈迷人，四年前你就是这么当上大家口中的锦鲤的。四年后真相大白，幸运的人是我，我才是锦鲤。是你笑纳了我所有的缺点，你保护我，你更维护我，如果没有你，我只是一个干瘪的人设。我和我的家庭、事业，都是因为有你才完整、立体，因为有你才闪闪发光。"

在无数双眼睛和无数个镜头下，陈迷人不知所措："讨厌啦，你出口成章的，我都没有准备啦！"

"那说明大家的保密工作做得很到位。"

"大家？"

这时，唯四被蒙在鼓里的陈迷人、许喵喵、罗思和赵顾才惊觉，除了钟未之外的三十二人中，不都是群演，还有今天能到场的所有同学和老师，比如鲍家国、黄进、手表……比如曾帮许喵喵作弊的程序猿，比如曾引发了一场集体骑行赛的孙芍，还比如邹莲。

四脸惊叹！散伙饭才吃了没多久好吗？这么快就重聚真的好吗？

许喵喵冲向鲍家国:"保密？你跟我还保密？"

鲍家国冤枉:"是他们！他们的保密工作做得真是滴水不漏,我是被一大早抓来的,手机直接给我没收了。"

赵顾走向邹莲:"邹老师,对不起。"

就在散伙饭的当晚,邹莲给赵顾打了一通电话:"我希望你再好好考虑一下。摆在你脚下的路有很多条正确的,只有一条错误的。你赢面很大。"

良久,赵顾默默挂断了电话。所以,赵顾这是一句时隔多日的对不起:"邹老师,对不起,我还是选择了我认为正确的路。"

另一边,画风有点儿不按套路？陈迷人抛下了男主角钟未,去和同学们道谢:"哎呀,大家都挺忙的,我这真是太过意不去了！谢谢,谢谢你们来！回头我请客,都来啊,一个都不能少！"

黄进带头:"为人民服务,为OK姐服务！"

陈迷人像首长似的跟每个人致了个意,这才回到钟未的面前:"你不是就走半个月吗？"

钟未作为男主角都快被晾凉了:"你嫌少？"

"不是嫌少,是你就走半个月,就给我来这么大阵仗,那将来……将来求婚还不得上新闻联播？"

"怕你记不住。"

"如果我记不住那也是因为你太啰唆了！这明明是一句话就能搞定的事,比如:钟未,谢谢你成就了今天这个优秀的我。搞定！"

"比话少？那……陈迷人,我爱你。"

至此,陈迷人的故作沉着故作不下去了。这是她和钟未之间的第一句"我爱你",尽管爱你在心那么那么久,开了口仍像是春天绽放的第一朵花。

"那……我就一切尽在不言中了。"她说着,一踮脚吻住了他。

嗯,我也爱你,更加更加。

后来,钟未和赵顾、Harris三人肩并肩离开的画风也有点儿不按套路。

只见钟未不识趣地插到了赵顾和Harris的中间,对赵顾说了句什么。又只见八匹马拉不住的赵顾缓缓放慢了脚步?然后对Harris说了句什么?再然后,转身,笑中带泪地跑了回来?

陈迷人、许喵喵和罗思争先恐后地迎上去。

罗思:"不走了?"

陈迷人:"真的?"

许喵喵:"哇,钟未跟你说什么了?他给了你多少钱?对了,老大,钟未他爸有没有说过给你一个亿离开他儿子?哼!他们就是觉得有钱能使鬼推磨!"

赵顾哽咽了:"没,没提钱的事。"

陈迷人也是云里雾里:"那他跟你说什么了?"

赵顾一把把三个好姐妹全搂在怀里:"不关他的事,是你们,是你们三个都活得太……太牛了!罗思,你对十八岁的你说你的现在很棒,很幸福,而我呢?我都没敢看一眼十八岁的我,因为现在的我一点都不棒,一点都不幸福,现在的我面目全非。许喵喵,你知道你考上研究生有多酷吗?你就是鸡汤本汤了,你就是那种把'不可能'变成'不,可能'的人。还有老大,你从大一就是最平凡的一个,到现在,跟她们两个一比还是最平凡的一个,但你的爱情也太美了吧?爱情是不是都这么美的?我还没试过,真觉得有点儿亏……钟未他就跟我说了一句话,他说:'赵顾,回到她们中间去。'"

是的,钟未就对赵顾说了这么一句话。

回到她们中间去。你也可以很棒、很幸福、很酷、很美。

只是可怜了Harris,都蒙了好吗?

什么鬼?先是一堆纸片人吵吵嚷嚷,后是整场戏的男主角对赵顾说了一句话,赵顾就跟他拜拜了?可他真的对中国女孩子情有独钟好吗?

三个人的离开变成了钟未和Harris两个人的敌意暗涌。

钟未回头对陈迷人挥了挥手,微笑,比心!

啊……陈迷人心都要化了。她冲上前,用两只手拢在嘴边:"别和我抢了,幸运的人是我,我才是锦鲤,还有,锦鲤超爱超爱你!"

而故事的最后,不可开交的"锦鲤之争"被鲍家国完美地化解了。

还记得许喵喵前不久说她无意中瞄到的一本小说吗?没什么人气,但很亲切,很像发生在她们身边的故事……没错,那就是鲍家国的转型之作!也是他写给许喵喵,写给信管系18班全体师生,写给自己,更是写给被抓住了尾巴的青春的一本小说,就叫作《全员锦鲤》。

顾名思义,当你准备好,幸运一样会降临到你的头上。

下一条锦鲤本鲤,就是你。